राजीव शुक्ला

भारत सरकार में केंद्रीय मंत्री एवं 18 वर्ष तक राज्यसभा सांसद रहे राजीव शुक्ला का जन्म उत्तर प्रदेश के कानपुर में हुआ। पिता रामकुमार शुक्ल शहर के जाने-माने वकील थे।

एम.ए. (अर्थशास्त्र) और एल-एल.बी. की डिग्री हासिल करने के बाद उन्होंने कानपुर में ही 'दैनिक जागरण', 'सत्य-संवाद', 'नार्दन इंडिया' में पत्रकारिता की। दिल्ली में 'जनसत्ता' और 'साप्ताहिक रविवार' में कार्य किया। प्रतिष्ठित अंग्रेज़ी पत्रिका 'संडे' के राजनीतिक संपादक और 'संडे ऑब्ज़र्वर' के संपादक रहे। इसके बाद टेलीविज़न की दुनिया में क़दम रखा जहाँ देश-विदेश की हस्तियों के साक्षात्कार पर आधारित उनका टीवी शो 'रू-ब-रू' अत्यंत लोकप्रिय रहा। दूरदर्शन पर भी उनके कई लोकप्रिय कार्यक्रम आए।

वर्ष 2000 में राजनीति में उतरे। वर्ष 2018 तक राज्यसभा सदस्य रहे। मनमोहन सिंह सरकार में संसदीय कार्य एवं योजना मंत्री रहे। अब कांग्रेस पार्टी की वर्किंग कमिटी के सदस्य हैं और संगठन के कई महत्त्वपूर्ण पद सँभाल रहे हैं।

क्रिकेट से विशेष लगाव है। बीते तीन दशक में भारतीय क्रिकेट कंट्रोल बोर्ड में उपाध्यक्ष सहित कई महत्त्वपूर्ण पदों पर रहे। छह वर्ष तक इंडियन प्रीमियर लीग 'आईपीएल' के चेयरमैन भी रहे।

विभिन्न पत्र-पत्रिकाओं में उनके कॉलम काफ़ी लोकप्रिय हुए। 'संडे मैगज़ीन' में *पॉवर प्ले*, 'इंडियन एक्सप्रेस' में *फ्रंट फुट* और 'दैनिक जागरण' में प्रकाशित इनके कॉलम चर्चित हैं।

फ़िलहाल राजनीति, क्रिकेट प्रशासन और लेखन में सक्रिय हैं।

तीन समंदर पार

राजीव शुक्ला

राजकमल पेपरबैक्स

राजकमल पेपरबैक्स में
पहला संस्करण : 2021

राजकमल पेपरबैक्स : उत्कृष्ट साहित्य के जनसुलभ संस्करण

राजकमल प्रकाशन प्रा. लि.
1-बी, नेताजी सुभाष मार्ग, दरियागंज
नई दिल्ली-110 002
द्वारा प्रकाशित

शाखाएँ : अशोक राजपथ, साइंस कॉलेज के सामने, पटना-800 006
पहली मंजिल, दरबारी बिल्डिंग, महात्मा गांधी मार्ग, प्रयागराज-211 001
36 ए, शेक्सपियर सरणी, कोलकाता-700 017

वेबसाइट : www.rajkamalprakashan.com
ई-मेल : info@rajkamalprakashan.com

वैभव प्रोडक्ट्स
ट्रोनिका सिटी-201 102
गाजियाबाद (उत्तर प्रदेश)
द्वारा मुद्रित

मूल्य : ₹ 299

TEEN SAMANDAR PAAR
Novel by Rajiv Shukla

ISBN : 978-93-90971-67-1

प्राक्कथन

'तीन समंदर पार' भारत पर ब्रिटिश राज के दौर के ऐसे लोगों की कहानी है जो दाने-दाने को मोहताज थे और ग़रीबी से किसी भी तरह निजात पाना चाहते थे। ऐसे में उन्हें जब अपने वतन से हज़ारों मील दूर जाकर मज़दूरी करने का मौक़ा मिला तब बेहतर ज़िंदगी पा लेने की उम्मीद में वे यह भी नहीं देख पाए कि उनका वतन हमेशा के लिए छूट रहा है। वे पानी के जहाज़ में बैठकर चले गए। इस तरह लाखों भारतीय अपना देश छोड़कर वेस्टइंडीज़, फ़िजी, गुयाना, मॉरिशस के अलावा कई अफ्रीकी देशों में गए जहाँ अंग्रेज़ों को गन्ने और अन्य फ़सलों की खेती के लिए सस्ते मज़दूरों की ज़रूरत थी। उनको भरोसा तो अच्छी मज़दूरी और दस साल बाद अपने देश लौट जाने का दिया गया था लेकिन असलियत इसके उलट निकली। वे कभी अपने देश लौट नहीं सके। उन दिनों उनके लिए इतनी दूर से लौट पाना संभव भी नहीं था। दिल में अपने मुल्क की माटी की यादों को सँजोये ये लोग जहाँ थे, वहीं मेहनत से अपनी ज़िंदगी को सँवारने में जुट गए। वक़्त बीतने के साथ इनके दिलों से अपने वतन के प्रति प्यार समाप्त नहीं हुआ, उस माटी को भी उन्होंने अपना लिया जिसे लहलहाने के लिए उन्होंने अपना देश छोड़ा था। उनकी लगन, मेहनत और अपनापे का ही नतीजा था कि उनके वंशजों में से कई उन देशों के प्रधानमंत्री और राष्ट्रपति बने। आज वे उन देशों के बाशिंदे और निष्ठावान नागरिक हैं। उनके दिल में भारत पुरखों की धरती के रूप में अब भी बसा है, वह उन्हें हृदय की हर धड़कन के साथ याद आता है।

इस उपन्यास की कथा ऐसे ही एक परिवार की कहानी है जो पूर्वी उत्तर प्रदेश से त्रिनिदाद (वेस्टइंडीज़) गया था और संघर्षों के बीच वहाँ की राजनीति में अपना एक मुकाम बनाया। ज़िंदगी के उतार-चढ़ावों और मुसीबतों को झेलते हुए इस परिवार ने वहाँ अपना नाम शिखर तक पहुँचाया।

बेशक यह एक उपन्यास है और इसके पात्रों के नाम काल्पनिक हैं, लेकिन इसमें वर्णित प्रसंग ऐतिहासिक सच्चाई को समेटे हुए हैं। यह गुज़रे दौर के तमाम मज़दूर परिवारों के प्रति कृतज्ञताज्ञापन और उनकी संततियों के लिए अभिवादन के साथ एक तारीख़ी दस्तावेज़ है।

इस पुस्तक के लिए तथ्य एकत्र करने में कई वर्ष लगे। तथ्य जुटाने के लिए मैंने त्रिनिदाद की यात्रा भी की। लॉकडाउन के दौरान मैंने इसे पूरा किया। इसमें मेरी पत्नी अनुराधा प्रसाद (चेयरपर्सन, न्यूज़-24 चैनल), पुत्री वान्या, रश्मि भारद्वाज (संपादकीय सहयोग), मेरे स्टाफ से आलोक श्रीवास्तव और अकरम का सहयोग मिला, मैं इन सबका कृतज्ञ हूँ। इस पुस्तक के प्रकाशन के लिए राजकमल प्रकाशन के प्रबंध निदेशक अशोक महेश्वरी का विशेष रूप से आभारी हूँ।

—राजीव शुक्ला

1

जहाज़ के ओपन-डेक पर उस शाम अपेक्षाकृत ज़्यादा भीड़ थी लेकिन वह बहुत देर से एक कोने में खड़ी सुर्ख लाल सूरज को ताक रही थी। क्षितिज में समाने से पहले डूबते सूरज की लालिमा नीले आसमान में घुलकर सम्मोहक दृश्य बना रही थी। इसीलिए वह और उसके आसपास रेलिंग पर लदे लोग सूर्यास्त का वह अद्भुत नज़ारा देखने से ख़ुद को रोक नहीं पा रहे थे लेकिन वह उनमें सबसे अलग नज़र आ रही थी क्योंकि सूरज की लालिमा उसकी आँखों की नमी में रक्तिम आभा बिखेर रही थी और उसके ख़ूबसूरत बाल भीतर उमड़ रही दुख की परछाइयों से अनजान थे। वे बार-बार हवा के प्रवाह में उड़कर उसके चेहरे पर आते और गालों पर अठखेलियाँ करने लग जाते। मैं भी बहुत देर से वहीं खड़ा हूँ, वह इस बात से भी अनजान थी।

पानी को चीरता हुआ नब्बे हज़ार टन वजन का विशालकाय जहाज़ तीर की तरह तट से दूर होता जा रहा था। दूर कोपनहेगन शहर का तट अब रौशनी की एक धुँधली पंक्तिबद्ध रेखा जैसा नज़र आने लगा था। अँधेरा घिरने लग गया था। हवा में ठंडक बढ़ती जा रही थी। मुझसे रहा नहीं गया। मैंने उसे हौले से आवाज़ दी, 'सिल्विया, आओ नीचे रेस्तराँ में चलकर कॉफी पी लो, हवा बहुत ठंडी है।' मेरी बात सुनकर सिल्विया पलटी, उसकी आँखों में फिर वही गीलापन था। मैंने मज़ाक़ में कहा, "ऐसी 'चश्मेनम' मैंने कभी नहीं देखी।" हिन्दी वह समझ सकती थी पर इतना भी

नहीं, जवाब में सिर्फ़ मुस्कुराने का अभिनय करते हुए वह मेरे साथ जहाज़ के पाँचवीं मंज़िल पर बने रेस्तराँ में आ गई।

उससे मैं सिर्फ़ तीन दिन पहले मिला था। भारतीय मूल का होने के कारण हम सहज ही एक-दूसरे की ओर आकर्षित हुए और बातचीत होने लगी। इतने बड़े क्रूज़ पर दो हफ़्ते के रोमांचक सफ़र पर निकले दुनिया भर के अलग-अलग रंग-रूप, वेश-भूषा और भाषा-बोली के हज़ारों लोगों के बीच यह बेहद सामान्य सी बात थी। जहाज़ पर हज़ारों अपरिचितों की भीड़ में हमारी त्वचा का रंग और एक सी भाषा ही हमें जोड़ रही थी। नीचे रेस्तराँ में हमेशा की तरह ख़ूब गहमागहमी थी। ज़्यादातर लोग दिन भर वहाँ बैठे कुछ न कुछ खाते रहते हैं, कई तो रात दिन बार में बैठे पीते ही रहते हैं, जिनमें पता नहीं क्यों महिलाओं की संख्या ज़्यादा है। वे सोने भी जाते होंगे इसमें शक है। पूरे जहाज़ पर बुज़ुर्ग दंपतियों की संख्या ज़्यादा है। हालाँकि तमाम युवक और युवतियाँ भी हैं, लेकिन वे पति-पत्नी के बजाय दोस्त ज़्यादा नज़र आते हैं।

मेरी सिल्विया से अब तक छिटपुट बातें ही हुई थीं। आज मैं उससे विस्तार से बातें करने के मूड में था। कॉफ़ी की सिप लेते हुए मैंने उससे पूछा, ''एक बात बताओ तुम हमेशा जहाज़ की सबसे ऊपरी मंज़िल की खुली छत पर घंटों क्यों खड़ी रहती हो? वहाँ जागिंग ट्रैक है। सैकड़ों लोग या तो वॉक करते हैं या दौड़ते हुए तुम्हारे बगल से निकल जाते हैं, लेकिन तुम्हें एहसास भी नहीं होता है।" मेरा सवाल सुनकर उसकी आँखें फिर शीशे के पार समंदर के असीम फैलाव पर जाकर ठहर गईं। दूर-दूर तक गहरे नीले रंग का पानी, कोई ओर-छोर नहीं। फिर एक लम्बी साँस भरते हुए उसने कहा, "पता नहीं क्यों जब मैं पानी के जहाज़ पर आती हूँ तो सिनेमा की रील की तरह सभी स्मृतियाँ तैरने लगती हैं। उदासी से ख़ुद को बचा पाना असंभव हो जाता है। मैं उन्हीं यादों में डूब जाती हूँ। आज मेरे साथ कोई नहीं है। मैं अकेले अपनी जड़ें छोड़कर कनाडा में आकर बस गई हूँ। यह विस्थापन मुझे और भी सालता है, मेरे पूर्वजों ने भी चार पीढ़ियों पहले अपना देश छोड़ा था। सारे सुखों के बावजूद वे आजीवन अपने उसी देश की यादों में खोये रहते थे। वहीं की बातें, वहीं का खाना और वहाँ की ही भाषा पर हमेशा ज़ोर देते रहते थे, हालाँकि वह सिलसिला तीन पीढ़ियों तक

अच्छी तरह चला पर नए देश की संस्कृति, भाषा, खान-पान, रहन-सहन ने अपने पंख ऐसे फैलाये कि सब कुछ धीरे-धीरे लुप्त हो गया। चौथी पीढ़ी तक आते-आते मैं बहुत कुछ भूल चुकी हूँ। सिर्फ़ अंग्रेज़ी बोलती हूँ या थोड़ी-बहुत हिंदी और स्थानीय भाषा। अब तो मैं वह देश भी छोड़ आई जहाँ मेरे पूर्वज भारत से हज़ारों मील दूर आकर बस गए थे। हालाँकि कनाडा में मुझे कोई परेशानी नहीं है, ज़रूरी पैसा है माँ बाप का दिया हुआ। ख़ुद भी बड़ी डॉक्टर हूँ। अच्छी कमाई हो जाती है लेकिन एकाकीपन खाने को दौड़ता है। अकेलेपन से बड़ी बीमारी कोई नहीं होती। मैं ख़ुद एक बड़ी नामी डॉक्टर होने के बावजूद इस रोग का इलाज नहीं खोज पाई। शायद इसका इलाज सिर्फ़ वक़्त या ऊपर वाले के हाथ में होता है। शाम को जब लौट कर आती हूँ तो घर काटने को दौड़ता है। कितनी देर टीवी देखूँगी या नौकरों से बात करूँगी। इसीलिए साल में कम से कम चार बार क्रूज़ पर आती हूँ, दो-दो हफ़्तों के लिए। यहाँ पूरी दुनिया मिल जाती है। नए लोग मिल जाते हैं, उनसे जान-पहचान हो जाती है, तमाम देशों के लोगों के बारे में जानने को मिलता है। ऐसा लगता है कि एक 'मिनी दुनिया' दो हफ़्तों के लिए इस जहाज़ पर आकर बस गई है।" वह एक साँस में बोलती चली गई, जैसे इन पलों में एक अजनबी के सामने वर्षों से मन में भरे गुबार को निकालकर हल्का हो जाना चाहती हो।

उसकी बात सुनकर मैं खामोश हो गया। दुख उसके शब्दों से छनकर मुझ तक पहुँच रहा था। मन और माहौल भारी हो गया इसीलिए न चाहते हुए भी एक सवाल मेरे मुँह से निकल गया, "तब तो सिल्विया, तुम्हारी आँखें कुछ और भी खोजती होंगी।" उसने अपनी लंबी बरौनियाँ उठाकर प्रश्नवाचक निगाहों से मेरी ओर देखा।

"मेरा मतलब है मन में कहीं न कहीं यह आशा भी ज़रूर छिपी होगी कि शायद कभी कोई ऐसा मिले जिससे उस बीमारी का इलाज निकल आए।"

"आप दिमाग़ बहुत तेज़ चलाते हैं" उसका स्वर थोड़ा तीक्ष्ण था। अपनी बात कहने में शायद मैं उपयुक्त भाषा का प्रयोग नहीं कर पाया था। वह नाराज़ होकर एक झटके में कुर्सी से उठकर खड़ी हो गई। मेरे देखते-देखते वह तेज़ी से दरवाज़े की ओर बढ़ी और फिर आँखों से ओझल हो गई।

शायद जहाज़ की चौदहवीं मंज़िल पर अपने आलीशान विला में गई होगी। इस जहाज़ की चौदहवीं और तेरहवीं मंज़िल पर एक से एक भव्य सुइट हैं। हर एक यूनिट में तीन बड़े कमरे, ड्राइंग रूम, छोटा सा हेल्थ क्लब, बड़ी सी बाल्कनी होती है। बहुत महँगे किराये पर ये सुइट मिलते हैं। वहाँ क्रूज़ की ओर से विशेष सेवा उपलब्ध होती है जिसके तहत हमेशा बटलर तैनात रहता है, लेकिन मैंने कभी सिल्विया को बटलर की सेवा लेते नहीं देखा। वह हमेशा नीचे ग्यारहवीं मंज़िल पर बने विशाल रेस्तराँ में आकर ही लोगों के बीच नाश्ता, लंच और डिनर करती थी।

उस रेस्तराँ में जब मैं पहली बार सिल्विया से मिला तो वह वेस्टइंडीज़ के अश्वेतों के ग्रुप में बैठी थी, जिसमें अधिकतर अफ्रीकी मूल के अश्वेत और वहाँ रहने वाले साँवले अप्रवासी भारतीय थे। बाक़ी मेज़ों पर भारी संख्या में अमेरिका, इंग्लैंड, यूरोप के गोरे बैठे रहते थे। इस रेस्तराँ की ख़ासियत यह थी कि यहाँ हमेशा बुफ़े लगा रहता था और मुफ़्त में खाने की सुविधा थी, जबकि अन्य रेस्तराओं में भुगतान करना पड़ता था। इसलिए सबसे ज़्यादा भीड़ इस रेस्तराँ में ही रहती थी। एक भारतीय वेटर जो देहरादून का रहने वाला था अक्सर मेरे पास आकर बड़बड़ाता था कि इन बूढ़े गोरों को तो देखो सर। दिन भर खाते ही रहते हैं और फिर रात में दबाकर पीते हैं। पता नहीं कैसे हज़म करते हैं। हमारे यहाँ के बूढ़े लोग तो इस उम्र में इनके मुक़ाबले चिड़िया की तरह चुगते हैं। मैं हँसकर उसकी बात टाल देता था। जहाज़ पर मैक्सिको और ब्राजील के भी बहुत लोग थे जिनमें से कई एकदम भारतीय जैसे लगते हैं लेकिन पूछने पर पता चलता कि वे कभी भारत आए ही नहीं। उनके लिए भारत दुनिया के दूसरे छोर पर बसा एक देश है। हालाँकि मैं उस वेटर की बात को मज़ाक़ में लेता था लेकिन कहीं न कहीं मुझे लगता है कि भारतीय बुज़ुर्गों को इन गोरे वृद्धों से जीवन जीने की कला सीख लेनी चाहिए। इस उम्र में उनकी जीवंतता एक मिसाल है। ज़्यादातर 75 से 90 साल की उम्र के लोग। सुबह जमकर नाश्ता करना, फिर स्वीमिंग पूल पर जाना, वहाँ बियर पीना और तैरना, दोपहर के खाने के बाद पूल के किनारे पड़ी बेंच पर धूप में सोना, 4 बजे या तो जहाज़ के डेक पर तेज़ वाक करना या जिम में जाकर कम से कम एक घंटे ट्रेड मिल या साइकलिंग, कई तो वेट्स भी करते हैं। 5 से 6 बजे तक हाई-टी

पर केक, पेस्ट्री और स्कोर्न क्रीम के साथ खाना, साढ़े सात बजे डिनर टेबिल पर रेड वाइन के साथ रात का डिनर जो नौ बजे तक चलता। इसके बाद उन्हीं वृद्ध महिला-पुरुषों में से अधिकतर रात दस बजे चौथी मंज़िल के डांस फ्लोर पर आ जाते हैं और 12 बजे रात तक ड्रिंक्स के साथ डांस करते हैं। यही इनकी दिनचर्या है जबकि हमारे भारतीय बुज़ुर्ग इतनी कड़ी दिनचर्या की कल्पना भी नहीं कर सकते हैं। हमारे यहाँ तो लोग 65 साल के बाद बुढ़ापा स्वीकार कर लेते हैं और समझते हैं कि अब जीवन में कुछ बचा ही नहीं है, जैसे-तैसे बस दिन काटते रहते हैं।

जिस ग्रुप में सिल्विया बैठी थी उसकी शक्ल किसी से मेल नहीं खा रही थी। वह एकदम गोरी चिट्टी और ख़ूबसूरत थी। बस उसके लंबे काले बाल ही उसके भारतीय होने का संकेत दे रहे थे। उसकी ख़ूबसूरती से मैंने उसके पंजाबी होने का अंदाज़ा लगाया और हिन्दी में बात शुरू की। उसने बताया कि हिन्दी उसे बस ठीक-ठाक आती है, समझ आती है पर बहुत अच्छी नहीं इसलिए उसने मुझसे अंग्रेज़ी में ही बात करने का आग्रह किया। बातों ही बातों में उसने बताया कि ब्रिटिश राज में उसके दादा के पिता गन्ने के खेतों में मज़दूरी करने के लिए भारत से वेस्टइंडीज़ (त्रिनिदाद) गए थे। चूँकि पानी के जहाज़ से चार महीने में लोग वहाँ पहुँचते थे इसलिए वापस आने की कोई कल्पना भी नहीं करता था। वे हमेशा के लिए पूरे गाँव से विदा लेकर जाते थे। अपनी माटी को छोड़ना आसान नहीं होता। वही लोग मज़दूर बन कर हज़ारों किलोमीटर दूर जाते थे जो बेइंतहा ग़रीब होते थे और जिनके लिए खाने के भी लाले होते थे। जीवन में जब कोई आशा नहीं बचती थी तो भाग्य को पानी के जहाज़ के भरोसे कर वे अपने वतन को अलविदा कह देते थे।

सिल्विया पूरी रौ में अपने पुरखों की आपबीती कहे जा रही थी। बरबस मेरे मन में कौंधा सिल्विया ने भी तो त्रिनिदाद छोड़ दिया है, जहाँ उसके पूर्वज पिछली तीन पीढ़ियों से रहते आ रहे थे। वह भी तो अब कनाडा में जा बसी थी पर क्यों? न वह बेहद ग़रीब थी और न ही असहाय। फिर यह निर्वासन वह क्यों झेल रही थी? सवाल कई थे लेकिन मैं देख पा रहा था कि मुझसे बात करते हुए उसके दिल का बोझ उतर रहा है। मैं यह लय तोड़ना नहीं चाहता था, उसे दोबारा छेड़ना मुझे ठीक नहीं लगा। सिल्विया

जैसे ख़ुद से मुख़ातिब थी। पिता और दादा की स्मृतियाँ जैसे साकार हो उसके सामने आ खड़ी हुई थीं। शब्दों में दोहराते हुए वह उन स्मृतियों को जैसे वर्तमान में जी रही थी। उसकी यादों से गुज़रता हुआ जैसे मैं भी उस समय में जा खड़ा हुआ था। किसी चलचित्र की भाँति सारी घटनाएँ सजीव हो मेरी आँखों के सामने फ्रेम दर फ्रेम घटित हो रही थीं।

2

सिल्विया गहरी साँस लेने के लिए पल भर रुकी। उसने वाइन ग्लास का स्टेम हाथ की उँगलियों के बीच थाम लिया फिर रेड वाइन का अगला सिप लेकर वह वापस अपने पुरखों की कहानी कहते हुए कहीं खो गई। उसके दूसरे हाथ की नाजुक उँगलियों का बीच-बीच में वाइन ग्लास के बाउल पर थिरकना, इस कहानी को लेकर उसके मन में पसरी बेचैनी का पता ख़ुद ही दे रहे थे।

दरअसल सिल्विया के परदादा महाबीर पूर्वी उत्तर प्रदेश के एक गाँव से थे। ग़रीबी इतनी कि दो जून की रोटी मिलनी मुश्किल थी। दो बीघा खेत था जिसे ज़मींदार ने हड़प रखा था। अपना हक़ माँगने पर ज़मींदार के कारिंदों ने महाबीर के घर वालों को ख़ूब मारा पीटा। मार ऐसी बेरहम थी कि महाबीर के पिता की कमर के नीचे का हिस्सा ही टूट गया और वह दुबारा कभी बिस्तर से नहीं उठ पाये। दिन भर माँ उनकी सेवा करती थी और कुछ घरों में चौका-बर्तन करके उनकी बची हुई रोटियाँ लाकर घर के लोगों का पेट भरती थी। उन दिनों गाँवों में काम के बदले पैसे नहीं बल्कि बचा हुआ खाना देने का रिवाज था। बीस साल का वह असहाय लड़का अपना और परिवार का पेट भरने के लिए हर तरफ़ काम खोजता था, लेकिन ज़मींदार के डर से गाँव का हर बड़ा खेतिहर दूर से ही हाथ जोड़ लेता था। खेत बटाई छोड़िए अपने खेत में मज़दूरी का काम भी नहीं देता था। गाँव में हर महीने एक कानूनगो साहब, तिवारी जी सरकारी दौरे पर आते थे। कानूनगो साहब नायब तहसीलदार के अधीनस्थ थे और

उनका पद पटवारी के ऊपर आता था। वे जब भी गाँव के दौरे पर होते महाबीर उन्हें रो-रोकर अपनी परेशानी सुनाने लगता। तिवारी जी दयावान थे लेकिन उनकी मजबूरी आड़े आ रही थी, वे इतने बड़े ओहदे पर नहीं थे कि किसी को नौकरी दे पाते।

उन्हीं दिनों गाँव और आसपास के इलाकों में प्लेग फैला। लाशें बिछती जा रही थीं। सिर पर मौत नाच रही थी। जब लोगों ने आन्दोलन छेड़ा तब जाकर अंग्रेज़ सरकार हरकत में आई। कलेक्टर साहब, हाकिम परगना और तहसीलदार प्लेग की रोकथाम और इलाज का इंतज़ाम करवाने प्रभावित इलाकों के दौरे पर भेजे गए। तहसीलदार साहब के आने पर पूरा गाँव जमा हो गया। पूरा सरकारी अमला दवाइयाँ बाँटने में लगा था। दवा का लिफ़ाफ़ा लेने के लिए जब महाबीर की बारी आई, कानूनगो तिवारी जी अचानक बोल पड़े, "इसे इतनी दवाइयाँ देने का कोई फ़ायदा नहीं है साहब। यह राहत पहुँचने से पहले ही प्लेग इसके माँ-बाप को निगल गया है। वैसे बाप तो जिन्दा रहते भी मरे से बदतर था। अच्छा हुआ उस अपाहिज को कष्ट से मुक्ति मिली। बस माँ का दुख है इसे, उसके जाने के बाद यह बिल्कुल अकेला रह गया है।" फिर तहसीलदार साहब के कान में तिवारी जी ने धीरे से ज़मींदार की ज़्यादती की बात भी डाल दी और कहा, "हो सके तो इस लड़के को कहीं चपरासी की नौकरी दिलवा दें, तो इस बेचारे पर आपकी बड़ी कृपा होगी।" तहसीलदार बनारस के रहने वाले वर्मा जी थे, उन्होंने सिर हिलाकर बात को टाल दिया। इस घटना के कोई एक महीने बाद कानूनगो ने अमीन के ज़रिए महाबीर को ख़बर भेजी कि 'तीन समंदर पार नौकरी मिल सकती है। अंग्रेज़ कलेक्टर ने तहसीलदार साहब को बोला है कि प्लेग प्रभावित गाँव में जो भी अनाथ हैं उन्हें मज़दूरी के लिए सरकार मॉरीशस या त्रिनिदाद भेज सकती है। ऐसे लोगों के नाम तुरन्त भेजो, लेकिन वे कभी वापस नहीं आ सकेंगे, उन्हें वहीं बसना होगा।' महाबीर के पास जीवन में कुछ बचा ही नहीं था। उसने बहुत सोच विचार कर अपनी मातृभूमि को अलविदा कहने का फ़ैसला कर लिया। बहुत कठिन फ़ैसला था यह। महाबीर देर रात तक सुनसान घर की हर दीवार से लिपटकर रोता रहा। अगले दिन बड़े-बुज़ुर्गों के पाँव छूकर जब 20 साल का महाबीर गाँव से जाने लगा तो ज़मींदार परिवार को छोड़कर पूरा गाँव उसे बाहर तक छोड़ने

आया। लोगों की आँखें नम थीं और महाबीर की आँखों से आँसू थमने का नाम नहीं ले रहे थे।

यह बताते हुए सिल्विया की आँखें कुछ ज़्यादा ही नम हो गई थीं, आँखों पर लरजते आँसुओं को उसने एक टिशु पेपर उठाकर उनके उद्गम पर ही सोख लिया। फिर उसने आगे बताया, अपने गाँव से महाबीर सिर्फ़ पाँच किलो चना-गुड़ और तीन जोड़ी कुर्ता-पैजामा लेकर तहसील के लिए विदा हो गया था। हज़ारों मील के सफ़र के लिए उसकी जेब में सात रुपये थे। तहसील मुख़्यालय पहुँचने पर तिवारी जी से पता चला अमीन के ज़रिए उसे देर से संदेश मिला, जिसकी वजह से वह एक दिन देर से पहुँचा है। अब मारीशस का कोटा भर चुका है। सब नाम भेजे जा चुके हैं। मारीशस जाने को मिलता तो महाबीर न सिर्फ़ एक महीने में पहुँच जाता, बल्कि देर-सबेर लौटने की उम्मीद भी बनी रहती, पर अब सिर्फ़ त्रिनिदाद भेजने के लिए दो नाम बाक़ी हैं। अगर देर की तो वह कोटा भी भर जाएगा। फिर रेल का टिकट भी होना है क्योंकि पानी का जहाज़ कलकत्ता से रवाना होगा। चार महीने पहुँचने में लगेंगे और लौटने की बात तो अब भूल ही जाओ। महाबीर जी कड़ा करके आया था तो उसने एक क्षण भी सोचने में गँवाए बिना हामी भर दी। बस फिर अगले दिन बनारस से ट्रेन थी।

ट्रेन सीटी बजाती धीरे-धीरे प्लेटफॉर्म छोड़ रही थी। सब कुछ पीछे छूटने लगा तो महाबीर इस एहसास से तड़प उठा कि अब यह धरती वह दोबारा कभी नहीं देख पाएगा। उसकी आँखें गंगा-जमुना की धार हुई जा रही थीं।

10 जुलाई 1891 को महाबीर कलकत्ता पहुँचा। गोदी बंदरगाह पर ज़रूरी काग़ज़ दिखाए और पानी के जहाज़ एस.एस. एवोका पर सवार हो गया। वहाँ उसके जैसे और भी 621 भारतीय मज़दूर थे। उन दिनों सब अंग्रेज़ों से बहुत डरते थे इसलिए जहाज़ में भी सब दुबके से बैठे हुए थे लेकिन ट्रेन के सफ़र की तरह जहाज़ में भी जल्दी ही उसकी बाक़ी मज़दूरों से दोस्ती हो गई। कोई सत्तू लाया था तो कोई ख़ुरमा, कोई भुने चने। दो घण्टे के अन्दर सबकी काम की ड्यूटी लगा दी गई। कोई खाना बनाने की ड्यूटी पर था तो कोई परोसने और पानी पिलाने की ड्यूटी पर। किसी को कपड़े धोने के काम पर लगाया गया था। महाबीर के हिस्से यात्रियों को पानी पिलाने का काम आया, इसलिए सब प्यार से उसे महाबीर की जगह 'पानी राम' कह कर पुकारते थे।

चाँदनी रात में समुद्र सितार सा बजाता था। जब भी युवा महाबीर डेक पर अकेले बैठकर विशाल समंदर देखता, घर-गाँव की यादों में खो जाया करता था। समंदर उस समय एक विशेष किस्म का सम्मोहन पैदा करता था। उस समय उसकी पानी में कूद जाने की प्रबल इच्छा होती। ऐसा सिर्फ़ चाँदनी रात में ही होता था। उसके साथ के दो मज़दूर साथी त्रिनिदाद पहुँचते-पहुँचते आत्महत्या कर चुके थे।

'इसीलिए तुम्हें डेक पर अकेले खड़ा देखकर मैं चिंता में पड़ जाता हूँ।' मैंने आख़िरकार उसे बीच में टोक ही दिया। उसने अपनी बात रोक कर मेरी बात समझने की कोशिश की, फिर कहा, 'मेरी फ़िक्र मत करो, मैं कभी ऐसा नहीं कर सकती।' मैंने उसे आत्मविश्वास देते हुए कहा, 'मैं भी यही चाहता हूँ पर तुम जब जहाज़ से गहरे समंदर की तरफ़ देखती हो तो मुझे कुछ अजीब सा लगता है। लगता है कोई गहरा अवसाद है।' उसकी आँखें मानो मेरी परवाह पढ़ रही थीं। एक पल चुप रहने के बाद वह बोली, 'सही कह रहे हैं आप, अवसाद तो है...लेकिन कोई अवसाद न भी हो तब भी चाँदनी रात में कई बार अवसाद घेर लेता है। शायद इसीलिए कहते हैं कि आज भी पानी के जहाज़ पर नई भर्ती के ट्रेनी युवाओं को चाँदनी रात में डेक पर ज़्यादा देर खड़े होने की इजाज़त नहीं दी जाती।' इतना कहने के बाद सिल्विया ने वापस अपने पुरखों की कहानी आगे बढ़ा दी।

जहाज़ पर सवार 25 अन्य मज़दूर रास्ते में बीमारी से मर गए थे। सभी मृतकों के शव पानी में फेंक दिये जाते थे। महावीर के लिए कुछ महीनों की वह यात्रा सदियों के बराबर थी। अंततः वह जहाज़ चार महीने बाद त्रिनिदाद पहुँचा। कैरीबियन द्वीप समूह का वह टापू तब बहुत सुनसान था, लेकिन उसकी रेत चाँदी जैसी सफेद और बहुत आकर्षक थी। समंदर बेहद खौफनाक था, लहरें बहुत तेज़ उठती थीं।

महाबीर का जहाज़ 14 नवम्बर, 1891 को नेल्सन आइलैण्ड के किनारे पर जाकर लगा था। पहले सबको अस्पताल ले जाया गया। महीनों की समुद्री यात्रा के बाद जैसे-जैसे वे सब स्वस्थ होते गए उन्हें खेतों में काम करने भेज दिया जाता था। जहाँ अफ़्रीकी प्रजाति के लोग पहले ही गुलामों की तरह काम पर लगे थे। वे सभी अश्वेत भी भारत से आए मज़दूरों की तरह बेहद ग़रीब थे। हमेशा डरे-सहमे रहते थे, हालाँकि उनकी कद काठी

इतनी मज़बूत होती थी कि एक व्यक्ति दो अंग्रेज़ों को धूल चटा दे, पर यह साहस कोई नहीं जुटा पाता था। भारतीय मज़दूर भी शुरू-शुरू में उन अश्वेतों से बहुत डर कर रहते थे। आशंका थी कि शायद वे उन्हें स्वीकार न करें, लेकिन एक गुलाम को दूसरे गुलाम से कैसा डर? अश्वेतों को कोको की खेती के लिए अफ्रीका से लाया गया था, जबकि भारतीयों को गन्ने की खेती के लिए। उन अश्वेतों ने भारतीयों को अपनी तरह मजबूर समझकर कभी तंग नहीं किया। सब साथ मिलकर काम करते थे। महाबीर को शुरुआत में दूसरे मज़दूरों के साथ एक मैदान में लगे कैम्प में रखा गया। यह जगह रेसकोर्स के बगल में थी। गोरे यहाँ घोड़ों की रेस लगाया करते थे। वहाँ जगह-जगह तोपें लगी थीं। अंग्रेज़ों को हमेशा किसी हमले की आशंका रहती थीं इसीलिए तटों पर भी समुद्र की ओर मुँह किए तोपें तनी रहती थीa। बाद में महाबीर को कुछ अन्य मज़दूरों के साथ 'हारमोनी हाल सुगर केन स्टेट' में शिफ्ट कर दिया गया। वहाँ भी उन्हें गन्ने की खेती करनी थी। यहाँ के गन्ने भारत की तुलना में छोटे और पतली प्रजाति के थे। उनका रस भी भारत में पाए जाने वाले गन्नों की तरह मीठा नहीं था। इसके बावजूद अंग्रेज़ उस गन्ने को चीनी मिल में भेज कर मोटा मुनाफ़ा कमा रहे थे। वहाँ बनने वाली चीनी पूरे विश्व में बेची जाती थी।

धीरे-धीरे वक़्त बदला, महाबीर की दोस्ती बिहार के रहने वाले परमेश्वर जी से हो गई। वे उससे उम्र में काफ़ी बड़े थे और 20 साल पहले वहाँ आ गए थे। परमेश्वर की लगन और मेहनत देखकर अंग्रेज़ उनसे बहुत ख़ुश रहते थे। इसीलिए वे दो फार्म के सुपरवाइजर हो गए थे। उन्होंने महाबीर का बहुत साथ दिया। अपने घर पर ही एक कमरा देकर साथ रख लिया। यह उनकी भलमनसाहत तो थी ही, इसके पीछे एक वजह और भी थी। वे भारत से 5 बेटियों सहित अपना पूरा परिवार पहले ही ले आए थे। परमेश्वर जी भी अंदर से बहुत भारतीय और पुराने ख़यालों के थे इसलिए बेटियों का ब्याह भारतीयों के अलावा और किसी से नहीं करना चाहते थे। हमेशा बेटियों पर निगाह रखते थे कि कहीं वे किसी अश्वेत के प्रेम में न पड़ जाएँ। किसी ख़ूबसूरत डीलडौल के अश्वेत नौजवान से उनकी बेटियाँ बात तक नहीं कर सकती थीं। स्थानीय दूसरे प्रजाति के अच्छे परिवारों में बेटियों की शादी का विकल्प रहते हुए भी वे भारतीय मूल के वर की खोज

में रहते थे। शायद इसी वजह से महाबीर को उन्होंने अपने घर में आश्रय दिया था। आख़िरकार अपनी दूसरी बेटी की शादी 21 वर्षीय महाबीर से करके ही उन्होंने चैंन की साँस ली। इतना ही नहीं अंग्रेज़ बॉस से कहकर महाबीर को दो कमरे का घर भी दिलवा दिया।

बाक़ी मज़दूरों के मुक़ाबले महाबीर की ज़िन्दगी त्रिनिदाद के गन्ने के फार्म में अच्छी कट रही थी। इसके बावजूद महाबीर के मन में अपने गाँव, बनारस शहर और हिन्दुस्तान के प्रति प्रेम हिलोरे मारता रहता था। आते समय वह बनारस में बाबा विश्वनाथ, संकट मोचन, भैरव बाबा और कबीर चौरा पर भी मत्था टेक आया था। अस्सी घाट पर वह महाकवि तुलसीदास के उस स्थान पर भी गया था जहाँ ऊपर की मंज़िल पर स्थापित भगवान राम की मूर्ति का पूजन-अर्चन स्वयं तुलसीदास करते थे। भारत छोड़ने से पहले उसने अपने झोले में देवी-देवताओं के चित्र, रामायण और कबीर भजनावली भी भर कर रख ली थी। घर के एक कोने में सजी उन्हीं सब तस्वीरों और धार्मिक किताबों के सामने रोज़ एक घंटा पूजा करना उसकी नियमित दिनचर्या में शामिल था। कभी-कभी बिलखते हुए ख़ुद से ही बातें करते हुए कहता, "बाबा, अब तो आप के दर्शन दोबारा इस ज़िन्दगी में नहीं हो पाएँगे, लेकिन हमारे बच्चों को दर्शन ज़रूर देना। उनमें खून तो उसी धरती का होगा। उनको ज़रूर बुलाना।" कबीरदास का यह पद तो उसके जीवन का अंग बन गया था—

"मैं अपराधी जन्म का नख-शिख भरा विकार,
तुम दाता दुख भंजना, मेरी करो उबार।
कहता हूँ कह जात हूँ कहाँ बजाऊँ ढोल,
श्वासां बीता जात है तीन लोक का मोल।"

कुल मिलाकर महाबीर बहुत सहज, सरल और आस्थावान था। कभी कोई कपट नहीं किया। अपनी पत्नी और परमेश्वर बाबू में अगाध आस्था रखता था। अपरिग्रही इतना कि हर महीने का वेतन लाकर सीधे अपने श्वसुर परमेश्वर बाबू के हाथ में रख देता था और कहता, "मेरे माँ-बाप तो हैं नहीं, यह पैसा मैं किसे भेजूँ। गाँव वालों के लिए भेजूँ तो शायद उन्हें मिलेगा भी नहीं। इसीलिए पिता समझकर आपके हाथ में देता हूँ।" परमेश्वर बाबू इसी

बात से ही गद्गद हो जाते थे। उनका बड़ा दामाद बड़ा चालू-चंट था, उल्टा हमेशा उनसे ही पैसे ऐंठने के चक्कर में लगा रहता था जबकि छोटा दामाद उन्हें पिता तुल्य समझ रहा है यही बात परमेश्वर बाबू को गर्वित कर जाती थी। वे आधा पैसा महाबीर को तुरंत लौटा देते और जो आधा पैसा अपने पास रख लेते थे उसमें आधा और मिलाकर चुपके से महाबीर के नाम पर ज़मीन ख़रीद लेते थे। यानी महाबीर ख़ूब फल-फूल रहा था। उसे एक बेटा हुआ जिसका नाम उसने रामप्यारे रखा और तीसरी पीढ़ी में रामप्यारे के बेटे का नाम महाबीर ने बाबा विश्वनाथ को समर्पित कर दिया—विश्वनाथ। सिल्विया उनकी ही बेटी थी।

अपने पिता विश्वनाथ का ज़िक्र आने पर सिल्विया के माथे पर पल भर के लिए दुख की लकीरें उभरीं। मेरा मन फिर कुछ पूछने को हुआ लेकिन मैं रुक गया। मेरे रोकने पर हो सकता है वह उसी क्षण में अटक जाती। जल्द ही उसने वाइन का अगला सिप लेकर आगे कहना शुरू कर दिया, "पापा को बचपन से सब लोग प्यार से विशू पुकारते थे। जब मेरे पापा बड़े हो रहे थे, शायद तब मेरे परदादा महाबीर को परमेश्वर बाबू की ख़रीदी सैकड़ों एकड़ ज़मीन का पता चला। ज़मीन उन्हीं के नाम थी तो वह ख़ुद बहुत बड़े गन्ने के फार्म हाऊस के मालिक बन गए हैं। किसी हिन्दुस्तानी मज़दूर का अपना फार्म होना अंग्रेज़ों को स्वीकार नहीं था पर परमेश्वर बाबू अंग्रेज़ अफ़सरों को भरोसे में लेना जानते थे। उन्होंने अंग्रेज़ों को महाबीर दादा के फार्म से गन्ना लेकर चीनी मिलों को भेजने के लिए मना लिया। परमेश्वर बाबू अंग्रेज़ों से सिफ़ारिश करके दादा को पहले ही अच्छी तरक़्क़ी और बड़ा वेतन दिलवाते आए थे ऊपर से ख़ुद का गन्ने का फार्म भी हो गया था। बस धीरे-धीरे मेरे परदादा व दादा का बड़ा घर हो गया, बंगला हो गया। उन्होंने पैसा ब्याज पर देना शुरू किया और वह अमीर होते चले गए। दूसरे कई धन्धे शुरू किये लेकिन सबसे ज़्यादा कमाई चीनी मिलों को गन्ना भेजने से हो रही थी। साथ ही वे ड्रमों में गन्ने का रस भर कर जमा करते थे, बाद में उसे रम बनाने वाली फैक्ट्री को बेच कर तगड़ा मुनाफ़ा हो जाता था।

हमारे परिवार की सफलता के पीछे परमेश्वर बाबू ही थे। वे सबकुछ योजनाबद्ध तरीक़े से कर रहे थे। महाबीर दादा के बेटे रामप्यारे की शादी के

वक़्त भी वे उनकी सोच के विरुद्ध खड़े हो गए थे। उन्होंने सारे कार्यक्रम होटल में रखवाए थे। उस शादी में अंग्रेज़ों का बहुत बड़ा जमावड़ा लगा था और तीन दिन तक जमकर शराब पार्टी हुई थी। परमेश्वर बाबू हर समय इसी जुगत में रहते थे कि अंग्रेज़ों को कैसे शीशे में उतारा जाए। हालाँकि परदादा महाबीर को यह सब बिल्कुल नहीं सुहाता था पर वे कर भी क्या सकते थे। श्वसुर के अहसानों तले इतना दबे थे कि कुछ बोल नहीं पाते थे। उस पर उनका इकलौता बेटा परमेश्वर बाबू के इशारे पर चलता था। इधर परमेश्वर बाबू अपने नाती की शादी भी भारतीय परिवार में करना चाहते थे। जबकि त्रिनिदाद में भारतीय मज़दूरों का कोई परिवार इतना सम्पन्न नहीं था इसलिए महाबीर दादा कुछ अच्छे समृद्ध अश्वेत परिवारों की लड़कियों पर भी विचार कर रहे थे लेकिन परमेश्वर बाबू के आगे उनकी एक नहीं चली। बारबेडस के एक भारतीय व्यापारी चोपड़ा परिवार की बेटी से मेरे दादा की शादी हुई। यह भारतीय परिवार पंजाबी था और लंदन में रहता था। वहाँ से उन्होंने बारबेडस में आकर एक होटल बनाया था। उसके साथ लगे एक बहुत बड़े गोल्फ कोर्स में अंग्रेज़ रुकते थे और गोल्फ खेलने जाते थे। परमेश्वर बाबू के बॉस पीटर हटन ने ही दरअसल इस परिवार को मेरे दादा से मिलवाया था। मेरे दादा रामप्यारे को देखते ही उस पंजाबी परिवार ने उन्हें अपना दामाद बनाने का मन बना लिया था। उधर मुश्किल यह थी कि परदादा महाबीर पंजाबियों से बहुत चिढ़ते थे। वे अक्सर जब बेटे पर बिगड़ते तो उनकी चिढ़ की वजह भी पता चल जाती थी, 'अरे कहाँ शादी कर रहा है, वो लोग तो शराबी और कबाबी दोनों हैं'। लेकिन परमेश्वर बाबू परिवार की तरक़्क़ी की चाह में कुछ भी करने को तैयार थे। वह परदादा को डपट देते थे। शादी के बाद दादा को पंजाबी बुद्धि का कुछ ऐसा सहारा मिला कि व्यापार और भी बढ़ता गया। रम की फैक्ट्री उन्होंने ख़ुद ख़रीद ली। अंग्रेज़ों के जाने के बाद तो क़िस्मत ऐसे चमकी मानो लाटरी खुल गई हो। मेरे परिवार की हज़ारों एकड़ ज़मीन पर गन्ने की खेती पहले ही हो रही थी, त्रिनिदाद और बारबेडस दोनों जगह अपनी ख़ुद की दो चीनी मिल भी हो गईं। त्रिनिदाद के माउंट रोड पर एक बड़े बंगले के अलावा, बारबेडस में भी विशालकाय घर ख़रीदा गया जिसकी हर खिड़की से समंदर की लहरें दिखती थीं। चोपड़ा साहब का होटल भी फाइव स्टार बन गया।"

रेड वाइन के हल्के सुरूर ने सिल्विया के अतीत की कहानी को अच्छी-खासी लय और गति दे दी थी। तभी उसकी एक डॉक्टर दोस्त ने आकर टोक दिया, "अरे डिनर के लिए चलना है या नहीं! बुफ़े में नौ बजे तक ही अच्छा डिनर मिलता है उसके बाद वे आधी डिशेज हटा देते हैं।" सिल्विया बेमन से उठी और मुझसे विदा लेकर अपनी दोस्त के साथ चली गई।

मैं अब भी सिल्विया के परदादा महाबीर की गिरमिटिया मज़दूर बनकर हज़ारों मील की यात्रा और विस्थापन की कहानी में उलझा बैठा था। मैं सोच रहा था क्रूज़ पर 15 दिन की हमारी यह यात्रा कितनी सुखद और मनोरंजक है। जबकि ऐसे ही पानी के जहाज़ पर महाबीर की 4 महीने की वह त्रिनिदाद की यात्रा कितनी यातनापूर्ण थी। यह भी कि उसी महाबीर की चौथी पीढ़ी की वंशज सिल्विया अचानक मिले एक अजनबी को यह सब क्यों बता पा रही है? क्या हम सब परिचितों के बीच वाक़ई इतने अकेले हो गए हैं कि ऐसी यात्राओं में उन अनजान लोगों को अपना राज़दार बना लेते हैं जिनसे कुछ वक़्त बाद न कभी दोबारा बात होने की संभावना बचती है और न ही फिर कभी मिलने की उम्मीद रह जाती है, या कि सब नियति का खेल है!

3

अनंत महासागर की लहरों से खेलता यह विशाल जहाज़, माँ की गोद में अठखेलियाँ करते नन्हे शिशु सा लग रहा था। जबकि उस वक़्त "रायल कैरिबियन कंपनी" के इस क्रूज़ पर क़रीब पाँच हज़ार यात्री मौजूद थे। लगभग पूरी दुनिया से बटोर कर रची गई एक छोटी सी प्रतिदुनिया का ऐंद्रजालिक सम्मोहन बेहद विस्मयकारी और रोमांचक हो जाता था। लग रहा था मानों एक पूरा का पूरा 'मिनी विश्व' ही पानी पर तैर रहा है। अलग-अलग देशों के खान-पान का ज़ायका परोसने वाले दस रेस्तराँ, तीन सिनेमा हाल, दो कसीनों, लाइब्रेरी, बच्चों के खेलने का हाल, एक छोटा सा गोल्फ कोर्स, 2 बड़े स्वीमिंग पूल, टेनिस कोर्ट और विशालकाय हेल्थ क्लब के अलावा 14 मंज़िली इस जहाज़ के हर माले पर शराब का एक भव्य बार था। इस सब के बीच यह राहत की बात थी कि अब दुनिया के हर क्रूज़ पर भारतीय व्यंजनों का विशेष इंतज़ाम है। इस चक्कर में भारतीय रसोइयों को नौकरी मिलने लगी है। कभी सिर्फ़ डॉक्टर-इंजीनियर बनने की रेस में लगे रहने वाले भारतीयों ने आज से 10-20 साल पहले शायद सपने में भी नहीं सोचा होगा कि एक दिन शैफ़ का यह पेशा उन्हें अच्छी आजीविका देने के साथ-साथ मुफ़्त में पूरी दुनिया घुमाएगा।

क्रूज़ पर मनोरंजन के हर तरह के इंतज़ाम के बीच पूरा दिन कब-कैसे गुज़र जाता है यह पता ही नहीं चलता था। उस पर सुबह से शाम तक पूरे दिन में न जाने कितने देशों के लोगों से मिलना-जुलना और दोस्ती के मौक़े इस रोमांच में बोनस का काम करते थे। एक तरह से कहा जाए कि

क्रूज़ की यह दुनिया एक शानदार 'विश्व-संस्कृति मेला' जैसी लग रही थी। जहाँ मौजूद हर कोई अपने देश के रंग-रूप, भाषा-संस्कृति, व्यवहार और मनोविज्ञान का प्रतिनिधित्व करता नज़र आ रहा था। दरअसल इस छोटी सी दुनिया को देखकर सहज ही पूरी दुनिया के रहन-सहन और आदतों का अंदाज़ा लगाया जा सकता था। शायद यही वजह है कि आजकल क्रूज़ पर छुट्टियाँ मनाने का फैशन ख़ूब चल रहा है। क्रूज़ पर एक हफ़्ते, 10 दिन और दो हफ़्ते इन तीन तरह की रोमांचकारी यात्राओं के पैकेज चलन में हैं। कई देशों की सैर कराने वाली इन यात्राओं में जहाज़ पूरी रात चलता है। एक शाम आप कहीं किसी देश में होते हैं और अगली सुबह जहाज़ किसी दूसरे देश के एक शहर में जाकर लंगर डाल देते हैं। यात्री पूरे दिन उस शहर में घूमने जाने के लिए स्वतंत्र होते हैं लेकिन शाम पाँच बजे तक उन्हें जहाज़ पर वापस लौटना होता है, क्योंकि शाम पाँच बजे के बाद जहाज़ फिर किसी नई मंज़िल की तरफ़ चल देता है।

क्रूज़ की इस यात्रा का एक सबसे मज़ेदार अनुभव यह था कि जहाज़ पर आते ही बूढ़े लोग सबसे पहले बार में जाकर कुर्सियों पर कब्जा जमा लेते थे। आश्चर्यजनक ढंग से वे रात एक बजे तक पीते ही रहते थे। एक नब्बे वर्षीय अमेरिकी महिला अक्सर इतनी शराब पी लेती थी कि अपना कमरा ही भूल जाती थी। फिर वह सह यात्रियों से अपने कमरे का पता पूछ-पूछ कर उन्हें परेशान कर देती थी। बाद में जहाज़ के स्टाफ को ही उसे उसके कमरे तक पहुँचाना पड़ता था। जहाज़ की एक मंज़िल पर बने डांस फ्लोर में रोज़ सैकड़ों लोग जमा होकर खाते-पीते और नाचते थे।

सुबह से मैं सिल्विया के आने का इंतज़ार कर रहा था। वक़्त बिताने के लिए मुझसे इंग्लैंड के एक दिलचस्प बुज़ुर्ग एलेक्स टकरा गया। बातचीत शुरू हुई तो उसने अपने उत्सवधर्मी बुढ़ापे का सारा मर्म खोलकर सामने रख दिया। उसने कहा, 'बच्चे बड़े होते ही अलग रहने लगे हैं। अब कभी-कभार ही आते-जाते हैं। यह अकेलापन उन्हें और उनकी पत्नी को बहुत परेशान कर देता है। समझ ही नहीं आता आख़िर करें तो क्या करें? नौकर-चाकर रखकर खाना बनवाना, घर का रख-रखाव और बाक़ी काम ज़ेब पर भारी पड़ जाते हैं। ख़ुद यह सब करना पड़े तो वह भी इस उम्र में झेला नहीं जाता। इसलिए सारी झंझट से मुक्ति पाकर साल में कम से

कम छह महीने वे दोनों क्रूज़ पर ही बिताते हैं। बढ़िया खाओ-पियो और दुनिया घूमो, न कपड़े-लॉन्ड्री की फ़िक्र, न खाना बनाने की झंझट। जितनी चाहो मनचाही शराब पीने को मिलती है। जीवन के भरपूर आनंद के लिए और क्या चाहिए? फिर क्रूज़ पर इतने लोगों के बीच कोई बोर हो भी कैसे सकता है? देखो, आसपास इतना कुछ हो रहा है। यह चहल-पहल देख कर मन लगा रहता है।'

उसकी बात से असहमति का सवाल ही नहीं था। वह मुझे दिलचस्प इंसान लगा तो मैंने एक बात और पूछ ली, 'अच्छा बुज़ुर्गों का आना तो समझ आया लेकिन ये तमाम युवा लड़के-लड़कियाँ क्रूज़ पर क्यों आते हैं?' यह सुनकर एलेक्स हँसने लगा। सिगार मुँह से हटाने के बाद ऐसा ठहाका मारकर हँसा कि उसके आधे-अधूरे और काले-पीले पड़ चुके दाँत बाहर झाँकने लगे। हँसी की उसी लय में वह आगे बोला, 'आप इतना भी नहीं जानते कि दुनिया के आधे से ज़्यादा प्रेम विवाह आजकल क्रूज़ पर ही हो रहे हैं।' इतना कहकर वह फिर ठहाका मारकर हँसने लगा। उसकी हँसी तभी रुकी जब बगल में कुछ दूर बैठी उसकी पत्नी ने उसे घूर कर देखा। उसकी पत्नी का चेहरा नदी के किनारे फैली वलयाकार रेत की आकृति जैसी झुर्रियों से भरा था। मैं उन दोनों को बारी-बारी देखता रहा फिर उसकी बात पर आश्चर्य जता दिया, 'क्या सचमुच?' बदले में वह बड़े आत्मविश्वास से कहने लगा, 'आपको क्या लगता है ये युवा-युवतियाँ पहले से एक-दूसरे को जानते हैं? सब अकेले आते हैं अलग-अलग देशों से। यहाँ मिलते हैं, दोस्ती होती है और बाद में शादी कर लेते हैं।' फिर अपनी पत्नी की ओर प्यार से देखकर बुदबुदाया, 'थेरेसा भी मुझे क्रूज़ पर ही मिली थी। हालाँकि उन दिनों क्रूज़ इसके मुक़ाबले बहुत छोटे होते थे और उनमें मुश्किल से 500 यात्री आते थे।' इतना कहकर उसने सिगार वापस अपने मुँह में ठूँस लिया। एक पल बाद अचानक वह वापस मेरी तरफ़ पलटकर बोला, 'आजकल क्रूज़ पर इतने इंडियन कैसे आने लगे हैं? पहले मुश्किल से कुछ इंडियन दिखते थे, अब तो झुंड के झुंड में आते हैं। वैसे इनकी एक बात मुझे बहुत अच्छी लगती है और मैं हैरान होता हूँ कि ज़्यादातर अपने परिवार के साथ आते हैं। दादा-दादी, बच्चे, बेटियाँ और बेटे-बहू सब एक साथ होते हैं। मेरे तीन बेटे एक बेटी और छह नाती-पोते हैं लेकिन हम दोनों फिर भी अकेले

हैं।' यह कहते हुए उसने अपने चेहरे के दुखद भाव छिपाने के लिए वापस सिगार का कश खींचा मगर उसकी आँखों के कोनों में तैर चुकी नमी मुझसे नहीं छिप पाई। उसकी आवाज़ रुँध गई थी। बगल में बैठी बूढ़ी थेरेसा इस मामले में ज़्यादा भावुक लग रही थी। उसकी आँखें पहले ही डबडबाने लग गई थीं लेकिन वह बात बदलने के लिए बुदबुदाते हुए कहने लगी, "मुझे इंडियन्स की एक बात बहुत बुरी लगती है, ये सिर्फ़ रेस्तराँ, बार और कसीनों में नज़र आते हैं। हेल्थ क्लब, लाइब्रेरी, जागिंग-ट्रैक, म्यूज़िक रूम में इंडियन न के बराबर दिखते हैं। बात सच थी लेकिन मैं सफ़ाई देने के अलावा कह ही क्या सकता था? इसीलिए मैंने बात घुमाते हुए कहा, 'ऐसा नहीं है, दरअसल ये यहाँ पर मौज-मस्ती के लिए आते हैं। अपने देश जाकर उन्हें इतना काम करना पड़ता है कि रिलैक्स होने का वक़्त सिर्फ़ छुट्टियों में ही मिलता है।' पर वह सहमत नहीं लग रही थी, उसने अपनी बात फिर दोहरा दी, 'लेकिन मुझे तो यही लगता है।'

कुछ देर बाद सिल्विया मुझे नाश्ते की टेबल पर मिली। लाल स्कार्फ में वह और भी ख़ूबसूरत लग रही थी। दीर्घ नासिका, यूनानी ग्रीवा, शहद जैसे रंग पर घनी काली बरौनियों वाली नीली आँखें और गुलाबी पंखुड़ियों जैसे होंठ। उसे देखकर कोई यक़ीन नहीं कर सकता था कि वह वेस्टइंडीज़ जैसे देश से है। 'यहाँ अंदर इतनी भी हवा नहीं चल रही कि स्कार्फ की ज़रूरत पड़े, पर यह तुम्हारे गले में अच्छा लग रहा है।' मैंने बात शुरू करने के लहजे में पूछा। बदले में वह हँसते हुए बोल पड़ी, 'मैं बाहर डेक पर एक घंटे से खड़ी थी।' मैंने आश्चर्य जताकर पूछा, 'क्यों?' सवाल सुनकर उसके चेहरे पर जैसे कोई दर्द तैर गया, 'कनाडा में माँ से फ़ोन पर बात कर रही थी। उनकी तबियत ठीक नहीं रहती, वे लगातार डिप्रेशन में रहती हैं इसीलिए उनकी देखभाल के लिए एक नर्स लगा रखी है। लेकिन फिर नेटवर्क चला गया तो ज़्यादा देर बात नहीं हो पाई।' इतना कहकर उसने अपना स्कार्फ गले से निकाला और हैंड-बैग में डाल दिया।

'लेकिन उन्हें डिप्रेशन किस बात का है? सब ठीक...' मैं अपनी बात पूरी कह पाता उससे पहले सिल्विया ने अपनी पैनी नज़रें गड़ाते हुए कहा, 'आप बार-बार कुरेद कर मुझसे वही सब क्यों सुनना चाहते हैं जो मुझे दुःखी करता है? बोलिए, आपको मेरे अतीत में इतनी दिलचस्पी क्यों है?'

फिर शायद उसे अपनी तिलमिलाहट पर पछतावा हुआ इसलिए बात बदलकर आगे बोली, 'आज नाश्ता कॉफी अच्छा है, आपने डेनिश मफिन ट्राई किया? एक बार खाकर देखिए बहुत स्वादिष्ट है।'

उसका मूड ठीक नहीं है यह बात समझने के लिए अब तक की बातचीत काफ़ी थी। नाश्ता करने के दौरान मैंने ऐसी कोई बात नहीं की जिससे वह फिर तिलमिला उठे। रेस्तराँ से निकलते हुए मैंने कहा, 'चलो पूल के पास बैठते हैं। वहाँ बहुत अच्छी कॉफी मिलती है। अभी वहाँ ज़्यादा भीड़ भी नहीं होगी क्योंकि ज़्यादातर दोपहर तक लोग पूल पर आते हैं।' वह बिना कुछ कहे मेरे पीछे-पीछे पूल पर आ गई। दस मिनट तक हम चुप बैठे रहे फिर उसने अचानक कहा, 'आप इंडिया से मुझे रजनीगंधा के बीज भिजवा सकते हैं। रजनीगंधा के फूल मुझे बहुत पसंद हैं लेकिन बहुत खोजने पर न कनाडा में मिले और न ही वेस्टइंडीज़ में। बहुत ख़ूबसूरत फूल होते हैं। मेरी यादों में आज भी भारत के राष्ट्रपति की ओर से श्रद्धांजलि के तौर पर भेजे गए उन फूलों की सुंदरता और सुगंध तैर जाती है, जो पापा के शव पर रखे गए थे।'

सिल्विया ने जो कहा उससे मेरा अनुमान पक्का हो गया। इस आम सी दिखने वाली लड़की का अतीत कितना ख़ास है इसका मुझे अंदाज़ा था। वह सचमुच एक असाधारण थी। जिसके पिता की मौत पर भारत के राष्ट्रपति उनके लिए श्रद्धांजलि के फूल भेजें वो साधारण परिवार हो भी कैसे सकता है? लेकिन मैं उसके परिवार की पूरी कहानी ख़ुद उसके मुँह से सुनना चाहता था। हालाँकि उसके मूड को देखते हुए मैंने उस बात को और नहीं कुरेदा। बात आगे बढ़ाने के लिए सिर्फ़ इतना पूछा, "तुम्हें और कौन से फूल पसन्द हैं?" उसने कहा, "सुना है वहाँ गुलमोहर के पेड़ बहुत होते हैं। मैं कभी-कभी कल्पना करती हूँ कि मैं गुलमोहर के जंगल में भटक रही हूँ, चारों ओर लाल ही लाल फूल हैं। लेकिन अचानक उसमें आग लग जाती है। मैं बहुत घबरा जाती हूँ। कभी-कभी हमारी अपनी सबसे सुंदर कल्पना ही हमारी दुश्मन बन जाती है। फिर इस दुःस्वप्न के अंत में, बेतहाशा दौड़कर माँ से लिपट अपनी इस विचित्र सी कल्पना पर मैंने एक कविता भी लिखी थी—

"गुलमोहर के जंगल में है भरी दुपहरी आग लगी,
दहकी छाती गलियारे की सूनेपन की व्यथा जगी।
खंडित सी इस प्रेमकथा का रह-रह कर दुखना,
एक याद का हरी दूब सा बार-बार उगना।"

उसकी कविता में किसी प्रेमकथा के सूत्र पाकर मेरा मन कौतूहल से भर गया। मैं हतप्रभ था, कि अब क्या कहूँ? फिर भी मैंने हिम्मत जुटा कर कहा, 'सिल्विया, तुम्हारी कल्पना की उड़ान बहुत गहरी है। मई-जून की धूप में तुम गुलमोहर के जंगल में हो और उसमें आग लग जाये, यह दुस्वप्न तुम्हारे अवचेतन में छिपे किसी गहरे आघात की ओर इशारा कर रहा है। कुछ है जो तुम्हारे मन के अंदर बैठी पीड़ा को अभिव्यक्ति दे रहा है, अगर बताना चाहो तो तुम मुझे बता सकती हो, क्या है वह? ये कौन सा दर्द है जो तुम छिपा रही हो?' अपनी बात कहते हुए मैं अपने स्वर को जितना सरल और सरस रख सकता था मैंने रखा। मैंने देखा वह पिघल रही है। उसकी नीली आँखों से आँसू की एक बूँद टपक कर उसके गाल पर बह आई। उसकी नज़रें दूर अंतहीन समंदर की ओर ताक रही थी, मानों उसका अपना कोई वहाँ हो। दूर तक अथाह जल राशि के अलावा कुछ नहीं था, जहाज़ के सापेक्ष अंतहीन लहरों के अलावा कुछ नहीं था इसलिए क्रूज़ की गति भी बेहद धीमी लग रही थी। हल्की बारिश की बूँदे समंदर के स्थिर जल को ठीक वैसे ही आंदोलित करने का प्रयास कर रही थीं जैसी कोशिश मेरे सवाल सिल्विया के मन को विचलित कर रहे थे।

एक लम्बी चुप्पी के बाद वह सहसा ख़ुद ही बोलने लगी, "दरअसल मेरे पापा इतने बड़े अरबपति बन गए थे कि उन्हें कुछ और करने की तमन्ना जाग उठी। उनके अंदर की भारतीयता उनका पीछा नहीं छोड़ रही थी। वे उस विदेशी धरती पर भारत का नाम रौशन करना चाहते थे, ऐसा कुछ करना चाहते थे कि लोग उनका लोहा मान जाएँ। इसी सोच के साथ एक दिन मेरे दादा, नाना और मेरी माँ को साथ बैठाकर उन्होंने अपना राजनीति में जाने का फ़ैसला सुना दिया। वे इतने आत्मविश्वास से एक दिन त्रिनिदाद का प्रधानमंत्री बन कर दिखाने की बात कह रहे थे कि घर में किसी ने उनकी बात का विरोध नहीं किया। हालाँकि परदेश में किसी भारतीय के ऐसे

महत्त्वाकांक्षी सपने का साकार होना इतना आसान भी नहीं था। और जल्द ही उन्होंने अपनी पार्टी भी बना ली। लेकिन सिर्फ़ भारतीयों की समस्याओं से जुड़े मुद्दे उठाने की बजाय उन्होंने सारी जनता की मूलभूत समस्याओं को मुद्दा बनाकर उठाना शुरू कर दिया। आए दिन जुलूस, धरना, प्रदर्शन उनकी दिनचर्या के अंग बन गए थे। पहला ही चुनाव संसदीय स्तर पर लड़ने का फ़ैसला किया। तब तक उन्हें राजनीति का ठीक से अनुभव नहीं था इसलिए उन्होंने चुनाव में इतना पैसा खर्च किया कि देखकर लोगों की आँखें चौंधिया गईं। लोगों ने उससे पहले कभी ऐसा चुनाव प्रचार नहीं देखा था। बस लाभ पहुँचाने की जगह यही बात उनके खिलाफ़ चली गई। सत्तारूढ़ दल ने चुनाव में पापा की फिजूलखर्ची को ही बहस का बड़ा मुद्दा बना दिया। जवाबी प्रचार में जनता को यह कहकर भड़काया गया कि देखो, अब एक अरबपति पैसे के बल पर त्रिनिदाद की जनता को ख़रीदना चाहता है। एक बाहरी व्यक्ति त्रिनिदाद पर क़ब्ज़ा करना चाहता है। आप ख़ुद फ़ैसला कीजिए, अमीरों की पार्टी इस देश के ग़रीबों के हक़ की बात कैसे करेगी? सारे अख़बार सरकार के दबाव में पापा के ख़िलाफ़ ज़हर उगलने में लगे थे। प्रचार में मेरी माँ, मेरे नाना सभी उतरे लेकिन अमीर भारतीय होने के तमगे ने हमारे परिवार का पीछा नहीं छोड़ा। लाख सफ़ाई देने पर भी लोगों की सोच नहीं बदली। पापा लोगों को समझाते रहे कि स्थानीय लोगों और ग़रीबों से जुड़ा हर मुद्दा उनके चुनावी घोषणापत्र का हिस्सा है, पर लोग यह समझने के लिए राज़ी नहीं हुए।

चुनाव की लहर पापा के ख़िलाफ़ जाने लगी थी। उस पर एक दिन मेरी दादी की बहिन का बेटा कामता प्रसाद अचानक पोर्ट आफ स्पेन में हुई सत्तारूढ़ दल की रैली में विरोधियों के साथ एक मंच पर खड़ा हो गया। उसने पापा के ख़िलाफ़ लम्बा-चौड़ा भाषण दिया। अपनी झूठी-सच्ची बातों से उसने जनता के बीच पापा की छवि तार-तार कर दी। उसने झूठे काग़ज़ और दस्तावेज़ दिखाकर लोगों को बताया कि मेरे पापा ने किस तरह ग़लत तरीक़े से पैसा कमाया। अंग्रेज़ों से मिलकर कैसे गन्ने के खेतों पर क़ब्ज़ा किया और कैसे बैंकों से धोखाधड़ी करके चीनी मिलें ख़रीदीं। उसने एक ऐसा फर्ज़ी काग़ज़ दिखाया जिसमें पापा पर एक स्थानीय अश्वेत व्यापारी की रम की फैक्ट्री औने-पौने दाम पर ख़रीदने के आरोप थे। इतना ही नहीं

कामता प्रसाद ने पापा पर उसकी हत्या करवाने का आरोप भी लगाया। जबकि सच्चाई यह थी कि जैकब नामक उस स्थानीय व्यक्ति की मृत्यु एक कार दुर्घटना में हुई थी। जैकब उस फैक्ट्री का जनरल मैनेजर था। दरअसल वह रम की फैक्ट्री गोरों ने शुरू की थी। देखते ही देखते 'माउंट व्यू' के नाम से बाज़ार में उतारी गई वह रम पूरे वेस्टइंडीज़ में बेहद मशहूर हो गई थी। त्रिनिदाद, जमैका, सेंट गुयाना, बारबेडस में उस रम की बिक्री से करोड़ों डॉलर की कमाई हो रही थी। इस बीच जब गोरों की हालत कमज़ोर होने लगी तो जैकब ने ग़लत काग़ज़ बनवाकर ख़ुद को उस फैक्ट्री का मालिक घोषित करने का प्रयास किया। गोरों ने इसके ख़िलाफ़ मुकदमा लड़ा और इंग्लैंड से वकील बुलवाये। बाक़ी कानूनी मामलों की तरह यह मामला भी लंबा खिंच रहा था। गोरों के लिए बार-बार लंदन से आकर मुकदमा लड़ना मुश्किल हो रहा था। उस पर एक माफिया गुट जैकब के समर्थन में खड़ा हो गया था। आख़िरकार फैक्ट्री के अंग्रेज़ मालिकों को लगा कि इतनी लंबी कानूनी लड़ाई उनके बस की बात नहीं, तो उन्होंने त्रिनिदाद के ही किसी व्यवसायी को वह फैक्ट्री बेचने का फ़ैसला कर लिया। अब चूँकि मामला पहले ही कोर्ट में था इसलिए गोरों ने वह फैक्ट्री औने-पौने दाम यानी दस मिलियन पौंड में पापा को बेंच दी। फैक्ट्री अपने नाम करवाने के बाद पापा कोर्ट में चल रहा वह मुकदमा लड़ने लगे। इसी बीच एक दिन जैकब जब अपने किसी काम से बारबेडस गया, वहाँ उसने अपने एक दोस्त की कार ली और मौज-मस्ती के लिए नाइट क्लब चला गया। रात दो बजे जब वह होटल जा रहा था तो रेसकोर्स के पास, एयरपोर्ट की तरफ़ से आ रहे एक ट्रक से उसकी कार की टक्कर हुई। उसकी कार नियंत्रण खोकर रेसकोर्स के बाहर स्थापित पत्थर की तोप से जा टकरायी। घटनास्थल पर ही एक झटके में जैकब की मौत हो चुकी थी। पोस्टमार्टम में स्पष्ट था कि जैकब बुरी तरह नशे में धुत था। पुलिस ने भी अपनी जाँच के बाद कार दुर्घटना मानकर वह केस बंद कर दिया था।

लेकिन उस घटना के पाँच साल बाद हमारा ही एक बेहद नज़दीकी रिश्तेदार भरी जनसभा में पापा पर हत्या और धोखाधड़ी का आरोप लगा रहा था। कामता प्रसाद अपने आरोप में दावा कर रहा था कि मेरे पापा ने अपने बारबेडस में रहने वाले मेरे नाना के साथ मिलकर जैकब की हत्या

करवाई है। बस मीडिया को मसाला मिल गया। अख़बारों ने इस पूरे मामले को बेहद सनसनीखेज़ खुलासा बताकर ख़ूब छापा। सत्तारूढ़ दल भी मानों इसी ताक में बैठा था। अगले ही दिन पुलिस ने हत्या का मुकदमा दर्ज करके पापा को जेल भेज दिया। पूरे परिवार पर मानों दुख का पहाड़ टूट पड़ा था। मेरे दादा राम प्यारे जी यह सदमा बर्दाश्त नहीं कर पाए, आख़िर उनकी सगी साली के बेटे ने उनके परिवार के साथ इतना बड़ा धोखा किया था। शायद इसी दुख में उन्हें रात हार्ट अटैक आ गया था। सुबह बिस्तर पर वह मृत अवस्था में मिले। अपने अंतिम समय में उनके हाथ में तुलसीदास की रामायण और परदादा महाबीर की फ़ोटो थी।

कुछ साल केस चलने के बाद पापा पर लगाए गए आरोप ग़लत साबित हुए और उन्हें बाइज़्ज़त बरी कर दिया गया लेकिन उस चुनाव में वे बहुत बुरी तरह हार गए थे। इधर फैक्ट्री के केस में आख़िरकार पापा को जीत मिल गई थी। गोरों के फैक्ट्री के काग़ज़ात इतने पक्के थे कि जैकब के परिवार का दावा ख़ारिज हो गया और फैक्ट्री वापस पापा को मिल गई।

सिल्विया इतना कहकर एक गहरी साँस लेने के लिए रुक गई। उसकी बातें मेरी उत्सुकता बढ़ा चुकी थीं और मैं उसके परिवार की और भी बातें जानना चाहता था इसलिए मैंने बात बढ़ाने के लिए कहा, "तो अपनी फैक्ट्री की 'माउंटव्यू' रम मुझे कब टेस्ट करवाने वाली हो..." बदले में स्मित मुस्कान के साथ वह बोली, "वह रम यहाँ कहाँ मिलेगी, उसके लिए आपको त्रिनिदाद जाना पड़ेगा।" मैंने उसका मूड हल्का करने के लिए कहा, "कोई बात नहीं माउंटव्यू फिर कभी, फिलहाल सातवें माले पर चलते हैं। वहाँ कैप्टन केबिन में कुछ देर बाद हैप्पी आवर में उच्च श्रेणी के यात्रियों को कुछ ड्रिंक मुफ़्त में दिये जाते हैं, चलो वहीं चल कर बैठते हैं।" इतनी देर में उसके चेहरे का तनाव भी थोड़ा कम हो आया था, शायद तभी वो शिकायती अंदाज़ में बोली, "लेकिन मैं सिर्फ़ इटैलियन रेड वाइन ही पीती हूँ, फ्रेंच वाइन से मुझे एसिडिटी हो जाती है। वह बहुत खट्टी होती है।" मैंने तपाक से कहा, "इटैलियन वाइन तो वहाँ बहुत अच्छी मिलती है।"

मेरी बात सुनकर वह आश्वस्त हुई और पूल साइड से वह मेरे पीछे चल पड़ी। ड्रिंक तो यहाँ सिर्फ़ एक बहाना था। दरअसल मैं उसकी ज़िंदगी

के बाक़ी पन्नों को भी पलटने में ज़्यादा दिलचस्पी ले रहा था। अपने जीवन में, मैं कई हाईप्रोफाइल लोगों से मिल चुका था लेकिन सिल्विया की सादगी में ऐसी जादुई कशिश थी कि मैं उसे जी भर कर बोलने देना चाहता था और बस बैठकर उसे सुनना चाहता था। न, न मुझे किस्से सुनने का शौक़ नहीं था, यह तो मेरे प्रोफ़ेशन का एक ज़रूरी हिस्सा था।

4

बार में पहुँचकर मैंने एकदम किनारे की एक टेबल चुनी। जिन दो वजहों से मुझे वह जगह उपयुक्त लगी उनमें पहला कारण यह था कि बाक़ी टेबल वहाँ से कुछ दूरी पर थीं, बार के शोरशराबे से अलग हम यहाँ बैठकर इत्मीनान से बातें कर सकते थे। दूसरी सबसे ज़रूरी बात यह कि, टेबल के एक तरफ़ बड़े-बड़े पारदर्शी शीशे जड़े थे, जिससे हमारे सामने समन्दर का शानदार नज़ारा था। सातवें माले पर स्थित इस बार से जहाज़ के तीसरे माले को हिलोरे मारकर छू रही समंदर की लहरें साफ़-साफ़ दिखाई दे रही थीं। शायद ज्वार आया था लेकिन ऐसा लग रहा था मानों समंदर भी सिल्विया के मन की गहराईयों में दबी कहानी जानना चाहता है, वह भी मेरी तरह बेक़रार लग रहा था। बीच-बीच में समुद्र की सतह तक आकर बाहर झाँक रहीं डाल्फिन मछलियाँ उस दृश्य को और भी मनोरम बना रही थीं।

मैं छूटी हुई बात का सिरा थामकर आगे बढ़ने ही वाला था तभी जहाज़ का कैप्टन ख़ुद वहाँ आ गया। उसने बारी-बारी हम दोनों से हाथ मिलाकर अभिवादन किया। भारतीय होने की बात सुनकर पता नहीं क्यों उसके व्यवहार में अजब सी गर्मजोशी आ गई। उसके बाद क्रिकेट का ज़िक्र आते ही उसकी गपबाज़ी शुरू हो गई। फिर वह धीरे-धीरे ब्रायन, लारा और तेंदुलकर की बल्लेबाजी पर बात करने लगा। क्रिकेट में उसकी गज़ब की दिलचस्पी की वजह से बातें ख़त्म होने का नाम नहीं ले रही थीं। मुझे उस पर बहुत ग़ुस्सा आ रहा था लेकिन क्रूज़ के कैप्टन से किनारा करने का

कोई चारा भी नहीं था। कैप्टन एक तरह से जहाज़ का सुपर बॉस होता है। उसकी तूती बोलती है। इसी बात का लिहाज करके मैं कैप्टन की बातें बर्दाश्त कर रहा था। क्रिकेट की बातों के बीच उसने 1983 के क्रिकेट विश्वकप में लार्डस के फाइनल मैच की बात छेड़ी, फिर वेस्टइंडीज़ टीम के एक-एक खिलाड़ी का नाम लेकर जोश में उन्हें गालियाँ बकने लगा। मुझे ताज्जुब हो रहा था कि कैप्टन को उस मैच में खेलने वाले वेस्टइंडीज़ और भारत के सभी खिलाड़ियों के नाम याद थे। वह कह रहा था कि उन सब नाकारों की वजह से हमारी टीम 175 रन भी नहीं बना पाई। उसके मुताबिक़ सबके सब वेस्टइंडीज़ के खिलाड़ी ख़ुद को अपराजेय समझने लगे थे लेकिन ऐसे दंभियों का घमंड इसी तरह टूटता है। वह कपिलदेव सहित भारतीय गेंदबाज़ों की शानदार गेंदबाज़ी की ख़ूब तारीफ़ कर रहा था और वेस्टइंडीज़ के खिलाड़ियों को जी भरकर कोस रहा था। मुझे पहले यह लगता था कि मैच हारने पर भारतीय खिलाड़ियों को गाली देने का हुनर सिर्फ़ हम भारतीयों के पास होता है लेकिन उसकी बातें सुनकर मेरे कलेजे को ठंडक पहुँच रही थी। शुक्र है यह बीमारी वेस्टइंडीज़ के क्रिकेट प्रेमियों में भी है, यह सोचकर मैं ख़ुश हो रहा था और कैप्टन के क्रिकेट से इस अनुराग पर प्यार भी आ रहा था। फिर वह अचानक जमैका में गावस्कर की डबल सेंचुरी की बात ऐसे करने लगा जैसे उसने ख़ुद वह मैच देखा हो। मुझे लगा अभी तो यह 1972 में पहुँचा है, वर्तमान में आते-आते तो 2 घंटे निकल जाएँगे, तब तक कैप्टन केबिन के इस बार में हैप्पी आवर्स ज़रूर ख़त्म हो जाएगा। बार बंद हो जाएगा। ऐसा हुआ तो मेरी सिल्विया से बात अधूरी रह जाएगी। लेकिन उससे उठकर जाने की बात आख़िर कह भी कैसे सकता था? वह जोशोखरोश के साथ क्रिकेट की बातें करने में इस क़दर डूबा हुआ था कि उसने सिल्विया की तरफ़ ठीक से देखा तक नहीं था। इसी बीच उसे सिल्विया का ख़्याल आया और आख़िरकार सिल्विया की ओर मुख़ातिब हो गया, तब जाकर मैंने चैन की साँस ली। उसने जब सिल्विया से उसके बारे में पूछा तो सिल्विया ने उसे बताया, वह भी वेस्टइंडीज़ से है। यह सुनकर तो वह उछल ही पड़ा। लेकिन जब उसने कहा कि अब वह वेस्टइंडीज़ में नहीं रहती, बल्कि कनाडा में रहने लगी है तो वह शायद थोड़ा निराश हुआ। इसके बावजूद अपने देश का

कोई परदेश में भी मिल जाए तो हमारी नज़रों में उसका मान कम नहीं हो जाता। कैप्टन के साथ भी लगता है यही हो रहा था। अब मैं जैसे वहाँ था ही नहीं। वह सिल्विया से वेस्टइंडीज़ की ढेर सारी बातें करता रहा। फिर उसने सिल्विया से उसका विजिटिंग कार्ड माँगा। सिल्विया ने जैसे ही उसे अपना कार्ड निकालकर दिया, पता नहीं उसे क्या हुआ। वह कुछ देर कार्ड की तरफ़ देखता रहा फिर अपने चेहरे पर चौंकने का भाव लाकर बोला, 'अच्छा, आप उस फैमिली से हैं? आप भी क्रूज़ पर हैं मुझे पता नहीं था।' उसके बाद मैंने नोटिस किया कैप्टन के हाव-भाव बदल गए। उसके चेहरे का रंग उड़ गया था। सिल्विया का विज़िटिंग कार्ड देखकर जैसे उसे साँप ही सूँघ गया था। फिर वह अचानक उठा और हमसे विदा लेकर चला गया। कैप्टन का यूँ बदला व्यवहार थोड़ा अजीब लगा हालाँकि जिस तरह उसकी बक-बक अचानक बंद हो गई थी और वह दुम दबाकर वहाँ से भाग खड़ा हुआ था वह देखकर मज़ा भी बहुत आया। सिल्विया कोई आम लड़की नहीं है शायद उसे यह बात अच्छी तरह समझ आ गई थी। सिल्विया इस बीच रेड वाइन के तीन गिलास पी चुकी थी। उसकी जुबान हल्की सी लड़खड़ाने लगी थी। मेरे पूर्व अनुभव आश्वस्त कर रहे थे कि सिल्विया हो सकता है अपने दिल की सबसे गहराई में दबे राज़ मेरे सामने खोल दे। पहले भी कई लोग मेरे सामने नशे में बहुत भावुक हो कर ऐसी तमाम बातें कह चुके थे जो शायद वे होश में नहीं कह पाते। मुझे यक़ीन था कि इस तरह का सुरूर कई बार बड़े रहस्य भी खोल जाता है।

बस मौक़ा पाकर मैंने सीधा सवाल दाग दिया, "सिल्विया, तुम त्रिनिदाद छोड़कर कनाडा में क्यों बस गई?" उसका जवाब उलझा हुआ था, "क्योंकि मुझे ज़िंदा रहना था।" मैं बुदबुदाया, "तो क्या जान का ख़तरा था?" उसकी बड़ी-बड़ी आँखें फिर मुझसे हटकर शीशे के पार समंदर की ओर चली गईं। फिर एक पल की ख़ामोशी के बाद वह बोली, 'शायद जान जाने से भी बड़ा ख़तरा था। सब कुछ ख़त्म हो गया था। और फिर जब उस धरती को अपनी कर्मभूमि मानने वाले वे सब मेरे अपने लोग ही नहीं बचे थे, तो मेरे लिए भी वह दुनिया के बाक़ी देशों की तरह परदेश ही रह गया था। मैं वहाँ रह कर क्या करती? मेरे लिए जैसा त्रिनिदाद वैसा कनाडा...।" मैंने ग़ौर किया आख़िरी वाक्य कहते हुए उसकी आवाज़ भर्रा गई थी मानों कुछ

और कहा तो शायद रोना छूट जाए। बदले में कुछ भी पूछने की बजाय मैं सिर्फ़ एकटक देखता रहा, लेकिन सवाल शायद मेरी नज़रें कर रही थीं। मुझसे नज़रें मिलने पर वह कुछ देर मेरी आँखों में झाँकती रही फिर उसने ख़ुद ही कहना शुरू कर दिया, "बहुत बड़ा हो जाना भी कई बार अपने आप में एक अभिशाप बन जाता है। पापा हार मानने वालों में से नहीं थे। आरोप मुक्त होने के बाद उन्होंने फिर से अपनी पार्टी और संगठन को अगले चुनाव के लिए तैयार किया। उन्होंने इस बार भी अपनी वैचारिक ज़मीन नहीं छोड़ी। वे चाहते तो सिर्फ़ भारतीय प्रवासियों की समस्याओं को उठाकर भी जीत हासिल कर सकते थे लेकिन उन्होंने स्थानीय मुद्दों को ही महत्त्व दिया। फिर भले वे अश्वेतों से जुड़े हुए ही क्यों न हों। उनकी पार्टी के एजेंडा में ज़्यादातर महत्त्वपूर्ण मुद्दे भारतीयों से ज़्यादा अश्वेतों की समस्याओं को सामने रखने वाले थे। इस बार उन्हें भारी बहुमत से जीत मिली। उनकी पार्टी सत्ता में आ गई। वे देश के सबसे लोकप्रिय प्रधानमंत्री साबित हुए। रातों-रात हमारे परिवार की क़िस्मत बदल गई थी। प्रधानमंत्री के रूप में उन्होंने बग़ैर किसी नस्लीय और सामुदायिक भेदभाव के देश का शासन चलाया। नागरिकों को न्याय के समान अधिकार दिलवाने में कभी किसी भी तरह का समझौता नहीं किया। त्रिनिदाद में 40 प्रतिशत स्थानीय अश्वेत, 40 प्रतिशत भारतीय और 20 प्रतिशत दुनिया भर के तमाम देशों से लोग हैं। देश की जनता के किसी वर्ग को पापा से भेदभाव की कभी शिकायत नहीं रही थी। दुनिया भर में उनके शासन की प्रसंशा हो रही थी। कई देशों से उन्हें राजकीय यात्राओं के निमंत्रण आने लगे थे। उसी दौरान वे अमेरिका व इंग्लैण्ड की राजकीय यात्रा पर भी गए लेकिन उन्हें सबसे ज़्यादा ख़ुशी भारतीय प्रधानमंत्री के आमंत्रण से मिली। वे उस यात्रा से बहुत उत्साहित थे लेकिन यह ज़ाहिर करने में शायद उनका पद आड़े आ रहा था। इसीलिए यह बात उन्होंने घर आकर बहुत सामान्य तरीक़े से हम सबको बताई पर हम सब किसी पद या उत्तरदायित्व से बँधे नहीं थे इसलिए हम सबकी ख़ुशी का कोई ठिकाना नहीं था। हम पापा के साथ इस गौरवपूर्ण क्षण को पूरी शिद्दत से जी रहे थे। हमारे पुरखों की धरती पापा को पूरे राजकीय सम्मान के साथ बुला रही थी। पापा की भारत यात्रा से हम इतने उत्साहित थे, कि जल्द से जल्द इस यात्रा का समय नियत करने के लिए

उनके पीछे पड़ गए। लेकिन पापा इस यात्रा की रूपरेखा को लेकर हम से भी ज़्यादा सावधान थे। संभवत: इसे अपने जीवन की सबसे यादगार यात्रा में बदलने की कोई योजना उनके मन में चल रही थी, इसीलिए उन्होंने भारत यात्रा का आमंत्रण स्वीकारने के साथ ही भारतीय विदेश मंत्रालय को अपना एक आग्रह भी लिख भेजा। निवेदन यह था कि इस यात्रा के दौरान वे अपने पैतृक गाँव जाकर अपने पुरखों के घर और उनकी धरती का भी दर्शन करना चाहते हैं। भारत सरकार के लिए पापा के इस निवेदन पर अमल करना कठिन काम रहा होगा पर भारत के तत्कालीन प्रधानमंत्री की ओर से तुरंत आश्वासन आ गया। पापा ने आजमगढ़ जिले के घोसी तहसील के अपने गाँव अरसिया का पता भेजा। एक महीने बाद भारतीय विदेश मंत्रालय का जवाब आया कि उन्होंने उत्तर प्रदेश सरकार की मदद से गाँव को खोज लिया है, लेकिन उस गाँव में परदादा का कौन सा घर था यह अभी खोजना बाक़ी है। पापा ने सोचा अब 110 साल बाद घर कहाँ बचा होगा, चलो गाँव तो देख ही लेते हैं। हमें तसल्ली इस बात की थी कि उन्होंने एक सदी से भी ज़्यादा पहले के हमारे पुरखों के गाँव और ज़मीन का न सिर्फ़ पता लगाया बल्कि वहाँ जाने का कार्यक्रम भी पापा की राजकीय यात्रा में शामिल कर लिया। दूतावास से यह सूचना मिलते ही पापा ने तुरंत उच्चाधिकारियों को भारत की राजकीय यात्रा का समुचित इंतज़ाम करने का आदेश जारी कर दिया।

लगभग एक महीने बाद पापा भारत की राजकीय यात्रा पर रवाना हुए। उनकी इस यात्रा में मम्मी के अलावा मैं भी उनके साथ थी। उस वक़्त मैं क़रीब बीस साल की रही होऊँगी। पापा हमेशा टाई-सूट पहनते थे। दिल्ली के इंदिरा गांधी अंतरराष्ट्रीय हवाई अड्डे पर जब हम पहुँचे, वहाँ हमारे स्वागत के लिए ख़ुद भारत के विदेश मंत्री मौजूद थे। पापा को यह देखकर अच्छा लगा कि वे भारतीय परिधान कुर्ता पाजामा में हमें लेने आए थे। उस रात पापा के लिए राष्ट्रपति-भवन में एक शानदार भोज रखा गया था। दिल्ली में ऐतिहासिक राष्ट्रपति भवन देखकर पापा और हम सब मानो विस्मय से भरे हुए थे। लगभग तीन किलोमीटर के दायरे में फैला राष्ट्रपति-भवन भव्य वास्तुशिल्प का उदाहरण लग रहा था। लाल पत्थरों और बड़े-बड़े स्तंभ राष्ट्रपति-भवन को अद्भुत सुंदरता प्रदान कर रहे थे। त्रिनिदाद क्या पूरे वेस्टइंडीज़ में शायद

इतनी विशालकाय और ऐतिहासिक इमारत नहीं थी। हमारा राष्ट्रपति-भवन तो भारत के राष्ट्रपति-भवन के सामने बच्चा नज़र आता है। हालाँकि भारत और वेस्टइंडीज़ दोनों ही जगह अंग्रेज़ों ने अपने शासन के दौरान इन ऐतिहासिक इमारतों को बनवाया था, लेकिन शायद भारत का राष्ट्रपति-भवन अंग्रेज़ों ने दिल खोल कर बनवाया होगा। हमें राष्ट्रपति-भवन की साउथ विंग में एक आलीशान सुएट में ठहराया गया था। सब कुछ शानदार था। दरबानों की पोशाक तक देखते बनती थी। घुड़सवारों का जत्था हाथ में भाले लेकर ऐसे तैनात था जैसे पत्थर की मूर्तियाँ हों। वे एक सी भंगिमा के साथ बुत की तरह कतार में खड़े थे और जब राष्ट्रपति-भवन के परिसर में पापा को इक्कीस तोपों की सलामी दी गई, तब सेना की एक भव्य टुकड़ी सलामी गारद में थी। पापा को मिले उस गार्ड ऑफ़ ऑनर का नज़ारा देखते ही बन रहा था। वह गर्वित करने वाले जीवन के सबसे यादगार दृश्यों में से एक है। मैं और मेरी माँ उस समय सचमुच गर्व की अनुभूति से भर गए थे क्योंकि एक ग़रीब भारतीय गिरमिटिया मज़दूर का वंशज, वापस उसी ज़मीन पर आकर एक विदेशी राष्ट्राध्यक्ष के रूप में सम्मान प्राप्त कर रहा था। फिर उन्हें एक शानदार बग्घी में भारत के राष्ट्रपति के साथ बैठाकर राष्ट्रपति-भवन के अंदर लाया गया। उस बग्घी को 16 घोड़े खींच रहे थे। मेरे लिए वह सब स्वप्न की तरह था। मुझे यह आश्चर्यजनक लगा कि भारतीय शासन व्यवस्था ने ब्रिटिश राज की परंपरा में प्रचलित रही कुछ अच्छी बातों को अब भी बरक़रार रखा था, जबकि उसी ब्रिटिश राज के उपनिवेश रहे त्रिनिदाद में इस परंपरा का नामोनिशान नहीं बचा था। दूसरा दिन ऐतिहासिक इंडिया गेट और वहाँ ब्रिटिश राज में पत्थरों से निर्मित और भव्य स्थापत्य कला का प्रतीक हैदराबाद हाउस के नाम रहा। भारत आने वाले उच्चराजनयिकों और राष्ट्रप्रतिनिधियों की तरह पापा को भी हैदराबाद हाऊस में एक शानदार भोज दिया गया। यह भोज भारत के प्रधानमंत्री की ओर से था। भोज में ख़ासतौर पर भारतीय व्यंजन परोसे गए थे। मेरे दादा के ज़माने से हमारे घर में भारतीय व्यंजन बनते रहे थे और पापा उन्हें बहुत चाव से खाते थे। भारतीय विदेश मंत्रालय ने पहले ही त्रिनिदाद सरकार के अधिकारियों से पापा की पसन्द के बारे में पता कर लिया था। अरहर की दाल, भरा हुआ करेला, आलू-परवल की भुजिया, चोखा व बैगन का भर्ता

खास रूप से बनाया गया था। यूँ तो पापा इन सभी व्यंजनों को विदेशी धरती पर जब तब आजमाते रहते थे, लेकिन यहाँ वे सारी चीज़ें भारत की हवा-पानी में पैदा हुई थीं इसलिए उनका स्वाद पापा के लिए अकल्पनीय था। बस उस दिन पापा का मन ही नहीं भर रहा था। हम सब देख रहे थे कि उनका ध्यान भारतीय प्रधानमंत्री की बातों पर कम और खाने पर ज़्यादा था। मम्मी उन्हें बार-बार कोहनी से आहिस्ता धक्का मार कर भारत के प्रधानमंत्री से बात करने की याद दिला रही थीं लेकिन पापा खाने में इस तरह व्यस्त थे जैसे उन्होंने महीनों से कुछ न खाया हो। पापा को इस तरह खाते देख अफ़सर भी घबराये हुए थे। लेकिन मुझे समझ आ रहा था कि पापा भारतीय व्यंजनों का लाजवाब स्वाद पाकर, दादा और परदादा के जमाने में पहुँच गए हैं। भोजन से तृप्ति पाने पर पापा का ध्यान भारत के प्रधानमंत्री की ओर गया। फिर वे माफ़ी माँगते हुए बोले, माफ कीजिए मुझे खाना इतना पसंद आया कि मैं कुछ ज़्यादा ही खा गया। जवाब में भारत के प्रधानमंत्री ने कहा, "माफ़ी क्यों? आपको भोजन पसंद आया मतलब आपके लिए आयोजित यह भोज सार्थक हो गया। आप भारत आए हैं तो आपके पुरखों की धरती का खाना खिलाना ही हमें उचित लगा, यह आपको इतना पसंद आया यह हमारे भोज के आयोजन की सफलता है।" फिर भारत के प्रधानमंत्री पापा के साथ त्रिनिदाद में भारतीय मूल के लोगों की दशा और समस्याओं पर बात करते रहे। अंत में उन्होंने पापा से कहा, "आप की इच्छा के अनुरूप अब हम आपको एक और सुखद समाचार देना चाहते हैं। अभी कुछ घंटे पहले ही आजमगढ़ के जिला कलेक्टर ने सूचित किया है कि आपके पुरखों के गाँव की यात्रा के सभी इंतज़ाम पूरे हो गए हैं। उन्होंने आपके दादा का घर भी खोज लिया है। कल सुबह भारतीय वायुसेना के विशेष विमान से आप वाराणसी पहुँचेंगे, मैंने वहाँ काशी विश्वनाथ मंदिर में आप के लिए विशेष दर्शन-पूजन की व्यवस्था करवा दी है। काशी विश्वनाथ के दर्शन के बाद हेलीकाप्टर से आपको आजमगढ़ जिले में आपके पूर्वजों के गाँव तक ले जाया जाएगा।" भारत के प्रधानमंत्री की बात सुनकर पापा भौचक्के रह गए। भावविभोर होकर कहने लगे, "मैं संकोचवश बाबा विश्वनाथ के दर्शन का अनुरोध नहीं कर पाया था, लेकिन आपने मेरे मन की इच्छा बिना कहे जान ली। दरअसल मेरे दादा परदेश

में अपने अंतिम समय तक यह कह कर अफ़सोस करते रहे कि अब इस खानदान से शायद ही कोई बाबा का दर्शन करने कभी बनारस जा पाएगा। मैं छोटा था तो मेरा हाथ पकड़कर उन्होंने एक दिन कहा था कि तुम्हारा नाम मैंने जानबूझकर बाबा विश्वनाथ के नाम पर विश्वनाथ रखा है। अगर हो सके तो बेटा ज़िन्दगी में एक बार काशी विश्वनाथ के दर्शन ज़रूर कर आना। अब तो हवाई जहाज़ चलते हैं दो दिन में पहुँच जाओगे। मैं जीते जी दोबारा अपने वतन नहीं जा सका लेकिन तुम मेरी यह इच्छा ज़रूर पूरी कर देना बेटा। मेरी तरफ़ से शिवलिंग का रूद्राभिषेक ज़रूर कर देना। मेरी भारत यात्रा में आज आपने बाबा विश्वनाथ के दर्शन का कार्यक्रम जोड़कर मुझे सचमुच जीवन का सबसे बड़ा उपहार दिया है।" जवाब में भारत के प्रधानमंत्री ने बहुत विनम्रता से कहा, "आप बिल्कुल निश्चिंत रहिए। उत्तर प्रदेश के राज्यपाल और मुख्यमंत्री स्वयं इस कार्यक्रम की व्यवस्थाएँ देखने आज रात वाराणसी पहुँच रहे हैं। वे सुबह दस बजे हवाई अड्डे पर आपकी अगवानी के लिए भी उपस्थित रहेंगे। दरअसल आपको भले अपनी यह इच्छा प्रकट करने में संकोच रहा हो, जिसकी वजह से काशी विश्वनाथ के दर्शन का कार्यक्रम आपकी भारत यात्रा में शामिल नहीं था लेकिन कल राष्ट्रपति-भवन के भोज में आपकी पत्नी ने बातचीत के दौरान आपके दादा की यह अधूरी इच्छा बतायी थी। आजमगढ़ जाने के लिए यूँ भी वाराणसी हवाई अड्डे से हेलीकाप्टर द्वारा आगे की यात्रा तय थी, इसलिए मैंने सोचा क्यों न इसमें एक घंटे के मंदिर दर्शन का कार्यक्रम भी जोड़ दिया जाए।" भारत के प्रधानमंत्री की पूरी बात सुनकर पापा सच्चे मन से उनके प्रति कृतज्ञता व्यक्त कर रहे थे। करते भी क्यों न, आख़िर वे इस राजकीय यात्रा में पापा की एक नहीं कई इच्छाएँ पूरी करने में सहायक जो सिद्ध हुए थे। उसके बाद हैदराबाद हाउस में उस दोपहर रखे गए भोज से विदा लेकर वापस राष्ट्रपति-भवन वापस आ गए।

दूसरे दिन सुबह वायुसेना के विशेष विमान से हम सब वाराणसी के लिए रवाना हुए। दिल्ली से डेढ़ घंटे की उड़ान भरने से पहले एयरफोर्स के अधिकारियों ने हमारे नाश्ते का प्रबंध किया था। विमान के वीआईपी केबिन देखते ही बन रहे थे। वह बेहद आरामदायक यात्रा थी, हमारी हर सुविधा का बड़ी ही तत्परता के साथ ध्यान रखा जा रहा था। बनारस में

विमान उतरने पर प्रदेश के राज्यपाल और मुख्यमंत्री गुलदस्ता लेकर हमारे स्वागत की प्रतीक्षा कर रहे थे। औपचारिक स्वागत के बाद हम हेलीकाप्टर से बाबा विश्वनाथ के दर्शन के लिए रवाना हो गए। प्रसिद्ध बनारस हिन्दू विश्वविद्यालय के परिसर में हेलीपैड बनाया गया था। वहाँ पहुँचने पर प्रशासन ने बीएचयू से विश्वनाथ मंदिर तक के रास्ते में सुरक्षा के समुचित इंतज़ाम किए थे। मंदिर परिसर के पास पंडितों और दर्शनार्थियों का भारी जमावड़ा था। हम बनारस की सँकरी गलियों से होकर मंदिर की ओर जा रहे थे। इतने प्राचीन शहर की गलियाँ मुझे रोमांचित कर रही थीं। इससे पहले मैंने कभी इतना पुराना शहर नहीं देखा था। पुराने शहर के नाम पर हम पापा के साथ काहिरा (कैरो) गए थे, लेकिन भारतीय प्राचीन शहरों की तुलना में वह रोमांच शायद कुछ भी नहीं था। यहाँ का नज़ारा ही अलग था, कुछ अलग ही आकर्षण था जो आध्यात्मिक ऊर्जा से भरा हुआ था। लेकिन यह मुझे अजीब लगा कि बनारस की सड़कों पर खुलेआम गायें और साँड़ घूम रहे थे। मुझे किसी भारतीय अधिकारी ने जहाज़ में एक क़िस्सा बताया था कि एक बार अमेरिका के एक राष्ट्रपति की पत्नी जब बनारस घूमने आईं तो उनकी भिड़ंत साँड़ से हो गई। अब भले वो अमेरिकी राष्ट्रपति की अर्धांगिनी थीं पर साँड़ ने उनसे कोई भेदभाव नहीं किया और उन्हें उठाकर फेंक दिया था। बहुत अतिशयोक्तिपूर्ण बात थी वह, मुझे उस क़िस्से पर बिल्कुल भी भरोसा नहीं हुआ लेकिन मम्मी को मैं उस अधिकारी की कही बात याद दिलाकर डराती रही कि आप तो अब बचकर रहना। हालाँकि यह सिर्फ़ मज़ाक था। उस दिन बनारस में हमारे लिए सुरक्षा व्यवस्था इतनी ज़बरदस्त थी कि जानवर तो छोड़िए इंसान भी हमारे पास नहीं आ पा रहे थे।

बाबा विश्वनाथ के दर्शन पूजन के बाद हम वायुसेना के तीन हेलीकाप्टरों में सवार होकर अपने पूर्वजों के गाँव की ओर रवाना हुए। एक हेलीकाप्टर में पापा, मम्मी, मैं, मुख्यमंत्री और राज्यपाल थे। बाक़ी दोनों हेलीकाप्टर में सुरक्षाकर्मी और अन्य अधिकारी मौजूद थे। तीनों हेलीकाप्टर जब धूल उड़ाते हुए लैंड कर रहे थे तब मैं यह देखकर हैरान रह गई कि चारों तरफ़ हज़ारों लोगों की भीड़ जमा हो गई थी। मुझे समझ में नहीं आ रहा था कि वे हमें देखने आए हैं या हेलीकाप्टर देखने। लोग हेलीकाप्टर देखने

के लिए इतने उत्सुक थे कि पुलिस बैरीकेड लगाकर उन्हें दूर रखने का प्रयास कर रही थी।

इसी बीच सिल्विया के फ़ोन की घंटी बजी। फ़ोन की स्क्रीन पर देखते ही वह अचानक उठी और तेज़ कदमों से डेक के खुले हिस्से की ओर चली गई। मेरी जिज्ञासा फिर अधूरी रह गई। मैं उसके पिता की भारत यात्रा में एक गिरमिटिया के वंशज का अश्वेत देश के प्रधानमंत्री बनने और फिर अपने पुरखों की भूमि पर राजकीय सम्मान के साथ वापस आने की बात सुनकर गर्व की अनुभूति से भरा हुआ था। अब सिल्विया के जीवन की कहानी मुझे अपनी गिरफ़्त में ले चुकी थी और मैं उसके जीवन की वह सब बातें जानना चाह रहा था जिन्होंने उसे मृत्यु जैसा भय दे दिया था। लिहाजा मैं उसके लौटने का इंतज़ार करने के अलावा कर भी क्या सकता था। दस मिनट बाद वह लौट आई लेकिन उसके चेहरे से लग रहा था कि फ़ोन पर ज़रूर कोई परेशान करने वाली बात हुई है। मैं कुछ पूछता, उससे पहले ही वह बोली, “मम्मी की तबियत बहुत ख़राब है। मैंने अपने हास्पिटल से एक डॉक्टर को भेजा है। हो सकता है उन्हें भर्ती भी कराना पड़े।” उसे चिंता से घिरा देखकर मेरी हिम्मत नहीं हुई कि मैं उससे कुछ और पूछूँ। मैंने बातचीत का दौर वहीं रोकना ठीक समझा और कहा, “सिल्विया, तुम अभी वहाँ नहीं हो, यहाँ से उनके लिए जो भी इंतज़ाम कर सकती हो, करो। हम शाम सात बजे कैप्टन लॉउंज में वापस मिलते हैं।”

उसे विदा करके मैं भी अपने कमरे की तरफ़ बढ़ गया। रास्ते में स्वीमिंग पूल के पास सैकड़ों स्त्री-पुरुष अर्धनग्न लेटे धूप सेंक रहे थे। जहाज़ हौले-हौले 14 नॉटिकल मील प्रति घंटा की रफ़्तार से ही चल रहा था। सबसे ज़्यादा भीड़ जकूजी में थी। गर्म पानी के उफनते हुए टब में बैठे लोग अपनी थकावट मिटा रहे थे। कुछ ठरकी भारतीय बुज़ुर्ग घंटों से जकूजी में ही बैठे थे, क्योंकि गर्म पानी का आनंद ले रही अर्धनग्न विदेशी महिलाओं को देखकर शायद उनकी आँखों को ठंडक मिल रही थी। उनमें से कई सिर्फ़ इसलिए क्रूज़ पर आते हैं कि यहाँ स्वीमिंग पूल, जकूजी, जिम, हेल्थ क्लब में स्त्री-पुरुष एक साथ ही रहते हैं। अलग-अलग व्यवस्था नहीं की जाती है। गोरे भी वहाँ बैठे बियर और वाइन पी रहे थे। एक युगल जकूजी में भी एक-दूसरे से लिपटकर चुम्बन में व्यस्त था। उन्हें आसपास

बैठे दूसरे लोगों की कोई परवाह नहीं थी। दरअसल क्रूज़ पर यह सामान्य सी बात है। कोई क्या कर रहा है इस पर बाक़ी लोगों का ध्यान भी नहीं जाता। सब अपने आप में मस्त रहते हैं। यह प्रेमी जोड़ा ब्राजील से आया था। दोनों बेहद सुंदर और आकर्षक थे। यौवन का आवेश इतना ज़्यादा था कि वे खुले में ही प्रेम-क्रीड़ा में संलग्न हुए जा रहे थे। यह देखकर घंटों से जकूजी में आँखें सेंक रहे एक भारतीय बुज़ुर्ग भड़क उठे, "हे भगवान, ये क्रूज़ जैसी जगह बहू-बेटियों को साथ लाने लायक है ही नहीं, यहाँ तो सिर्फ़ अकेले ही आना चाहिए।"

इतना सुनते ही उनके साथी भारतीय उन पर टूट पड़े, "क्यों नहीं लाना चाहिए? दुनिया क्या है, कैसी है? यह सबको दिखाना चाहिए। यह उनकी संस्कृति है तो हमारी भी अपनी संस्कृति है। हम सारे पाप छुप कर करते हैं वे खुल कर करते हैं, फ़र्क़ यही है। लेकिन आपके जैसे दोगले को यह बात समझ नहीं आएगी। आप भी तो इतनी देर से आँखें सेंक रहे थे, तब यह अहसास नहीं हुआ था। सुबह से आप का छोटा वाला बेटा स्वीमिंग पूल के पास पतली सी चड्ढी पहने क्यों पड़ा है, बोलिए? इसी मौक़े की ताक में न कि गोरियों के बगल में धूप सेकने से क्या पता कोई गोरी चिट्टी फिरंगी उससे भी सट जाए, पर आप उसे क्यों रोकेंगे। ब्राजील वाले इन बेचारे लड़के-लड़की को बेवजह गालियाँ दे रहे हो, ये कम से कम आप जैसे दोगले नहीं हैं, जो भी हैं, जैसे भी हैं, सबके सामने हैं।" इन आरोपों से वह बुज़ुर्ग तिलमिला गए और ज़ोर-ज़ोर से चिल्लाना शुरू कर दिया। उनकी बातचीत के लहजे से लगा वे ज़रूर इंदौर या मालवा क्षेत्र से रहे होंगे। हालाँकि जकूजी में बैठे गोरे विदेशियों को उनकी भाषा बिल्कुल भी समझ में नहीं आ रही थी लेकिन यह एहसास ज़रूर हो गया कि यहाँ कुछ गड़बड़ है। सभी विदेशी एक एक करके उठे और दूसरी जकूजी में चले गए। गोरी अर्धनग्न महिलाओं को ताड़ने बैठे कुछ और भारतीयों के लिए यह बहुत बड़ा झटका था। उनके लिए पल भर में यह जकूजी अब ख़ूबसूरत गुलशन से सुनसान रेगिस्तान में बदल गया था। अब यहाँ बैठना बेकार था और गोरों के पीछे दूसरी जकूजी में जा नहीं सकते थे, क्योंकि वहाँ जाने पर वे ज़रूर आपत्ति करते। बुज़ुर्गवार भड़क कर पहले ही चले गए थे। बस फिर बाक़ी भारतीय उन्हें देर तक कोसते रहे कि बुड्ढे ने सारा मज़ा ख़राब

कर दिया। एक कहने लगा, "पिछले साल जब हम सब बार्सिलोना के बीच पर गए थे तो यही जनाब बीच की रेत पर पड़े सैकड़ों नग्न स्त्री-पुरुषों को न सिर्फ़ कनखियों से निहार रहे थे, बल्कि मौक़ा पाकर ख़ुद भी तौलिया बिछाकर लेट गए थे। तब यह नसीहत याद नहीं आई थी इन्हें...बस दूसरों को प्रवचन देते बनता है। मुझे उसकी बातें सुनकर ज़ोर की हँसी आ गई। मैंने उनसे पूछा कि आपलोग कहाँ से हैं? उन्होंने बताया कि दरअसल इस क्रूज़ पर उनके सिन्धी समाज का सम्मेलन हो रहा है। क्रूज़ पर ही उनके गुरु जी प्रवचन देते हैं। वे सब आपस में दोस्त हैं और सब साथ-साथ हैं। आख़िर में वह यह बताना नहीं भूला कि यह इंदौर वाला बुज़ुर्ग जो अभी भड़क कर चला गया, वह इतना उस्ताद है कि मज़े सब लेगा लेकिन अंत में ख़ुद को महात्मा गांधी और विनोबा भावे बताकर चल देगा...।

5

उस शाम, मैं सिल्विया की प्रतीक्षा में आधा घंटा पहले ही लाउंज में जाकर बैठ गया। हालाँकि मन इस एक बुरी आशंका से घिरा था, कि सिल्विया शायद आज मिलने का वादा पूरा न कर पाए। हो सकता है वह मम्मी की तबियत बिगड़ने की ख़बर से बहुत चिंता में हो, ऐसे में उसका न आना बनता था पर मैं अपने मन को रोक नहीं पाया। वैसे भी मन हमारे चाहने से कहाँ रुक पाता है। उस पर जो अच्छा लगता है वह जल्द ही आदत का हिस्सा भी बन जाता है। शायद सिल्विया के मामले में मेरे साथ यही हो रहा था। अतीत में उसके साथ घटित हुई किसी भयावह दुर्घटना की आशंका में मेरा मन उलझ गया था। वह क्यों कछुए की तरह अपने ही कवच में सिमट गई है? मैं लाउंज में बैठा यही सोच रहा था, तभी कैप्टन फिर गर्मजोशी दिखाते हुए मेरी टेबल पर आ गया। बातें वह अब भी अपने सबसे प्रिय विषय क्रिकेट और वेस्टइंडीज़ की क्रिकेट टीम की ही कर रहा था। उस दिन वह ब्रायन लारा पर विशेष तौर पर मेहरबान था। वह अपनी हर बात में ब्रायन लारा को सचिन तेंदुलकर से बेहतर बल्लेबाज बता रहा था। ब्रायन लारा की श्रेष्ठता सिद्ध करने और मुझे लारा का महत्त्व समझाने के लिए वह मुझे त्रिनिदाद में उसकी लोकप्रियता के क़िस्से सुनाए जा रहा था। वह बोला, ब्रायन लारा की एक झलक पाने के लिए उसके चाहने वालों की भीड़ हमेशा उसके दरवाज़े पर खड़ी रहती है। मैं मन ही मन उसे कोसते हुए सिल्विया के आने की उम्मीद में लाउंज के द्वार की ओर बार-बार देख रहा था। जब कैप्टन की बकबक मेरी बर्दाश्त के बाहर होने

लगी तो मैंने अपने लिए एक चिल्ड बीयर मँगा ली। मैं धीरे-धीरे हल्के घूँट भर रहा था या कह लीजिए एक तरह से ख़ून के घूँट पीकर कैप्टन का क्रिकेट पुराण सुन रहा था।

अचानक लाउंज का दरवाज़ा खुला, मैंने देखा वह सिल्विया ही थी। उसे देखते ही मेरा चेहरा खिल उठा। फिर मैंने झिझक के साथ कैप्टन की ओर देखा कि पता नहीं वह क्या समझेगा लेकिन तब तक वह मेरी टेबल से ऐसे गायब हो चुका था, जैसे गधे के सिर से सींग। मैंने राहत की साँस ली। सिल्विया रेड वाइन का ग्लास लाकर मेरी मेज़ पर डट गई। उसके चेहरे पर दिन में तैरती रही चिंता की लकीरें मिट चुकी थीं और अब वह ख़ुश नज़र आ रही थी।

"अब तुम्हारी मम्मी की तबियत कैसी है?" मैंने उससे पहला सवाल यही किया। वह पहला सिप लेकर बोली, "वो बिल्कुल ठीक हैं, मुझे अभी डॉक्टर ने बताया। अब उन्हें अस्पताल में शिफ्ट करने की भी ज़रूरत नहीं है।" मैं ख़ुशी में चहक उठा, "अरे वाह! यह तुमने बहुत अच्छी ख़बर सुनाई। मुझे भी चिंता हो रही थी।" सिल्विया हँसते हुए बोली, "तभी आप बीयर लेकर बैठे हैं।" फिर वह अपनी हँसी रोकने की कोशिश करने लगी। उसके आने पर मिली ख़ुशी मैं छिपा नहीं पाया, शायद उसे यह बात समझ आ गई थी। फिर उसकी हँसी रुक गई थी पर मुझे बीयर पीते देख वह अब भी अपनी मंद-मंद मुस्कान बिखेर रही थी। उसे अच्छे मूड में देखकर मैंने तुरंत पिछली बातचीत का अधूरा सिरा पकड़ लिया, "सिल्विया, तुम्हारे पापा अपने महाबीर दादा का घर देख पाये या सिर्फ़ गाँव देखकर ही उन्हें संतोष करना पड़ा...?"

वह चहकते हुए फिर शुरू हो गई, "अरे हाँ, वो बात तो अधूरी ही रह गई। गाँव में पापा का ज़ोरदार स्वागत हुआ। गाँव ही नहीं आसपास के इलाके के गाँव वालों का हुजूम पापा को देखने उमड़ पड़ा था। पापा के बारे में लोग यह सुनकर दौड़े चले आए थे कि उनकी धरती के एक गिरमिटिया मज़दूर का वंशज त्रिनिदाद का प्रधानमंत्री बनकर लौटा है। भीड़ बेकाबू होती जा रही थी पर इस बड़े राजकीय दौरे को ध्यान में रखते हुए चप्पे-चप्पे पर पुलिस तैनात थी। लोग पापा से मिलने, बात करने के लिए आतुर दिख रहे थे लेकिन पुलिस की घेराबंदी ने उन्हें रोक रखा था। उनमें

ज़्यादातर बहुत ग़रीब नज़र आ रहे थे। बहुत साधारण क़िस्म के कपड़े पहने हुए थे। कुछ बच्चे तो सिर्फ़ अंडरवियर में नंगे बदन भीड़ में खड़े टुकुर-टुकुर देख रहे थे। उन सबकी सपनीली आँखें अपने जैसे एक ग़रीब के वंशज को टाई-कोट में देख अचंभित हो रही थीं। उन्होंने गहरा नीला सूट और हल्की लाल टाई लगा रखी थी।

भारत सरकार की ओर से नियुक्त उच्चाधिकारी सबसे पहले हमें गाँव के मुखिया के घर के बाहर लगे विशाल तंबू में ले गए। वहाँ हमारे लिए भव्य जलपान का प्रबंध किया गया था। मम्मी ने वहाँ चाय पीने की इच्छा जताई। मैं अपने और मम्मी के लिए चाय लेकर आ गई। हम दोनों चाय पी रहे थे लेकिन पता नहीं क्यों पापा कुछ ज़्यादा ही भावुक दिख रहे थे। उच्चाधिकारियों के बार-बार आग्रह करने पर भी उन्होंने एक ग्लास पानी के अलावा कुछ नहीं लिया। पापा शायद अपने पुरखों का घर देखने के लिए अधीर हुए जा रहे थे। विचलित सी अवस्था में यहाँ-वहाँ ताक रहे थे, मानो महाबीर दादा की आवाज़ उनके कानों में पड़ रही हो। मुख्यमंत्री और गवर्नर अपने राज्य और इन गाँवों की ख़ुशहाली के बारे में बता रहे थे लेकिन पापा धीरज खोकर बेचैन होते जा रहे थे। जब उनसे और संयम नहीं हुआ तो उन्होंने आग्रहपूर्वक मुख्यमंत्री के सामने अपना निवेदन रख दिया, "मुझसे अब और प्रतीक्षा नहीं हो रही, क्या आप मुझे मेरे पुरखों का घर दिखाने थोड़ी जल्दी नहीं ले जा सकते? मुख्यमंत्री के संकेत पर जिला मजिस्ट्रेट फुर्ती के साथ गए और गाँव के एक बेहद बुज़ुर्ग व्यक्ति को बुला लाये। वे बुज़ुर्ग इतने उम्रदराज़ थे कि बड़ी मुश्किल से चल पा रहे थे। पापा उन्हें धीमे चलकर अपने पास आते हुए देख रहे थे। वृद्ध को पापा के पास आने में शायद कुछ डर भी लग रहा था। वह बार-बार हाथ जोड़कर सबको अभिवादन करते हुए पास आए। वे महात्मा गांधी की तरह सिर्फ़ धोती लपेटे थे। हाथ में लाठी थी। मिचमिचाती आँखों पर बेहद पुराना और टूटा हुआ चश्मा चढ़ा था। चश्मे की हालत भी उस बुज़ुर्ग की ही तरह दयनीय थी, चश्मे को नाक के ऊपर वाले हिस्से को धागे से बाँधकर जोड़ा गया था। कान पर अटकने वाली चश्मे की कड़ी भी धागों के सहारे कांच थामने वाले फ्रेम के संपर्क में थी। उसके अलावा कान पर चढ़ी चश्मे की दोनों डंडियों को एक मोटी धजी की सहायता से बुज़ुर्ग के

सिर के पीछे तक फँसाया गया था, जिससे चश्मा नीचे न गिर जाए। बाद में उनका जो परिचय बताया गया वह यह था कि वे हमारे परदादा के चचेरे भाई के पोते हैं। गाँव में हमारा यही इकलौता और अकेला रिश्तेदार बचा है। रामसुमेर नामक इस व्यक्ति से कहा गया कि अगर उन्होंने अपने बाप-दादा से महाबीर दादा के बारे में कुछ भी सुना हो तो हम सबको बताएँ। बदले में वह बुज़ुर्ग फूट-फूट कर रोने लगा। रोते-बिलखते हुए ही उसने बताया, "ग़रीबी सबसे बड़ी बीमारी होती है माई-बाप। उसी ग़रीबी में महाबीर दादा 20 साल की उम्र में यह धरती छोड़कर हज़ारों मील दूर और कई समंदर पार अंग्रेज़ों की नौकरी करने चले गए थे। दादा बताते थे कि जाते समय उनके पाँव में जूते तक नहीं थे, मेरे दादा ने अपने भाई को चलते वक़्त पहनने के लिए अपने जूते और सात रुपये खर्च के लिए दिये थे। मेरे दादा अक्सर महाबीर दादा को याद कर रोते थे। कहते थे, अब इस ज़िन्दगी में महाबीरा के दर्शन नहीं होंगे। कई सालों तक उनकी चिट्ठयाँ मेरे दादा व पिताजी के पास आती रहती थीं। चिट्ठियों में महाबीर दादा अपनी ख़ैर-ख़बर और तरक़्क़ी के बारे में लिखते थे। हमने तो अपने बाप-दादा से यही सुना कि परदेस जाकर महाबीर दादा की क़िस्मत बदल गई, वह करोड़पति हो गए हैं। महाबीर दादा चिट्ठी में यह एक लाइन हमेशा लिखते थे, 'हम दरिया के पार हैं। तुम गंगा के तीर। अब तो मिलना कठिन है पाँव पड़ी ज़ंजीर।' दादा यह सोचकर ख़ूब रोते थे कि अंग्रेज़ लोग उन्हें बेड़ियों में जकड़ कर रखते हैं, जिससे वह भाग न जाये।" बहुत भावुक दृश्य था वह। शायद पापा उन बुज़ुर्ग की कही बातें कुछ-कुछ समझ पा रहे थे, हो सकता है बुज़ुर्ग की बोली में पापा को अपने महाबीर दादा की आवाज़ सुनाई दे रही हो। उनकी आँखों के कोर से खारे पानी की बूँदें झाँकने लगी थीं। पापा का हाल देखकर मैं और मम्मी भी दुख की घनी धूप में जा पहुँचे थे। हालाँकि उन बुज़ुर्ग की भाषा न मुझे समझ आ रही थी और न ही मम्मी को। कई बार ऐसा ही होता है, भाव भाषा पर भारी पड़ जाते हैं। जो बातें दिल से निकलती हैं, वो आसानी से दूसरे के दिल में समा जाती हैं, उन्हें किसी भाषा की ज़रूरत नहीं रह जाती। हालाँकि जिला मजिस्ट्रेट बुज़ुर्ग की कही हर बात का अंग्रेज़ी में अनुवाद करके हमें बता रहे थे पर वह उन बुज़ुर्ग की बातों का नीरस तर्जुमा भर था, उसमें न

उनके मन की पीड़ा ही झलक रही थी और न ही उनकी आँखों में पापा के लिए दिख रहा अपनापन।

पापा भाव विह्वल होकर बोले, "रामसुमेर काका, घर द्वार बचा है कि नहीं महाबीर दादा का?" बुज़ुर्ग ने नाक से सरकता अपना चश्मा थामकर पापा को ग़ौर से देखा और उदास सी आवाज़ में आगे बोल पड़े, "घर में कहाँ कुछ बचा, कब का खंडहर हुआ पड़ा है। ज़मींदार ने खेत और बाक़ी गिरवी रखी जायदाद पहले ही हड़प ली थी, एक घर ही रह गया था, उसे भी अपने जानवरों का घेरा बना दिया था। उसके मरने के बाद ज़मींदार का भी कोई नामलेवा नहीं बचा यहाँ, उसका खानदान बंबई चला गया, सुना है वहाँ दूध की डेरी का बड़ा धंधा जमा लिया है। वह उजाड़ घर वीरान पड़ा है सालों से। साल छह महीने में मैं अपनी झुकी कमर से उसकी झाड़-पोंछ करने चला जाता हूँ। हर साल दीवाली में महाबीर दादा की याद में एक दिया वहाँ ज़रूर जला देता हूँ। पर इतने से कोई घर बचता है भला? बेटा, सुनते हैं बहुत बड़े आदमी हो गए हो आप लोग। उन जमींदर साहब की खाली पड़ी हवेली ख़रीद कर अपने पुरखों का इतना बदला तो ले सकते हो जिससे कोई अमीर कभी किसी ग़रीब को ऐसा न सताए कि उसका हाल महाबीर दादा जैसा हो जाए। हवेली ख़रीदो तो उस पर "महाबीर भवन" का बोर्ड ज़रूर लगा देना बेटा, इससे उनको और मेरे दादा दोनों की आत्मा को शांति मिल जाएगी।" बुज़ुर्ग को बड़ी गंभीरता से सुन रहे पापा उनका यह सुझाव सुनकर अपनी हँसी नहीं रोक पाए। अब पापा हँसे तो राज्यपाल और मुख्यमंत्री कहाँ रुकने वाले थे, पूरा तंबू ठहाकों से गूँज उठा। उसके बाद पापा को ख़ुश करने के लिए मुख्यमंत्री बोल पड़े, "अरे ये क्यों ख़रीदेंगे? सरकार ही इन्हें वह घर उपहार में दे देगी" फिर उन्होंने कलेक्टर साहब से कहा, तहसील से घर के काग़ज़ निकलवाकर हमारे पास लखनऊ भिजवा दें। पापा ने उठकर उन बुज़ुर्ग के आगे हाथ जोड़कर कहा, "काका, अब महाबीर दादा के घर का दर्शन भी करवा दीजिए, उनकी जन्मभूमि देखने के लिए मेरी आत्मा तड़प रही है।" "तो फिर चलिए..." कहकर वे बुज़ुर्ग अपनी लाठी टेकते हुए तंबू से बाहर की ओर चल दिए।

अब अगला नज़ारा क़रीब-क़रीब दाँडी यात्रा जैसा था जिसमें एक बुज़ुर्ग लाठी टेककर आगे चल रहा था और प्रधानमंत्री, राज्यपाल, मुख्यमंत्री और

दर्जन-भर उच्चाधिकारियों समेत देखने वालों का एक बड़ा सा काफ़िला उन बुज़ुर्ग के पीछे था। कमी सिर्फ़ इतनी थी कि वे बुज़ुर्ग गांधी जी की तरह तेज़ नहीं चल पा रहे थे और हम सबको उनकी चाल से साम्य बनाने के लिए बिल्कुल धीरे-धीरे चलना पड़ रहा था। कुछ देर चलने के बाद वे एक उजाड़ से मिट्टी के घर के सामने जाकर रुक गए और अपनी लाठी से उस घर की ओर इशारा कर दिया। वह देखने में घर जैसा लग ही नहीं रहा था, उसका छप्पर भी टूटा पड़ा था। दीवारों का ज़्यादातर हिस्सा एक पूरी सदी की बारिश, धूप और आँधियाँ झेलकर ढेर हो चुका था। घर के नाम पर सिर्फ़ दो कमरों का एक ढाँचा और उसका एक छोटा सा आँगन दिख रहा था। बाहर ऊबड़-खाबड़ सा एक एक चबूतरा था। दरवाज़े थे ही नहीं। पापा टकटकी लगाकर काफ़ी देर बाहर खड़े उस घर को देखते रहे। उनके दिमाग़ में क्या चल रहा था हमें समझ में नहीं आ रहा था। अचानक वे साष्टांग दंडवत की मुद्रा में ज़मीन पर धड़ाम से लेट गए। उन्होंने अपने सूट तक की परवाह नहीं की। भावावेश में उनका चश्मा भी टूट गया था। वे भाव-विकल से मिट्टी चूम रहे थे। उनका माथा ज़मीन से लगा हुआ था और वे फूट-फूट कर रो रहे थे। उन्हें इस हालत में देखकर मेरी माँ भी रोने लगी, सारा वातावरण गमगीन हो गया था। मैं भी अपने आँसू नहीं रोक पाई। राज्यपाल, मुख्यमंत्री सहित सारे अफ़सर रूमाल निकाल कर अपनी आँखें पोंछ रहे थे। लगभग दस मिनट तक पापा उठे ही नहीं, उसी हाल में पड़े फफक-फफककर रोते रहे। वे रोने के साथ धीमी आवाज़ में कुछ कहे जा रहे थे, क्या कह रहे थे वह उनके विलाप में कहीं खो जाता था। मुख्यमंत्री स्वयं भावुक व्यक्ति थे, वे आगे बढ़े, उन्होंने जाकर पापा को उठाया। मम्मी ने अपने रुमाल से उनके सूट पर लगी धूल झाड़ी। इस बीच त्रिनिदाद से एडीसी के रूप में हमारे साथ आया सेना का अधिकारी भाग कर पापा का ब्रीफकेस ले आया। उन्हें दूसरा चश्मा निकाल कर दिया। पापा ने बैग से महाबीर दादा का झोला भी निकाल लिया, उसमें रामचरित मानस और बाबा विश्वनाथ का फ़ोटो था। झोले से वे चीज़ें निकालकर आँगन में एक कुर्सी पर रखीं, फिर उन पर फूलों का हार और गुलदस्ता चढ़ाया। फिर वे खंडहर से घर के उस ढाँचे में दाख़िल हो गए। मैं और मेरी मम्मी भी उनके पीछे-पीछे चल रहे थे। मम्मी ने उनकी बाँह थाम रखी थी क्योंकि

वे भावुक होकर घर के हर कमरे की टूटी-फूटी दीवार देख कर विचलित हो रहे थे। उन्हें छूकर महसूस कर रहे थे। फिर अचानक उन्होंने देहरी को हाथों से छुआ और माथे पर लगाकर बाहर जाने के लिए मुड़ गए। मैंने पापा से पूछा, "क्या हुआ पापा?" लेकिन पापा ने मुड़कर नहीं देखा, बस इतना कहा, अब यहाँ थोड़ी देर और रुका तो मेरा दिल बैठ जाएगा। मैं और मम्मी इस बात से चिंतित हो गए कि कहीं उन्हें दिल का दौरा न पड़ जाए। हम सीधे हेलीपैड पर आ गए और वहाँ से उड़ चले। धूल उड़ाते तीनों हेलीकाप्टर धीरे-धीरे महाबीर दादा की धरती को छोड़ आसमान की ओर बढ़ रहे थे। नीचे खड़े हज़ारों लोग पापा को उस दिन सबसे ज़्यादा सौभाग्यशाली लग रहे थे जो अपने लोगों के बीच अपनी मातृभूमि की गोद में फल-फूल रहे हैं, उनकी आँखें उन्हें धन्य मान रही थीं और वे उन सब को हाथ हिलाकर अलविदा कहते मानो यही कह रहे थे कि मैं नहीं तुम सबसे ज़्यादा धनवान हो, सबकुछ होते हुए भी मुझ जैसा निर्धन कोई नहीं। हेलीकाप्टर में पापा ने मुख्यमंत्री से आग्रह किया कि वे महाबीर दादा के घर का जीर्णोद्धार करने के लिए पैसा भेज देंगे, घर बनवाकर अगर वे महाबीर दादा की एक मूर्ति वहाँ स्थापित कर सकें तो वे सदैव आभारी रहेंगे। मुख्यमंत्री और राज्यपाल ने उन्हें आश्वस्त करते हुए कहा कि इस मामले में वे कोई चिंता न करें, वे यह काम ज़रूर करवाएँगे। उस शाम दिल्ली लौटने पर विदेश मंत्री ने भी पापा के लिए एक शानदार भोज आयोजित किया था लेकिन पापा का वहाँ ज़रा भी मन नहीं लगा। वे सिर्फ़ वहाँ औपचारिकताएँ ही निभाते दिखे। डिनर जल्दी ख़त्म कर हम वापस आ गए थे। तीसरे दिन हम बंबई होकर वापस त्रिनिदाद लौट आए। हमारी यादों में आज भी भारत और वह यात्रा वैसे ही बसी है। पता नहीं अब हमें वापस भारत जाने का मौक़ा कभी मिलेगा भी या नहीं?'

सिल्विया यह कहते हए सुबकने लगी थी। उसकी आँखें पहले ही भर आई थीं। मैं भी बेहद भावुक अनुभव कर रहा था। वह सामने न बैठी होती तो शायद ऐसा अनुभव होने पर मैं शायद रो ही देता। तभी मुझे देखकर दाँत निपोरते हुए कैप्टन फिर लाउंज में घुसा लेकिन जैसे ही उसकी नज़र सिल्विया पर पड़ी, उसके दाँत मोटे और भड़कीले होठों में वापस क़ैद हो गए। वह तुरंत उल्टे पाँव लौट गया।

"सिल्विया, भारत के लिए जैसा दिल तुम्हारे परदादा महाबीर का धड़कता था, क्या तुम्हें त्रिनिदाद के लिए वैसा कुछ भी अनुभव नहीं होता? आख़िर वह तुम्हारी जन्मभूमि है, तुम्हारी नज़र में क्या है त्रिनिदाद?" इतना कहकर मैंने उसे फिर कुरेदने की कोशिश की। मेरा सवाल सुनकर उसके माथे पर बल पड़ गए, "क्या मतलब?" वह सवाल करते हुए मुझे एकटक देख रही थी। सवाल दोहराने की मेरी हिम्मत नहीं हुई, "मतलब यह कि कनाडा में रहकर तुम्हें त्रिनिदाद की याद नहीं आती? आख़िर कैसा है त्रिनिदाद?" मंतव्य समझने के बाद उसने राहत की साँस ली। फिर उसने वापस अपने चहकने वाले अंदाज़ में कहा, "आपको पता नहीं बेहद ख़ूबसूरत है त्रिनिदाद। समंदर का पानी गहरा नीला है। पोर्ट ऑफ़ स्पेन राजधानी है, संसद है, सरकारी दफ़्तर है। तमाम बड़े शहर और कस्बे हैं। चारों तरफ़ हरियाली से आच्छादित एकदम हरा-भरा है। कहीं भी घूमने निकल जाइए, आज भी दो कस्बों के बीच आपको कई मीलों तक फैले गन्ने के खेत नज़र आ जाएँगे। ऐसे ही 'सुगरकेन इस्टेट' यानी खेतों में काम करने के लिए अंग्रेज़ सन् 1830 से 1947 के बीच पानी के जहाज़ों से क़रीब 1 लाख 40 हज़ार मज़दूरों को त्रिनिदाद लेकर आए थे। कलकत्ता से वे जहाज़ चार महीनों की लंबी यात्रा के बाद पोर्ट ऑफ़ स्पेन के बंदरगाह पर पहुँचते थे। जहाँ कोरोनी के नाम से मशहूर गन्ने का पहला फार्म हुआ करता था, वह सुचारु ढंग से अब भी संचालित है। शुरुआत में उन सभी मज़दूरों को दस साल में वापस भेजने के वादे के साथ लाया गया था लेकिन उन्हें अंग्रेज़ों ने कभी वापस नहीं जाने दिया। इतना ही नहीं मज़दूरों को उनकी मेहनत का पूरा पारिश्रमिक भी नहीं दिया जाता था, ऊपर से गोरे उनके काग़ज़ भी जमा कर लेते थे। नतीजतन भारत से आए वे मज़दूर वहीं के होकर रह गए।

आज इन भारतीयों का वहाँ इतना दबदबा है कि हर सरकार में उनके तमाम मंत्री होते हैं। कई प्रधानमंत्री भी हुए। दूसरा सबसे बड़ा समुदाय अफ़्रीकी अश्वेत लोगों का है। उन्हें भारतीयों के आने से पहले कोको की खेती के लिए लाया गया था। अंग्रेज़ों से पहले वहाँ स्पेन का राज था। ज़्यादातर अफ़्रीकी गुलामों को मज़दूरी के लिए वे ही लाए थे। उन अफ़्रीकी अश्वेतों और भारतीय मज़दूरों ने इतनी तकलीफ़ें यातनाएँ झेलीं जिसकी आज कल्पना भी मुश्किल है। झोपड़ीनुमा कच्चे घरों में उनकी कई पीढ़ियाँ गुज़र

गईं। अंग्रेज़ों के हंटर सहते रहे, भूखे रहे, इलाज का भी इंतज़ाम नहीं होता था क्योंकि गुलामों को भला कोई मज़दूरी देता है? हालाँकि यहाँ उन्हें पैसे मिलते थे लेकिन बहुत कम। उसमें भी आधे पैसे यह कहकर रख लेते थे कि जब भारत वापस जाओगे तो इकट्ठे मिल जाएँगे, लेकिन न कोई वापस जा पाता था और न ही वे आधे पैसे कभी मिल पाते थे। चूँकि अश्वेतों और भारतीयों दोनों पर ज़ुल्म होते थे इसलिए धीरे-धीरे ये दोनों कौमें काफ़ी क़रीब आ गईं, आख़िर दोनों ही अंग्रेंजों के सताये और उनके ज़ुल्म के मारे जो थे। इनमें कुछ गिने-चुने ही थे जिन्हें अपने और आने वाली पीढ़ियों के लिए बेहतर भविष्य बनाने का मौक़ा मिला। मेरे दादा और नाना दोनों की कहानी ऐसी ही थी। उन्होंने बहुत तकलीफ़ें झेलीं और इस अनजान देश में धीरे-धीरे अपने पैर जमाये। यह मेरे दादा की दूरदर्शिता ही थी जो उन्होंने पापा को सबसे अच्छे स्कूल में भेजा। उनकी आगे की पढ़ाई इंजीनियरिंग की हुई, वह भी फ्लोरिडा (अमेरिका) में। पढ़ाई ख़त्म करने के बाद पापा पड़ोसी देश वेनेजुएला की एक पेट्रोलियम कंपनी में नौकरी करने लगे थे। दरअसल वेनेजुएला इतने पास है, कि जब कभी धुंध न के बराबर होती है, तो त्रिनिदाद की सीमा से वेनेजुएला की टिमटिमाती बत्तियाँ भी नज़र आ जाती हैं। पाँच साल की नौकरी के बाद पापा त्रिनिदाद लौट आए। उन्होंने परिवार का व्यापार बढ़ाया फिर धीरे-धीरे उनका रुझान राजनीति की ओर बढ़ गया। "त्रिनिदाद-टोबैगो कांग्रेस" की स्थापना के साथ ही उनके नए राजनैतिक जीवन की शुरुआत हो गई। चूँकि त्रिनिदाद में भारतीयों की आबादी 40 प्रतिशत के आसपास है और भारतीय मूल का कोई राजनेता पापा से पहले इस क्षेत्र में नहीं उतरा था इसलिए पापा को लोगों का ज़ोरदार समर्थन प्राप्त हो गया। पापा ने इन सभी भारतीयों की आवाज़ उठानी शुरू की तो जैसे त्रिनिदाद की राजनीति में भूचाल ही आ गया, अब भारतीयों के वोट का मोल तत्कालीन सरकार को समझ आने लग गया था। इसी बीच त्रिनिदाद की सबसे बड़ी स्टील कंपनी, जो काफ़ी वक़्त से बंद पड़ी थी, उसे पापा ने एक भारतीय उद्योगपति मित्तल की मदद से न सिर्फ़ नीलामी में ख़रीदवाया बल्कि उसे वापस चालू हालत में लाकर खड़ा कर दिया। इससे हज़ारों लोगों को नौकरी मिल गई। पापा अपने हर प्रयास से त्रिनिदाद की जनता का दिल जीत रहे थे। उस पर भारतीय उद्योगपति मित्तल के लिए

जब एक बंद मिल ख़रीदना फ़ायदे का सौदा साबित हुआ तो उसने पापा को सबसे ज़्यादा महत्त्व देना शुरू कर दिया। एक बड़े उद्योगपति से पापा की नज़दीकियों ने उन्हें जनता के बीच यूथ आईकान बना दिया। त्रिनिदाद की जनता पर पापा का असर बराबर बढ़ता ही चला जा रहा था। इसी बीच पापा और मेरे नाना ने मिलकर अपना व्यापार भी ख़ूब बढ़ाया। दो सुगर मिल पहले ही उनके पास थीं, अब कई और मिलें भी उनके पास आ गईं। उस पर एक गैस कम्पनी में पापा का भारी निवेश नफ़े के सौदे में तब्दील हो गया। पापा के इन उपक्रमों ने भारतीयों के लिए लाखों नौकरियों के अवसर पैदा कर दिए थे। जैसे तकदीर यहाँ अपनी कोई नई बिसात बिछा रही थी जिसमें पापा के सारे दाँव सही पड़ रहे थे। पापा की पार्टी त्रिनिदाद टोबैगो और ख़ुद उनका भारतीयों के बीच प्रभाव बढ़ता ही चला जा रहा था। पार्टी और अपना प्रभाव बढ़ाने में वे कोई कसर नहीं छोड़ रहे थे, उन्होंने भारत से साधू-संन्यासी बुलाकर उनके कार्यक्रम करवाने शुरू किये जिससे उन भारतीयों के बीच भी उनका रुतबा बढ़ता गया, जिनके लिए भारतीय संस्कार बहुत मायने रखते हैं।

पापा ने अपनी पहली चुनावी हार से भी बहुत कुछ सीखा था। उन्होंने कोई भी ग़लती नहीं दोहराई। इस बार उन्होंने चुनाव अश्वेतों की एक पार्टी के साथ गठबंधन के साथ लड़ा। नतीजा उन्हें भारी बहुमत से जीत मिली। उन्हें त्रिनिदाद की जनता का 60 प्रतिशत से ज़्यादा वोट मिला था। पापा त्रिनिदाद के प्रधानमंत्री हो गए। भारतीयों को लग रहा था कि उनका सपना पूरा हो गया है। जिस ज़मीन पर वे मज़दूर बनकर आए थे, अब वे उसी देश के सर्वोच्च नागरिक हो गए थे। अपने देश की जनता के हित में फ़ैसला लेने का अधिकार उनके पास था। एक तरह से देश के सबसे बड़े निर्णयकर्ता! पोर्ट ऑफ़ स्पेन में रहने के लिए हमें बहुत बड़ा पी.एम. हाऊस मिला। जिसके सामने 2 किलोमीटर लम्बा सुंदर पार्क था। चारों तरफ़ छोटे-छोटे पहाड़ थे, ऐसा नजारा जो देखते बनता था। पहले पार्क की इसी ज़मीन पर घुड़सवारी होती थी इसलिए इसे रेसकोर्स बोलते थे, लेकिन बाद में घुड़सवारी बंद हो गई। हालाँकि अब यह स्पोर्ट्‌र्स एरिया कहलाता है। घुड़सवारी की जगह अब वहाँ फुटबाल, क्रिकेट व तमाम तरह के दूसरे खेल खेले जाने लगे थे। पार्ट ऑफ़ स्पेन में यही वो ख़ूबसूरत जगह थी,

जहाँ पहाड़ों के बीच से होकर मराकास बीच के लिए रास्ता जाता था। चाँदी जैसी सफेद बालू वाला यह बीच लोगों के लिए आकर्षण का केन्द्र है। हज़ारों लोग रोज़ इस बीच का आनंद लेने आते हैं। हमारे नए घर के पीछे ही कुछ दूरी पर एक मशहूर गोल्फकोर्स था—मोका। प्रधानमंत्री के रूप में पापा को उस गोल्फकोर्स की सदस्यता सहज ही प्राप्त हो गई थी। वे अक्सर वहाँ गोल्फ खेलने जाते थे। वहाँ जाने के रास्ते में क्यूसेन रोड और गावा रोड में ख़ूबसूरत बंगले थे।

साउथ त्रिनिदाद में हमारा पुश्तैनी घर अब पीछे छूट गया था। पापा के पुरखे उसी घर में रहते आए थे। उस इलाके को सैनफरनान्डो कहा जाता है। यहीं गन्ने के खेत थे, उसके पास ही एक छोटा सा गाँव गैस पारिलो था, जहाँ एक चीनी मिल थी। पापा के पुरखे उसी सुगर मिल में काम करते थे। हमारे परदादा महाबीर का सारा जीवन वहीं मज़दूरी करते हुए गुजरा था। लेकिन जीवन में सिर्फ़ वैभव कुछ नहीं होता, यह भी एक सच था। पापा के प्रधानमंत्री बनने के बावजूद हम सबको पूरी-पूरी रात पहले जैसी चैन की नींद नहीं आती थी, पुराने घर में आती रही नींद गायब थी। सपना सच होना बाक़ी सपनों की जगह खा जाता है, फिर किसी सपने के लिए जगह नहीं बचती। हमारे परिवार के साथ यही हो रहा था। उनका देखा हुआ सपना अब हकीकत में बदल गया था। किसने सोचा था कि वे जिस देश में महज एक गुलाम की हैसियत से आए थे, उनका परिवार वहाँ की सर्वोच्च सत्ता हासिल करने में कामयाब हो जाएगा। यही सोचकर जब हमारे घर वालों की आँखों में ख़ुशी से आँसू तैर जाया करते थे तो मैं माँ से अक्सर पूछा करती थी, कि आप लोग ख़ुश होने के बजाय रोते क्यो हो। जवाब में मेरी मम्मी एक भारतीय कवि की कविता सुना देती थी,

"सुख और दुख मन के माने से होते हैं। हमने तो देखा है लोग ख़ुशी में भी रोते हैं"

बस इतना समझ लीजिए मेरे परिवार का यही हाल था। प्रधानमंत्री बनने के बाद भी पापा तीन मंदिरों में ज़रूर जाते रहते थे। एक कौपीचाइमा का प्राचीन हनुमान मंदिर जो आज भी बहुत ख़ूबसूरत है। एक चेज़ विलेज का मंदिर था और तीसरा सगुवानाज के पास स्वामी शिवदास का मंदिर।

स्वामी शिवदास ने यह मंदिर समुद्र के अंदर बनवाया था। यह भारतीयों की आस्था का प्रतीक माना जाता है। लगता है यह महाबीर दादा से मिले संस्कार ही थे जो अपने अतीत से पापा को हमेशा जोड़ कर रखते थे। शायद इसीलिए उन्होंने सरकार में आते ही ब्रेंटवुड और कूवा (Couva) सुगरकेन इस्टेट के खेतों में बेहतरीन सरकारी घर बनवाने शुरू किये। इन इलाकों में अब गन्ने की खेती नहीं होती थी और यह जगह धीरे-धीरे ग़ैर कानूनी तरीक़े से लोगों के कब्जे में आती जा रही थी। पापा के मन में इस ज़मीन से गहरा भावनात्मक जुड़ाव था। उन्होंने यहाँ सरकारी घर बनवा कर उन सभी भारतीय और अश्वेत परिवारों को बहुत सस्ते दामों में उपलब्ध करवा दिये थे। इन सबके पुरखे कभी इन्हीं इलाकों में मज़दूरी किया करते थे। इसलिए यह उनके लिए किसी अकल्पनीय उपहार से कम नहीं था। वे अपने घर के लॉन की उस मिट्टी को अब आसानी से चूम सकते थे, जहाँ कभी उनके पुरखों का पसीना गिरा था। अब वे अपने पूर्वजों की यादों को सहेज सकते थे। इन्हीं सब बातों ने धीरे-धीरे पापा की लोकप्रियता में चार-चाँद लगा दिए थे।

पापा में तमाम त्रिनिदादवासियों को उनका हक़ दिलाने की ज़िद थी। वे सिर्फ़ भारतीयों के हक़ के लिए कभी नहीं लड़े, यह पक्षपात उन्हें अपने उसूलों के ख़िलाफ़ लगता था। लैवेन्टाइल का एक बहुत बड़ा पहाड़ी और मैदानी इलाका था। पहाड़ी के ऊपर और नीचे बसे इस इलाके में अश्वेत रहते थे। वे सब बहुत ग़रीब थे और उनके बच्चे आर्थिक बदहाली के चलते धीरे-धीरे अपराध की दुनिया की ओर बढ़ते जा रहे थे। पापा ने वहाँ विशाल “ग्रैंड बाजार” बनवाया। उस बाज़ार में हज़ारों दुकाने थीं। बारातरिया नाम के उस इलाके में उन्होंने शॉपिंग माल, कारों के शो रूम, रेस्तराँ बनवाये।

अब वहाँ हज़ारों अश्वेत लड़के-लड़कियाँ न केवल काम कर रहे हैं, बल्कि उनको सस्ते दामों में दुकानें आवंटित की गईं, जिससे वे अपराध की दुनिया छोड़कर न सिर्फ़ व्यवसाय की तरफ़ आकर्षित हुए बल्कि जल्द ही मालामाल हो गए। अब वे अपना व्यापार ख़ुद कर रहे हैं। पापा ने वेनेजुएला के राष्ट्रपति से बात करके गैस खोजने के काम को बढ़ाया, बेटुमिन (चारकोल) के कारखाने लगवाये। अमेरिका, ब्राजील, इंग्लैंड, वेनेजुएला से

बड़ी-बड़ी कंपनियों के निवेश के लिए प्रेरित करके गैस निकालने और कच्चा तेल निकालने का काम आगे बढ़ाया। इससे देश की अर्थव्यवस्था मज़बूत होने लगी। लेकिन वे ख़ुद हमेशा ईमानदार रहे, हनुमान जी के पुजारी रहे, उनमें लालच कभी नहीं आया।

कई बार मैं उनसे लिपट कर पूछती थी कि पापा ये तो सरकारी घर है कभी न कभी तो छूट जाएगा। आप हमेशा तो प्रधानमंत्री नहीं रहेंगे। प्रधानमंत्री आवास के पीछे मारावाल का ख़ूबसूरत इलाका है, वहाँ बहुत ख़ूबसूरत घर हैं, क्यों न हम भी वहाँ अपना एक घर बनवा लें? यहाँ एक अच्छा घर हो जाएगा तो हम हमेशा पोर्ट ऑफ़ स्पेन में रह सकते हैं। लेकिन वे हमेशा हँस कर टाल देते थे, "अब हम राजनीति में हैं, हमें अब ख़ूबसूरत घर अपने लिए नहीं बनाना है। बाद में हम अपने सैन फरनाडो के उसी पुराने इलाके में जाकर रहेंगे जहाँ हमारे पुरखे रहते थे। वहीं एक घर बनवा लेंगे। पोर्ट ऑफ़ स्पेन त्रिनिदाद की राजधानी है, यहाँ घर बनवाया तो हर एक की आँख में चुभेगा।"

पापा की बात बिल्कुल सही थी पर सारी ईमानदारी और पारदर्शिता के बावजूद पापा की बढ़ती लोकप्रियता देखकर उनके विरोधियों की छाती पर साँप लोट रहे थे। वे इसी ताक में थे कि कोई अच्छा मौक़ा हाथ लगे और वे राजनीति की इस बिसात पर अपना दाँव चल दें। वे हर रोज़ पापा पर दुनियाभर के अनाप-शनाप आरोप लगाते थे। हमारा वह रिश्तेदार कामता प्रसाद पूरी तरह से विपक्षी दलों के साथ मिल चुका था। वह रात-दिन पापा के ख़िलाफ़ अफ़वाहें फैलाकर संसद में किसी न किसी फर्ज़ी घोटाले को उठवाता रहता था।

एक बार पापा ने उसे घर बुलाकर समझाया भी, उन्होंने उसे अपनी सरकार में मंत्री बनाने का प्रस्ताव भी दिया लेकिन वह राष्ट्रपति बनने की माँग करने लगा। जनता में उसकी पैठ और नेक छवि होती तब भी उसकी माँग पर विचार संभव था लेकिन राष्ट्रपति और प्रधानमंत्री दोनों ही भारतीय हों यह बात पापा को कभी स्वीकार नहीं थी। उस पर वह हमारे परिवार से ही संबंधित था और एक ही परिवार से दो सबसे प्रमुख पद भर जाते तो निश्चय ही अश्वेतों पर इसका बुरा असर पड़ता। पापा ने एक अश्वेत को राष्ट्रपति बनवाया था। हालाँकि राष्ट्रपति के पास बहुत

अधिकार नहीं होते हैं। प्रधानमंत्री ही निर्णायक भूमिका में होता है लेकिन एक सर्वोच्च पद अश्वेत व्यक्ति के पास होने से जनता का पापा के प्रति विश्वास अडिग था, और पापा सत्ता में यह संतुलन हमेशा बनाए रखना चाहते थे। पर संतुलन अगर हमारे बनाने से बना रह पाता तो बात ही क्या थी...? कुछ चीज़ें ऐसी अनिश्चितता के साथ सामने आती हैं कि हमारा सारा संतुलन बिगड़ जाता है।

6

"तुम्हारी बातें सुनकर पता नहीं क्यों लग रहा है सिल्विया, जैसे त्रिनिदाद में तुम्हारी कोई बहुत ज़रूरी चीज़ छूट गई है। कई बार हम, जीने के लिए हवा और पानी की तरह कुछ चीज़ों को उतना ज़रूरी नहीं मानते, जितनी कि वे वाक़ई ज़रूरी होती हैं..." मैंने सिल्विया की बातें सुनने के बाद यह बात बस यूँ ही कही थी लेकिन उसने चौंककर मेरी आँखों में यूँ देखा जैसे मैंने उसकी किसी दुखती रग पर हाथ रख दिया हो। रेड वाइन का ख़ाली गिलास देखकर उसने पहले अपने लिए तीसरा गिलास ऑर्डर किया फिर वापस मेरी तरफ़ मुड़कर बोली, "शायद आप सही कह रहे हैं। मेरे जीवन का ख़ालीपन हो सकता है त्रिनिदाद छोड़ने की वजह से ही पैदा हुआ हो... शायद...।" इस बीच बैरा रेड वाइन का एक और गिलास रख गया, सिल्विया ने एक घूँट भरकर आगे कहना शुरू किया, "जहाँ आप पैदा हुए हों, पले-बढ़े हों वे सब जगहें और उनकी यादें इतनी आसानी से पीछा कहाँ छोड़ती हैं? अक्सर याद करती हूँ उन दिनों को।

क्या कमाल के दिन थे वे भी। शाम को पापा अक्सर दर से बहुत देर से लौटकर आते थे, इसीलिए पीएम हाऊस का स्टाफ कई बार मुझे बोर होता देख सामने रेसकोर्स पार्क में घुमाने ले जाता था। मैं वहाँ अक्सर बास्केट-बाल खेलती थी। बास्केट-बाल कोर्ट से लगा हुआ एक बड़ा मैदान था जहाँ लड़के क्रिकेट खेलते थे। मैं अक्सर जब खेलकर थक जाती तो वहाँ किनारे लगी एक बेंच पर बैठकर क्रिकेट देखने लगती थी। हालाँकि उससे पहले मुझे क्रिकेट कभी इतना पसंद नहीं रहा लेकिन जीवन और

क्रिकेट में मुझे यह एक बात समान लगती है कि अगर किसी के पास कोई हुनर है, तो एक न एक दिन वह दिखता ज़रूर है। वहाँ क्रिकेट खेलने वाले तमाम लड़कों में ऐसा हुनर वहाँ आने वाले सिर्फ़ एक अश्वेत लड़के में नज़र आता था। वह एकदम लम्बा, छरहरे बदन का अश्वेत लड़का था। ख़ूबसूरत ऐसा कि आप उसे ब्लैक-ब्यूटी कह सकते हैं। लेकिन उसका हुनर सुंदर और आकर्षक नैन-नक्श होना नहीं था, बल्कि उसका असली हुनर गज़ब का बल्लेबाज होना था। अपनी बारी आते ही क्रीज़ पर ऐसा चिपक जाता था जैसे स्वयं भगवान से नॉट-आउट रहने का वरदान लेकर आया हो। एक से एक गेंदबाज आते पर किसी की क्या मजाल जो उसे आउट कर दे। इसके अलावा एक और बात थी, वहाँ खेलने वाले तमाम भारतीय मूल के लड़के मुझसे बात करने सहज ही आ जाते थे, उसके पीछे रहने वाला कारण महज मेरा एक लड़की होना था, ऐसा मुझे नहीं लगता। शायद असली वजह यह थी कि मैं त्रिनिदाद के प्रधानमंत्री की बेटी थी। मैं हर एक नवोदित क्रिकेट खिलाड़ी के लिए एक बड़ी उम्मीद की तरह थी, क्या पता पापा से मेरे द्वारा की गई किसी भी खिलाड़ी की अनुशंसा उसका भाग्य ही बदल दे। इसी आशा के साथ भारतीय मूल के लड़के मेरे पास अक्सर मंडराया करते थे। मेरी चापलूसी करते थे, मुझे ख़ुश करने का हर एक प्रयास करने में ज़रा भी नहीं हिचकते थे। लेकिन उस अश्वेत खिलाड़ी ने कभी मेरे पास आने की कोशिश नहीं की। इस वजह से मुझे वह बहुत दंभी भी लगा, बाद में पता चला कि दरअसल उसके मन में एक हिचक थी जो उसे मुझ तक आने से रोक रही थी। शायद उसे अच्छी तरह पता था कि त्रिनिदाद में भारतीय मूल की लड़कियाँ अक्सर अश्वेत लड़कों से बात करने से कतराती हैं। इसी वजह से सीधे मुझसे बात करने की उसकी हिम्मत ही नहीं हुई। वह अश्वेत लड़का अन्य भारतीय लड़कों से यह गुज़ारिश करता था कि वे उसे पीएम की बेटी से मिलवा दें। वह बिल्कुल सही था, मुझे जब यह बात पता चली मैंने मिलने से इंकार कर दिया।

फिर एक दिन जब मैं रोज़ की तरह बास्केट-बाल खेलने के बाद थककर उसी बैंच पर बैठी उन लड़कों का क्रिकेट मैच देख रही थी, उस अश्वेत लड़के ने अपनी पारी में 20 छक्के जड़ दिए। उसने महज 20 गेंदों में अपना शतक पूरा कर लिया था। उस दिन उसके खेल ने मेरा मन मोह

लिया। मैंने ख़ुद अपनी सुरक्षा में तैनात सेना के अंगरक्षक से उस लड़के को बुलाने के लिए कहा। वे उसे लेकर आ गए। वह बेहद सकुचाया हुआ सा 21 साल का युवा था। उस दिन पहली बार उसे पास से देखा, छरहरा बदन, लम्बी गर्दन, हिरनी जैसी आँखें, घुँघराले बाल और ऐसी दिलकश मुस्कान कि वह अश्वेत लड़का पहली मुलाक़ात में ही मेरा दिल लूटकर ले गया। पता नहीं उस दिन त्रिनिदाद में रहने वाले भारतीयों के अश्वेत लड़कों से दूर रहो वाले पूर्वाग्रह को ताक पर रखकर, उस लड़के को अपने पास बुलाने कों क्यों मजबूर हो गई थी। कुछ तो कमाल की कशिश थी उसकी आँखों में। उस लड़के के चेहरे पर गजब की निश्छलता और मासूमियत बसी हुई थी। किसी अनजाने से आकर्षण में क़ैद मैं उसे अपलक देख रही थी। सिर्फ़ मैं उसे देख रही थी ऐसा नहीं था, वह भी टकटकी लगाये मुझे ताक रहा था और मैं उसे। उसका संकोच भाँपकर मैंने उस दिन बात आगे बढ़ाई थी, "बहुत अच्छा खेलते हो, किस क्लब में सीखा क्रिकेट?" मैंने महसूस किया कि वह मुझसे नज़रें मिलाने में भी शर्मा रहा था। सकुचाते हुए उसने धीरे से नज़रें उठाकर बस इतना कहा, "बस यूँ ही ख़ुद से सीखता रहता हूँ, दरअसल मेरे पापा क्वीन्स पार्क सबाना में पिच क्यूरेटर हैं। वे पूरे वेस्टइंडीज़ में विकेट बनाने में सबसे सिद्धहस्त माने जाते हैं। बचपन से ही मैं उनके साथ ग्राउंड पर जाता था, वहाँ मैंने एक से एक बल्लेबाजों को प्रैक्टिस करते देखा, फिर चाहे वो विवियन रिचर्ड्स हों या गैरी सोबर्स, क्लाइव लायड या एल्विन कालीचरण। कई बार भारत के लिटिल मास्टर सुनील गावस्कर को भी मैंने पापा की बनाई उन्हीं पिच पर खेलते देखा है। इंग्लैंड के इयान बाथम या आस्ट्रेलिया के ग्रेग चैपल व एलन बार्ड जैसे कमाल के बल्लेबाज भी पापा की बनाई पिच का जलवा देख चुके हैं। इन सब खिलाड़ियों को देख-देख कर मैंने बैटिंग के हुनर सीखे और मेरे पापा ने मुझे तराशने का काम किया। पर अफ़सोस! उनका सपना अधूरा रह गया। उनकी कोशिशों का कोई फ़ायदा नहीं हुआ। वेस्टइंडीज़ की जूनियर टीम छोड़िए, मुझे अब तक त्रिनिदाद की स्थानीय टीम में भी जगह नहीं मिल पाई है।"

मेरे छोटे से सवाल के जवाब में वह कुछ ऐसे शुरू हुआ कि रुकने का नाम ही नहीं ले रहा था। उसकी फ़िक्र यह रही होगी कि हो सकता है मैं

उससे आगे बात नहीं करूँगी और उसकी बात अधूरी रह जाएगी, इसीलिए वह एक ही बार में सब कुछ बोलना चाहता था। बाक़ी अश्वेत लड़कों के मुक़ाबले उसकी अंग्रेज़ी और बात करने का तरीक़ा बेहद मोहक था, लग रहा था बस सुनती रहूँ लेकिन कब तक? ख़ैर मैंने उसे बीच में टोक कर पूछ ही लिया, "आख़िर मैं इसमें तुम्हारी क्या मदद कर सकती हूँ?" वह मानों इसी बात के इंतज़ार में था, "आप बिल्कुल मदद कर सकती हैं, और आपके पापा ने चाहा तो क्या नहीं हो सकता?" मैं उसके आत्मविश्वास से चकित हो रही थी लेकिन मैं सचमुच विवश थी क्योंकि पापा को इस तरह के मामलों में दख़ल देते मैंने कभी देखा सुना नहीं था। वे त्रिनिदाद की प्रगति से जुड़े मुद्दों पर तुरंत संज्ञान लेते थे और क्रिकेट उनकी नज़र में एक खेल और मनोरंजन के अलावा कुछ नहीं था। मैंने हिम्मत जुटाकर कहा, "लेकिन मेरे पापा क्रिकेट सेलेक्शन जैसे मामले में दख़ल नहीं देते। जहाँ तक मुझे पता है उन्हें क्रिकेट में कोई विशेष रुचि भी नहीं है, इसलिए शायद वे मदद नहीं कर पाएँगे, हाँ कोई और समस्या है, जैसे किसी के पास रहने को घर न हो, नौकरी न हो तो वो फौरन मदद के लिए तत्पर हो जाते हैं।" यह सुनकर वह थोड़ा उदास हो गया था। "आई एम सॉरी" उसने शेर की तरह अपने मांसल और मज़बूत कंधे उचकाकर कहा, फिर चुप हो गया। उसकी आँखें भी डबडबा गई थीं। मुझे उसकी आख़िरी उम्मीद तोड़कर बिल्कुल अच्छा नहीं लगा। मुझे उसकी बची-खुची आशा तोड़कर पता नहीं क्यों बहुत बुरा लगा। न जाने कितने दिनों से वह मुझसे मिलकर बात करने की प्रतीक्षा में रहा होगा, शायद उसे भारतीय मूल के लड़कों ने यह सुझाया था कि तू इतना अच्छा खेलता है, पीएम की बेटी को तुम्हारा खेल बहुत पसंद है। वह अक्सर तुम्हें बैटिंग करते देखती रहती है। तुम उससे कहोगे तो वह अपने पापा से कहकर तुम्हें त्रिनिदाद की जूनियर टीम में खेलने का मौक़ा दिलवा सकती है। लगता है इसी उम्मीद से वह हमारे पास आया था लेकिन प्रधानमंत्री की बेटी ने उसकी उम्मीदों पर एक क्षण में पानी फेर दिया था। मैंने उसकी योग्यता देखी थी, वाक़ई वह कमाल का खिलाड़ी था। लेकिन कई बार सिर्फ़ योग्यता अपने आप में कोई मायने नहीं रखती। ज़मीन में दबा पड़ा हीरा भी पारखी की नज़र न पड़ने तक एक पत्थर का टुकड़ा ही रहता है। उसे तराशना पड़ता है, उसे भी जौहरी

की नज़र पड़ने का इंतज़ार होता है, तब जाकर कहीं उसकी असली क़ीमत दुनिया को पता चल पाती है। उसे भी ऐसे ही किसी मौक़े की तलाश थी। मैं उसे वह मौक़ा दिलवा सकती हूँ इसी आशा में वह मुझसे मिलकर अपनी बात कहने के लिए बेकरार था। लेकिन अब वह धीरे-धीरे उल्टे कदमों से पीछे हटने लगा और मुझे कातर नज़रों से देखते हुए वापस मुड़कर मैदान की ओर जाने लगा। उसकी टूटी हुई उम्मीद देखकर मेरा मन किसी गहरे अपराधबोध से भर गया था। मुझे यह कहाँ पता था कि उसकी शिकायतों का पुलिंदा खोलने पर अंदर एक मासूम दिल भी नज़र आ जाएगा? मैं उस वक़्त ख़ुद को एक नकचढ़ी राजकुमारी की तरह लग रही थी जो राजा से किसी योग्य व्यक्ति को अपनी प्रतिभा दिखाने का मौक़ा भी नहीं दिलवा सकती। मुझे लगा अगर मैंने उसकी मदद नहीं की तो जैसे कोई बड़ा गुनाह कर बैठूँगी।

मैं लपक कर उसकी ओर भागी। मेरे पीछे अंगरक्षक भी दौड़े, जिन्हें मैंने रोक दिया। तेज़ क़दमों से चलकर उसके पास पहुँचने से पहले ही मैंने कहा, "अरे सुनो, इतने नाराज़ हो गए कि बात ख़त्म करने के पहले ही मुड़कर वापस आ गए?" मेरी आवाज़ सुनकर वह ठिठक कर अपनी जगह पर ठहर गया। शायद पीएम की बेटी का यूँ उसके पीछे आना उसे अप्रत्याशित लगा हो। फिर उसने मुड़कर मेरी तरफ़ देखा। उसके चेहरे पर वही निश्छल मुश्कान तैर रही थी जिसे देखकर कोई भी अपना दिल हार जाए। हालाँकि उसकी आँखें अब भी नम थीं, एक हाथ से वह आँखों का कोर पोंछते हुए बोला, "मैं भला आपसे क्यों नाराज़ होने लगा?" मैंने तुरंत कहा, "तो फिर जो बात शुरू की है उसे जाने से पहले ख़त्म भी करना होगा।" उसने कुछ शर्माते हुए कहा, "जी।"

आगे की बातचीत में पता चला कि वह लेविन्टल में रहता है। मैंने सुना था पोर्ट ऑफ़ स्पेन की उस पहाड़ीनुमा घुन लगी सी बस्ती में बेहद ग़रीब लोग रहते थे। अश्वेत अफ़्रीकी बहुल उस बस्ती के भाग्य में अभावों से भरा जीवन और सिर्फ़ अंधकार था। उनके बच्चे लड़कपन में ही अपराध की दुनिया में सरक जाते थे। मुझे ताज्जुब हुआ उस बदनाम इलाके के इस लड़के को इतनी अच्छी अंग्रेज़ी कैसे आती है और यह भी की आसपास की कालिख से क्या वह सचमुच बचा रह गया है। मेरी अंतरात्मा पुकार

उठी, इस लड़के की मदद ज़रूर की जानी चाहिए, मदद न मिलने पर कहीं यह भी अपराध की दुनिया की तरफ़ न मुड़ जाये। मैंने उससे उसका फ़ोन नम्बर माँगा। वह हतप्रभ रह गया, उसके पास मोबाइल नहीं था, उन दिनों मोबाइल कोई आम बात थी भी नहीं। वह कुछ देर टकटकी लगाकर मुझे देखता रहा फिर उसने एक लैंड लाइन नम्बर लिखकर मुझे थमाया। मैं कुछ कह पाती उससे पहले वह मुड़ा और मेरी आँखों से ओझल हो गया। मैं वहीं खड़ी उसे जाते हुए देखती रही फिर घर लौट आई।

उस रात डिनर के वक़्त मैं पापा की ख़ूब ख़ुशामद कर रही थी। उनकी लाड़ली बेटी ऐसा अक्सर करती थी इसलिए उन्हें कोई शक नहीं हुआ। लेकिन मुझे अच्छी तरह पता था कि मैं उनकी इतनी चापलूसी क्यों कर रही हूँ। तमाम बातों के बीच मौक़ा पाकर मैंने उस अश्वेत लड़के का क़िस्सा पापा को सुना दिया, पर उन्होंने न क्रिकेट की बातों में कोई दिलचस्पी दिखायी और न ही उस लड़के की प्रतिभा में। उनके इस व्यवहार पर मैं खीज गई, मैंने भड़कते हुए उन्हें उलाहना दे दिया, "आप तो हमेशा भारतीयों और अश्वेतों की एकता की बात किया करते हैं, अब क्या हो गया? यह भारतीय होता तब भी क्या आप इसकी मदद नहीं करते? मुझे पता है ज़रूर करते। एकता-वेकता सब कहने की बातें हैं।" जवाब में वे भी थोड़ा चिढ़ गए, "कहा न बेटा, यह मामला मेरे हाथ में नहीं है। कोई सरकारी काम होता तब भी कुछ मदद कर देता। क्रिकेट बोर्ड में भी मेरा कोई परिचित नहीं है जिससे उसकी सिफ़ारिश की जा सके।" मैं कुछ भी समझने के मूड में नहीं थी, मैंने भी बहस आगे बढ़ा दी, "लेकिन लोग तो कहते हैं कि आप जो चाहें हो सकता है। क्रिकेट बोर्ड वाले भी आपकी बात नहीं टालेंगे।" मेरी बात सुनकर पापा चुप हो गए। बात बढ़ाने से बचने के लिए वे अक्सर ऐसा करते थे। लेकिन शायद बेटी के प्यार के आगे वे मजबूर हो गए थे। दूसरे दिन उन्होंने मुझसे उस अश्वेत लड़के का पता और नम्बर माँगा और कहा, "उस अश्वेत लड़के को उसके पिता के साथ बुलवा लो।" पापा की बात सुनकर मेरी ख़ुशी का ठिकाना नहीं था। अगले दिन वह डरते-डरते पीएम हाऊस आया। मुझे देखते ही वह वैसे ही शर्मा रहा था। काली टी-शर्ट और जीन्स में वह बहुत सुंदर दिख रहा था। पापा ने उससे पूछा, "अभी कहाँ से खेलते हो?" उसने बताया, "एक स्थानीय

क्लब से खेलने के लिए विवश हूँ सर। बस कुछ पैसे मिल जाते हैं वहाँ से और कुछ नहीं। कभी-कभी आपके सामने के पार्क में मेरे मैच होते हैं। आप कभी फुरसत में मेरा मैच देखने आएँगे तो अच्छा लगेगा।" पापा भी शायद उसकी बात के तरीक़े और आत्मविश्वास से प्रभावित हुए थे। पापा घर के जिस लॉन में राजनीतिक बैठकें करते थे और सभी लोगों से मिलते थे वहाँ वह अश्वेत लड़का अपने पिता के साथ खड़ा पापा से बात कर रहा था। मैं पहले ही वहाँ पास जाकर खड़ी हो गई थी। मुझे लगा उसने पापा को भी प्रभावित कर ही लिया है लेकिन पापा ने कुछ ऐसा कहा जो मुझे झटका दे गया। वे बोले, "मैं तुम्हें क्रिकेट-किट, कपड़े और जूते दिलवा सकता हूँ इससे ज़्यादा कुछ नहीं।" मैंने देखा वह अश्वेत लड़का फिर हताश हो गया था। मुझसे रहा नहीं गया और मैंने पापा को टोक दिया, "क्रिकेट किट तो कोई भी दिलवा सकता है पापा। वह त्रिनिदाद के प्रधानमंत्री के पास जूते माँगने नहीं आया है।" पापा ने मुझे घूर कर देखा, जैसे कह रहे हों—तुम चुप रहो। फिर उस लड़के की तरफ़ देखकर बोले, "बेटा मैं तुम्हारी यही मदद कर सकता हूँ, तुम्हें गैरी सोबर्स तो नहीं बना सकता न?।" बस यह बात लगता है कि उसको लग गई। वह तपाक से बोला, "मुझे एक बार सिर्फ़ एक मौक़ा दिलवा कर देखिए, मैं आपको सोबर्स बन कर दिखाऊँगा। त्रिनिदाद का नाम दुनिया भर में रोशन कर दूँगा। लेकिन मुझे वह एक मौक़ा भी नहीं मिल रहा। मुझे ट्रायल मैच में भी नहीं बुलाया जाता है, आप मेरा सिर्फ़ एक ट्रायल करा दीजिये। जहाँ तक मैं समझता हूँ, यह कोई बड़ी सिफ़ारिश नहीं है।" पापा को उसकी बात जँच गई थी। उन्होंने अगले हफ़्ते उसे दोबारा आने के लिए कह दिया।

आमिर नाम के एक भारतीय अक्सर पापा के पास आते थे। वे गैस पारिलो नामक गाँव के रहने वाले थे। उनके दादा हमारे दादा के साथ चीनी मिल में काम करते थे, तभी से हमारे परिवार एक-दूसरे से परिचित थे। तो वह आमिर क्रिकेट में ऐसा रमा था जैसे गुलाब जामुन में चाशनी। रात-दिन, सोते-जागते, उठते-बैठते क्रिकेट की ही बातें। दिलचस्प बात यह थी कि वह खिलाड़ी नहीं थे लेकिन क्रिकेट की दुनिया में पूरी तरह घुसे हुए थे। वे पापा को भारत-वेस्टइंडीज मैच के उद्घाटन के लिए भी क्वीन्स पार्क सबाना ले गए थे। बस बोलते बहुत थे इस वजह से पापा उनसे कतराते थे। ज़्यादा

बोलने का एक फ़ायदा उन्हें यह मिला कि लोकल टूर्नामेंट के क्रिकेट मैचों में उन्हें कमेन्ट्री करने के मौक़े मिल जाया करते थे। वे पत्रकार भी थे और क्रिकेट प्रेम उनसे एक बार त्रिनिदाद के क्रिकेट बोर्ड में मैनेजर की नौकरी भी करवा चुका था। वह अक्सर पापा के लिए अपने घर की बनी कैरेबियन दाल-पूड़ी लेकर आ जाते थे, जो भारतीयों की सबसे प्रिय डिश थी। पापा को भी बहुत पसन्द थी, बस इसी वजह से वे आमिर को कुछ मिनटों के लिए झेल लेते थे। पापा ने उन्हें एक दिन घर बुलाया। फिर उस अश्वेत लड़के को ट्रायल का मौक़ा दिलवाने में मदद करने का काम सौंप दिया। बस आमिर मियाँ को तो मानों पंख लग गए। पापा के प्रधानमंत्री बनने के बाद वे यूँ भी उनसे मिलने का मौक़ा तलाशते रहते थे, इधर पापा ने उन्हें ख़ुद बुलाकर कोई काम सौंपा था। उनका सीना चौड़ा हो गया। उन्होंने इस काम के लिए अपने सभी संपर्क टटोल डाले। नतीजा यह हुआ कि एक हफ़्ते के भीतर उस अश्वेत युवा, जिसका नाम स्मिथ था, उसे दो ट्रायल मैच में अपनी प्रतिभा के प्रदर्शन का अवसर मिल गया।

स्मिथ ने दोनों मैच में डबल सेंचुरी लगा दी। सारे अख़बारों में स्मिथ की जमकर तारीफ़ हुई। स्मिथ का आत्मविश्वास वाक़ई काम कर गया था। ट्रायल मैच में उसने अपने खेल का ऐसा हुनर दिखाया कि जल्द ही उसे जमैका के ख़िलाफ़ खेले गए मैच में त्रिनिदाद की टीम से खेलने का मौक़ा मिल गया। उस मैच में स्मिथ ने लगातार दो सेंचुरी ठोक दीं। स्मिथ के शानदार प्रदर्शन के दम पर ही त्रिनिदाद वह मैच जीत सका। ये सारी ख़बरें मुझ तक पहुँच रही थीं, स्मिथ की सफलता से मैं जितनी ख़ुश थी, बुरा भी उतना ही लग रहा था। पिछले तीन महीनों में स्मिथ एक बार भी मुझसे और पापा से मिलने नहीं आया था। आकर कम से कम थैंक यू तो कह ही सकता था पर एक मन यह भी कहता था कि वह इतना ख़ुदगर्ज़ नहीं हो सकता। उसकी हिरण जैसी आँखें मुझे रात-रात भर सताती थीं। ख़ुद अपनी तरफ़ से फ़ोन करके भला उसे कैसे बुलाती? बहरहाल यह दुख मुझे हद से ज़्यादा परेशान कर था।

एक दिन मैं अपने लॉन में बैठकर कुत्ते से खेल रही थी। तभी पीएम हाउस के स्टॉफ ने आकर बताया, कोई स्मिथ नाम का क्रिकेटर आपसे मिलने आया है। कह रहा है उसे आप जानती हैं। मैंने ग़ुस्से में स्टाफ से

कहा, "मैं किसी क्रिकेटर को नहीं जानती और न ही मुझे किसी से मिलना है।" सिक्योरिटी वाला जब जाने लगा, तो स्मिथ का मासूम चेहरा मेरे सामने फिर तैर गया। मेरा ग़ुस्सा उसे याद करते ही काफ़ूर हो गया। मैंने स्टाफ को वापस बुलाकर स्मिथ को अंदर भेजने के लिए कह दिया।

जब वह लॉन में आया तो मैं उसे देखकर आश्चर्य से देखती रह गई। वह एकदम बदल गया था। पहले जो आत्मविश्वास सिर्फ़ उसकी बातों में दिखता था वह अब उसके पूरे व्यक्तित्व से झलक रहा था। सफलता ने उसके चेहरे पर एक नई चमक और आभा बिखेर कर रख दी थी। लाल टी-शर्ट और काली जीन्स, गले में पतली सी सोने की चैन और रेबैन के सनग्लास में वह बेहद आकर्षक लग रहा था। मैंने कहा, "ओह स्मिथ! मैं तो तुम्हें पहचान ही नहीं पाई। कहाँ गायब थे।" उसे शायद मेरी औपचारिक बातचीत के भीतर छिपी बैठी चुभन का पूरा अंदाज़ा था इसलिए मेरे सवाल का जवाब देने की बजाय बग़ैर लाग-लपेट वह सीधे बोला, "सबसे पहले मैं आपसे माफ़ी माँगना चाहता हूँ। इतने दिनों में आपको थैंक यू बोलने भी नहीं आ पाया। दरअसल मौक़ा ही नहीं मिला, आख़िर आप लोगों से मिली मदद को ग़लत साबित होने से बचाना था। ट्रायल मैच की कामयाबी पर ख़ुश होकर रुक जाता तो जीवन में और आगे नहीं बढ़ पाता। वैसे हर मैच की जीत पर सबसे पहले आपको शुक्रिया कहने का मन होता था पर मेरे पास आपका नम्बर ही नहीं था और फिर आपका कॉल भी नहीं आया। फिर मैंने तय कर लिया था कि आप सबने मेरी जो मदद की है उसे जाया नहीं होने दूँगा। अब मैं आपके सामने आऊँगा तो सफल होने के बाद ही सामना करूँगा। जिससे आप भी गर्व के साथ अपने पापा से कह सकें कि उन्होंने ऐसे इंसान की मदद की थी, जो वाक़ई उसका हक़दार था।"

अपनी बात कहते हुए वह मुझे एकटक देख रहा था। मैं भी हतप्रभ सी खड़ी बस उसे देखे जा रही थी। उसकी परिपक्वता मुझे पिघलाती चली गई। फिर उसने एक बॉक्स खोलकर मेरे सामने रख दिया। उसमें घर का बना केक था। केक पर 'थैंक्स सिल्विया' लिखा देखकर मैं चौंक गई। मैंने ख़ुशी और आश्चर्य से उसकी ओर देखा। वह बोला, "मेरी माँ ने अपने हाथों से यह केक बनाया है।" मैं तो जैसे चहक ही उठी, "वाह! यह मेरा फेवरिट केक है, मेरी मम्मी जानती हैं कि केक मुझे कितना पसंद है।"

वह कुछ देर अपनी नज़रों से मेरी ख़ुशी का जायज़ा लेता रहा। मैं जैसे ही संयत हुई उसने मेरे दिल पर एक और धमाका कर दिया, "और अब ये देखिए, रजनीगंधा के फूल। मैंने एक इंडियन स्टोर में दस दिन पहले आर्डर दे कर आपके लिए खासतौर पर यह फूल मँगवाए हैं।" रजनीगंधा के फूल देखकर मेरा मन हुआ कि मैं उसे दौड़कर चूम लूँ। मुझे ताज्जुब हो रहा था कि कुछ देर पहले तक रहा मेरा ग़ुस्सा अब कहाँ चला गया। और उससे भी अधिक आश्चर्य की बात यह थी कि स्मिथ मेरी पसंद के बारे में इतनी अच्छी तरह कैसे जानता था? मैंने पूछा, "तुम्हें कैसे पता मुझे रजनीगंधा के फूल इतने पसंद हैं?" उसने रहस्य खोलते हुए कहा, "आमिर सर ने मुझे आपके बारे में सब कुछ बताया है।" आश्चर्य से मेरी आँखें चौड़ी हो गईं, "बाप रे! ये आमिर तो बातों की चलती फिरती मशीन निकले। मतलब उनका नाम 'चैटर बॉक्स' रखकर मैंनें ग़लत नहीं किया था। उनकी सब बातों पर कभी यक़ीन मत करना, उनकी कही सारी बातें सही नहीं होती हैं। आधा वो अपनी तरफ़ से भी जोड़ देते हैं।" मेरी बात पर वह हँसने लगा, "आमिर सर तो हमेशा आप की और आपके पापा की तारीफ़ ही करते रहते हैं। अच्छाई पर ज़्यादा यक़ीन करने में मुझे नहीं लगता कोई बुराई है। सचमुच आपने जिस तरह मेरी मदद की है, उसके आगे आमिर सर सिर्फ़ आधी तारीफ़ करते हैं, दरअसल आप लोग तो उससे भी दोगुनी तारीफ़ के हक़दार हैं।"

फिर हम दोनों लॉन में बैठे काफ़ी देर तक बात करते रहे। चाय और नाश्ते के दौरान मैं टकटकी लगाकर सिर्फ़ उसे ही देखती रही और क्रिकेट की बातें सुनती रही। बोलने पर उसके ख़ूबसूरत सफेद दाँत भी सफेद गुलाब के फूलों की तरह नज़र आ रहे थे। मैं सोच रही थी जब कोई अच्छा लगता है तो उसकी हर बात अच्छी कैसे लगने लगती है? इस बीच उसके एक आग्रह से मैं चौंक गई, "अगर आप ग़लत न समझें तो मैं आपके घर के पास मारावल इलाके के नए रेस्तराँ "टेस्ट ऑफ़ इंडिया" में कल शाम आपको डिनर पर बुलाना चाहता हूँ।" वह थोड़े संकोच के साथ अपनी बात कहने के बाद मेरी प्रतिक्रिया का इंतज़ार कर रहा था। उसे लगा शायद मैं मना कर दूँगी लेकिन मैंने जो कहा उसे सुनकर उसका चेहरा खिल उठा, मैंने कहा, "लेकिन इंडियन फूड तो 'अप्सरा' का ज़्यादा अच्छा है, वह

सालों से इस पूरे इलाके का सबसे अच्छा इंडियन रेस्तराँ है।" उसने फिर अपना आग्रह दोहरा दिया, "एक बार यहाँ आकर देखिए, यह नया रेस्तराँ है इसलिए इसके बारे में ज़्यादा लोगों को अभी पता नहीं है।" उसने इतना ज़ोर दिया कि मुझे उसकी बात मानने के अलावा कुछ नहीं सूझा। अगले दिन हमारा मिलना तय हुआ फिर वह चला गया। मैंने घर में डर की वजह से इस डिनर के बारे में किसी को कुछ भी नहीं बताया। मम्मी को अश्वेत लड़कों के साथ भारतीय लड़कियों का घुलना-मिलना ज़रा भी पसन्द नहीं था, उनकी अपनी लड़की के किसी अश्वेत के साथ डिनर पर जाने की बात से तो वे बेहोश ही हो जातीं। गोरों के साथ दोस्ती में उन्हें कोई दिक्कत नहीं थी लेकिन जब बात अश्वेत युवाओं की आती, तो पता नहीं क्यों वह बहुत डर जाती थीं। दरअसल उनका मानना था कि ज़्यादातर अश्वेत अपराधी, शराबी और ड्रग्स के चक्कर में रहते हैं। मैं कई बार उन्हें इस पूर्वाग्रह से निकालने की असफल कोशिश कर चुकी थी, वे हमेशा अनसुना कर देती थीं इसलिए मैंने अब उनसे हार मान ली थी।

उस पूरी रात मैं करवटें बदल कर दूसरे दिन स्मिथ के साथ अकेले डिनर के बारे में सोचती रही। मैंने अपने साथ सुरक्षागार्ड नहीं ले जाने की बात भी तय कर ली थी। मुझे बार-बार स्मिथ का मासूम और प्यारा सा चेहरा याद आ रहा था। हँसने पर उसके गाल पर पड़ने वाला छोटा सा डिम्पल उस रात बड़ा याद आ रहा था। मेरे कमरे की खुली खिड़की से तैरकर लता मंगेशकर के गाये गीतों की मद्धम आवाज़ मेरे कानों में पड़ रही थी—"आग ये कैसी दिल में लगी है। दिल से बढ़ी तो तन में लगी है। आग नहीं ये दिल की लगी है, जितनी बुझाई उतनी जली है। दिल की लगी न हो तो क्या ज़िन्दगी है। बेख़ुदी में सनम उठ गए जो क़दम आ गए—आ गए आ गए पास हम..."

ये तमाम गीत दरअसल पापा सुन रहे थे। पापा को भारतीय फ़िल्मों के गाने सुनने का बहुत शौक़ था। उनके दिल्ली के एक दोस्त पापा के पसंदीदा गीतों की कैसेट उन्हें भेजते रहते थे। उन दिनों कैसेट ही चलते थे। तब यू ट्यूब जैसी कोई सुविधा नहीं थी जिससे आप अपनी पसंद का गाना एक क्लिक में सुन सकें। उन्होंने प्रसिद्ध भारतीय गायिका लता मंगेशकर का एक पुराना गाना लगा रखा था जो हवा में तैर कर मेरे कमरे की खिड़कियों से

भी अन्दर आ रहा था। मुझे एकबारगी लगा लता मंगेशकर का गाया हुआ वह गाना क्या मेरी आज की हालत पर ही लिखा गया था। उनकी मधुर आवाज़ में वह गाना सुनते-सुनते मैं कब सो गई मुझे ख़ुद भी पता नहीं चला।

दूसरे दिन सुबह से ही मैंने शाम को स्मिथ से मिलने का बहाना खोजना शुरू कर दिया था। बहुत सोचने पर भी कोई कारगर और कमाल का आइडिया मुझे नहीं सूझा। मम्मी को बेकरी का बहुत शौक़ था। तरह-तरह के केक बनाकर मम्मी पापा को खिलाती रहती थीं। अचानक मुझे स्मिथ से मिलने का एक तरीक़ा सूझा और मैंने मम्मी से कहा, "बंबई का एक नया रेस्तराँ 'टेस्ट ऑफ़ इंडिया' यहाँ हमारे घर के पास खुल गया है। सुना है वे लोग बहुत अच्छे केक, पेस्ट्री और मफिन बनाते हैं और अब लोगों को भी सिखा रहे हैं। शाम 7 बजे से 9 बजे तक उनकी कुकिंग-क्लास होती है, आज मैं भी वहाँ जा रही हूँ।" मेरी बात सुनकर मम्मी ख़ुशी से उछल ही पड़ीं, "अरे तब तो मैं भी चलूँगी, तुम केक बनाना सीखना और मुझे मफिन्स बनाना सीखना है, वो मुझे बहुत पसंद है। चलो मैं भी उससे बहुत कुछ सीख लूँगी।" एक पल में मेरी स्मिथ के साथ डिनर की योजना ध्वस्त हो चुकी थी। मुझे कुछ सूझ नहीं रहा था। आख़िर मम्मी को मना करूँ तो करूँ कैसे? लेकिन अगले ही पल मुझे राहत मिल गई। मम्मी को जैसे अचानक कुछ याद आया और वे चौंककर बोलीं, "ओह, मैं तो भूल ही गई। आज तो तुम्हारे पापा ब्राजील के राष्ट्रपति को रात्रि भोज दे रहे हैं, उनकी पत्नी भी आई हैं इसलिए मुझे जाना होगा। अच्छा है तुम केक बनाना सीख लो जाकर क्योंकि हम भी दस बजे रात के पहले घर नहीं लौटेंगे।" तब जाकर मेरी जान में जान आई। अब मेरे सपनों को रात का इंतज़ार नहीं था, उस पूरे दिन में स्मिथ के साथ शाम को होने वाले अपने डिनर को लेकर तरह-तरह की बातें सोचती रही। बीच-बीच में मैं किसी अनजाने डर से घिर जाती थी। डरती भी क्यों न, आख़िर अपने माँ-बाप को बिना बताए पहली बार मैं कुछ ऐसा जो करने जा रही थी...।"

7

वह दिन मुश्किल से कट रहा था, शाम ऐसी ज़िद्दी हो गई थी कि आने का नाम नहीं ले रही थी। एक और ख़ास बात उस दिन मैंने नोटिस की, वह ये कि मेरे पास दर्जनों ड्रेसेस थीं और हर मौक़े के लिए मुझे ढूँढ़ने पर कुछ न कुछ उपयुक्त आउटफिट ज़रूर मिल जाता था पर उस दिन पता नहीं क्या हुआ, मुझे लग रहा था मेरे पास ढंग के कपड़े ही नहीं हैं। मन मारकर मैंने लाल रंग का एक गाउन चुना, क्योंकि इसे चुनने की मेरे पास एक ख़ास वजह थी और उस पर गहरे हरे रंग का स्कार्फ गले में डाल लिया। जैसे-तैसे सात बजे, मैं तुरंत पीएम हाउस के दो सुरक्षाकर्मियों के साथ रेस्तराँ जा पहुँची। रेस्तराँ के बाहर ही उन सुरक्षाकर्मियों को यह कहकर चलता कर दिया कि अब यहाँ साथ रहने की ज़रूरत नहीं, वे मुझे वापस लेने रात दस बजे तक आ जाएँ।

रेस्तराँ में दाख़िल होते हुए मेरा दिल ज़ोर से धड़क रहा था, लग रहा था, उस लाल रंग के गाउन ने मेरे ख़ून की रफ़्तार बढ़ा दी है। भीतर जाकर तो मेरा दिल धक से होकर रह गया। वजह स्मिथ सामने की एक मेज़ पर मेरे इंतज़ार में बैठा था। लगता है उसके दिल की लगी मुझसे कहीं ज़्यादा थी, तभी वह मुझसे भी पहले वहाँ पहुँच गया था। उसके आगे वही हुआ जिसका मुझे अंदाज़ा था, वह मुझे देखते ही बोला, "इस लाल रंग में तुम कमाल लग रही हो सिल्विया।" बदले में मैं क्या कहती? मेरे मुँह से अनायास निकल गया, "कल तुम भी रेड टी-शर्ट में कमाल लग रहे थे।" उसने शरारत से कहा, "तभी कहना चाहिए था न?" मैंने भी नख़रे

दिखाते हुए कहा, "तब मैं बहुत नाराज़ थी तुमसे।" इस पर उसने मेरी आँखों में आँखें डाल कर पूछा, "तो बताओ सिल्विया, मैं ऐसा क्या करूँ कि तुम मुझसे ख़ुश हो जाओ, तुम नाराज़ रहोगी तो मुझे लगेगा मुझसे मेरी ज़िन्दगी नाराज़ हो गई है।" मैंने उसे चिढ़ाते हुए कहा, "अरे तुम क्रिकेट क्यों खेलते हो, पोएट्री किया करो, बहुत बड़े पोएट बन जाओगे।" मेरी बात सुनकर वह हँसने लगा। उसके सफेद गुलाब के फूलों जैसे दाँत एक बार फिर अपनी चमक बिखेर गए। फिर वह संयत होकर बोला, "मुझे कुछ और नहीं बनना है सिल्विया। मैं वही बनना चाहता हूँ, जो तुम मुझे बनते हुए देखना चाहती हो, बस।" मैंने उसकी आँखों में देखा कि वह जो कुछ भी कह रहा है उसमें सच्चाई के अलावा कुछ भी नहीं है। मैंने पूरे समर्पण के भाव से कहा, "स्मिथ, मैं चाहती हूँ कि तुम त्रिनिदाद ही नहीं बल्कि दुनिया के सबसे लोकप्रिय क्रिकेटरों में से एक बनो, बोलो बनोगे?" उसने मेरा हाथ थाम लिया, फिर मेरी आँखों में आँखें डाल कर बोला, "मैं वादा करता हूँ, अपने लिए नहीं, अब मैं तुम्हारे लिए क्रिकेट की दुनिया में इतना नाम कमा कर दिखाऊँगा कि मेरा देश मुझ पर गर्व करे।" मैंने उसके हाथ की क़ैद से अपना हाथ निकालकर थोड़ा और नख़रा दिखाया, फिर कहा, "अच्छा सिर्फ़ बातों से मेरा पेट नहीं भरता, मुझे भूख मिटाने के लिए कुछ खाना भी पड़ता है।" उसे तुरंत अपनी इस ग़लती का एहसास हुआ और उसने हँसते हुए मेन्यू मेरी तरफ़ बढ़ा दिया।

उन तीन घंटों में हमने ढेर सारी बातें कर डाली थीं, वक़्त कब गुज़र गया मुझे अहसास ही नहीं हुआ। बार-बार सिर्फ़ यही एक अहसास बना हुआ था, कि सिर्फ़ तीन मुलाक़ातों में हम एक-दूसरे के कितने क़रीब आ गए थे। हम दोनों टेबिल पर आमने-सामने बैठे थे और जब भी उसका पाँव टेबिल के नीचे हौले से मेरे पाँव को छू जाता था, मेरे बदन में सिहरन सी हो जाती थी। अजीब से रोमांच में रोंगटे खड़े हो जाते थे। ऐसे स्पर्श का अनुभव मैंने पहले कभी नहीं किया था। और फिर वह स्पर्श मुझे किसी लिजलिजी वासना में लिपटा हुआ नहीं लगा, इसलिए मैंने भी कोई आपत्ति नहीं की। स्मिथ और मेरे उस दिन के लंबे साथ में मैंने यह भी अनुभव किया कि वह अब तक देखे हुए तमाम अश्वेत युवकों में सबसे अलग था। उसके इतने ख़ूबसूरत होने का राज़ शायद यह रहा होगा कि हो सकता है

उसके पिता अफ्रीकी मूल के रहे हों और माँ शायद कोलंबिया या वेनेजुएला से रही हों। वहाँ ब्राउन रंग के बहुत से लोग होते हैं। क्योंकि स्मिथ आम तौर पर नज़र आने वाले अफ्रीकी मूल के लोगों की तरह नहीं बल्कि ग़ौर से देखने पर ब्राउन से रंग का दिखाई दिया। ख़ैर इस बारे में मैं उस दिन स्मिथ से कुछ भी नहीं पूछ पाई। वैसे भी हमारी बहुत सी और भी बातें अधूरी रह गई थीं। दस बजने ही वाले थे, मुझे चिंता हो रही थी कि कहीं पीएम हाऊस के सुरक्षाकर्मी मुझे लेने रेस्तराँ के अंदर न चले आएँ। इसलिए मैंने उससे विदा माँग ली। जैसे ही मैं लौटने के लिए मुड़ी मुझे ख़्याल आया स्मित के लिए मैं जो तोहफ़ा लेकर आई थी वह उसे दिया ही नहीं। मैंने अपने बैग से एक बड़ा सा बॉक्स निकालकर स्मिथ की ओर बढ़ा दिया, "तुम इतना अच्छा खेले इसलिए तुम्हारे लिए एक उपहार है, प्लीज़ ले लो, मना मत करना।" उसने बॉक्स मेरे सामने ही खोला और अंदर एक मोबाइल फ़ोन देखकर हैरान रह गया। वह स्मार्टफ़ोन का ज़माना नहीं था, सिर्फ़ कॉल और मैसेज की सुविधा वाले भारी-भरकम मोबाइल प्रचलन में आए थे। वह कुछ देर उस मोबाइल फ़ोन को उलट-पलट कर देखता रहा फिर बोला, "इसकी क्या ज़रूरत थी?" मैंने कहा, "ज़रूरत कैसे नहीं है, इसमें मेरा नंबर सेव है, कभी कोई ज़रूरत हो तो मुझे मैसेज भेज देना।" मैंने उसे यह भी बताया कि उसके इस नए फ़ोन का नंबर मैंने सोबर्स के नाम से अपने फ़ोन में सेव किया है, जिससे किसी को पता न चले। पहले तो वह इतना महँगा गिफ्ट देख कर हिचकिचाया लेकिन जल्द ही वह समझ गया कि फ़ोन के बहाने मैं उसे एक सम्पर्क सूत्र थमा कर जा रही हूँ ताकि आगे अब पापा के स्टाफ के ज़रिए बात करने का सिलसिला ही ख़त्म हो जाये।

सिल्विया साँस लेने रुकी। मैंने शिकायत भरी नज़र से उसे देखा। वह समझ गई कि मुझे उसके अतीत से झाँक रही यह प्रेम कहानी मज़ेदार लग रही है। फिर भी उसने मुस्कुराते हुए मुझे सब्र करने का इशारा किया। मैंने मौक़ा पाकर उसे छेड़ दिया, "फिर 'केक' बनाना सीखा या नहीं?" मेरी बात पर वह खिलखिलाकर हँस पड़ी। पिछले कुछ दिनों के साथ में शायद पहली बार मैंने उसे इतना खुलकर हँसते हुए देखा था, उसका हँसना बहुत सुखद लग रहा था। मैं भी तो लगातार यही कोशिश कर रहा था कि वह

अपने अवसाद से बाहर निकले। उसी ख़ूबसूरत हँसी के बीच उसने मेरी बात का जवाब दिया, "आपको तो सब बता दिया अब क्यों छेड़ रहे हैं।" मैंने एक आह भरते हुए कहा, "दरअसल केक की इतनी बात हो गई है कि मेरे मुँह में पानी आ गया। क्यों न हम तीसरे माले के उस रेस्तराँ में चलें जहाँ बढ़िया केक और मफिन्स मिलते हैं।" मेरी बात सुनकर वह ख़ुशी से उछल पड़ी, "ये बढ़िया रहेगा, अब मेरा भी केक खाने का बहुत मन हो रहा है।" हम दोनों तीसरे फ्लोर के रेस्तराँ में जा पहुँचे। वहाँ जी भर के केक और मफिन्स खाने के बाद मैंने कॉफी भी आर्डर कर दी, जिससे मुँह की मिठास कुछ कम हो सके। मैं उसे कॉफी पीते हुए देख रहा था, और वह अब भी स्मिथ का वह साथ याद करके ब्लश कर रही थी।

मैंने उसे एक और बार छेड़ा, "फिर...?" जवाब में वह एकदम से हँस पड़ी, मैं डर गया कि कहीं उसके मुँह में रहा कॉफी का घूँट, हँसी का फौवारा बनकर मेरे कपड़ों पर न गिर जाए। उसने अपनी हँसी नियंत्रित करते हुए कहा, "फिर क्या होना था, मोबाइल फ़ोन ने तो जैसे जादू सा काम किया। वह रोज़ मैसेज भेजने लगा और मुझे उसके हर एक मोबाइल संदेश का बेसब्री से इंतज़ार रहता। रात दो-दो बजे तक हम एक-दूसरे से बातें करते हुए अपनी ही दुनिया में खोए रहते। मैं अक्सर आमिर से पूछती, 'अरे, उस ग़रीब लड़के स्मिथ का क्रिकेट कैसा चल रहा है?' मैं ऐसे ही अनजान बनकर उनसे बात करती थी जिससे उन्हें कभी इस बात का शक न हो कि मैं और स्मिथ एक-दूसरे के संपर्क में हैं। एक दिन आमिर ने बताया, त्रिनिदाद टीम में सबसे ज़्यादा रन बनाने का रिकार्ड स्मिथ के नाम हो गया है। स्मिथ ने बारबडोस, जमैका, गुयाना सभी की टीमों के बल्लेबाजों से ज़्यादा रन बनाकर घरेलू क्रिकेट में रिकार्ड क़ायम किया है। इसलिए मैंने सेलेक्टर्स को उस लड़के का नाम सुझाया है। हो सकता है अगले महीने होने जा रही इंग्लैंड सीरीज़ में उसे वेस्टइंडीज़ की टीम से खेलने का मौक़ा मिल जाए। एक हफ़्ते बाद सेलेक्शन कमेटी की मीटिंग है। वैसे न्यूजीलैंड में अंडर 19 जूनियर क्रिकेट का विश्वकप है। उसमें इसका चयन हो सकता था लेकिन अब यह इक्कीस साल का है इसलिए वहाँ हो पाना संभव नहीं है। आप कहें तो स्कूल से रिकार्ड बदलवा कर उम्र दो साल कम करा देते हैं। मेरे यह पूछने पर कि क्या ऐसा हो सकता है? उसने कहा कि मैं चाहूँ

तो यह संभव है। मैंने उसे कल वापस फ़ोन करने के लिए कहा।

रात में मैंने यह ख़ुशख़बरी स्मिथ को देने के लिए फ़ोन किया। लेकिन स्कूल में रिकॉर्ड बदलवाकर अंडर 19 विश्व कप में चयन की बात सुनते ही स्मिथ बिफर पड़ा। उसने साफ़ इनकार कर दिया और कहा यह कभी मत करना, कोई ग़लत काम करके टीम में नहीं आना चाहता। प्लीज, आप मेरे रिकार्ड मत बदलवाइएगा वरना मैं हमेशा के लिए आप को और क्रिकेट, दोनों को छोड़ दूँगा। यदि योग्यता के आधार पर मेरा सेलेक्शन इंग्लैंड दौरे के लिए सीनियर टीम में हुआ तो ठीक, वरना मैं अपना वक़्त आने का इंतज़ार करूँगा। मैं फ़र्ज़ी सर्टिफिकेट बनवाकर जूनियर टीम में किसी दूसरे लड़के की जगह नहीं हड़प सकता। अगर मैं मान भी जाऊँ तब भी मेरे पापा कभी ऐसे ग़लत काम में मेरा साथ देने के लिए तैयार नहीं होंगे।

उस रात मैं स्मिथ से यह बात न करती तो शायद कुछ और दिन मैं सिर्फ़ उसकी सूरत के मोहपाश में ही जकड़ी रह जाती। वेस्टइंडीज़ की अंडर 19 टीम में चुने जाने का मौक़ा ठुकराकर वह सचमुच मेरे लिए एक असली हीरो बन गया था जो अपने स्वार्थ के लिए किसी और वास्तविक योग्य व्यक्ति का अवसर नहीं हड़पना चाहता है। वरना इस मतलबी दुनिया में ऐसे लोग ज़्यादा हैं, जो अपनी तरक़्क़ी के लिए दूसरों के सिर पर पैर रखकर भी मंज़िल तक पहुँचना चाहते हैं। मुझे यक़ीन हो गया था कि स्मिथ सिर्फ़ देखने में ही सुंदर नहीं है बल्कि एक ईमानदार और सच्चा इंसान भी है। उसकी बात सुनकर मेरे मुँह से अनायास निकल गया, "अरे, तुम तो मेरे पापा की कार्बन कॉपी हो।" इस पर भी वह अपना सेंस ऑफ़ ह्यूमर दिखाने से बाज़ नहीं आया और मुझसे नाराज़ होने का नाटक करते हुए बोला, "तुमने मुझे कार्बन कॉपी क्यों बोला सिल्विया, तुम मुझ पर ऐसी नस्लभेदी टिप्पणी करोगी इसकी उम्मीद नहीं थी। तुम्हारी बात से मुझे बहुत दुख हुआ है।" फिर आधा घंटे तक मैं सॉरी कहकर उसे मनाने की कोशिश करती रही, लेकिन वह नहीं माना, आख़िर में यह कहकर हँसने लगा कि वह सिर्फ़ मज़ाक कर रहा था।

अगले दिन मैंने आमिर को कॉल करके कह दिया, कि वे स्मिथ के स्कूल का रिकॉर्ड बदलवाकर उसे अंडर 19 की जूनियर टीम में रखवाने का प्रयास न करें, इससे बाद में मामला खुलने पर पापा की बदनामी हो सकती

है। इस पर उन्होंने आश्वस्त किया कि अब वे स्मिथ को वेस्टइंडीज़ टीम के इंग्लैंड दौरे के लिए सिलेक्टर्स की नज़रों में लाने की पूरी कोशिश करेंगे।

अगले हफ़्ते दीवाली थी। त्रिनिदाद में रहकर भी हम अपने पूर्वजों की परंपरा के अनुसार दीपावली की विधिवत पूजा करते आए थे। उस पूरे दिन हम मम्मी-पापा के साथ घर की सजावट में लगे रहे। प्रवेश द्वार पर तोरण लगाए, लाल रंग का स्वस्तिक बनाकर 'शुभ-लाभ' लिखा। सारी तैयारी के बाद शाम छः बजे हम लक्ष्मी-गणेश की पूजा कर रहे थे। पूरा घर कीर्तन से गूँज रहा था। तभी बाहर टेबल पर पड़ा मेरा मोबाइल बजा, एक बार नहीं लगातार दो-तीन बार उसकी घंटी बजे जा रही थी लेकिन कीर्तन की वजह से फ़ोन की आवाज़ मुझे सुनायी नहीं दी। अचानक पापा ने पूजा घर से बाहर जाकर टेबल पर मेरा मोबाइल बजता देखा और कहा, "सिल्वी किसी सोबर्स का फ़ोन आ रहा है...।" मैं जब मोबाइल लेने गई तो मुझे देखकर मज़ाक़ में बोले, "क्या तुम गैरी सोबर्स को भी जानती हो?" मैंने उन्हें अपने बास्केट-बाल के सीनियर कोच का नाम सोबर्स बताकर अपनी जान छुड़ायी और वहाँ से फ़ोन लेकर भाग आई। वापस अपने कमरे में आकर स्मिथ को फ़ोन लगाया तो वह ख़ुशी से चीख रहा था। मैंने पूछा, "क्या हुआ?" उसने कहा, "इंग्लैंड दौरे के लिए मेरा सिलेक्शन वेस्टइंडीज़ की सीनियर टीम में हो गया है।" मैं उसकी बात सुनकर ख़ुशी से झूम उठी, "अरे वाह, आज दीवाली पर बहुत अच्छी ख़ुशख़बरी मिल गई यह तो।" वह बोला, "तुम्हारा दीवाली का त्योहार मेरे लिए बहुत लकी साबित हुआ है। बताओ दीवाली तुम्हारी है और गिफ्ट मुझे मिल गया। अभी चीफ सेलेक्टर का फ़ोन आया था बधाई देने के लिए। पता है चीफ सेलेक्टर कौन है—सर गैरी सौबर्स" अपनी बात ख़त्म करते हुए वह ज़ोर-ज़ोर से हँसने लगा।"

सिल्विया फिर रुककर अचानक मुझे देखने लगी, "बस इसके आगे मैं आपको क्या बताऊँ?" वह मुझे ऐसे देख रही थी जैसे कह रही हो इसके आगे तो आपको पता ही होगा। लेकिन मुझे वाक़ई नहीं पता था, पता भी होता तो शायद मैं वही जवाब देता जो उस वक़्त दिया, "मतलब फिर आगे स्मिथ से कोई संपर्क नहीं रहा?" शायद मैं सीधे सवाल-जवाब न करके बात बढ़ा रहा था। वह बोली, "नहीं मेरा मतलब है आप तो जानते ही होंगे कि इंग्लैंड की उस सीरीज़ में वेस्टइंडीज़ की टीम ने कैसे प्रदर्शन किया था?

क्रिकेट तो आप बराबर फालो करते ही होंगे न?" मुझे सच में उस टीम के प्रदर्शन को लेकर एकाएक कुछ याद नहीं आया। फिर मैं उसकी कहानी को और गहरे तक कुरेदने पर भी उतारू था इसलिए मेरा जवाब था, "वो दौरा तो शायद कई साल पहले की बात है, अब कुछ ख़ास याद नहीं।" मेरी अनभिज्ञता जानकर उसे फिर जोश आ गया, "अरे, आप क्या बात कर रहे हैं, उस सीरीज़ ने स्मिथ की ज़िंदगी बदल दी। हर मैच में उसने ऐसी धुआँधार बल्लेबाजी की, जिसके दम पर वेस्टइंडीज़ की टीम ने वह सीरीज़ आसानी से जीत ली। इतना ही नहीं स्मिथ ने एक मैच में क्रिकेट इतिहास में अब तक का सबसे बड़ा स्कोर भी बनाकर सारे रिकार्ड तोड़ डाले।

इतना शानदार प्रदर्शन करके लौटने पर त्रिनिदाद में हर जगह स्मिथ का भव्य स्वागत हुआ। अब मेरा हीरो हमारे देश का भी नया हीरो बन गया था। कई जगह उसके सम्मान समारोह में पापा भी मुख्य अतिथि रहे। यह पापा के लिए कितने गर्व की बात रही होगी इसका मैं अंदाज़ा लगा सकती थी, फिर भी मैं जानबूझकर उनके साथ नहीं गई। मैं नहीं चाहती थी कि पापा को कहीं से भी इस बात का अंदाज़ा हो, कि मैं उसे अच्छी तरह जानती हूँ या हमारे बीच में कुछ चल रहा है। वैसे हम दोनों की रोज़ मोबाइल पर बात हो ही रही थी। यहाँ तक कि रात में बिस्तर में छुप कर भी मैं उससे बात करती थी। मम्मी-पापा का कमरा मेरे कमरे से ज़्यादा दूर नहीं था इसलिए ज़ोर से बात करने में उन तक मेरी आवाज़ पहुँच सकती थी। मैंने वे सारे उपाय कर लिए थे जिनमें चूक की वजह से उन्हें हमारे मेल-जोल की भनक लग सकती थी।

उधर स्मिथ भी बेहद ख़ुश था। अपने जीवन में हुए इस चमत्कारिक बदलाव का श्रेय वह हमेशा मुझे ही देता था। लेकिन मुझे पता है उसके हुनर और योग्यता की यही नियति थी। वह था ही इतना काबिल वर्ना अगर उसकी क़िस्मत में यह सब नहीं होता, तो कोई कितनी भी कोशिश कर ले, उसे वह सब नहीं दिलवा सकता था। यह भी एक सुखद इत्तेफाक था कि कल तक जिसके पास मोबाइल ख़रीदने तक के पैसे नहीं थे, अब वह दुनिया की सबसे बड़ी मोबाइल कम्पनी का ब्रांड एम्बेसडर बन चुका था। बड़ी-बड़ी कंपनियाँ स्मिथ को करोड़ों डॉलर के विज्ञापन-अनुबंध की पेशकश कर रही थीं। इन विज्ञापनों की शूटिंग के लिए कभी वह लंदन जाता, कभी न्यूयार्क

और कभी मुम्बई। देखते-देखते स्मिथ की दुनिया बदल गई थी। कहते हैं जब क़िस्मत मेहरबान होती है तो कोई भी सपना यथार्थ में बदलना मुश्किल नहीं होता। हमारे प्यार के साथ भी यही हो रहा था। मैं क़दम-क़दम पर उसके साथ थी और वह कहता था कि मैं साथ हूँ इसलिए उसे क़ामयाबी मिलती जा रही है। हमारे प्यार को जैसे पंख लग गए थे। रोज़ घंटों बात किये बिना हमें चैन नहीं मिलता था। लेकिन हम शुरू से एहतियात रखते आए थे, जिसकी वजह से हमारे प्यार की किसी को कानों-कान ख़बर नहीं थी। यहाँ तक की मीडिया को भी भनक नहीं लगी थी। अगर मैं स्मिथ से मिलने किसी सार्वजनिक स्थान पर चली जाती तो मुमकिन है कि पेपरबाज़ी हो जाती। तब यह हेडलाइन ज़रूर बनती—त्रिनिदाद के नए हीरो स्मिथ और प्रधानमंत्री की बेटी के बीच आख़िर क्या पक रहा है? अख़बारों के पन्ने हम दोनों की ख़बरों से भर गए होते। इसीलिए मीडिया की नज़र से बचने के लिए हमने अब बिल्कुल नए ठिकाने तलाश लिए थे। सारी योजना बनाकर हम कम भीड़-भाड़ वाली जगहों पर चुप-चाप सहज ढंग से मिल लेते थे। देखने वालों को लगता था हम इत्तिफाक से टकरा गए हैं। लेकिन इतनी सी मुलाक़ात मुहब्बत में नाकाफ़ी होती है इसलिए हम दोनों ने ख़ूब सोच-समझकर गोल्फ खेलने की सोची। पीएम हाऊस से कोई तीन किलोमीटर दूर एक बेहद ख़ूबसूरत गोल्फकोर्स था—मोका। चारों तरफ़ पहाड़ियों से घिरी उस घाटी के बीचोंबीच वह गोल्फ का मैदान था। उस गोल्फकोर्स का क्लब हाऊस बहुत शानदार था और शाम को अमूमन खाली पड़ा रहता था। उस क्लब हाउस में आमतौर पर लंच और डिनर के वक़्त ही ज़्यादा भीड़-भाड़ रहती थी। गोल्फकोर्स के आगे पहाड़ी रास्ता मराकास बीच की ओर जाता था। मोका में ज़्यादातर बूढ़े ही गोल्फ खेलने आते थे। उनमें भी 90 प्रतिशत गोरे हुआ करते थे। वैसे तब तक मेरी धारणा यही थी कि क्रिकेट, फुटबाल, टेनिस, बास्केट-बाल जैसे खेल युवाओं के लिए हैं और गोल्फ सिर्फ़ बूढ़े खेलते हैं। दूसरे खेलों की तरह यहाँ कोई जल्दी नहीं, आप इसे रुक-रुक कर, धीरे-धीरे खेलते हैं। शाट लगाने के लिए एक जगह से दूसरी जगह जाना हो, तो लोग बैटरी-कार का इस्तेमाल करते हैं। यही नहीं आपका सामान उठाने के लिए कैडी होता है। हाँ गोल्फ कोर्स की सबसे बड़ी ख़ासियत होती है उसका इतना विशाल होना, कि कौन खिलाड़ी कहाँ

खड़ा, किससे क्या बात कर रहा है? इसका ठीक-ठीक अंदाज़ा लगा पाना आसान नहीं होता। वहाँ खेलने वालों को बाक़ी लोगों की उतनी परवाह भी नहीं होती, वे अपने खेल में मस्त रहते हैं। मुझे और स्मिथ को बहुत सोचने पर भी गोल्फकोर्स से बढ़िया जगह नहीं सूझी। बस सबसे बड़ी मुश्किल थी वहाँ की मेम्बरशिप हासिल करना। मेम्बरशिप के लिए कम से कम दस साल की वेटिंग थी। हालाँकि स्मिथ जब मेम्बरशिप का फार्म भरने पहुँचा तो गोल्फ क्लब के मैनेजमेंट ने ख़ुशी के साथ उसे मुफ़्त में आनरेरी मेम्बरशिप की पेशकर दी। गोल्फ क्लब की मैनेजिंग कमेटी और प्रबंधकों के मुताबिक़ उनके लिए यह यह गौरव की बात थी कि दुनिया का इतना बड़ा क्रिकेटर उनके गोल्फ क्लब का सदस्य बन रहा है। बस मेरी मेम्बरशिप का मामला फँस गया। एक आम स्टूडेंट को यूँ ही मेम्बरशिप कैसे दी जा सकती है, बशर्ते ख़ुद मेरे पापा अपने प्रधानमंत्री पद का उपयोग करके गोल्फकोर्स के मैनेजमेंट को कोई संदेश न भिजवाएँ। पर मैं उन्हें बोलती भी तो बोलती कैसे? मुझे डर लग रहा था।

एक दिन मैंने हिम्मत जुटाकर उनसे बात करने का फ़ैसला कर लिया। शाम की चाय पर उन्हें मक्खन लगाने में जुट गई। मैं उनके संसद में दिए गए पिछले भाषण की तारीफ़ कर रही थी। उस भाषण में पापा ने अश्वेतों, भारतीयों और बाक़ी नागरिकों के बीच के टकराव को ख़त्म करने के अपने प्रयासों को गिनाया था, साथ ही ऐलान किया था कि उनके प्रतिनिधित्व में त्रिनिदाद की आर्थिक विकास दर को बढ़ाने में सभी समुदायों ने साथ आकर अपना उत्तरदायित्व निभाया है। उन्होंने उस भाषण में देश की जनता का आभार जताया था। संसद में पहली बार पापा के भाषण पर मेज़ें थपथपाकर विपक्ष तक ने बधाई दी थी। पापा उस दिन बहुत ख़ुश थे। वे मुझे अपना ध्यान रखने के लिए प्रेरित करते रहे। शायद उन्हें मेरे बढ़ते वज़न का अंदाज़ा हुआ हो, इसलिए उन्होंने मुझसे यह भी पूछा कि क्या मैं आजकल बास्केट-बाल खेलने नहीं जा रही हूँ। मुझे ख़ुद को फिट रखने के लिए नियमित व्यायाम करना चाहिए। मुझे अपनी बात कहने का इससे अच्छा मौक़ा नहीं मिलता इसलिए मैंने तुरंत कहा, "पापा मैं बास्केट-बाल खेलकर बोर हो गई हूँ। वैसे भी वहाँ तरह-तरह के लोग आते हैं, कोई मेरे पास आकर नौकरी माँगने लगता है, तो कोई आप के लिए किसी काम का काग़ज़ पकड़ा देता

है। इसलिए उधर जाना बिल्कुल बंद कर दिया है।" वह बोले, घर पर ही ट्रेड मिल लगवा देता हूँ, तुम उस पर दौड़ लिया करो, ऐसा करने पर तुम्हें कहीं आना-जाना भी नहीं पड़ेगा। मैंने नख़रे दिखाते हुए कहा, "वह भी बहुत बोरिंग है। आपको याद है तीन साल पहले आपने ख़ुद के लिए ट्रेड मिल (जागिंग मशीन) और एक साइकिल मँगवाई थी। शुरुआत में दो-तीन महीने आपको व्यायाम का ख़ूब शौक़ रहा लेकिन उसके बाद आपने बिल्कुल छोड़ दिया था। अब आपको यह जानकर पता नहीं कैसा लगेगा कि हमारे घर के नौकर आजकल उन दोनों मशीनों पर अपने कपड़े सुखाते हैं। यह सुनकर पापा चौंक गए और सबको डाँट लगाने की बात की। फिर धीरे से मैंने उनसे कहा, "पापा मुझे गोल्फ खेलना है।" वह अचरज भरे अंदाज़ में बोले, "गोल्फ और तुम्हें? ये तो मेरे खेलने की चीज़ है तुम तो अभी यंग हो।" मैंने कहा, "पापा आजकल यंग लोग ही गोल्फ खेल रहे हैं, देखो टाइगरवुड तो चैपिंयन है पूरी दुनिया का। तमाम लड़कियाँ भी खेल रही हैं। आप मुझे प्लीज मोका गोल्फ क्लब की मेम्बरशिप दिला दीजिए। घर से सिर्फ़ पाँच मिनट की दूरी पर है। पापा उस दिन अपने भाषण की तारीफ़ से इतने ख़ुश थे कि उन्होंने उसी समय पोर्ट ऑफ़ स्पेन के कमिश्नर को फ़ोन कर मुझे मेम्बरशिप दिलाने के लिए कह दिया। बस फिर क्या था एक हफ़्ते में मुझे मेम्बरशिप मिल गई। क्लब वालों ने अपनी तरफ़ से मेरे लिए एक कोच भी नियुक्त कर दिया। पन्द्रह दिन में ही मुझे गोल्फ खेलने की काफ़ी ट्रेनिंग मिल गई थी। उन्होंने मुझे ईगल, बर्डी जैसे गोल्फ में प्रयुक्त होने वाले शब्दों का मतलब बता दिया था। हालाँकि मुझे कौन सा टाइगरवुड बनना था? थोड़ा-बहुत सीखना वाक़ई ज़रूरी था, वर्ना पोल खुल जाती। पर इन सारी बातों के बीच मेरा गोल्फ खेलने का मकसद एकदम साफ़ था और वह था—स्मिथ का साथ, जो मीडिया और बाक़ी दुनिया वालों की नज़रों से दूर इस ख़ूबसूरत गोल्फकोर्स में ही मिल सकता था...।"

मैंने मुस्कराते हुए सिल्विया के पल भर रुकने का इंतज़ार किया। वह जैसे ही दम लेने के लिए रुकी मैंने उसे फिर छेड़ दिया, "तो इश्क़ ने तुम्हें गोल्फर भी बना दिया, मतलब बहुत पापड़ बेले हैं तुमने अपनी मुहब्बत परवान चढ़ाने में...।" मेरी बात पर वह हँसने लगी, "मैं यहाँ इस शिप के टाप फ्लोर पर बने छोटे से गोल्फ कोर्स में भी जाकर रोज़ थोड़ी देर

गोल्फ खेलती हूँ। यह मेरे लिए उन्हीं यादों को दोबारा जीने का ज़रिया है, मैं गोल्फ खेलते हुए उन्हीं यादों में खो जाती हूँ। वहीं एक कोने में जी भर कर रो लेती हूँ, दिल हल्का हो जाता है तो वापस अपने कमरे में जाकर सो जाती हूँ, और अब करने के लिए है ही क्या? मैं अब थक गई हूँ। किसी भी खेल में जीत नहीं पाई, चाहे वह मेरी ज़िन्दगी का खेल हो या कुछ और...।"

अनंत फैले समंदर में जहाज़ मंथर गति से तैरता जा रहा था। सामने क्षितिज पर सूर्य डूब रहा था। उसकी लालिमा में आसमान और समंदर का रंग मिलकर एकाकार हो गया था और उसे देख वह फिर भावुक हो गई थी। मैं उसे इस हाल में देखकर पता नहीं क्यों बहुत बेचैन हो जाता था। मैंने उससे कहा कि अब वह अपने दोस्तों के साथ जाकर डिनर कर ले, मुझे भी जिम जाना है। मैं क्रूज़ पर अपने परिवार को साथ लाया था लेकिन सिल्विया के कारण वे उपेक्षित महसूस कर रहे थे। मेरी बेटी सुबह से मुझे स्वीमिंग पूल पर ले जाने के लिए कह रही थी। पत्नी भी कई दिन से भड़की हुई थी कि तुम हमें क्रूज़ पर टाईम नहीं दे रहे हो। जब देखो तब उस लड़की से बातें करते रहते हो, लगता है कोई चक्कर है। मैंने उसे सब कुछ समझाने की कोशिश की। मैं उससे क्यों मिल रहा हूँ? क्या बातें कर रहा हूँ? यह संकेत में समझाने की कोशिश की लेकिन उनकी समझ में कुछ भी नहीं आया। ख़ैर मैं बेटी को लेकर पूल पर चला गया। सिल्विया से डिनर के बाद रात में सिगार रूम में कॉफी पर मिलने का वादा ले लिया था। वह सब मेरे लिए किसी परीक्षा से कम नहीं था। ख़ासकर पत्नी के रवैये से मैं बहुत विचलित हो गया था कि पता नहीं वह क्या सोच रही है। लेकिन मेरे लिए फिलहाल यह ज़रूरी था कि मैं क्या सोच रहा हूँ? क्या मैं जो सोच रहा हूँ, उसे साकार कर भी पाऊँगा? ऐसे ही सवालों के साथ मैं लगातार जूझ रहा था... और यक़ीनन इस सब सवालों का जवाब सिल्विया से शुरू होता था और उसी पर ख़त्म भी...

8

सिगार रूम में तंबाकू का महकदार धुआँ तैरता रहता था। मुझे वहाँ जाना इसलिए भी पसंद था कि क्रूज़ पर मौजूद लोगों में सिगार पीने के शौक़ीनों का व्यक्तित्व मुझे ख़ासा आकर्षित करता है। उनका एक ख़ास स्टाइल से सिगार कट करने या उसके किनारे को कुतरने के बाद एक खास अदा के साथ सिगार जलाना और हर एक कश के बाद हवा में तैरने वाला ख़ुशबूदार धुआँ मुझे बेहद रोमांचित कर जाता था। क्यूबा और कैरिबियन सिगार के अलावा दुनियाभर के मशहूर ब्रांड उस सिगार रूम में उपलब्ध थे। क्यूबा की मोटी हवाना सिगार देखकर तो मैं डर ही जाता था, हालाँकि उसकी मादक ख़ुशबू हवा में तैरकर जैसे कोई जादुई सा माहौल पैदा कर देती है। लोग कहते हैं, सिगार पीने वालों से लड़कियाँ अक्सर सिर्फ़ इसीलिए आकर्षित हो जाती हैं क्योंकि इसका अरोमा उन्हें सम्मोहित कर लेता है। सिल्विया के आने से पहले मैं वहाँ बैठा सिगार पीने वालों को चुपचाप देख रहा था। सिल्विया ने आते ही एक गिलास रेड-वाइन ऑर्डर कर दी। मैंने हैरानी जताते हुए उसे टोककर पूछा, "अरे सिगार रूम में आई हो तो तुम्हें सिगार भी ट्राय करना चाहिए।" उसने मेरी तरफ़ ग़ौर से देखा मानो मेरे कहने को वह चुनौती की तरह ले रही हो, फिर उसने कहा, "नहीं मैं स्मोक नहीं करती, लेकिन हाँ यह भी नहीं कहूँगी कि कभी कोशिश नहीं की, अच्छा चलिए अगर आप आज़माएँगे तो मैं आपका साथ ज़रूर दे दूँगी।" फिर उसने 'कैफे क्रीम' कही जाने वाली एक पतली सी सिगार मँगवा ली। उसका सिगार जलाने का तरीक़ा और पीने का अंदाज़

मुझे बहुत रॉयल लगा। ऐसा नहीं लग रहा था कि वह पहली बार सिगार पी रही है। मुझे भी वह सिगार आकर्षित कर रही थी। उसमें धुआँ काफ़ी कम था, एक और कश लेने के बाद सिल्विया ने एक सिगार बाहर की तरफ़ खींचकर पैकेट मेरी तरफ़ बढ़ा दिया, "बिल्कुल भी हार्ड नहीं है, क्या आप ट्राय नहीं करेंगे?" मैंने भी एक सिगार लेकर उसे जलाने के लिए लाइटर की तरफ़ हाथ बढ़ाया, उसने ख़ुद ही हाथ आगे बढ़ाकर मेरा सिगार सुलगा दिया फिर मोतियों जैसे दाँतों में अपना सिगार दबाकर बोली, "पसंद आया इसका फ्लेवर?" मैंने उसे देखते हुए कहा, "तुम्हें इस सिगार का धुआँ उड़ाते देख ही अच्छा लग रहा है। तुम्हारा व्यक्तित्व सिर्फ़ उतने से जीवन में सीमित नहीं रहना चाहिए जिसमें तुम सिमट गई हो सिल्विया। तुम्हारे भीतर गज़ब की बोल्डनेस छिपी है, यह बात तुम्हारे सिगार पीने के अंदाज़ में भी दिखायी देती है।" मेरी बात सुनकर वह हँस पड़ी। उसने अपनी हँसी की लय के साथ ही कहा, "पर मैं वैसी बोल्ड कभी नहीं रही। मेरी परवरिश आम घरेलू लड़कियों जैसी ही रही है, मैंने आपको बताया था न कि मैं तो स्मिथ से मिलने में भी झिझकती थी। हालाँकि उस डर का कारण यह नहीं था, कि लोग क्या कहेंगे? बल्कि ज़्यादा डर इस बात का था कि पापा के प्रधानमंत्री पद की वजह से मीडिया को बातें बनाने का मौक़ा न मिल जाए? मैं आपको गोल्फकोर्स का किस्सा बता रही थी लेकिन मैं आपको त्रिनिदाद में अपनी दूसरी सबसे पसंदीदा जगह बताना भूल ही गई। वह जगह है—"मराकास बीच।" मोका गोल्फकोर्स से मात्र 20 मिनट की दूरी पर नार्थ त्रिनिदाद की ओर, हरेभरे पहाड़ी घुमावदार रास्तों से होते हुए मराकास बीच जाना मुझे बहुत अच्छा लगता था। बीच पर जाने के रास्ते में पहाड़ी ढलान से उतरने से पहले एक छोर ऐसा भी है, जहाँ काफ़ी ऊँचाई से नीचे देखने पर पहाड़ों से टकराते समंदर का शानदार दृश्य नज़र आता है। वह व्यू प्वाइंट इतना ख़ूबसूरत है कि अक्सर टूरिस्ट वहाँ गाड़ियाँ रोककर, वह अद्भुत नज़ारा देखते हैं। लोग ख़ुद को वह नज़ारा अपने कैमरे में क़ैद करने से रोक नहीं पाते। जिनके पास कैमरा नहीं होता वे सेल्फी तो ज़रूर ही ले लेते हैं। टूरिस्ट कुछ देर रुकते हैं तो आसपास नारियल-पानी, पके अनानास की स्लाइस, आम पापड़ जैसी ढेरों चीज़ों से सजी छोटी-छोटी दुकानें भी हैं। मुझे वह सब खाने में बहुत मज़ा आता था। देखिए, अभी उस जगह को

याद करके ही मेरे मुँह में पानी आ गया।" कहते हुए सिल्विया ने आँखें बंद करके होंठ सिकोड़े फिर एक ज़ोरदार चटकारा लेकर हँस पड़ी।

कुछ देर बाद उसने आगे बोलना शुरू किया, "स्मिथ और मैं जब भी वहाँ से गुजरते, हमेशा रुककर मैं एक-एक कर उन सभी चटखारेदार चीज़ों पर धावा बोल दिया करती थी। वहाँ भी कोई हमें पहचान न ले यह डर तो बना ही रहता था। आसपास ज़्यादातर विदेशी टूरिस्ट हुआ करते थे इसलिए उनसे कोई डर नहीं था लेकिन स्थानीय दुकानदार स्मिथ को पहचानने की कोशिश करते थे। वह उनसे बचने के लिए हैट और बड़े डार्क ग्लासेज वाला चश्मा लगाकर रखता था। उस व्यू प्वाइंट से तीन किलोमीटर की ढलान उतरने के बाद मराकास बीच बाहें फैलाकर हमारे स्वागत में बिछा दिखता था। उसकी चाँदी जैसी ख़ूबसूरत रेत पर रोज़ाना हज़ारों विदेशी सैलानी घूमते-फिरते नज़र आ जाते हैं। सबके आकर्षण का केंद्र मराकास बीच की चमकीली सफेद रेत और गहरे नीले रंग का समंदर ही रहता है। बीच के किनारे के दर्जनों रेस्तराँ बेहतरीन सी-फूल और बियर परोसते हैं। वहाँ के 'टाइगर प्रान्स' दुनिया भर में मशहूर हैं। मैं और स्मिथ यहाँ आकर एक गिलास बियर और तंदूरी प्रान्स खाते थे। स्मिथ को केकड़ा भी बहुत अच्छा लगता था लेकिन पता नहीं क्यों मुझे केकड़ा खाने से घिन आती थी। मैंने एक दिन उसे साफ़-साफ़ कह दिया, 'तुम ये क्रैब खाना छोड़ दो वरना मैं दोस्ती तोड़ दूँगी'। वह बेचारा इतना डर गया कि मेरे कहने के बाद उसने कभी केकड़ा नहीं खाया। धीरे-धीरे हमारी मुलाक़ातें और भी बढ़ती जा रही थीं, कई बार हफ़्ते में चार बार भी हम मिल लेते थे पर मिलने के ठिकाने यही दोनों थे—मोका गोल्फकोर्स और मराकास बीच।

पापा-मम्मी को इस बात की भनक तक नहीं थी। उन्हें लगता था कि उनकी बेटी गोल्फ खेलने जाती है। एक दिन शाम को जब मैं घर आई तो पापा बहुत ख़ुश थे। अचानक उन्होंने पूछा, गोल्फ कैसा चल रहा है? मैंने अच्छा कहकर बात बदलने की कोशिश की लेकिन वे बताने लगे, उन्होंने आज गोल्फ क्लब फ़ोन किया था। यह सुनते ही मेरी जान सूख गई कि कहीं पापा को पता तो नहीं चल गया। लेकिन पापा ने बताया गोल्फ कोर्स वाले मेरी 'पटिंग' की बहुत तारीफ़ कर रहे थे। शायद उन्होंने क्लब के कैप्टन से ही पूछ लिया था कि उनकी बेटी कैसा खेलती है? कैप्टन भी

अपने नम्बर बनाने से नहीं चूका। उसने बढ़ा-चढ़ाकर कह दिया होगा, अब तो 'पटिंग' भी बहुत अच्छी तरह सीख गई है। पापा की पूरी बात सुनकर मेरी जान में जान आई। उसी वक़्त सोच लिया था कि अनजाने में कैप्टन की तरफ़ से आई इस मदद के लिए उन्हें धन्यवाद ज़रूर कहूँगी। मैं यह सोच ही रही थी कि पापा ने फिर टोका, 'इतनी अच्छी तरह गोल्फ सिखाने के लिए कहीं तुमने उन्हें रिश्वत तो नहीं दी है?' अब जब पापा इतनी तारीफ़ कर रहे थे तो मैं भला क्रेडिट लेने में क्यों हिचकती? मैंने इतराते हुए कहा, 'पापा 'पटिंग' गोल्फ में सबसे कठिन शॉट होता है। बाल जब होल के बिल्कुल पास आ जाती है तो उसे होल में पहुँचाकर प्वाइंट लेने के लिए बहुत संभलकर एक धीमा शॉट लगाना पड़ता है। अक्सर बहुत अच्छा गोल्फ खेलने वाले लोग भी आख़िर में 'पटिंग' के वक़्त चूक जाते हैं। पापा और मम्मी मेरी बात सुनकर बहुत ख़ुश हुए और मैंने चैन की साँस ली। मम्मी लाड़ दिखाते हुए बोलीं, 'बहुत थक गई होगी मेरी बेटी, चलो मैंने हाई-टी में आज स्वादिष्ट स्कार्न और क्रीम मँगाई है साथ में डोनट्स भी है। पापा के लिए मटर के समोसे भी बनवाये हैं। यहाँ का कुक इतना अच्छा इंडियन फूड पकाता है कि मेरा दिल रोज़ नई फरमाइश कर बैठता है।"

सिल्विया पल भर के लिए रुकी तो मैंने भी इस बात पर चुटकी ले ली, "सिल्विया अगर भारत में 'पटिंग' बोलेंगे तो सुनने वाला समझेगा या तो लड़की पट गई है या फिर पटाने में होशियार हो गई है।" वह खिलखिलाकर हँस पड़ी। सिगार रूम के हल्के धुंध और अंधेरे में उसके सफेद दाँतों ने अपनी चमक बिखेर दी। मेरे जहन में स्मिथ का एक काल्पनिक चित्र उभरा, जिसके दाँत हँसने पर ऐसे ही चमक उठते थे और सिल्विया उसकी हँसी के सम्मोहन में पिघल जाती थी। जबकि त्रिनिदाद के प्रधानमंत्री की बेटी होने के नाते सिल्विया चाहती तो किसी भी भारतीय मूल के खरबपति युवा से प्रेम या शादी कर सकती थी। पर शायद प्रेम ऐसा ही होता है जो रंग-रूप, नस्ल, धर्म और संपत्ति जैसी चीज़ों की क़ैद में नहीं रह पाता। मैं उसकी प्रेम कहानी को विस्तार से जानना चाहता था लेकिन उसके अगले सवाल ने मुझे चौंका दिया, "मैंने ग़ौर किया है कि आप सिर्फ़ मुझसे ही मेरे अतीत की बातें पूछते जा रहे हैं, क्या अपने बारे में कुछ नहीं बताएँगे?" सिल्विया ने गहरी जिज्ञासा भरी नज़रों से मेरी तरफ़ देखते हुए कहा। लगता है पिछले

कुछ दिनों से यह सवाल उसके मन में तैर रहा था, लेकिन शायद उसे अपनी बात कहने में कुछ झिझक हो रही थी। मैंने आश्वस्त करने वाली नज़र से उसकी ओर देखा और कहा, "बिल्कुल बताऊँगा सिल्विया! तुम्हें क्या लगता है इस क्रूज़ पर मैं तुम्हारे साथ सिर्फ़ टाइमपास कर रहा हूँ? हालाँकि मैं अपनी फैमिली के साथ यहाँ क्वालिटी-टाइम गुज़ारने ही आया था, पर शायद यह कोई बड़ा संयोग है जो अनजाने में घट गया है। तुमसे बात करना, तुम्हारे अतीत को जानना मुझे इस वक़्त सबसे ज़रूरी काम लग रहा है। तुम्हारी सुनकर मैं अपनी नहीं बताऊँगा तो हमारी इस बातचीत का मकसद भी पूरा नहीं होगा। इसलिए तुम बिल्कुल निश्चिंत रहो। मैं अपने बारे में सब बताऊँगा, पर पहले तुम बताओ? अपने बारे में, स्मिथ के बारे में..." मेरी बात सुनकर उसे कुछ भरोसा हुआ था ऐसा उसकी नज़रें बयान कर रही थीं। मैंने वक़्त बर्बाद करने की बजाय अपना अगला सवाल दाग दिया, "अच्छा सिल्वी, अगर बुरा न मानो तो एक बात पूछूँ? मुझे नहीं पता आगे स्मिथ के साथ तुम्हारा रिश्ता कहाँ तक पहुँचा? तुम दोनों की शादी हुई भी या नहीं? पर गोल्फकोर्स की मुलाक़ातों के दौर में तुम और स्मिथ कितने क़रीब थे...?" मैं एक तरह के संकोच में आगे कहने से रुक गया लेकिन सिल्विया के भीतर की जिस बोल्डनेस का अनुमान मैं पहले ही लगा चुका था वह अचानक कौंध गई। उसने कहा, "आप पूछने में झिझक क्यों रहे हैं, यही पूछना चाहते हैं न कि उस दौरान क्या मेरे और स्मिथ के बीच शारीरिक संबंध भी बने?"

मैंने देखा यह बात उसने भले एक साहस और आत्मविश्वास के साथ कही थी, पर कहते हुए उसका चेहरा गुलाबी हो गया था। उसके कान लाल हो गए थे। मैं उसकी वह निश्छल और सौम्य मुस्कान देखकर स्तब्ध था। सौम्यता और शोख़ी का वह अद्भुत मेल उसके गालों पर उभरे डिंपल और भी स्पष्ट कर गया था। फिर उसने ख़ुद को संयत करते हुए कहा, "आपको बिल्कुल सच बताऊँ? हमारे बीच सेक्स के अलावा सब कुछ हुआ। हम जब एक-दूसरे के आलिंगन में बँधे होते, दुनिया ही भूल जाया करते थे, अगर कुछ याद रहता था तो बस, एक-दूसरे की बाँहों में गर्म साँसों के बीच पिघलती हमारी देह। वह कोई जादुई स्पर्श था जो हमें एक-दूसरे में पूरी तरह उतार देता था। स्मिथ जब अपने हाथ से मेरे गाल छूता, अपनी

उँगलियों के सहारे मेरी चिबुक को उठाकर मुझे अपनी आँखें में झाँकने का आमंत्रण देता तो मैं अपनी आँखें बंद करके उसके जिस्म की ख़ुशबू में कहीं खो जाती थी। मुझे याद है, जब हम पहली बार मराकास बीच गए हुए थे, बातें करते-करते कब शाम हो गई हमें पता ही नहीं चला। हम दोनों तीन-तीन बीयर के केन पी चुके थे और समंदर सूरज को लील गया था। बीच पर अँधेरा उतर आया था पर वहाँ बिखरी चाँदी जैसी रेत अपनी चमक बिखेर रही थी। हम रेत पर बैठे किनारों पर थपेड़े खाती लहरों का नज़ारा देख रहे थे। इस बार शुरुआत मैंने की। मुझे याद था, रेस्तराँ की पहली मुलाक़ात में टेबिल के नीचे स्मिथ का पैर मेरे पैर से स्पर्श कर गया था और मेरे जिस्म में एक बिजली सी दौड़ गई थी, उस रोमांच में न मैंने अपना पैर हटाया था और न ही उसे टोका था। इस बार एक शरारत मुझे सूझी, मैंने उसके क़रीब जाकर अपनी जीभ से उसके एक कान को हौले से छुआ। मैं इस स्थिति में होने वाली गुदगुदी शायद बर्दाश्त न कर पाती लेकिन वह ज्यों का त्यों बैठा रहा। मुझे लगा उसे वैसा कोई रोमांच नहीं हो रहा पर मैं ग़लत थी, थोड़ी देर में स्मिथ बहुत उत्तेजित हो गया, उसने मुझे कसकर अपनी बाँहों में समेट लिया। अब आगे जो होने जा रहा था, वह था पश्चिमी देशों में होंठ से होंठ लगाकर लिपलॉक किस का चलन। वहाँ लोग सार्वजनिक जगहों पर भी किस करने से नहीं कतराते, स्मिथ भी वही करने की कोशिश कर रहा था। मैंने यह सब कभी नहीं किया था। मुझे वैसे भी हालीवुड की फ़िल्मों में होरी-हीरोइन का एक-दूसरे के होठों को चबा-चुभलाकर और एक-दूसरे के मुँह में जीभ डालकर चुंबन करते देखना कभी अच्छा नहीं लगा। एक-दूसरे की लार (सलाइवा) मुँह में लेने की बात सोचकर ही मुझे घिन आ जाती थी। डर लगता था। उस दिन भी यही हुआ, मैंने स्मिथ से कह दिया, मैं यह नहीं कर सकती। मेरी बात सुनकर मुझे लगा वह नाराज़ हो जाएगा लेकिन वह उल्टा हँसने लगा। फिर उसके चॉकलेटी होंठ मेरे अधरों से सरक कर गालों पर फिसलने लगे। वह मेरे गालों को बेतहाशा चूम रहा था। मैं धीरे-धीरे उसके आगोश में निढाल होती चली गई। मैंने महसूस किया, मेरी देह उसकी बाहों में तैर रही है। तभी अचानक मेरे कानों में बॉलीवुड के एक फ़िल्मी तराने की आवाज़ तैर गई—"ये कहाँ आ गए हम, यूँ ही साथ चलते-चलते, तेरी बाँहों में है

जानम, मेरे जिस्म जां पिघलते। मुझे लग रहा था हम दोनों ही उन ख़ूबसूरत पंक्तियों को साकार कर रहे हैं। जैसे वह गीत सिर्फ़ हमारे लिए ही लिखा और गाया गया है। मैंने इधर-उधर देखकर जानना चाहा कि यह गीत कहाँ बज रहा है? ग़ौर से देखने पर हमसे थोड़ी दूर बैठा एक भारतीय टूरिस्ट नज़र आ गया, जिसके मोबाइल में यह गीत बज रहा था और मराकास बीच उस शाम उस गीत की धुन में डूब गया था। मैंने स्मिथ के कानों में धीरे से फुसफुसाया—कितना अच्छा गाना है बिल्कुल हम दोनों की हालत पर फिट बैठ रहा है। मैंने उस हिंदी गाने का सार अंग्रेज़ी में अनुवाद करके स्मिथ को बताया, "माय बॉडी एंड सोल इज़ मेल्टिंग इन योर आर्म्स...।" गाने का अर्थ समझकर वह अचम्भे में था कि इतने सुंदर गीत यहाँ क्यों नहीं लिखे जाते? प्यार में जिस्म और जाँ धीरे-धीरे बाहों में पिघलते से हैं, यह तो हमारी कल्पना में भी नहीं आता है। फिर हम उस गीत में खोकर कुछ देर यूँ ही रेत पर बेसुध पड़े रहे। जब कोस्टल गार्ड सीटियाँ बजाकर सबको बीच से हटने का निर्देश देने लगे तब जाकर लोग उठकर अपनी कारों की ओर बढ़े। स्मिथ ने लौटते हुए मुझे मोका गोल्फकोर्स पर छोड़ दिया। वहाँ मेरे इंतज़ार में खड़ी सरकारी गाड़ी में बैठकर मैं घर आ गई। मम्मी की डाँट मेरा इंतज़ार कर रही थी, मुझे देखते ही उनका ग़ुस्सा फूट पड़ा, "आज तुम्हें इतनी देर कहाँ हो गई, कितनी बार समझाया है अँधेरा होने के पहले गोल्फकोर्स से वापस आ जाया करो, लेकिन यह तो मेरी कोई बात सुनती ही नहीं।" मैंने उन्हें क्लब में गोल्फर्स पार्टी का बहाना बताकर जैसे-तैसे चुप कराया और कहा, "मम्मी पार्टी तो अभी भी चल रही है, एक तो मैं आपकी चिंता समझकर बीच-पार्टी से लौट आई और उल्टा आप मुझे ही सुना रहे हो।" मम्मी के पास हर बात का जवाब था, उन्होंने तुरंत मुझे फिर किसी पार्टी में न जाने की सख़्त हिदायत दे दी। हालाँकि वे ख़ुद अच्छी पार्टी और मेलजोल के लिए बहुत आतुर रहती थीं इसलिए अपनी हिदायत में यह जोड़ना नहीं भूलीं कि अगर किसी पार्टी में जाना बहुत ज़रूरी हुआ तो वे भी साथ चलेंगी। उनकी बात इस कान से सुनी और दूसरे कान से निकालकर अपने कमरे में चली गई। अब पापा का टेप रिकार्ड ही मेरा सहारा था। मैंने सिलसिला फ़िल्म का वही गीत फिर लगा दिया और स्मिथ के ख़्यालों में खो गई।"

सिल्विया शायद अपनी प्रेम कहानी सुनाते हुए ख़ुद भी उसमें खो गई थी। उसे पता ही नहीं चला कि सिगार कब की बुझ चुकी है। सिगार और सिगरेट में यही फ़र्क़ है कि अगर उसे पीते न रहें तो वह बुझ जाती है। फिर उसे दोबारा सुलगाना पड़ता है।

थोड़ी देर रुककर सिल्विया फिर कहने लगी, "हमारा यह सिलसिला महीनों चलता रहा। कभी गोल्फ क्लब, कभी बीच, तो कभी किसी रेस्तराँ में हमारा मिलना अक्सर होता रहा, लेकिन हमारे घर वालों को इसकी कानों कान ख़बर तक न लगी। ख़ैर इसमें भी पापा का ही योगदान ज़्यादा था। प्रधानमंत्री की इकलौती संतान होने के बावजूद न उन्होंने मुझे कभी मीडिया के सामने आने दिया और न ही हमें ख़ुद को बहुत ज़्यादा वीआईपी समझने का मौक़ा दिया। हमें हमेशा लो-प्रोफाईल रहना सिखाया गया था। अब जब हमारे परिवार के सदस्यों की कोई भी तस्वीर न कभी पत्र-पत्रिकाओं में छपी और न ही टीवी पर किसी ने हमें देखा, तो लोग हमें पहचान भी कैसे सकते थे? पापा ने थोड़ी-बहुत सुर्खियों में रहकर जीना सिखाया होता तो कोई और पहचाने न पहचाने, अख़बार वाले ज़रूर पहचान जाते। ऐसा होता तो सबको हमारे इश्क़ की ख़बरें पढ़कर चटखारे लेने और बातें बनाने का मौक़ा ज़रूर मिल जाता।

एक रात मैं और स्मिथ रोज़ की तरह बातें कर रहे थे कि अचानक उसने मुझे ऐसी ख़ुशख़बरी दी कि रोना आ गया। दरअसल उसे अगले दिन वेस्टइंडीज़ टीम के साथ भारत रवाना होना था। वेस्टइंडीज़ टीम का वह तीन महीने लंबा क्रिकेट टूर था। मतलब साफ़ था उस पूरी तीन महीने की सीरीज़ के दौरान स्मिथ भारत में ही रहेगा। इतने लंबे बिछोह की बात सुनकर ही मुझे रोना आ गया। स्मिथ से इतनी दूरी मैं कैसे सहन करूँगी? यही सोचकर मैं उस पूरी रात रोती रही। तीन महीनों की जुदाई मुझे बहुत ज़्यादा लंबी और यातनापूर्ण लग रही थी। हफ़्ते में तीन दिन तो हम ज़रूर ही मिलते थे। तीन महीने न मिल पाना मेरे लिए सजा की तरह था। इस सजा से बचने के लिए मैंने उस रात भारत जाने का प्लान बनाकर भी देखा। फिर ध्यान आया, पापा मुझे अकेले इंडिया बिल्कुल नहीं जाने देंगे। वे अगर किसी बहाने से मान भी गए तो मम्मी को कैसे मनाऊँगी? वह मेरे साथ भारत ज़रूर जाएँगी। आख़िर वे हैं तो भारतीय ही, फिर भला उनकी बेटी

कहीं अकेले कैसे जा सकती है? पूरी रात मैं करवटें बदलती रही, विरह की बात सोच-सोच कर आँसू थमने का नाम नहीं ले रहे थे। मुझे अंदाज़ा था स्मिथ भी ज़रूर इसी हाल में होगा। वह भी तो मेरे बिना तीन महीने इतनी दूर कैसे रह पाएगा? सुबह मैं एक नई चिंता से घिरी बैठी थी, शाम को स्मिथ को विदा करने कैसे जाऊँ, उसे देखने का ऐसा मन कर रहा था मानो वह कभी त्रिनिदाद वापस न आने वाला हो। देर रात एयरपोर्ट पर उसे विदा करने भी नहीं जा सकती थी, आख़िर वहाँ वेस्टइंडीज़ की पूरी टीम मौजूद रहेगी, यही नहीं वहाँ मीडिया वालों का भी जमघट लगा होगा, अगर हिम्मत करके चली भी जाऊँ, तब भी न उसे छूकर देख सकूँगी, न ही चूम पाऊँगी और गले लगाना तो दूर की बात है। ऐसा हुआ तो वह फ़ोटो सब अख़बारों में पहले पेज की ख़बर बन जाएगी। भारत दौरे की उस सीरीज़ को लेकर मीडिया पहले ही स्मिथ को बहुत बढ़ा-चढ़ा कर पेश कर रहा था। अंतर्राष्ट्रीय क्रिकेट में वह स्मिथ की दूसरी विदेश यात्रा थी। इंडिया को हरा पाना उन दिनों विश्व की किसी भी टीम के लिए बड़ी मुश्किल बात थी, वेस्टइंडीज़ के लिए भी यह काम एक चुनौती से कम नहीं था। ख़ैर स्मिथ से मिल पाने की सारी संभावनाओं पर सोचने के बाद मुझे एक बेहद कारगर रास्ता सूझा। मैंने आमिर को फ़ोन करके उनकी जमकर तारीफ़ कर दी। उन्हें ख़ूब चढ़ाया कि जिस लड़के को उन्होंने नेशनल टीम के सिलेक्शन तक पहुँचाने में मदद की वह अब ख़ुद को साबित करने के बाद भारत के साथ क्रिकेट की एक महत्त्वपूर्ण सीरीज़ खेलने जा रहा है, यह वाक़ई बड़ी ख़ुशी की बात है लेकिन यह क्रेडिट वे अकेले नहीं ले सकते क्योंकि उसकी सिफ़ारिश तो मैंने ही की थी। इस पर वे मुझे भी बधाई देने लगे। मैंने तुरंत अपने मन का दाव चला, "अरे सिर्फ़ बातें करने से नहीं चलेगा। स्मिथ के जाने से पहले आपको अपने घर पर उसके लिए एक डिनर रखना चाहिए, मौक़ा मिला तो मैं भी उसे बधाई देने वहाँ ज़रूर आऊँगी। आमिर ने झिझक के साथ कहा, "स्मिथ अब बहुत बड़ा आदमी बन गया है पता नहीं मेरे घर आएगा भी या नहीं?" मैंने उन्हें फिर चढ़ाया, "अरे आपने उसकी इतनी मदद की है, उसे आना ही चाहिए, आप कोशिश करके तो देखो, चलो आप अभी उसे थोड़ी देर में फ़ोन लगाओ फिर मुझे ज़रूर बताना।" आमिर से बात ख़त्म करने के तुरंत बाद मैंने स्मिथ को

फ़ोन करके सारा मामला समझा दिया। यह भी बता दिया कि तुम मुझे जानते हो, यह बात जाहिर किए बिना आमिर का आमंत्रण स्वीकार कर लेना तभी हमारी मुलाक़ात हो पाएगी।

दस मिनट के अंदर आमिर का वापस फ़ोन आ गया। अपनी आदत के मुताबिक़ उन्होंने नमक मिर्च लगाकर मुझे स्मिथ के डिनर पर आने की बात बतायी। वे कहने लगे, "अरे वह तो मेरा निमंत्रण पाकर बहुत ख़ुश हुआ और कहने लगा कि अगर राष्ट्रपति भी उसे भोज पर बुलाते तब भी वह नहीं जाता, लेकिन मैं बुला रहा हूँ इसलिए वह मना कैसे कर सकता है। लेकिन उसने किसी और को न बुलाने की शर्त रख दी है पर आप चिंता मत करो मैंने उसे आपके नाम पर राजी कर लिया है। अब आप शाम सात बजे मेरे घर ज़रूर आ जाना क्योंकि वह डिनर करके तुरंत निकल जाएगा, दरअसल रात बारह बजे उसकी फ्लाईट है।" मेरी योजना सफल हो गई थी। मैंने मम्मी से कहा, "आमिर आज शाम उनके घर पर रखे गए डिनर में आने की बहुत ज़िद कर रहे हैं। वेस्टइंडीज़ टीम उनके घर आ रही है उस डिनर पर..." मम्मी अपने स्वभाव के मुताबिक़ तुरंत बोल पड़ीं, "ओहो, तब तो मैं भी चलूँगी तुम्हारे साथ, मुझे भी अपने देश की टीम से मिलना है।" मेरी सारी योजना एक बार फिर ध्वस्त होती दिखी लेकिन मैंने तुरंत बात सँभालने की कोशिश की, "मम्मी आमिर ने बड़ी मुश्किल से वेस्टइंडीज़ टीम को मेरे लिए मनाया है, अगर प्रधानमंत्री की पत्नी यानी आप वहाँ गईं तो बेवजह मीडिया में ख़बर फैल जाएगी।" लेकिन मम्मी भी इतनी आसानी से कहाँ मानने वाली थीं, उन्होंने तुरंत आमिर को फ़ोन लगवाया। अब आमिर फँस गए, वे पहले ही सिर्फ़ मेरे नाम पर टीम को मुश्किल से मनाने को लेकर शेखी बघार चुके थे। मम्मी से भी उन्हें यही बात कहनी पड़ी। लेकिन मम्मी नाराज़ न हों इसके लिए उन्होंने फिर शेखी बघार दी और कहा, "मैडम टीम यह सीरीज़ जीत जाए बस मैं पूरी टीम को लेकर पीएम हाऊस आऊँगा, तब आप मिल लीजिएगा।" काफ़ी देर समझाने के बाद मम्मी आख़िरकार मुझे उनके घर भेजने के लिए मान गईं। मैं पौने सात बजे ही उनके घर पहुँच गई। त्रिनिदाद में अभी भी सब कुछ दूर-दूर है। बीच में गन्ने के खेत, हरे-भरे रास्ते, छोटे-छोटे शहर, कस्बों और गाँवों को पार करके एक जगह से दूसरी जगह जाना पड़ता है। अगर

हाईवे से न जाकर पुराने रास्ते से जाया जाए तो आमिर का गाँव भी पोर्ट ऑफ़ स्पेन और एयरपोर्ट के बीच में था। लेकिन वह गाँव किसी शहर से कम नहीं है। साफ़-सुथरी सड़कें, बिजली की सुविधा वाले ख़ूबसूरत मकान हैं। और सबसे ख़ास बात आसपास सिर्फ़ हरे-भरे खेत हैं। ज़्यादातर गाँवों से लगी फैक्ट्रियाँ और कारखाने भी हैं। इनमें कुछ पुरानी चीनी मिलें भी हैं जो अब लगभग बंद पड़ी हैं।

मैं गाँव के उस ख़ुशनुमा माहौल में तीन घंटे तक स्मिथ के साथ रही। साथ खाना खाया। मौक़ा निकाल कर आमिर के घर के लॉन में उससे अपना यह दुखड़ा भी रोया कि तीन महीने उसके बग़ैर कैसे रहूँगी? स्मिथ मुझसे दूर जाने की बात पर दुखी तो था पर वह भारत के क्रिकेट टूर को लेकर बेहद उत्साहित भी था। वह मुझे बार-बार इंडिया आने की बात पर ज़ोर दे रहा था। मैं भी यह इरादा बना रही थी लेकिन मैंने जानबूझकर उसे कोई वादा नहीं किया। क्या पता कौन सा अड़ंगा आ जाए, फिर स्मिथ को दुख होता। फिलहाल मैं उसके जाने से दुखी थी यही बहुत था। दस बजे के लगभग हम उसे एयरपोर्ट छोड़ने भी गए लेकिन कार में बैठे-बैठे ही मुझे उसे विदा करना था। जब वह एयरपोर्ट में प्रवेश कर रहा था तब मैंने दूर से देखा, पूरा मीडिया उस पर टूट पड़ा था। उस वक़्त स्मिथ को मीडिया से इतनी तवज्जो मिलते देख मेरे मन को सचमुच बहुत अच्छा लगा और उस गर्व की अनुभूति में कुछ देर के लिए मैं अपना दुख भी भूल गई।

एयरपोर्ट से लौटते हुए गाड़ी आमिर चला रहे थे और मेरी गाड़ी पीछे-पीछे चल रही थी। वे जिस तरह बिना कोई बकबक किए चुपचाप ड्राइव कर रहे थे मुझे अंदेशा हुआ, हो न हो पिछले तीन घंटों के साथ में इन्हें यह शक हो गया है कि मैं स्मिथ को अच्छी तरह जानती हूँ। फिर मैं अपनी कार में वापस घर आ गई और बिना मम्मी-पापा को गुडनाइट कहे अपने कमरे में जाकर सोने की कोशिश करने लगी। हालाँकि नींद अभी भी आँखों से कोसों दूर थी। आपका कोई इतना प्यारा जब हज़ारों कोस दूर जा रहा हो तो नींद कैसे आ सकती है?

रात बारह बजे के बाद मुझे ख़्याल आया ब्रिटिश एयरवेज की फ्लाइट रात में हमारे घर के ऊपर से ही गुज़रती है। उन दिनों त्रिनिदाद से सिर्फ़ चार अंतर्राष्ट्रीय उड़ानें हुआ करती थीं। जिसमें रात बारह बजे के बाद, लंदन की

बस यही एक फ्लाइट थी। तब इंडिया जाने के लिए लंदन में फ्लाइट बदलनी पड़ती थी। बस मैं बिस्तर से उठकर अपने कमरे की खिड़की पर आकर खड़ी हो गई। रात के ठीक साढ़े बारह बजे स्मिथ की फ्लाइट ने उड़ान भरी। मैं अपनी खिड़की से बाहर झाँककर बच्चों की तरह हवाई जहाज़ की तरफ़ हाथ हिला रही थी। जैसे स्मिथ भी मुझे देख रहा हो और बाय-बाय कह रहा हो। अब भी वह बात याद करती हूँ तो रोमांचित हो जाती हूँ।

स्मिथ के जाने के बाद मैंने उसे भूलने की बहुत कोशिश की लेकिन जितना मैं उसे भुलाना चाहती थी, उसकी याद उतनी ही तेजी से मुझे अपनी तरफ़ खींच लेती थी। हर दूसरे तीसरे दिन स्मिथ रात में होटल पहुँचते ही मुझे फ़ोन लगा देता था। वह घंटों मुझसे बातें करता रहता था। मुझे लगा ऐसे रात-रात भर बात करने से वह सुबह न तो ढंग से प्रैक्टिस कर पाएगा और न ही अच्छा खेल पाएगा। पूरे त्रिनिदाद की नज़रें उस पर टिकी थीं। वह भारत से यह सीरीज़ जीतने की सबसे बड़ी उम्मीद बन गया था। इसलिए मैंने उससे कम बात करना शुरू कर दिया। मुश्किल से दस मिनट बात करके मैं किसी न किसी बहाने फ़ोन काट देती थी। इस पर कई बार वह बहुत ग़ुस्सा भी हो जाता था लेकिन मैं हर क़ीमत पर उसे सफल होते हुए देखना चाहती थी।

इस बीच मैंने अपनी पढ़ाई में मन लगाने का फ़ैसला कर लिया। वैसे भी मैं डॉक्टर बनना चाहती थी, इसलिए न्यूयार्क, मियामी, लंदन, मैनचेस्टर और टोरंटो के मेडिकल कालेजों में एडमीशन के फार्म भी भरने लगी। मैं यह सब इसलिए कर रही थी कि स्मिथ मुझसे बात करके वक़्त बर्बाद करने की बजाय, सबसे अच्छे खेल का प्रदर्शन करे। वेस्टइंडीज़ भारत से जीत जाए। हालाँकि मेरे लिए यह बहुत उलझन भरी बात थी कि स्मिथ भारत में जाकर भारत को ही हरा आए। अंदर से कहीं न कहीं हम आज भी भारतीय तो हैं ही। लेकिन मैं ऐसे असमंजस में डालने वाली हर बात को अपने दिल से झटक देती थी। मैं हर हाल में स्मिथ को भारतीय दौरे में भी उतना ही सफल देखना चाहती थी, जितना सफल वह अपने पिछले इंग्लैंड दौरे के बाद साबित हुआ था। हालाँकि स्मिथ ख़ुद भारत दौरे को लेकर आशंकित था। उसका अनुमान यह था कि भारत में बहुत धीमी विकेट होती हैं। उनके पास अच्छे फिरकी गेंदबाज़ यानी बढ़िया स्पिनर भी हैं, इसलिए

भारत के मैदानों पर उनके सामने टिक कर खेलना बहुत कठिन होता है। लेकिन मुझे स्मिथ के खेल पर पूरा भरोसा था। दिल दुआ कर रहा था, वह सबसे अच्छा खेले। जब मैं स्मिथ की जीत और सफलता की कामना करती थी तो भारत सिर्फ़ मेरे पुरखों की धरती रह जाता था और वेस्टइंडीज़ का महत्त्व और दर्जा मेरी नज़र में जन्मभूमि का हो जाता था। आख़िर त्रिनिदाद मेरी जन्मभूमि ही तो है...।"

मुझे सिल्विया की आँखों में अपनी जन्मभूमि के लिए यह सम्मान देखकर सचमुच बहुत अच्छा लगा। हालाँकि इस बीच सिगार रूम में फैला धुआँ अब मुझे परेशान भी करने लगा था इसलिए सिल्विया इससे पहले आगे कुछ कहना शुरू करती, मैंने उसे टोककर डेक पर चलने की इच्छा जताई। सिल्विया जिस तरह तुरंत उठकर खड़ी हो गई उससे मैं समझ गया कि वह भी सिगार रूम में सहज महसूस नहीं कर रही थी। लगता है वह सिर्फ़ मेरा लिहाज़ करके वहाँ मेरे साथ बैठी थी।

हम सिगार रूम से बाहर आ गए और तेज़ क़दमों से क्रूज़ की सबसे ऊपर की मंज़िल पर जा पहुँचे। जहाज़ की निचली मंज़िलों के मुक़ाबले वहाँ बिल्कुल शोर नहीं था। नीचे कहीं डिस्को चल रहा था तो कहीं सिनेमा। कहीं रेस्टोरेंट का शोरगुल था तो कहीं कसीनो गुलज़ार था, कहीं बार में कहकहे गूँज रहे थे तो कहीं बच्चे गेम्स खेलते हुए हो-हल्ला कर रहे थे। शाम को क्रूज़ पर इतना शोरगुल होता है कि ऐसा लगता है मानो हम किसी सपनों के नगर में पहुँच गए हों। सबसे ऊपर की मंज़िल पर एकदम सन्नाटा था, स्वीमिंग पूल पर बैठे लोग भी जा चुके थे। कुछ जोड़े खुली हवा में टहल रहे थे और जहाज़ अपनी पूरी रफ़्तार से पानी को चीरता हुआ बढ़ता चला जा रहा था। थोड़ी देर हम डेक पर टहलते रहे लेकिन विपरीत दिशा से बह रही तेज हवा, लग रहा था हमें कहीं अपने साथ उड़ाकर न ले जाए। सिल्विया तो जैसे ठंड से नहीं किसी डर से काँपने सी लग गई थी। उसे ऐसे हाल में देखकर मैंने वहाँ के एक कॉफी-शॉप का रुख करना ठीक समझा और उससे कहा, "लगता है ठंड कुछ ज़्यादा ही हो गई है, चलो एक कॉफी पीते हैं तुम्हें अच्छा लगेगा।" कॉफी-शॉप के अंदर भी ख़ामोशी छायी हुई थी। एक कमउम्र इटैलियन लड़का अकेले कॉफी सर्व कर रहा था। हमारे अलावा वहाँ सिर्फ़ दो जोड़े दूर एक टेबल पर डटे बातें कर

रहे थे। हम दोनों भी एक कोने में जाकर बैठ गए। मैंने फिर से बातों का सिरा पकड़ने की कोशिश की, "फिर तुम स्मिथ से मिलने इंडिया जा पाई या नहीं?"

मेरा सवाल सुनकर उसने गहरी साँस लेते हुए अपनी गर्दन पीछे की तरफ़ झुका ली, फिर छत की तरफ़ देखते हुए फुसफुसाहट भरे स्वर में कहा, "लम्बी कहानी है वह भी। मुझे कुछ और नहीं सूझा तो मैंने बनारस में विश्वनाथ जी के दर्शन का बहाना बनाकर घर वालों से भारत जाने की पेशकश कर दी। मुझे लगा वे विश्वनाथ के दर्शन की बात पर मना नहीं करेंगे। लेकिन इसके उलट वही हुआ जिसका डर था, मम्मी भी साथ चलने के लिए एक पैर पर खड़ी हो गईं। मैं फिर एक नई उलझन में फँस गई क्योंकि मुझे भारत जाना तो था लेकिन अकेले। बहरहाल वह योजना सचमुच चौपट हो गई। इसी दौरान संयोग से लंदन के इम्पीरियल कालेज़ से ई-मेल के ज़रिए मेडिकल कॉलेज में दाख़िले का आमंत्रण आ गया। उन्होंने उस मेल में मुझे अगले हफ़्ते लंदन आकर इंटरव्यू देने की बात लिखी थी। इससे मेरा आधा रास्ता अपने आप तय हो गया था लेकिन उसके आगे का आधा सफ़र अब भी बाक़ी था। मेरे दिमाग़ में यही चल रहा था कि लंदन से मैं कौन सा बहाना बनाकर भारत जा पाऊँगी?"

वह बोलते -बोलते अचानक चुप हो गई। उत्सुकता में मेरे मुँह से अनायास निकला,"फिर मिला कोई बहाना?" वह तपाक से बोली, "मुकम्मल सफ़र के इंतज़ार में बैठे रहने से कुछ देर चलते रहना भला। मैंने भी उस वक़्त वही फ़ैसला किया था, कि चलो पहले लंदन तो पहुँचा जाए, हो सकता है आगे का रास्ता वहाँ पहुँचने पर नज़र आ जाए। इसके लिए मैंने पापा का इस्तेमाल किया। इस बार मैंने उनसे वह कहा जो मैं नहीं चाहती थी, "पापा अगले हफ़्ते मुझे मेडिकल कॉलेज में एडमीशन का इंटरव्यू देने लंदन जाना है, क्या मैं मम्मी को अपने साथ ले जाऊँ? वह पलट कर बोले "क्यों? अभी भी दूध पीती बच्ची हो क्या? जो हर जगह माँ की उँगली पकड़कर जाओगी। अकेली क्यों नहीं जा सकती हो?" बस मैं तो यही चाहती थी। मैंने कहा, "तो पापा आप ही मम्मी से कहो यह बात, वह अकेले भेजने को तैयार नहीं होतीं।" पापा ने मुझे दिलासा दिया कि मैं माँ की चिंता छोड़ दूँ, वे उन्हें समझा देंगे। हाई कमिश्नर को होटल, गाड़ी और बाक़ी व्यवस्था

करवाने के लिए कह देंगे। पापा की बात सुन मेरी ख़ुशी का ठिकाना नहीं था।

शाम को पापा ने अपना फरमान ख़ुद ही मम्मी को भी सुना दिया। पहले तो मम्मी ने साफ़ मना कर दिया कि वे बेटी को किसी भी हाल में अकेले नहीं भेजेंगी लेकिन जब पापा की ज़िद के आगे उनकी एक नहीं चली, हालाँकि घर के ज़्यादातर मामलों में मम्मी की ही चलती थी, लेकिन कभी-कभी जब पापा अड़ जाते थे, तो वे उनसे लड़ने-भिड़ने की जगह अपने हथियार डाल देती थीं। इसके बावजूद वे हमेशा उनके निर्णय में कोई न कोई नुक्स निकालकर ही दम लेती थीं। हमेशा की तरह मम्मी का दिमाग़ मेरे अकेले लंदन जाने की बात में अटका रहा और उन्होंने पापा के सामने एक शर्त रख दी, "अच्छा तो फिर ये बताइए कि हाई कमिश्नर मेरी बेटी की क्या देख-भाल करेगा? और सिल्वी होटल में क्यों रुकेगी, वह भी अकेले? तुम्हारे चोपड़ा साहब के रिश्तेदार किस दिन काम आएँगे। उस फैमिली ने हमेशा हमसे फ़ायदा लिया है। हमारे किसी काम तो कभी आए नहीं। सुना है, तुम्हारे चोपड़ा नाना का एक भतीजा लंदन में बड़ी कोठी लेकर रहता है। उसका बड़ा भारी व्यापार है। दिन भर आशा मौसी उसी का गुणगान बखानती रहती हैं। तो अब उनकी परीक्षा भी ले ही ली जाए। सिल्वी उन्हीं के यहाँ जाकर रहेगी और वही इसकी देखभाल भी करेंगे, ठीक है?"

अब पापा हाईकमान के आगे क्या कहते? हालाँकि पापा की हमेशा अपने चोपड़ा नाना से अच्छी बनी और वे पापा को प्यार भी बहुत करते थे। बस मम्मी को पता नहीं क्यों उस परिवार से बहुत खुंदक रहती थी। शायद सास की वजह से ऐसा रहा हो, ख़ैर इसके पीछे जो भी कारण था, पर वे पंजाबियों को जी भरके कोसती रहती थीं।"

सिल्विया अपनी मम्मी का वह क़िस्सा सुनाकर अचानक हँस पड़ी। मैंने उसे कहा, "अब तुम्हारी मम्मी जैसी भी हों लेकिन मैंने देखा है तुम उन्हें बहुत प्यार करती हो। उस दिन उनकी तबियत की चिंता में तुम कितनी परेशान दिख रही थी।" उसने मेरी तरफ़ देखकर मेरी बात के समर्थन में यह भी जोड़ दिया, "माँ अपने बच्चों के लिए अच्छी ही होती है, और मेरी माँ तो बहुत अच्छी हैं, वह तो मुझे अकेले भेजने को लेकर उनका डर था।

ख़ैर पापा को यह सुझाव बहुत अच्छा लगा और उन्होंने तत्काल बारबेडस फ़ोन लगा कर अपने नब्बे साल के चोपड़ा नाना से बात की। चोपड़ा नाना

नब्बे के ज़रूर हो गए थे लेकिन थे एकदम चुस्त-दुरुस्त थे। पापा से मेरी डॉक्टरी की पढ़ाई की बात सुनकर तो वे ख़ुशी से झूम ही उठे। आख़िर उनकी ग्रैंड डॉटर डॉक्टर जो बनने जा रही थी। पापा से बात होने के बाद उन्होंने तुरंत लंदन फ़ोन लगाकर अपने रिश्तेदार कुलजिंदर भाटिया से मेरे लिए बात कर ली। फिर 10 मिनट के अंदर पापा के पास ख़ुद कुलजिन्दर का फ़ोन आ गया। उन्होंने कहा कि सिल्विया के लंदन इंटरव्यू को लेकर ज़रा भी फ़िक्र करने की ज़रूरत नहीं। सिल्विया उनकी बेटी की तरह लंदन में रहेगी। कुलजिन्दर की मेरी हमउम्र दो बेटियाँ थीं इसलिए उन्होंने कहा कि यहाँ तीनों लड़कियाँ मिलजुल कर आराम से रहेंगी। कुलजिन्दर की बात से मम्मी-पापा की सारी चिंता दूर हो गई। मम्मी तो इसी बात से ख़ुश और आश्वस्त थीं कि उन लोगों की भी दो बेटियाँ हैं इस वजह से मुझे लंदन में न अकेलापन लगेगा और न ही कोई और तकलीफ़ होगी।

चार दिन बाद मेरी लंदन की फ्लाइट थी। मम्मी-पापा मुझे तब भी कितना छोटा मानते थे, इसका अंदाज़ा आप इस बात से लगा सकते हैं कि वे दोनों एयरपोर्ट तक मुझे न सिर्फ़ छोड़ने आए बल्कि रास्ते भर हिदायतें देते रहे। ये मत करना, वो मत करना। ख़ैर मुझे मम्मी पापा की उन बातों पर भी ख़ूब प्यार आ रहा था। बस असहज महसूस मैं इस बात को लेकर कर रही थी कि चारों तरफ़ पुलिस और सुरक्षा घेरा देखकर मुझे अपने मम्मी-पापा, मेरे अपने मम्मी-पापा नहीं लग रहे थे। उस वक़्त सुरक्षा घेरे में प्रधानमंत्री और उनकी पत्नी के साथ उनकी बेटी थी। बाक़ी यात्री मुझे घूर रहे थे। मैंने उनसे अनुरोध किया कि अब आप दोनों घर लौट जाइए प्लीज़, लेकिन वे कहाँ मानने वाले थे। जब तक मैं जहाज़ में नहीं चढ़ गई, वे एयरपोर्ट पर ही खड़े मुझे हाथ हिलाकर बाय-बाय कहते रहे।

9

लंदन की वह हवाई-यात्रा मेरे जीवन की ऐसी पहली यात्रा थी, जिसमें नींद मुझसे कोसों दूर थी। उसके पहले बिल्कुल शुरुआती यात्राओं का रोमांच छोड़ दिया जाए तो फ्लाइट में नींद मेरे लिए कभी समस्या नहीं रही, पर लंदन की उस यात्रा में मेरी अपनी कुछ कल्पनाएँ लंदन की नहीं बल्कि एक नई उड़ान भरकर सीधे इंडिया पहुँच गई थीं। ख़ुद स्मिथ मुझे वहाँ देखकर हैरान रह गया था। फिर हम बाहों में बाहें डालकर दिल्ली की सड़कों पर घूम रहे थे। कनॉट-प्लेस, इंडिया-गेट, दिल्ली-हाट और महरोली में कुतुब मीनार देखने भी गए, और तो और मौक़ा पाकर हम दोनों आगरा पहुँच गए थे, जहाँ दुनियाभर में मशहूर मोहब्बत की निशानी है—ताजमहल। अपनी उन्हीं कल्पनाओं में भारत के ख़िलाफ़ खेल रहे स्मिथ का वह मैच देखने भी मैं पहुँच गई थी। स्टेडियम की दर्शक दीर्घा में वेस्टइंडीज़ टीम की टीशर्ट पहनकर बैठी मैं भारतीय गेंदबाज़ों की धुलाई पर ख़ूब तालियाँ बजा रही थी। वेस्टइंडीज़ टीम का समर्थन करते देख आसपास बैठे भारतीय दर्शक हैरान होकर मुझे देख रहे थे। क्रिकेट मैच के प्रसारण में कैमरा बार-बार मेरा चेहरा दिखा रहा था। जैसे ही स्मिथ किसी गेंद को सीमा-रेखा के पार पहुँचाता, मैं अजब से उत्साह में अपनी सीट से उछल जाती थी। दूरदर्शन की प्रसारण टीम को शायद पता चल गया था कि मैं स्मिथ की गर्लफ्रेंड हूँ। इसलिए वे उसकी धमाकेदार बल्लेबाजी के दौरान हर वो लम्हा अपने कैमरे में क़ैद कर रहे थे जिसमें मैं उछल-उछलकर स्मिथ की हौसलाआफज़ायी कर रही थी।

ख़ैर वे सारे दृश्य एक प्रेम में डूबी लड़की की कल्पनाएँ भर थे, जो उसने अपने सपनों में इंडिया जाकर पूरे कर लिए थे जबकि वास्तविकता यह थी कि मैं भारत जाने की नहीं बल्कि लंदन की फ्लाइट में थी। मेरी फ्लाइट सुबह लंदन शहर से 60 किलोमीटर दूर गैटविक एयरपोर्ट पर जा उतरी। एयरपोर्ट पर कुलजिंदर भाटिया साहब ने एक बड़ी सी गाड़ी भेजी थी जिसका ड्राईवर प्लेकार्ड लेकर एयरपोर्ट लॉबी में खड़ा मेरा इंतज़ार कर रहा था। वहाँ पहुँचने से पहले ही निकास मार्ग पर खड़े हाईकमीशन के अधिकारी लपक कर मेरी ओर बढ़े। वे मुझे होटल ले जाने की बात कह रहे थे, जहाँ रुकने का इंतज़ाम पापा के कहने पर ख़ुद हाई कमिश्नर ने करवाया था पर मैंने उनके साथ जाने से विनम्रतापूर्वक मना कर दिया और अपने नाम का प्लेकार्ड पकड़कर खड़े ड्राइवर की ओर चल पड़ी। हाईकमिशन के अधिकारी इस पर भी नहीं माने। भाटिया साहब की कार मैं बैठने तक वे मुझे मनाने की कोशिश करते रहे लेकिन में उन्हें आश्वस्त करके ड्राइवर के साथ पार्क लेन स्थित भाटिया अंकल के घर आ गई। मैंने देखा भाटिया अंकल की कार के पीछे-पीछे दूतावास स्टाफ वहाँ तक भी मुझे छोड़ने आया था।

भाटिया अंकल का घर 10 बेडरूम का था। पाँच लक्ज़री कारें बाहर खड़ी थीं। सिक्योरिटी से लेकर घर के बाक़ी काम के लिए वहाँ किचन से लेकर गेट तक अच्छा खासा स्टाफ तैनात था जो इतना साबित करने के लिए काफ़ी था कि भाटिया साहब लंदन के काफ़ी अमीर लोगों में शुमार हैं। उनके घर के सामने कई किलोमीटर तक फैला लंदन का मशहूर हाईड पार्क था। जहाँ सुबह से लेकर शाम तक दिनभर में हज़ारों लोग घूमने आते थे। मुझे ठहरने के लिए पहली मंज़िल का एक सबसे ख़ास कमरा दिया गया था जिसकी खिड़की से पूरा हाइड पार्क नज़र आता था। हाइड पार्क का वह नज़ारा वाक़ई बहुत सुंदर था। भाटिया साहब के घर में किसी भी तरह की आधुनिक सुविधाओं की कोई कमी नहीं थी। जिम, स्पा, जकूजी, स्टीम सब कुछ था। इतना ही नहीं छत पर उन्होंने एक शानदार लॉन बना रखा था। भाटिया साहब ने तो जाते ही मुझे पलकों पर बैठा लिया था। उनकी पत्नी भी ख़ातिरदारी में पीछे नहीं थीं। उनका व्यवहार ऐसा लग रहा था मानो मुझे जमाने से जानती हों। मैं शायद संकोच कर बैठूँ यही सोचकर

वे बार-बार चाय और खाने-पीने के लिए पूछ रही थीं। उनकी दोनों बेटियाँ कुछ देर सकुचाई मुझे देखती-समझती रहीं पर जल्दी ही मेरी उनसे अच्छी दोस्ती हो गई। संयोग से उनकी छोटी बेटी भी मेडिकल की पढ़ाई कर रही थी और उसी कॉलेज में पढ़ रही थी जहाँ मैं एडमीशन के लिए इंटरव्यू देने जा रही थी। वह मुझे सहज करने के लिए कहने लगी, "परसों मैं ख़ुद आपको कॉलेज लेकर जाऊँगी, वहाँ सभी मुझे जानते हैं। एडमीशन तो हो ही जाएगा।" मैं फिर भी आशंकित थी इसलिए कहा, "लंदन के इतने बड़े कॉलेज में इतनी आसानी से एडमिशन कैसे हो सकता है? मुझे थोड़ा डर लग रहा है।" मेरी बात सुनकर भाटिया साहब बीच में ही कूद पड़े, टिपिकल इंडियन अंदाज़ में बोले, "सिल्वी पुत्तर तुसी ज़रा भी फिकर न करो। ये गोरे सिस्टम की कितनी भी बातें क्यों न कर लें पर इनके यहाँ भी सब कुछ जुगाड़ से चलता है। कोरा ड्रामा करते हैं स्साले, अंदर यहाँ भी जान-पहचान बहुत काम करती है।" मुझे लगा वे सिफ़ारिश का इशारा कर रहे हैं, इसलिए मैंने उन्हें तुरंत साफ़-साफ़ कह दिया, "लेकिन मुझे जान-पहचान के बल पर एडमीशन नहीं चाहिए अंकल। मेरिट से हुआ तो ठीक वरना कहीं और हो जाएगा।" उन्होंने कहा, "ये सब टेंशन मुझ पर छोड़ दो, तुम लंदन घूमो और मज़े करो।" फिर वे मुझे बताने लगे कि लंदन में कहाँ क्या ख़ास है। उन्होंने कहा कि वे मुझे जल्द ही पूरा लंदन घुमा देंगे।

लंदन घुमाने का सिलसिला उसी दिन शुरू हो गया। दोपहर में हम भाटिया परिवार के पड़ोस में बमुश्किल 500 मीटर दूर आक्सफोर्ड स्ट्रीट घूमने गए। लंदन की सबसे मशहूर स्ट्रीट, जहाँ बड़े-बड़े शापिंग मॉल और कई मशहूर ब्रांड के महँगे शोरूम हैं। दुनिया भर से हज़ारों लोग यहाँ शापिंग के लिए आते हैं। हर वक़्त वहाँ हलचल और भीड़ रहती है। एक से बढ़कर एक महँगे ब्रांड भी वहाँ होते हैं और सस्ते से सस्ता सामान भी। कुल मिलाकर लंदन जाकर भी कोई ऑक्सफोर्ड स्ट्रीट न गया तो समझो उसने शॉपिंग ही नहीं की। वहाँ शॉपिंग करना या घूमना लंदन का सबसे बड़ा शगल है।

लंच का वक़्त हो गया था। वहाँ कई छोटे-छोटे रेस्तराँ ऐसे भी थे जहाँ सड़क के किनारे ख़ूबसूरत टेबल बिछी हुई थीं। बाहर बैठे लोग मज़े से अलग-अलग देशों के जायके का मज़ा ले रहे थे। कमोबेश दुनिया के हर कोने का स्वाद उस जगह मौजूद था। सबसे ज़्यादा भीड़ इतालवी, चीनी,

भारतीय और लेबनानी रेस्तराँ में थी। हमने एक इतालवी रेस्तराँ 'क्रिस्टोफर स्कैवैर' में जाकर खाना खाया। लंच के बाद भाटिया परिवार मुझे वहाँ के सबसे मशहूर शापिंग मॉल में से एक 'सेलिफ्रजेज' ले कर गया। मॉल की चकाचौंध से मेरी आँखें चौंधिया गईं। लंदन की उस चमक-दमक के आगे त्रिनिदाद या पोर्ट ऑफ़ स्पेन कुछ था ही नहीं। वह किसी जादुई दुनिया का नज़ारा लग रहा था। आमतौर पर मुझे शॉपिंग का उतना क्रेज़ कभी नहीं रहा। मैं ज़रूरत की चीज़ें लाती थी। हाँ, मन तो कभी नहीं भरता पर मैं ख़रीदारी के बाद हमेशा संतुष्ट होकर ही लौटती थी पर वहाँ एक से बढ़कर एक ख़ूबसूरत चीज़ें देखकर मुझे अपने मन पर काबू रखने में बहुत परेशानी हो रही थी। मैं थक भी रही थी लेकिन भाटिया साहब इतने जोश में थे कि लग रहा था एक ही दिन में सारा लंदन घुमा देंगे।

चार बजते ही उन्होंने हाई-टी के लिए एक शानदार होटल 'डारचेस्टर' का रुख कर लिया। ब्रुनेई के सुल्तान का वह होटल अपनी आंतरिक सज्जा के मामले में इस क़दर अनूठा है कि वहाँ की ख़ूबसूरती देखते ही बनती है। महँगा भी बहुत लग रहा था। मैं मन ही मन भाटिया अंकल की फिज़ूलखर्ची देखकर परेशान भी हो रही थी। उनकी जगह मेरे मम्मी-पापा होते तो मजाल है, इस तरह घूमने-फिरने और खाने-पीने पर इस तरह पैसा बर्बाद होता? ख़ैर हाई-टी में गर्म स्कोर्न, क्रीम और जैम के साथ खाये। वह सब इतना स्वादिष्ट था कि मेरे मुँह में उसका ज़ायका अब भी याद आ जाता है। उस होटल से भाटिया साहब का घर बिल्कुल पास ही था सो हम पैदल चल कर ही वापस आ गए और बेचारे ड्राइवर भाटिया साहब की गाड़ियाँ खाली ही लौटा कर लाए।

मुझे दोपहर की इस घुमक्कड़ी में ही भाटिया साहब के इरादे समझ आ गए थे। पूरा अंदाज़ा था कि वे शाम को फिर डिनर के लिए कहीं न कहीं ज़रूर लेकर जाएँगे। मौक़ा देखकर मैंने तुरंत अपनी जेट-लैग फीलिंग से उन्हें अवगत करा दिया, "अंकल प्लीज़ शाम का खाना मैं घर पर ही लेना चाहूँगी। फ्लाइट की थकान से पूरा बदन टूट रहा है। हो सकता है कुछ भी न खाऊँ और सिर्फ़ गर्म सूप पीकर ही सो जाऊँ।" मेरी बात सुनकर उनका चेहरा उतर गया था। डिनर के लिए वे मुझे बेकर स्ट्रीट के किसी चाइनीज रेस्तराँ में ले जाना चाहते थे। बहरहाल जल्दी सोने का बहाना बनाकर मैं

रात आठ बजे ही अपने कमरे में चली गई। दरअसल सोना तो एक बहाना ही था, सबके बीच रहकर मैं स्मिथ से कैसे बात कर पाती? कमरे में आते ही मैंने स्मिथ को इंडिया फ़ोन लगा दिया। भारत में उस वक़्त रात के साढ़े बारह बज रहे थे। स्मिथ भी फुर्सत में था इसलिए हम आधे घंटे तक बातें करते रहे। इस पूरी बातचीत में वह बार-बार मेरी मिन्नतें करते हुए एक ही बात दोहराता रहा, कि अब जब आधा रास्ता तय कर ही लिया है तो मैच देखने किसी भी तरह बंबई आ जाऊँ।

दूसरे दिन सुबह जब मैं तैयार होर नीचे ड्राइंग रूम की ओर जाने लगी तो मैंने ग़ौर किया टीवी पर बहुत तेज़ आवाज़ में क्रिकेट कमेंट्री चल रही है। भाटिया अंकल बैठक में चाय के साथ जमे हुए थे और मिसेज भाटिया से ड्राइंग रूम में ही उनके लिए नाश्ता लगवाने की गुहार लगा रहे थे जबकि मिसेज़ भाटिया उन्हें नाश्ते के लिए डाइनिंग टेबल पर बुला रही थीं। मुझे देखते ही उन्होंने एक बार फिर पुकारा, "अब आ भी जाओ, सिल्विया भी आ गई है।" उन्होंने मेरी तरफ़ देखकर कहा, "बेटा अब देख लो अपनी आंटी को, मैं इंडिया जाकर यह पूरी सीरीज़ देखना चाहता था लेकिन ये हैं कि मुझे चैन से अपने ड्राइंगरूम में भी मैच नहीं देखने दे रही हैं। भारत जाकर मैच का मज़ा लेने की बात तो भूल ही जाओ।" मिसेज भाटिया भी कहाँ पीछे रहने वाली थीं उन्होंने भी मुझसे सफ़ाई देते हुए कहा, "तुम इनकी बातों पर मत जाओ, ये क्रिकेट के लिए ऐसे ही पागल रहते हैं। रहते हैं इंग्लैंड में और इंडियन टीम को सपोर्ट करने में करोड़ों लुटाते रहते हैं। सारा काम-धंधा छोड़कर क्रिकेट के चक्कर में ऐसे घुस जाते हैं जैसे क्रिकेट देखने से ही इनका बिज़नेस चलता है। अरे बेसमेंट में जाकर देखो ज़रा, घर को ही क्रिकेट म्यूजियम बना रखा है। सिग्नेचर वाले क्रिकेट के बल्ले जुटाने में लाखों-करोड़ों खर्च करते रहते हैं। टी-शर्ट, कैप, गेंद, फ़ोटो, किताबें पता नहीं क्या-क्या क्रिकेट का कूड़ा जमा कर रखा है। तुम ही कुछ समझाओ, मेरी तो कभी सुनते नहीं।" मिसेज भाटिया उन्हें ख़ूब खरी-खोटी सुनाती रहीं लेकिन वे मज़े से बैठे टीवी देख रहे थे। मैंने ग़ौर किया उस वक़्त वेस्टइंडीज़ की बैटिंग चल रही थी। तभी अचानक एक विकेट गिरा तो भाटिया साहब सोफ़े से उछलकर खड़े हो गए। वेस्टइंडीज़ टीम का कोई खिलाड़ी आउट हुआ था। इस बात से वे इतने ख़ुश हुए कि ड्राइंग-रूम

में ही भांगड़ा करने लगे। लेकिन उनकी यह ख़ुशी थोड़ी देर में गायब हो गई क्योंकि आउट होने वाले खिलाड़ी की जगह जो नया खिलाड़ी मैदान में आया वह स्मिथ था। मेरी नज़रें भी टीवी पर जम गईं। उधर भाटिया साहब वापस दुबक कर सोफ़े पर बैठ गए और मिसेज़ भाटिया से बोले, "इन हब्शियों की टीम में कोई दम नहीं है पर इनका ये नया खिलाड़ी स्मिथ बहुत ख़तरनाक खेलता है। बस इसी का डर है। स्साला पिच पर ऐसा चिपक जाता है कि आउट होने का नाम ही नहीं लेता। हमारे गेंदबाजों ने अगर इस स्साले का इलाज ढूँढ़ लिया तो फिर कोई माई का लाल इंडिया को नहीं हरा सकता।"

स्मिथ को दी गई गाली सुनकर मेरे हाथ से कप छूटते-छूटते बचा। मुझे भीतर से बहुत ग़ुस्सा आ रहा था, मन हुआ तुरंत उठकर अपने कमरे में वापस चली जाऊँ। लेकिन ख़ुद पर काबू करके मैंने उन्हें कहा, "मैं भी तो उसी देश से हूँ। उन्हें हब्शी मत कहिए। वे लोग ऐसे भी बुरे नहीं होते, अच्छे लोग हैं।" जवाब में उन्होंने आवेश के साथ कहा, "क्या ख़ाक अच्छे लोग होते हैं। सिर्फ़ लम्बे ही तो होते हैं। पहले गार्नर, मार्शल, वाल्श जैसे गेंदबाज़ों के दम पर मैच जीत जाते थे। लेकिन अब हमारे बल्लेबाजों को भी तेज़ गेंद खेलना आ गया है। सबसे पहले इनका इलाज गावस्कर ने करना शुरू किया था फिर सचिन, सौरव, राहुल ने भी इनकी तेज़ गेंदों को बाउंड्री के पार पहुँचाना सीख लिया। अब इस स्सालों के दिमाग़ ठिकाने आने लगे हैं। देख लेना इस बार भी ये मलेच्छ हार कर ही जाएँगे।" इस बार मैंने तल्खी के साथ कहा, "ये क्या अंकल! आप फिर गाली-गलौज पर उतर आए! खेल ही तो है, इसमें इतना नाराज़ होने की क्या ज़रूरत, जो अच्छा खेलेगा जीत जाएगा, बस।" अब भाटिया साहब कुछ शर्मिंदा से दिख रहे थे, थोड़े संकोच से साथ बोले, "क्या करूँ पुत्तर। मैं इंडिया की हार बर्दाश्त नहीं कर पाता। वैसे मैंने सुना है वहाँ इनकी इंडिया वालों से भी पटरी नहीं बैठती।" मैंने पूरे आत्मविश्वास से कहा, "ग़लत सुना है आपने, इतिहास में भारतीय और अश्वेत दोनों समुदाय अंग्रेज़ों के ज़ुल्मों के शिकार रहे हैं और उनमें अच्छा तालमेल है, पापा के प्रधानमंत्री बनने में अश्वेत समुदाय का भी समर्थन है, समझे आप।" मेरी बात सुनकर भाटिया अंकल का चेहरा फ़ीका पड़ गया था। इसी बीच आंटी आ गईं और मेरा

हाथ पकड़कर डाइनिंग टेबल की ओर चलने का इशारा किया, "चल बेटा, इनके क्रिकेट के चक्कर में तुम कहाँ अपना सिर खपा रही हो, ये किसी की सुनते भी हैं।" अंकल ने उनकी बात पर कान नहीं दिए। वे वापस टीवी देखने में व्यस्त हो गए और वहीं बैठे-बैठे अपने लिए टोस्ट और एक आमलेट का ऑर्डर कर दिया। वे लगातार बड़बड़ा रहे थे, "अब तो इस स्मिथ को आउट करवा कर ही दम लूँगा। क़िस्मत से दो बार बच गया, अगर मैं अपनी जगह से उठा तो ये ज़रूर जम जाएगा।"

मैंने डाइनिंग टेबल पर बैठते हुए मिसेज भाटिया को छेड़ा, "अंकल तो बहुत बड़े क्रिकेट प्रेमी निकले।" इस पर मिसेज भाटिया मुँह चिढ़ा कर बोलीं, "क्रिकेट-प्रेमी नहीं, ये तो क्रिकेट के लिए पागल हैं। अभी देखना थोड़ी देर में अगर कोई आउट नहीं हुआ तो परेशान हो जाएँगे फिर टोना-टोटका भी करने लगेंगे। एक बार सचिन की सेन्चुरी बनवाने के लिए पूरे वक़्त बैठकर हनुमान चालीसा का पाठ करते रहे। कहने लगे, इसका लक इतना ख़राब है कि अक्सर 90 रन के बाद आउट हो जाता है। सेन्चुरी रह जाती है। इसलिए हनुमान चालीसा पढ़ रहे हैं, अब हनुमान जी ही इसके सौ रन पूरे करवाएँगे। इंडिया की टीम जब इंग्लैंड आती है तो कई खिलाड़ियों को अपने यहाँ डिनर पर बुलाते हैं। बहुतों से दोस्ती कर रखी है। उनके बीवी-बच्चों को अपनी गाड़ियों में पूरा इंग्लैंड घुमाते हैं। मैं तो तंग आ गई हूँ इनके क्रिकेट के शौक़ से। अब देखो, अगले हफ़्ते बंबई में होने वाला मैच देखने के लिए पीछे पड़े हैं। जाना ही था तो अकेले चले जाते लेकिन नहीं पूरी फैमिली का टिकट करवा रखा है। अब बताओ भला, कोई पागल ही होगा जो सिर्फ़ मैच देखने लंदन से बंबई जाएगा।" मिसेज भाटिया की बात सुनकर मेरे कान खड़े हो गए, "अच्छा, आप लोग बंबई जा रहे हैं? अब जब अंकल का इतना मन है तो आप लोग भी चले जाइए न।" मेरा मन तो हुआ कह दूँ, ऐसा है तो मुझे भी ले चलिए लेकिन ऐसा कहने की मेरी हिम्मत नहीं हुई। थोड़ी देर में भाटिया अंकल भी ग़ुस्से में बड़बड़ाते हुए डाइनिंग टेबल पर आ गए। मैंने उन्हें छेड़ते हए कहा, "क्या हुआ अंकल, लगता है आपने स्मिथ को आउट करवा ही दिया।" वे झल्लाते हुए बोले, "वो स्साला राक्षस इतनी जल्दी कैसे आउट होगा? लगता है मुझे कोई टोटका ही करना पड़ेगा। कुछ देर में अच्छा मुहूर्त देखकर दोबारा टीवी चालू करूँगा।

बैठने की जगह भी बदलनी पड़ेगा, वहाँ बैठे रहने पर वो आउट ही नहीं हो रहा।" मैंने हँसते हुए कहा, "अरे अंकल आप फिजूल परेशान हो रहे हैं, वो स्मिथ भारतीय खिलाड़ियों के आगे भला कहाँ टिक पाएगा?" उन्होंने नाश्ते की प्लेट खींचते हुए कहा, "टिक पाएगा? अरे स्साला हर गेंद पर चौके-छक्के जड़ रहा है। पसीने छुड़ा दिए भारतीय गेंदबाज़ों के। लगता है, दिल्ली की विकेट भी पाटा है। इतनी सपाट पिच पर तो गेंद अपने आप बल्ले पर आ जाती है। बाक़ी हमारे ये इंडियन खिलाड़ी भी एकदम हरामखोर हो गए हैं, दिन भर टीवी पर विज्ञापन करते रहते हैं। खेल से ज़्यादा पैसे कमाने की पड़ी है तो अब भुगतें। अगली बार बीसीसीआई को लिखूँगा, रोक लगा देनी चाहिए इन ससुरों के विज्ञापन करने पर।" वे ग़ुस्से में भुनभुनाते हुए लगातार यही सब बड़बड़ाए जा रहे थे, तभी अचानक किसी नौकर ने वापस टीवी चालू कर दिया। टीवी पर क्रिकेट कमेंट्री का शोर-शराबा देखकर वे वापस भागकर टीवी के सामने जाकर खड़े हो गए। स्मिथ आउट हो गया था। यह देखकर अंकल ख़ुशी से उछलकर फिर भांगड़ा करने लगे, "ओएहोए ये तो गया। बड़ा इंडिया में हीरो बन रहा था, अरे इंग्लैंड में चल गया तो क्या हर जगह चल जाएगा, बेटा याद रखना इंडियन टीम के आगे कोई टिक नहीं पाता। वाह कुंबले! क्या गेंद फेंकी है, मज़ा आ गया। भाई हमारे गेंदबाजों का कोई जवाब नहीं है।" बस स्मिथ के आउट होने की ख़ुशी में उन्होंने बल्ले-बल्ले करते हुए जेब से पचास पौंड निकाले और नौकर को दे दिए, "ये ले तेरा इनाम! बड़े अच्छे मुहूर्त में तूने टीवी खोला है, इनाम तो मिलना चाहिए न।"

मैं स्मिथ के आउट होने से वैसे भी स्तब्ध थी उस पर अंकल की हरकतें हद पार करती जा रही थीं। क्रिकेट की ऐसी दीवानगी कि अभी कुछ देर पहले इंडिया के गेंदबाजों को कोस रहे थे, और स्मिथ के आउट होते ही उन्हीं भारतीय गेंदबाज़ों की ऐसी तारीफ़ शुरू कर दी कि मेरा दिमाग़ ख़राब हो गया। मिसेज भाटिया भी लगता है चिढ़ गई थीं अंकल से, उन्हें नौकर को यूँ ही 50 पौंड देना ज़रा भी नहीं सुहाया। वे अंकल पर बिगड़ते हुए बोलीं, "और लुटाओ बात-बात पर पैसे। पैसा तो पेड़ पर लगता है न! इसको 50 पौंड थमा दिए, जैसे इसी ने विकेट लिया है। दस विकेट गिरेंगे तो 500 पौंड उड़ा दोगे। पता भी है इतना कमाने में लोगों को कितनी मेहनत

करनी पड़ती है?" भाटिया साहब ख़ुशी में उछलते हुए बोले, "मेरी ख़ुशी का तुम अंदाज़ा नहीं लगा सकती रंजना! अरे इस छोरे के आउट होने पर मेरा बस चले तो मैं हज़ार पौंड बाँट दूँ, बाकियों के विकेट चिटकने पर किसी को फूटी कौड़ी नहीं दूँगा।" हालाँकि स्मिथ के आउट होने की ख़ुशी में भाटिया साहब जो दिलदारी दिखा रहे थे, वो दरअसल मेरा दिल जला रही थी, इसके बावजूद इस बात से इंकार नहीं कि वे थे सचमुच बहुत दिलदार। भाटिया साहब दिल के भी बहुत अमीर थे। अगर शानोशौक़त से रहते थे तो खुले हाथ से पैसा भी खर्चते थे। यह तो मैं ख़ुद भी देख चुकी थी कि रेस्तराँ में दो की जगह दस चीज़ें आर्डर कर देते थे। इस बात की ज़रा भी परवाह नहीं होती थी कि यह सब खाएगा कौन? रोज़ लंच और डिनर पर हमें बाहर ले जाने के लिए एक पैर पर खड़े रहते थे।

उस दिन शाम होते ही फिर बाहर चलने की रट लगा दी और हमें चाइना गार्डेन बेकर स्ट्रीट पर ले गए। अगले दिन नाइट्स ब्रिज के इंडियन रेस्तराँ "अलमाया" की बारी थी। मना करने पर भी इतना खाना आर्डर कर देते थे कि आधे से ज़्यादा बच जाता था, उन्हें बचे हुए खाने की न कोई परवाह होती थी और न ही पछतावा। जब वे बिल का भुगतान कर रहे होते थे उसी बीच भाटिया आंटी चुपचाप वेटर से कहकर बचा हुआ वह सारा खाना पैक करा लेती थी और उसे दूसरी गाड़ी में रखवाकर ले आती थी।

अलमाया में लंच के बाद अंकल हमें दुनिया के सबसे महँगे शापिंग माल हैरड्स में ले गए थे। इतना ख़ूबसूरत मॉल मैंने उससे पहले नहीं देखा था। वहाँ की सुंदर सजीली चीजें महँगी ज़रूर थीं लेकिन उनका एक क्लास था। मैं वहाँ हद से महँगे आउटफिट्स और ड्रेसेज़ को टुकुर-टुकुर देख रही थी। पता नहीं उन्होंने कैसे मेरे मन की बात पढ़ ली और मना करने के बावजूद मेरे लिए पाँच हज़ार पौंड के कपड़े ख़रीद डाले और पैक करा दिये। मैं कहती रह गई कि इतने कपड़ों का क्या करूँगी? लेकिन वे कुछ भी सुनने को तैयार नहीं थे। वहाँ मैंने एक ख़ूबसूरत ब्लेज़र भी देखा था। मैं सोच रही थी कि स्मिथ पर वह कितना सुंदर लगेगा? लेकिन उसकी क़ीमत दो हज़ार पौन्ड थी इसलिए हिम्मत नहीं पड़ रही थी। पता नहीं कैसे वे मेरी नज़र से यह बात भी भाँप गए, बोले, "क्या देख रही हो सिल्विया?" मैंने झिझकते हुए कहा, "वह ब्लेज़र तो देखिए कितना सुन्दर है।" वे बाले, "लेकिन

यह तो जेन्ट्स है!" मैंने थोड़ा साहस जुटाकर कहा "हाँ इसीलिए तो सोच रही हूँ पापा पर बहुत अच्छ लगेगा।" इतना सुनने की देर थी वे लपककर गए और वह ब्लेज़र भी पैक करा लाए। मैं मन ही मन बहुत ख़ुश थी कि इसी बहाने मैंने स्मिथ के लिए एक अच्छा गिफ्ट ले लिया, वह भी हैरड्स से। बचपन से हैरड्स का नाम सुनते आई थी, उस दिन जी भर कर शॉपिंग करने का मौक़ा भी मिल गया। हालाँकि ब्लेज़र के लिए बोले हुए अपने झूठ को लेकर मुझे अपराधबोध भी हो रहा था इसलिए मैंने अपने कपड़ों में से दो हज़ार पौंड के क़पड़े वापस करने की कोशिश की लेकिन भाटिया अंकल नहीं माने, उनका कहना था इतनी शॉपिंग उनकी बेटियाँ लगभग हर महीने करती हैं फिर वह तो पहली बार उनके घर आई है।

शॉपिंग में वक़्त का पता ही नहीं चला, हैरड्स से निकले तब तक शाम हो गई थी। भाटिया अंकल ने घर चलने की बजाय बाहर ही डिनर की पेशकश की। वैसे यह पेशकश नहीं थी, उन्होंने सिर्फ़ इच्छा जतायी और हमें सीधे शेफर्ड मार्केट लेकर चले गए। जब वे हमें साथ लेकर एक लेबनीज फूड रेस्तराँ 'अल–हुमरा' में दाख़िल हुए, तो मैं डर ही गई थी। लेबनानी खाने के बारे में मैंने पहले भी सुन रखा था कि वहाँ ऊँट, गाय वग़ैरह पता नहीं किस-किस तरह का मांस परोसा जाता है, वह सब मैं खाऊँगी? यही सोचकर मैं थोड़ा घबरा रही थी। मैं नॉनवेज खाती थी लेकिन इतना भी नहीं। कभी-कभार थोड़ा-बहुत ले लेती थी। मैंने धीरे से मिसेज भाटिया से कहा, "आज मेरा शाकाहारी खाना खाने का मन है, यह सब नहीं खा पाऊँगी।" उन्होंने जवाब में कहा, "चिंता मत करो सिल्विया, मैं भी मंगलवार को नॉनवेज नहीं खाती, हम अपने लिए कुछ वेज ऑर्डर कर लेंगे।" आंटी की बात सुनकर मुझे कुछ तसल्ली हुई। उन्होंने हुम्मास, फलाफल, बटाटा ग्रीन, दाल सूप, मतब्बल सहित कोई आठ वेज डिशेज आर्डर कर दी। लेबनीज खाने में इतने प्रकार के शाकाहारी व्यंजन भी होते हैं यह सोचकर मैं हैरान हो रही थी। उस खाने का ज़ायका भी ऐसा गज़ब था कि पेट भर गया लेकिन मन नहीं भरा। मैंने सोचा कि आंटी, अगर बचा हुआ खाना भी आंटी पैक करवा लें तो कितना अच्छा हो, सुबह नाश्ते में खाऊँगी। अपनी आदत के मुताबिक़ आंटी ने बचा खाना पैक तो कराया पर सारा खाना अपने ड्राइवर को दे दिया, जो बेरूत का ही रहने वाला था।

लेबनानी फूड की कद्र वह मुझसे भी ज़्यादा कर सकता है, यही सोचकर मुझे तसल्ली करनी पड़ी।

खाना खाने के बाद मैं, आंटी और उनकी दोनों बेटियाँ पल्लवी और ग्रेशिया अरबी कॉफी पीने लगे और भाटिया अंकल ने सीसा आर्डर कर दिया। मुझे याद है, त्रिनिदाद में कोई सीसा या हुक्का नहीं पीता था लेकिन यहाँ जगह-जगह लोग बड़े शौक़ से सीसा पी रहे थे। एजवेयर रोड पर एक कतार में ऐसी कई दुकानें हैं, जहाँ फुटपाथ पर लगी मेज़ और कुर्सियों पर डटे लोग लेबनीज़ खाना खाते हुए घंटों हुक्का पीते रहते हैं। औरतें भी दबाकर सीसा पीती हैं।

दूसरे दिन सुबह सात बजे ही भाटिया अंकल ने हमें जगा दिया। वे मॉर्निंग वॉक के लिए हाइड पार्क जाने की बात कह रहे थे। मैं मना नहीं कर पाई लेकिन आंटी उनके उठाने से भड़क गईं, वे बोली, "दिन भर उलजुलूल खाते रहते हैं, अब मॉर्निंग-वॉक की याद आ रही है। वॉक पर चलना हो तो रोज़ चलना पड़ेगा।" अंकल को तुरंत अकल आ गई और उन्होंने सोती हुई शेरनी को छेड़ने का विचार त्याग दिया। हालाँकि नींद टूटने पर मिसेज़ भाटिया काफ़ी देर तक बड़बड़ाती रहीं, "सुबह-सुबह नींद ख़राब कर दी। इन्हें तो महीने में एक वॉक पर जाने की सनक सवार हो जाती है। उसमें भी वॉक कम होती है, वहाँ जाकर भी खाते ही रहते हैं।"

ख़ैर भाटिया साहब के साथ मैं और उनकी दोनों बेटियाँ घर के सामने सड़क पार करके हाईड पार्क पहुँच गए। वहाँ नज़ारा ही अलग था। मुझे लगा था सिर्फ़ ब्रिटिश मूल के लोग ही वहाँ नज़र आएँगे लेकिन अलग-अलग देशों के सैकड़ों लोग वहाँ दौड़ रहे थे, वॉक कर रहे थे। कोई फुटबाल खेल रहा था तो कोई झाड़ियों में छुपकर इश्क़ लड़ा रहा था। इतना विशालकाय और ख़ूबसूरत पार्क मैंने पहले कभी नहीं देखा था। हम मुश्किल से पन्द्रह मिनट ही वॉक कर पाए फिर भाटिया अंकल लम्बे-लम्बे मैदानों के बीच से होकर हमें एक ख़ूबसूरत झील के किनारे ले आए। उस झील में हज़ारों बतखें पानी में तैर रही थीं। झील के किनारे एक बेहद सुंदर रोज़-गार्डेन था, जिसमें दुनिया भर की नस्लों के रंग-बिरंगे गुलाब खिले हुए थे। पूरा वातावरण महक रहा था। हवा में तैरती हुई वैसी ख़ुशबू उससे पहले मैंने कभी अनुभव नहीं की थी। मुझे मॉर्निंग-वॉक के लिए वह जगह सचमुच

बेहतर लगी लेकिन ये क्या? मैंने एक लंबी वॉक का इरादा बनाया ही था तभी भाटिया अंकल झील के किनारे सटे एक रेस्तराँ में घुस गए, उसका नाम था—सरपेन्टाइन। वहाँ बैठे कई लोग अपनी-अपनी वॉक के बाद शानदार नाश्ते का आनंद ले रहे थे। उस रेस्तराँ की सबसे खास बात यही थी। जब लोग लंबी वॉक करने या दौड़ने के बाद थककर चूर हो जाएँ तो यहाँ बैठ कर सुस्ता भी लें और उनका सुबह का नाश्ता भी हो जाए। लंदन में कई कामकाजी लोगों की यही दिनचर्या होती है। हालाँकि हम लोग अभी वॉक के बाद इतने थके नहीं थे कि हमें सुस्ताने की ज़रूरत पड़ती और कोई ख़ास भूख भी नहीं लगी थी। मैंने संकोच में कुछ नहीं कहा पर अंकल की दोनों बेटियाँ उखड़ गईं, "ये क्या पापा? फिर खाना है आपको? कम से कम आधा घंटे की वॉक कर लेते फिर भी समझ आता, हम तो अभी-अभी घर से आए हैं और आप नाश्ता करने बैठ गए।" अंकल भी अपने खाने के फ़न में माहिर इंसान थे, उन्होंने तुरंत अपने घुटनों में दर्द का बहाना बनाया और कहा कि वे सिर्फ़ कुछ देर आराम करना चाहते हैं। ख़ैर हम तीनों उन्हें नाश्ते के साथ वहीं छोड़कर आगे वॉक पर जाने का फ़ैसला कर लिया। आधे घंटे बाद जब हम लौटे तो अंकल को नाश्ते की टेबल पर जीभर कर अटरम-शटरम भकोसते पाया। उनकी टेबल पर सजी खाने की प्लेट देखकर मुझे यक़ीन हो गया, कि दरअसल आंटी की बात एकदम सही थी। अंकल इंडिया से छुट्टियाँ मनाने लंदन आए अपने एक दोस्त मिस्टर अहलूवालिया के साथ बैठ कर छप्पन-भोग का आनंद ले रहे थे। सुबह-सुबह वे नाश्ता करने में ऐसे खोए हुए थे जैसे कई दिनों से भूखा इंसान खाने पर टूट पड़ता है। पास में हाफ-फ्राई आमलेट से भरी एक प्लेट रखी थी। बाक़ी प्लेटों में क्रोसो, ब्रेड, पेस्ट्री, मक्खन जैसी चीज़ें सजी हुई थीं। वे अपने दोस्त से बातों में इतने मशगूल थे कि रेस्तराँ की मुक्ताकाशी लॉबी में एक चिड़िया बार-बार आकर उनकी टेबल पर रखे नाश्ते में चोंच मारकर जा रही थी। हम लोगों को सामने देखकर वे सकपका गए, फिर बात सँभालते हुए बोले, "अरे आ गए तुम लोग। तुम लोगों के लिए ही यह सब मँगाया है।"

अब हम क्या कहते, हम लोगों का पेट भी लगता है चिड़िया जैसा ही था। आधे घंटे की वॉक के बाद भी इतनी जगह नहीं बनी थी कि नाश्ता

कर सकें। इसलिए वहाँ हम तीनों ने सिर्फ़ जैसमीन चाय पी और कुछ नहीं खाया। कुछ ही देर में अंकल और उनके दोस्त पूरा नाश्ता चट कर चुके थे। भाटिया अंकल का हाल तो ऐसा हो गया था कि खाने के बाद उनसे चला नहीं जा रहा था इसलिए उन्हें घर फ़ोन करके अपनी कार पार्क के अंदर ही बुलानी पड़ी।

अब जब कार आ ही गई थी तो सोचा थोड़ा घूम लिया जाए। उस जगह के बिल्कुल नज़दीक बकिंघम पैलेस के पास से जब कार गुज़री तो सामने हज़ारों लोगों की भीड़ नज़र आ गई। लोगों ने बकिंघम पैलेस के पास भीड़ लगा रखी थी और वे फ़ोटो खींच रहे थे। दरअसल उस वक़्त चेन्ज ऑफ़ गार्ड होने जा रहा था। इस प्रक्रिया में ऊँची लंबी फर वाला कैप लगाकर गेट पर तैनात रहने वाले संतरी अपनी ड्यूटी एक ख़ास अंदाज़ में बदलते हैं। मार्च पास्ट ड्रिल, सैल्यूट का वह निराला अंदाज़ देखते ही बनता है। वही देखने हज़ारों की भीड़ बकिंघम पैलेस के आसपास जमा हो जाती है। चेंज ऑफ़ गार्ड का वह नज़ारा मुझे इतना अनूठा लगा कि मैंने भाटिया अंकल को कार रोकने के लिए कह दिया। फिर हमने भी गाड़ी से उतरकर वहाँ फ़ोटो खिंचवाये। जब हम वहाँ रुककर फ़ोटो ले रहे थे तभी भाटिया अंकल अचानक इतिहास में खो गए और बताने लगे, "सिल्विया, तुम्हें पता है यह क्वीन का महल है। इंग्लैंड की महारानी का महल है। यहीं से तीन चौथाई दुनिया पर अंग्रेज़ों का राज चलता था। इसी महल से हर फरमान जाता था। यहीं गांधी जी क्वीन से मिलने आए थे। इस इमारत का बहुत लम्बा इतिहास है।"

सुबह-सुबह की उस मज़ेदार तफरीह के बाद हम घर लौट आए। फिर कुछ देर बाद मैं तैयार होकर पल्लवी के साथ इम्पीरियल कालेज ऑफ़ मेडिसिन में इंटरव्यू देने रवाना हो गई। क़रीब एक घंटे के सख़्त इंटरव्यू के बाद आख़िरकार मुझे अपने इंटरव्यू का परिणाम भी पता चल गया था। लंदन के उस नामी कॉलेज में दाख़िले की ख़बर से मैं बेहद ख़ुश थी। मैंने वह ख़ुशख़बरी तुरंत सबको दी। मम्मी-पापा को जब भाटिया साहब ने फ़ोन करके मेरे एडमिशन की बात बताई तो उनकी ख़ुशी का कोई ठिकाना नहीं था। आख़िर दादा महाबीर का एक वंशज, यानी मैं अब अंग्रेज़ों के उसी देश में मेडिकल की पढ़ाई करने के लिए चुन ली गई थी जिस देश के लोगों

ने कभी महाबीर दादा को एक गुलाम गिरमिटिया मज़दूर बनाकार भारत से हज़ारों किलोमीटर दूर त्रिनिदाद पहुँचाया था। उन्हीं अंग्रेज़ों के देश में मेरा मेडिकल कॉलेज में एडमिशन हमारे परिवार के लिए वाक़ई गर्व की बात थी।

इसके बावजूद मेरे लिए असली ख़ुशी अब भी दूर थी। मन स्मिथ के पास जाने के लिए तड़प रहा था और मैं त्रिनिदाद से लंदन आकर भारत के आधे फासले पर खड़ी थी।

10

मैं और पल्लवी जब इंपीरियल कॉलेज ऑफ़ मेडिसिन से इंटरव्यू देकर लौटे, पूरा भाटिया परिवार लंच पर हमारा इंतज़ार कर रहा था। एडमिशन की ख़ुशी में अंकल-आंटी के साथ हमनें एक छोटा सा जश्न भी मनाया पर भाटिया अंकल किसी छोटे-मोटे जश्न से कहाँ संतुष्ट होने वाले थे, दोपहर बाद वे हमें लेकर फिर घूमने निकल पड़े। सबसे पहले हम पहुँचे मैडम तुसाद म्यूज़ियम। इसे देखने की तमन्ना बचपन से ही अंगड़ाइयाँ ले रही थी। मैं वह जगह देखकर चमत्कृत थी, वाक़ई गज़ब की जगह थी वह। दुनियाभर के नामचीन लोगों के बिल्कुल सजीव दिखने वाले पुतले वहाँ यूँ खड़े थे, मानों हूबहू वही विश्वप्रसिद्ध लोकप्रिय शख़्सियतें ख़ुद हमारे सामने आ गई हों। अमिताभ बच्चन, शाहरूख खान, सचिन तेंदुलकर के पुतले ऐसे लग रहे थे, जैसे अभी बोल पड़ेंगे। दिल में यह ख़्याल भी आया, काश यहाँ स्मिथ का भी ऐसा ही एक पुतला लग जाए। मुझे अपने दिल पर यक़ीन हो आया कि एक दिन ऐसा ज़रूर होगा। वहाँ से निकलने में पाँच बज गए थे लेकिन बाहर आकर देखा, अभी भी अच्छा ख़ासा उजाला था। यह भी कम रोमांचक नहीं था कि इंग्लैंड में गर्मियों के मौसम में सूरज रात दस बजे डूबता है। मौसम वाक़ई बहुत सुहाना था। रास्ते में कार में बैठे-बैठे ही अंकल ने मुझे रीजेन्ट पार्क दिखाया। ख़ूबसूरती में वह भी हाइड पार्क से कम नहीं था, बस एक ख़ास बात यह थी कि उस पार्क के भीतर अमीरों के शानदार बंगले बने हुए थे।

मेरा अंदाज़ा था, अब वे हमें घर वापस ले जाएँगे लेकिन उन्होंने

अपनी एक सबसे मनपसंद जगह ले जाकर मुझे चौंका दिया, ऐतिहासिक लार्ड्स का क्रिकेट मैदान। शायद ही कोई क्रिकेट प्रेमी ऐसा होगा, जिसे इस मैदान की महत्ता न पता हो और भाटिया साहब तो फिर क्रिकेट के ज़बरदस्त फ़ैन थे, सो लार्ड्स पहुँचकर तो उनकी बाँछें खिल गई थीं। ख़ैर अंदर जाने पर यह भी साबित हो गया कि वे सिर्फ़ डींगें नहीं हाँकते हैं। वहाँ उन्हें लगभग सभी लोग जानते थे। वह एमसीसी के मेम्बर भी थे। पूरे उत्साह के साथ उन्होंने लार्ड्स की एक-एक जगह दिखाई। पवेलियन में ले गए तो मुझे ड्रेसिंग रूम भी दिखाया जहाँ खेल के दौरान खिलाड़ी तैयार होते हैं और मैदान पर जाने के लिए अपनी बारी का इंतज़ार करते हैं। फिर वे हमें लार्ड्स की मशहूर बालकनी दिखाने भी ले गए, जहाँ मैच के वक़्त टीम बैठती है। उस बालकनी से नज़र आ रही लार्ड्स के मैदान की भव्यता देखते ही बनती थी। मैदान का वह शानदार दृश्य देखकर समझा जा सकता था कि आख़िर लार्ड्स को क्रिकेट का मक्का क्यों कहा जाता है? इतना ख़ूबसूरत स्टेडियम देखकर मुझे स्मिथ की बहुत याद आ रही थी। मैं सोचने लगी, काश कि स्मिथ भी इस वक़्त मेरे साथ होता। ठीक तभी भाटिया अंकल के मुँह से स्मिथ का नाम सुनकर मैं चौंक गई, "सिल्विया तुम्हारे देश के उस नए लड़के स्मिथ ने पिछली क्रिकेट सीरीज़ में इसी मैदान पर दुनिया के सारे रिकार्ड तोड़ दिये थे। इस मैदान पर मैंने आजतक उससे ज़्यादा रोमांचक मैच नहीं देखा। स्मिथ ने क्या लाजवाब बैटिंग की, देखकर मज़ा ही आ गया था।" भाटिया अंकल पहली बार दिल खोलकर स्मिथ की तारीफ़ कर रहे थे। उनके मुँह से स्मिथ की वह तारीफ़ सुनकर मैं रोमांच से भरती जा रही थी। पता नहीं क्यों मुझे एक सिरहन सी हो रही थी। ड्रेसिंग रूम में एक बड़े से बोर्ड पर लार्ड्स के मैदान में शतक जमाने वाले और सबसे ज़्यादा विकेट चटकाने वाले अंतरराष्ट्रीय खिलाड़ियों की सूची लगी थी। स्मिथ के नाम के आगे 'हाईएस्ट स्कोर' लिखा देखकर मैं गर्व से तन गई थी। मैंने महसूस किया स्मिथ के प्रेम में डूबी मैं उसकी हर एक उपलब्धि को पूरी शिद्दत से जी रही हूँ। स्मिथ पहले ही हर उपलब्धि को मेरा योगदान बताकर अपनी सफलता मेरे नाम कर चुका था, और वहाँ उकेरा हुआ उसका नाम अब मुझे अपना भी लग रहा था। प्यार ने मेरा-तुम्हारा का फ़र्क़ मिटा दिया था। वहाँ जो लिखा

था, वह हमारा नाम था। बड़े-बड़े अक्षरों में लिखा क्रिकेट की दुनिया का सबसे कामयाब नाम।

ड्रेसिंग-रूम से निकलने के बाद वे मुझे लाड्र्स की क्रिकेट शॉप पर ले गए। उन्होंने कुछ क्रिकेट खेलने पर पहनी जाने वाली टी-शर्ट और कैप ख़रीदी। मुझे ध्यान आया पिछली बार शॉपिंग में पापा के नाम पर जो ब्लेज़र ख़रीदा है, वह तो मुझे स्मिथ को देना है। फिर पापा को क्या दूँगी? इसलिए मैंने उनके लिए 60 पाउंड क़ीमत का एक ख़ूबसूरत स्वेटर ख़रीद लिया। ऊपर हैंगर में लगी टी-शट्र्स पर नज़र पड़ते ही हैरान रह गई। दुनिया के तमाम मशहूर खिलाड़ियों के नाम और तस्वीर वाली उन टी-शर्ट में स्मिथ के नाम की टी-शर्ट बिक रही थी। टी-शर्ट लेकर जब मैं पेमेन्ट-काउंटर पर पहुँची तो कैशियर ने बताया वह टी-शर्ट सबसे ज़्यादा बिक रही है। स्मिथ क्रिकेट का नया स्टार है। यह सुनना मुझे कितनी ख़ुशी दे रहा था, मैं बता नहीं सकती। हालाँकि पूछने पर भी यह पता नहीं चला कि ये टी-शर्ट कंपनी स्मिथ और बाक़ी खिलाड़ियों को अपने प्रॉफिट से कोई हिस्सा दे भी रही है या नहीं। स्मिथ उन दिनों विज्ञापन कंपनियों से लाखों पौंड पा रहा था, इसके बावजूद मुझे स्मिथ की मैनेजर की तरह बर्ताव करते देख कैश-काउंटर पर बैठा वह शख़्स भी चकित रह गया। वह बोला, "देखिए मैडम जब कोई स्टार बन जाता है तो सभी उसके नाम का फ़ायदा उठाने लगते हैं, आप कहाँ-कहाँ जाकर पता करेंगी कि उनके नाम का इस्तेमाल करने के एवज में क्या कोई अनुबंध हुआ है?" मैं उसकी बात से संतुष्ट नहीं थी और आख़िर तक यह बात कहती रही कि इन लोगों को स्मिथ से करार करके अपने प्रॉफिट का एक हिस्सा उसे ज़रूर देना चाहिए।

बहरहाल हम वहाँ से लौटे और शाम तक खाते-पीते घर वापस आ गए। स्मिथ को फ़ोन लगाकर मैंने दिनभर में जो कुछ हुआ उसका एक-एक ब्यौरा दिया। मैं लाड्र्स क्रिकेट ग्राउंड गई थी यह बात सुनकर वह बहुत ख़ुश हुआ। क्रिकेट में मेरी बढ़ती दिलचस्पी उसे अच्छी लग रही थी। टी-शर्ट वाली बात पर तो वह उछल ही गया। कहने लगा, "मेरे लिए उस टी-शर्ट से बड़ा तोहफा क्या होगा?" पर मैं अब भी उसी बात में अटकी थी, कि टी-शर्ट कंपनी ने उससे कोई करार किया है या नहीं? स्मिथ हँसते हुए मेरी बात सुनता रहा और करार वाली बात वह टाल गया, "ओहो

सिल्विया, लोगों के चाहने वाले जब बढ़ जाते हैं तो यह सब होता रहता है।" हाँ, यह एक बात वह बार-बार पूरी शिद्दत से कह रहा था, "सिल्विया, प्लीज़ इंडिया आ जाओ, सिर्फ़ एक हफ़्ते के लिए। तुम बंबई में होने वाला मेरा मैच देखने आओगी तो मैं बता नहीं सकता मुझे कितनी ख़ुशी होगी।" उसकी आवाज़ में तैर रही वह बेचैनी मुझे रुलाने पर आमादा थी। मैंने रुआँसी होकर कहा, "कैसे आ सकती हूँ? मम्मी-पापा कभी नहीं आने देंगे।" लेकिन वह अपनी ज़िद पर अड़ा था, "कोई बहाना खोजो, मिलने का इतना मन हो रहा है सिल्विया, कि अगर तुम नहीं आई तो फिर मैं कोई बहाना बनाकर लौट आऊँगा।" मैंने स्मिथ को जैसे-तैसे समझाया और भरोसा दिलाया कि मैं बंबई आने की पूरी कोशिश करूँगी। मैंने उसे कह तो दिया पर इसका कोई तरीक़ा मुझे नहीं सूझ रहा था। देर शाम डिनर के वक़्त मौक़ा पाकर मैंने भाटिया अंकल को छेड़ा, "आपको स्मिथ की बल्लेबाज़ी कैसी लगती है?" बस वे शुरू हो गए, "खेलता तो शानदार है। एक-एक शॉट में दम है। कवर ड्राइव, स्ट्रेट ड्राइव बहुत बढ़िया खेलता है और पुल शॉट मारने में तो उस्ताद है।" फिर शायद उन्हें लगा ज़्यादा तारीफ़ हो गई, इसलिए अपनी बात में उन्होंने धीरे से यह बात भी जोड़ दी, "कितना भी अच्छा खेल ले पर गावस्कर जैसा कवर ड्राइव कोई नहीं खेल सकता। थोड़ी और मेहनत करे तब शायद जल्द सीख लेगा। वैसे सच बताऊँ सिल्विया, स्मिथ ने जब गोरों के ख़िलाफ़ धुआँधार बल्लेबाज़ी की तो मुझे वाक़ई मज़ा आया लेकिन जब वह इंडिया के ख़िलाफ़ खेलता है तो मुझे अच्छा नहीं लगता। तब उससे डर भी लगता है और उस पर ग़ुस्सा भी बहुत आता है।" मैंने हँसते हुए कहा, "अगर ऐसा है तब उसकी बल्लेबाज़ी देखने बंबई क्यों जा रहे हैं? वहाँ ग़ुस्सा तो नहीं आएगा?" वह भी हँसने लगे, "ऐसी बात नहीं है। खेल तो आख़िर खेल ही है, पर क्या करूँ इंडिया टीम दिल में रहती है, अपना देश आख़िर अपना देश होता है।"

मैंने उदास चेहरा बनाते हुए कहा, "स्मिथ भी तो मेरे देश का हीरो है, मेरा मन भी करता है उसकी बल्लेबाज़ी देखूँ, पर लगता है मेरी यह इच्छा पूरी नहीं होगी। वेस्टइंडीज़ में अब पूरे एक साल कोई सीरीज़ नहीं है।" मेरी आह से उनके भीतर बैठा क्रिकेट-प्रेमी आहत हो गया, वे तुरंत बोले, "तो फिर सिल्विया, तुम भी हमारे साथ इंडिया चलो, तुम स्मिथ की बल्लेबाज़ी

देख लेना, मैं टीम इंडिया के लिए तालियाँ बजा लूँगा।" मैंने उनकी बात पर पहले से भी ज़्यादा दुखी चेहरा बनाकर कहा, "पापा जाने नहीं देंगे और वैसे भी मेरा वीजा नहीं है।" वे तुरंत उठ खड़े हुए और बोले, "ऐसे कैसे नहीं जाने देंगे, मैं बात करूँगा, रही बात वीजा की, तो वीज़ा एक दिन में दिला देंगे। इंडियन हाई कमिश्नर अक्सर हमारे घर लंच या डिनर पर आते रहते हैं। पीएम की बेटी हो, कौन मना करेगा? और पापा की चिंता छोड़ दो, वे मेरे कहने पर भी नहीं माने तो बारबेडस में चोपड़ा अंकल से कहलवा देंगे, वो उनकी बात नहीं टाल पाएँगे।"

भाटिया साहब की बात सुनकर आंटी का चेहरा खिल गया, वे चहकते हुए बोलीं, "अगर सिल्विया इंडिया चल रही है तो मैं ख़ुशी-ख़ुशी चलने के लिए तैयार हूँ। पल्लवी और ग्रेसिया के साथ सिल्विया भी होगी तो हम सबका मन लगा रहेगा। लेकिन क्रिकेट मैच आपको ही मुबारक! मुझसे सच पूछो तो नफ़रत हो गई है क्रिकेट के नाम से। मुझे तो इस बार बालीवुड के सितारों से मिलना है, बच्चन, शाहरूख, सलमान इन सबसे मिलने का कोई तो तरीक़ा होगा? शूटिंग लोकेशन पर घूमना है, किसी फ़िल्म की शूटिंग देखने को मिल जाए तो क्या बात! और चाहे जो हो जाए सुभाष घई से तो मिलकर ही आऊँगी। असल में मैंने एक कहानी लिखी है, उनको सुनाऊँगी, बहुत बड़े डायरेक्टर हैं, क्या पता पसंद ही आ जाए। जैसे मैच के टिकट का आप जुगाड़ बैठाएँगे वैसे ही इन सबसे मिलने का तरीक़ा भी निकालो कोई, क्योंकि सुना है ये बॉलीवुड स्टार बड़े नख़रे दिखाते हैं मिलने के नाम पर।" भाटिया अंकल पूरे आत्मविश्वास से बोले, "उस सब की चिन्ता छोड़ो। गावस्कर मेरा ज़िगरी दोस्त है, वो लोग सभी फ़िल्म वालों को बहुत अच्छे से जानते हैं। बॉलीवुड के सितारों से मिलने और फ़िल्म की शूटिंग देखने का इंतज़ाम वे लोग चुटकियों में करवा देंगे। तुम लोग चलने की तैयारी करो बस।" भाटिया साहब की बात सुनकर आंटी की ख़ुशी का ठिकाना नहीं था लेकिन उनकी अपेक्षाएँ बढ़ती जा रही थीं, उन्होंने फिर एक नई माँग जोड़ दी, "ऐसा है तो एक बार लता मंगेश्कर से भी मिलवा दो। मुझे एक बार बस उनके पाँव छूने हैं, क्या गाती हैं।" अंकल बात टालते हुए बोले, "हाँ, सब इंतज़ाम हो जाएगा, चलने की तैयारी तो करो पहले।" दरअसल भाटिया साहब बहुत अच्छे से जानते थे कि वे अगर क्रिकेट फैन हैं तो

रंजना आंटी फ़िल्मों की उनसे कहीं ज़्यादा बड़ी फैन हैं। उन्होंने सोचा, अगर आंटी को आश्वस्त न किया तो हो सकता है वे बंबई चलने को तैयार ही न हों। वैसे भी रंजना आंटी रात-दिन इंडियन फ़िल्में और सीरियल देखती रहती थीं। लंदन में कोई भारतीय एक्टर आ गया, बस समझ लो आंटी को तो जाना ही है। फिर टिकट भले कितना ही महँगा क्यों न हो। बात-बात पर हिन्दी फ़िल्मों के डायलाग बोलती रहती थीं। दिलीप कुमार, राजकुमार, राजेश खन्ना से शुरू होकर कब वे शाहरूख, आमिर, सलमान और अनिल कपूर तक पहुँच जाती थीं ख़ुद उन्हें भी पता नहीं चलता था।

दूसरे दिन भाटिया साहब फिर अपने लंदन घूमने के प्लान के साथ तैयार बैठे थे लेकिन मैंने और पल्लवी ने सोचा, अगर भाटिया साहब के साथ जाएँगे तो आधा वक़्त खाने-पीने में ही चला जाएगा। इसीलिए पल्लवी मुझे 'हाप आन हाप आफ' (Pls Recheck) बस सेवा से टूरिस्ट की तरह लंदन घुमाने ले गई। इस बस की खुली छत पर बैठने में बड़ा मज़ा आ रहा था। लंदन आई, लंदन ब्रिज, ब्रिटिश पार्लियामेंट, टेम्स नदी दिखाती हुई बस हमें लंदन म्यूजियम ले गई। वहाँ भारत से लायी हुई इतनी बेशक़ीमती चीज़ें थीं, जिन्हें देखकर अंदाज़ा लगाना मुश्किल नहीं था कि अंग्रेज़ों ने भारत को कितना लूटा था? इन्हीं चीज़ों में विश्वप्रसिद्ध कोहिनूर हीरा भी इसी म्यूजियम का हिस्सा था। पल्लवी ने बताया कोहिनूर का अजब इतिहास रहा है, जिस राजा ने इसे अपने पास रखा उसके दुर्दिन आ गए। फिर अंग्रेज़ इसके प्रभाव से आख़िर कैसे बच जाते? जब से वे भारत से कोहिनूर लेकर आए, धीरे-धीरे पूरे विश्व से उनकी सत्ता ख़त्म होती गई, वरना कहा जाता है उनके राज में सूरज नहीं डूबता था। मैंने आश्चर्य से पूछा, "यह कैसे?" वह बोली, "आस्ट्रेलिया में सूरज उगता था वहाँ से लेकर तुम्हारे देश वेस्टइंडीज़ तक 24 घंटे में सूरज कहीं डूबता ही नहीं था, हर तरफ़ अंग्रेज़ों का राज था।" बात सही भी थी।

म्यूजियम घूमने के बाद हम दोनों पिकाडिली आ गए। वहाँ पर्यटकों का भारी जमावड़ा था। इतनी चहल-पहल वाली जगह पर जाकर मुझे भी अच्छा लगा। वहाँ हम दोनों ने एक थिएटर में एक नाटक भी देखा। मुझे यह देखकर अच्छा लगा कि ब्रिटेन में रंगमंच जैसी सांस्कृतिक गतिविधियाँ न सिर्फ़ नियमित हैं बल्कि आम लोग नाटक और ओपेरा को गंभीरता से

लेते हैं। नाटक देखने के बाद हम कुछ देर पैदल चलते रहे। रास्ते में रीजेन्ट स्ट्रीट की चमक-दमक भरी दुकानों पर विंडो शॉपिंग करते हुए हम पार्क स्ट्रीट पहुँच गए। रास्ते में जब हम कंड्यूट स्ट्रीट से होकर गुज़रे, पल्लवी बताने लगी, "सन् 1601 में जब स्पेन के व्यापारियों ने काली मिर्च का दाम हद से ज़्यादा बढ़ा दिया था, तो ब्रिटेन के व्यापारियों ने यहाँ एक नंबर कंड्यूट स्ट्रीट की बिल्डिंग में मीटिंग करके ईस्ट इंडिया कम्पनी के सामने अपनी समस्या रखी थी। जिसके बाद ईस्ट इंडिया कंपनी ने महारानी से अनुमति माँगी कि उन्हें हिन्द महासागर में व्यापार करने दिया जाये। रानी ने उन्हें दक्षिण अफ्रीका के आगे हिन्द महासागर के देशों में व्यापार करने की अनुमति दे दी। इस तरह ईस्ट इंडिया कम्पनी वहाँ से होते हुए भारत पहुँच गई, फिर उसने अपने व्यापार के बहाने भारत को धीरे-धीरे अपना गुलाम बना लिया।" पल्लवी की बात सुनकर मैंने पूछा "मेडिकल की स्टूडेन्ट होकर भी तुम्हारी हिस्ट्री पर बहुत अच्छी पकड़ है, ऐसा कैसे?" वह हँसते हुए कहने लगी, "दरअसल मुझे किताबें पढ़ने का बहुत शौक़ है। हर हफ़्ते मैं वाटरस्टोन बुक स्टोर पर जाती हूँ। वहाँ हज़ारों-लाखों किताबों का बढ़िया कलेक्शन है। अक्सर मैं वहाँ से कई किताबें ख़रीद लाती हूँ। ख़ाली वक़्त में पापा क्रिकेट मैच देखते रहते हैं, मम्मी हिन्दी फ़िल्में देखती रहती हैं, ग्रेशिया को फ़ोन से ही फुर्सत नहीं है और मैं किताबें पढ़ती रहती हूँ।"

मैं पल्लवी की जानकारी से बहुत प्रभावित थी, उसकी पढ़ने की आदत मुझे बहुत अच्छी लगी। मेडिकल के अलावा बाक़ी विषयों की किताबें पढ़ने की मेरी जो कुछ भी आदत बनी है, उसके पीछे पल्लवी की बातों का प्रभाव ही ज़्यादा है। ख़ैर जब लंदन घूमने के बाद हम घर पहुँचे, अंकल भी उस बीच हाई कमीशन से मेरे वीजा की बात कर आए थे। वे ख़ुश होकर कहने लगे, "मिनटों का काम मैं सेकेन्डों में करता हूँ। तुम्हारा वीजा हो गया समझो, तुम्हें सिर्फ़ अपना पासपोर्ट भेजने की ज़रूरत है। हाई कमिश्नर ने एक मिनट में हाँ कर दी। वे शाम को घर पर ड्रिंक्स के लिए भी आ रहे हैं।"

मुझे एक आइडिया सूझा क्यों न मैं त्रिनिदाद के हाई कमिश्नर को भी बुला लूँ। वे पापा को भाटिया अंकल की मुझे इंडिया लेकर जाने की बात बताएँगे तो मामला ख़ुद ही सुलझ जाएगा। शाम को दोनों हाई कमिश्नर

आ गए। देर रात तक ड्रिंक्स और खाना हुआ। मैंने भारत जाने की कोई उत्सुकता नहीं दिखायी, पूरे वक़्त यही दर्शाती रही मानो मेरा भारत जाने का कोई ख़ास मन नहीं है। इसका असर वही हुआ जो मैं चाहती थी। भाटिया अंकल की छोड़िए, वे दोनों हाई कमिश्नर भी ज़ोर देने लग गए कि मुझे भारत जाना ही चाहिए, इससे बढ़िया मौक़ा क्या मिलेगा। हमारे देश के हाई कमिश्नर तो पूरे सुरूर में लग रहे थे। वे बार-बार कहते रहे, इस मामले में वे ख़ुद पापा को फ़ोन करके मनाएँगे।

सुबह वीजा लगने के लिए मेरा पासपोर्ट इंडिया हाऊस चला गया लेकिन मेरी मम्मी से बात करने की हिम्मत नहीं हो रही थी। इस बीच भाटिया अंकल ने चोपड़ा नाना से पापा को फ़ोन करवा दिया था। उन्होंने ख़ुद भी पापा से बात की। वे बार-बार ज़ोर देते रहे, "मैं गारंटी लेता हूँ, मेरी फैमिली के साथ जाएगी और हफ़्ते भर में लौट आएगी।"

हुआ भी वही जैसी उम्मीद थी, मम्मी का फ़ोन आ गया। उन्होंने मुझे जमकर डाँट लगाई और कहा, "ख़बरदार अभी भारत गई तो, तुम एडमिशन-इंटरव्यू के लिए गई थी, अब एडमिशन भी हो गया है इसलिए चुपचाप त्रिनिदाद लौट आओ।" मम्मी ने मुझे फिर उलझन में फँसा दिया था। सोच ही रही थी अब क्या करूँ? इस बीच रंजना आंटी ने अचानक मम्मी को फ़ोन लगा दिया। उन्होंने एक घंटे तक मम्मी के साथ ख़ूब आत्मीयता से बात की। वे मम्मी से ख़ूब आरजू-मिन्नतें करती रहीं। मम्मी को यह विश्वास देती रहीं कि आप की बेटी मेरी बेटी की तरह है, जब उसे हमारे साथ यहाँ रहने में कोई दिक्कत नहीं हुई तो भारत जाने में कैसे दिक्कत होगी भला? ख़ैर उस पूरे दिन फ़ोन कॉल का आना-जाना लगा रहा और मेरा दिल धकधक करता रहा। लेकिन अगले दिन मम्मी और पापा दोंनों त्रिनिदाद लौटने से पहले भारत जाने की बात पर राज़ी हो गए थे। भाटिया अंकल ने तुरंत ब्रिटिश एयरवेज की उसी फ्लाइट से मेरा भी फर्स्ट क्लास का टिकट बुक करवा दिया। फिर तीन दिन बाद हम सब बंबई के लिए रवाना हो गए।

बंबई पहुँचकर अंकल उसी होटल में रुकना चाहते थे जहाँ दोनों क्रिकेट टीमें रुकी थीं लेकिन होटल वाले किसी भी हाल में एक भी कमरे की बुकिंग के लिए तैयार नहीं थे। दरअसल भारतीय क्रिकेट बोर्ड ने होटल के ज़्यादातर कमरे खिलाड़ियों और वीआईपी मेहमानों के लिए ब्लॉक करवा

दिए थे। यह बात जानने के बाद अंकल बहुत दुखी नज़र आ रहे थे। मैंने उनसे कहा, आप चिंता मत करिए मैं कोशिश करती हूँ। किनारे जाकर जब स्मिथ को यह परेशानी बताई तो उसने तुरंत बीसीसीआई के लोगों से बात करके हमारे लिए तीन कमरे बुक करवा दिए। अंकल ख़ुश होकर पूछते रहे यह काम मैंने कैसे करवाया? स्मिथ और मेरे संपर्क की बात तो अब तक मैं अपने मम्मी-पापा से भी छिपाती आई थी, तो फिर मैं उन्हें असलियत कैसे बता सकती थी? उन्हें बस इतना बताया कि दिल्ली में विदेश मंत्रालय से होटल वालों को फ़ोन करवाया था।

बंबई में समंदर के किनारे नरीमन प्वाइंट पर हमारा आलीशान होटल था। हर कमरे से दूर तक समंदर ही समंदर नज़र आता था। डूबता सूरज जब अपनी लालिमा पानी पर बिखेरता था, तो ऐसा लगता था मानो पूरा का पूरा पानी नीला नहीं बल्कि लाल है। जैसे समंदर के फेनिल जल में कोई आग का दरिया उतर आया हो। सामने मालावार हिल्स की गगनचुम्बी इमारतें थीं और मरीन ड्राइव का घुमाव, जो रात में गोल घुमावदार सड़क के किनारे रोशन होने वाली बत्तियों में ऐसे जगमगाता था जैसे किसी सुंदरी के गले में हीरे का हार चमक रहा हो। वह दृश्य देखकर मुझे समझ आया कि नरीमन प्वाइंट से मरीन ड्राइव तक की उस सड़क को क्वीन्स नेकलेस या गले का हार क्यों कहा जाता है?

मैंने होटल पहुँच कर सबसे पहले स्मिथ को फ़ोन किया और भूलकर भी मेरे कमरे में न आने का आग्रह किया। मैंने उससे कहा कि मौक़ा पाकर मैं ही उससे मिलने आ जाऊँगी। मेरे बगल के दोनों कमरों में भाटिया परिवार ठहरा था। अंकल दिन भर कमरे के बाहर ही इस ताक में घूमते रहते थे कि कहीं कोई प्लेयर मिल जाए और उससे दोस्ती हो जाए। इस बीच वे अपने जान-पहचान के कई भारतीय खिलाड़ियों से मिल कर भी आ चुके थे। धड़ाधड़ फ़ोटो खिंचवा रहे थे और मोबाइल से अपने दोस्तों व रिश्तेदारों को तस्वीरें भेज रहे थे।

थोड़ी देर में मुझे स्मिथ का वापस फ़ोन आ गया। वह बोला तुम भी मेरे कमरे में मत आना। उसका कहना था कि उस फ्लोर पर सिर्फ़ खिलाड़ी रुके हुए हैं। हो सकता है उनमें से कोई मुझे पहचान ले। ऐसा हुआ तो बात त्रिनिदाद तक जा सकती है क्योंकि होटल में वेस्टइंडीज़ के कुछ पत्रकार

भी घूम रहे हैं। अब समस्या यह थी कि आख़िर कहाँ मिला जाए? हमने सोचा शाम को बार में मिल सकते हैं, पर वहाँ तो भाटिया साहब कुछ दोस्तों को लेकर शाम से ही डट जाएँगे और देर रात तक पीते-पिलाते रहेंगे। फिर स्मिथ ने ही सुझाया कि होटल के 32वें फ्लोर पर एक क्लब है। वहाँ एकदम सन्नाटा रहता है क्योंकि सिर्फ़ होटल में रहने वाले ही वहाँ जा सकते हैं। इसलिए वहीं शाम 6 बजे मिलना तय हो गया।

क्लब में मिलते ही स्मिथ ने मुझे ज़ोर से भींच लिया और गाल पर एक चुम्बन जड़ दिया। बावजूद इसके मैं ऐसे ही किसी क्षण की प्रतीक्षा में थी, मुझे कुछ अजीब सा लगा क्योंकि वहाँ खड़े वेटर्स हमें देख रहे थे। शायद सोच भी रहे हों, कि भारतीय लगने वाली इस लड़की के साथ एक अश्वेत खिलाड़ी इतने अंतरंग ढंग से क्यों पेश आ रहा है? इससे पहले वे हमें कुछ और देर घूरते, मैंने उसमें से एक को बुलाकर कॉफ़ी आर्डर की और जानबूझ कर कहा, "हमें स्ट्रांग कॉफी चाहिए, हम दोनों त्रिनिदाद से हैं।" यह सुनकर वेटर के चेहरे के भाव बदल गए। ऐसा लगा जैसे उसे थोड़ी राहत महसूस हुई। शायद एक भारतीय लड़की और अश्वेत खिलाड़ी के बीच की नज़दीकियाँ उसे खटक गई थीं, पर मेरे विदेशी होने की बात पता चलते ही वह सामान्य हो गया था।

उस दिन हम दो घंटे बातें करते रहे। इस बीच तीन राउंड कॉफी ऑर्डर हुई और फिर स्मिथ ने रेड-वाइन भी ली। मैंने जब उसे मेडिकल में दाख़िले की ख़बर सुनाई तो वह ख़ुशी से उछल गया। कहने लगा, "यह बहुत अच्छा हुआ, अब तुम चार साल लंदन में पढ़ोगी, मैं भी ज़्यादातर वक़्त लंदन में ही रहने की सोच रहा हूँ। वहाँ प्रैक्टिस अच्छी हो जाती है। काउंटी खेलने से अच्छा पैसा भी मिल जाएगा। वैसे भी वेस्टइंडीज़ बोर्ड बीसीसीआई की तरह पैसा नहीं देता और वहाँ की विज्ञापन कंपनियाँ भी इतना कहाँ दे पाती हैं कि कोई खिलाड़ी अमीर हो पाए। हमारी टीम के कई प्लेयर्स तो इंडियन कंपनियों के विज्ञापन करते हैं। अब हर क्रिकेटर भारतीय खिलाड़ियों की तरह सौभाग्यशाली नहीं होता कि दो-एक साल खेलने पर भी अनाप-शनाप कमाई करके करोड़पति बन जाए।" उसकी बात सही भी थी और फिर यह मेरे लिए भी अच्छा था कि अगर स्मिथ लंदन में रहेगा तो मेरे चार साल मज़े से कट जाएँगे। मैंने उसे भाटिया साहब के बारे में

भी विस्तार से बताया। वे एक क्रिकेट-प्रेमी हैं यह बात जानकर उसकी भी भाटिया साहब में दिलचस्पी जाग गई। मैंने उसे कहा वे कल से शुरू हो रहा मैच देखने के लिए बेताब हैं पर बहुत कोशिश करने पर भी उन्हें मैच के टिकट नहीं मिल रहे। स्मिथ ने तुरंत अपने हिस्से के पाँच टिकट मुझे देने का प्रस्ताव दे दिया। दरअसल टीम के सभी खिलाड़ियों को पाँच-पाँच फ्री-वीआईपी टिकट मिलते हैं। जिससे वे अपने परिवार के लोगों, दोस्तों और रिश्तेदारों को मैच देखने बुला सकते हैं। उसने यह भी कहा कि अगर ज़रूरत पड़ी तो वह अपने साथियों से और भी टिकट माँगकर दे सकता है। किसी का वैसे भी यहाँ कोई रिश्तेदार है नहीं। उनके टिकट बेकार न जाएँ इसलिए वे लड़कियों को या फिर उन्हें खिलाने-पिलाने वाले स्थानीय दोस्तों में टिकट बाँट देते हैं। मैंने उसे ख़ुश होकर कहा, "अरे नहीं और टिकट नहीं चाहिए, वैसे भी हम पाँच लोग ही हैं। उसमें भी आंटी शायद ही मैच देखने जाएँ। वे बॉलीवुड की बड़ी फैन हैं, सुबह से फ़िल्मी सितारों से मिलने की कोशिश में लगी हैं। कई लोगों को फ़ोन लगा चुकी हैं। प्रेम चोपड़ा से दूर की रिश्तेदारी भी निकाल ली है, उनसे भी बात कर रही हैं।"

स्मिथ ने उसी रात मेरे कमरे में टिकट भिजवा दिए। मैंने अंकल से कहा, अब टिकट के लिए परेशान न हों। मैंने टिकट का इंतज़ाम कर लिया है। इस पर वे खोजी पत्रकारों की तरह सवाल पूछने लगे कि टिकट हैं या पास? मैंने ख़रीदे हैं या मुफ़्त में मिले हैं? उनके सवालों से बचने के लिए मैंने उन्हें कह दिया वेस्टइंडीज़ बोर्ड के लोगों से मँगवाए हैं। मेरी बात सुनकर उन्होंने कहा, "तब तो पास होंगे।" मुझे 'पास' का मतलब समझ नहीं आया तो बताने लगे कि इंडिया में मुफ़्त में जो टिकट मिलते हैं उन्हें 'पास' कहा जाता है और अगर पैसे देकर ख़रीदना पड़े, तो उसे टिकट कहा जाता है। मुफ़्त में मिले हैं, यह बताने पर उनके चेहरे की चमक देखने लायक थी। जैसे किसी बच्चे को अपना सबसे प्रिय खिलौना मिल गया हो। वे बार-बार टिकटों को निहार रहे थे फिर अपनी आदत के मुताबिक़ बोल ही पड़े, "वैसे सिल्विया वेंगसरकर भी मेरा दोस्त है। वो बंबई क्रिकेट एसोसिएशन में भी है। मैं उससे लेने की सोच रहा था, लेकिन अब जब तुमने टिकट ख़ुद ही मँगवा लिये हैं तो मैं अपने किसी दोस्त से एहसान नहीं लूँगा। वैसे भी तुम तो पीएम की बेटी हो, वेस्टइंडीज़ बोर्ड वाले तुम्हें पास नहीं देंगे

तो किसको देंगे?" अंकल की बात से मैं थोड़ा घबरा गई। अंकल ठहरे बड़बोले, क्या पता वेस्टइंडीज़ बोर्ड के किसी शख़्स से होटल में टकरा जाएँ और उससे ही शेख़ी बघारते हुए यह बोल बैठें कि उनके साथ पीएम की बेटी भी मैच देखने आई है। मैंने तुरंत उन्हें चेतावनी दी, "अंकल यह बात आप किसी से मत कहिएगा। यहाँ कोई नहीं जानता कि मैं भारत आई हूँ और चाहती भी नहीं कि यह बात सबको पता चले। वे मेरी बात मान गए पर वेस्टइंडीज़ के किसी खिलाड़ी से मिलवाने की ज़िद करने लगे। बार-बार कहते रहे, बस उनके साथ एक फ़ोटो खिंचवाना चाहते हैं। पर अब मैं थोड़ी खिंचाई के मूड में आ चुकी थी इसलिए मैंने उन्हें ताना मारते हुए कहा, "पर आप तो उनसे नफ़रत करते हैं, फिर उनके साथ फ़ोटो क्यों खिंचवाना चाहते हैं?" इस पर वे गिड़गिड़ाते हुए सफ़ाई देने लगे, "अरे वह तो मैच के वक़्त ग़ुस्सा आ जाता है। बाद में किसी खिलाड़ी के लिए मन में कुछ भी बुरा नहीं रहता, क़सम से...।" मैंने बोर्ड अधिकारियों के ज़रिए पूरी कोशिश करने की बात कही, तब जाकर उनकी जान में जान आई।

अगला दिन क्रिकेट मैच का दिन था। भाटिया अंकल टीम-इंडिया की टी-शर्ट और कैप पहनकर सुबह से ही तैयार घूम रहे थे और हम सब लोगों को बार-बार जल्दी तैयार होने के लिए कह रहे थे। आठ बजे के लगभग उन्हें जैसे ही दोनों टीमों के बस से वानखेड़े स्टेडियम रवाना होने की भनक लगी, वे सिर पर पैर रखकर होटल-लॉबी की तरफ़ भागे। जब वापस आए, उनकी ख़ुशी का ठिकाना नहीं था। चीख-चीख कर हम लोगों को बता रहे थे, "अभी-अभी सचिन से हाथ मिलाकर आया हूँ, वह भी मुझसे लपककर मिला। बहुत भला लड़का है। मेरी यही दुआ है, आज वह गज़ब का खेल दिखाए, सबके रिकॉर्ड तोड़ दे तो मज़ा आ जाए..."

तैयार होते हुए यही दुआ, मैं स्मिथ के लिए कर रही थी...

11

दो बिल्कुल विपरीत स्वभाव के लोग कितना बढ़िया तालमेल बनाकर एक साथ रह सकते हैं, यह उस दिन पहली बार मैंने शिद्दत से महसूस किया। मतलब भाटिया अंकल और आंटी से है। एक क्रिकेट-प्रेमी और दूसरा सिने-प्रेमी। दोनों एक-दूसरे की स्वतंत्रता में दख़ल देने की कभी कोशिश नहीं करते थे। हाँ, भाटिया साहब की क्रिकेट को लेकर दीवानगी जब सारी हदें पार कर जाती थीं तब आंटी उनसे कुछ चिढ़ ज़रूर जाती थीं, इसके बावजूद वे भाटिया साहब के क्रिकेटर दोस्तों की मेहमान-नवाज़ी और व्यापारिक रिश्तों को निभाने में ही अपनी सारी उर्जा झोंकती आई थीं। ख़ैर जो भी हो, वे ऐसे ख़ुश थीं जैसे सालों से मन में रहा कोई अधूरा सपना पूरा करने जा रही हों। भाटिया साहब ने भी अपने एक दोस्त से कहकर उन्हें बॉलीवुड स्टार्स से मिलने का वक़्त दिलवा दिया था। सबसे पहले वे प्रेम चोपड़ा से मिलने जा रही थीं और तैयार होते हुए बेइंतहा ख़ुश थीं। उन दोनों को साथ देखकर मुझे आशा बँधी, स्मिथ और मेरे बीच भले रंग-रूप, नस्ल और समुदाय का अंतर हो पर वह क्रिकेटर रहते हुए और मैं डॉक्टर बनकर भी एक साथ ख़ुश रह सकते हैं। फिर भले ही हमारी रुचियाँ, आदतें और व्यवहार कितने भी अलग क्यों न हों? हम दोनों में भी भाटिया अंकल-आंटी की तरह आख़िरकार पटरी बैठ ही जाएगी।

सुबह दस बजे के लगभग मैं, भाटिया अंकल और उनकी दोनों बेटियाँ स्टेडियम के लिए रवाना हो गए और आंटी प्रेम चोपड़ा से मिलने बांद्रा चली गईं। स्मिथ ने हमें स्टेडियम में जिस स्टैंड के टिकट दिलवाए थे, वह

पवेलियन के बगल में ही था, बिल्कुल कॉर्पोरेट-बॉक्स की तरह था। आसपास ज़्यादातर भारतीय और वेस्टइंडीज़ टीम के खिलाड़ियों के परिवार बैठे थे। एकदम वी.आई.पी. एन्क्लोजर था। भाटिया साहब बार-बार ताक-झाँक कर रहे थे, साथ ही वे मुफ़्त में ऐसे वीआईपी पास हथियाकर फूले नहीं समा रहे थे। उन्हें देखकर एक बात तो साफ़ हो गई, कोई कितना भी बड़ा रईस क्यों न हो, मुफ़्त की चीज़ पाकर उसका दिल बाग-बाग हो जाता है। कुछ देर बाद इत्तेफाक से वेंगसरकर वहाँ कुछ लोगों से मिलने पहुँच गए। अंकल उन्हें देखते ही मिलने के लिए लपके, उन्हें अपना परिचय दिया, कि वे कुलजिन्दर भाटिया हैं लंदन से, लंदन में एक बार उनसे मिल चुके हैं पर वेंगसरकर के हाव-भाव से ऐसा लगा जैसे वे उन्हें पहचान नहीं पाये। मुझे समझ आ गया जैसे वेंगसरकर उनका दोस्त नहीं हैं, वैसे ही गावस्कर भी शायद ही उन्हें पहचान पाएँ। अब क्रिकेट खिलाड़ियों के प्रति अंकल की दीवानगी देखते हुए इतनी छोटी सी बात उन्हें जज करने की ज़रूरत महसूस नहीं हुई, पर लगता है उनकी बेटियाँ ज़रूर अपने पिता के इस व्यवहार से अटपटा महसूस कर रही थीं। भाटिया साहब भी थोड़ा झेंप गए थे, वे कुछ देर के लिए पता नहीं कहाँ गायब हो गए, फिर जब आए तो उनके साथ टीवी प्रसारण का कैमरा भी था। कैमरा वाले को शायद उन्होंने बता दिया था कि त्रिनिदाद के पीएम की बेटी भी यह मैच देखने आई है। कैमरामैन काफ़ी देर मेरे चेहरे पर फोकस करता रहा, इधर भाटिया साहब अपनी बेटियों को बगल वाली सीट पर सरकाकर ख़ुद मेरे साइड में आसन जमा चुके थे। उनकी आतुरता टीवी पर आने की थी। शायद टीवी पर क्रिकेट मैच के प्रसारण में हमारी झलक दिखायी जा रही है यह सोचकर वे बच्चों जैसा उत्साह दिखा रहे थे। मुझे लगा अगर ऐसा हुआ तो हमें त्रिनिदाद में भी लोग देख रहे होंगे। मेरा अंदाज़ा सही निकला, थोड़ी देर बाद मम्मी का फ़ोन आ गया। वे बता रही थीं, इधर पोर्ट ऑफ़ स्पेन में कई लोगों ने तुझे टीवी पर देखकर मुझे फ़ोन किया और पूछा सिल्विया क्या इंडिया गई है? वे इस बात से काफ़ी ख़ुश लग रही थीं कि रंजना आंटी और भाटिया अंकल मेरा बढ़िया ख़्याल रख रहे हैं। उन्हें मेरा चेहरा खिला-खिला सा लग रहा था, हालाँकि इसकी वजह भाटिया परिवार की खातिरदारी तो थी ही पर मेरी इस ख़ुशी में स्मिथ का भी कुछ कम योगदान नहीं था। ख़ैर

मम्मी ने कहा कि मैं रंजना आंटी को उनकी तरफ़ से नमस्ते बोल दूँ, फिर उन्होंने कॉल कट कर दिया।

उस दिन के मैच में इंडिया की बैटिंग थी। सचिन ने क्या शानदार शतक जड़ा। भारतीय बल्लेबाजों ने हमारे गेंदबाजों की जमकर पिटाई की थी। कुल मिलाकर भारतीय टीम ने एक बड़ा स्कोर खड़ा कर दिया था। दूसरे दिन भी भारतीय टीम डटी रही और पहली पारी में एक पहाड़ जैसा स्कोर खड़ा करके वेस्टइंडीज़ टीम के सामने बहुत बड़ी चुनौती रख दी।

मैच के बाद मैं और स्मिथ रोज़ की तरह 32वें फ्लोर के क्लब में मिल रहे थे। हम घंटों बैठकर बातें करते थे। स्मिथ ने कई बार मुझे चुपचाप अपने कमरे में ले जाने की कोशिश की। हालाँकि वह सिर्फ़ डिनर की पेशकश के लिए ऐसा कह रहा था पर मुझे डर था कि अगर मैं उसके कमरे में गई तो कुछ न कुछ गड़बड़ ज़रूर हो जाएगी। न ही वह ख़ुद को रोक पाएगा और न ही मैं। इसलिए हर बार मैंने किसी न किसी तरह उसकी बात टाल दी।

उधर वानखेड़े स्टेडियम में जब वेस्टइंडीज़ की पारी शुरू हुई तो मात्र पचास रन पर तीन विकेट गिर गए थे। भारतीय स्पिन गेंदबाज़ों के सामने वेस्टइंडीज़ के बल्लेबाज टिक ही नहीं पा रहे थे। स्मिथ को भी फिरकी गेंदें खेलने में मुश्किल हो रही थी। लंच के बाद स्मिथ ने दोबारा पारी सँभालने की कोशिश शुरू की, लेकिन तभी उसके सामने वाला चौथा खिलाड़ी भी आउट हो गया। अब सारा दारोमदार स्मिथ पर ही था। मेरे मन में घबराहट हो रही थी और बगल में बैठे कुलजिंदर भाटिया ख़ुशी से झूम रहे थे। वे बार-बार उठकर चिल्ला रहे थे, साथ ही रोमांच के असर में कुछ न कुछ खाते जा रहे थे। उस दिन का खेल ख़त्म होने तक स्मिथ ने अपने शानदार खेल से न सिर्फ़ वेस्टइंडीज़ की पारी सँभाल दी बल्कि दिन के आख़िरी ओवर में शतक भी जड़ दिया। उसके हर एक शॉट पर भाटिया अंकल गालियों की झड़ी लगा रहे थे। मैं मन मसोस कर उनकी सारी हरकतें बर्दाश्त कर रही थी। उन्हें यह भी नहीं बता सकती थी कि स्मिथ से आख़िर मेरा रिश्ता क्या है। अगले दिन स्मिथ ने दोहरा शतक जड़ दिया। वह क्रीज़ पर टिक कर खेल रहा था। उसके शानदार खेल की बदौलत वेस्टइंडीज़ की

टीम धीरे-धीरे एक मज़बूत स्थिति में आ गई थी। अब वेस्टइंडीज़ टीम की पहली पारी का स्कोर भारत से भी ज़्यादा हो गया था। उस रात अंकल ने ग़ुस्से में खाना भी नहीं खाया, बस 'बार' में बैठे पीते रहे। नशे में धुत्त होकर वे अपने कमरे में वापस आए, उस दौरान भी वे भारतीय गेंदबाज़ों और बाक़ी खिलाड़ियों के नाम पर गालियों की झड़ी लगा रहे थे।

हम इधर क्रिकेट देखने में खोए हुए थे उधर रंजना आंटी को बॉलीवुड से फुर्सत नहीं थी। उन्हें प्रेम चोपड़ा से मिलने का मौक़ा क्या मिला, उन्होंने चोपड़ा परिवार से दोस्ती ही गाँठ ली। अब बालीवुड में लंदन के किसी अरबपति परिवार से दोस्ती कौन नहीं करना चाहेगा? कम से कम लंदन आते-जाते खातिरदारी होती रहेगी। बालीवुड के सितारे वैसे भी साल में कई-कई बार विदेश घूमने जाते हैं, कभी किसी शूटिंग के लिए, तो कभी किसी शो का हिस्सा बनने और कभी यूँ ही सैर-सपाटे के लिए। लौटने के बाद से आंटी प्रेम चोपड़ा परिवार की तारीफ़ किये जा रही थीं। आह कुलजिंदर, कितने भले लोग हैं चोपड़ा साहब के घर वाले कि मैं बता नहीं सकती। एकदम पंजाबी स्टायल का लंच करवाया, फिर शाहरूख, सलमान से मिलने का टाइम भी दिलवा दिया। और सुनो, एक नई बात भी पता चली, प्रेम जी तो राजकपूर परिवार के सगे रिश्तेदार हैं। कह रहे थे, कपूर परिवार से जब भी मिलना हो, बता दीजिएगा, वहाँ तो घर वाली बात है। सुभाष घई भी मिलने का वक़्त दे चुके हैं। अपनी स्टोरी लेकर जा रही हूँ, क्या पता, शायद तकदीर काम कर जाए। भाटिया साहब चुप बैठे सब कुछ सुनते रहे। बीवी के इस पुराने शौक में वे कोई दख़ल नहीं देना चाहते थे।

यहाँ वानखेड़े के मैदान में भारत की दूसरी पारी थोड़ी लड़खड़ा गई थी। वे उतने रन नहीं बना पाये जो वेस्टइंडीज़ के लिए बड़ी चुनौती बन पाते। हालाँकि दूसरी पारी में विकेट अक्सर टूटकर इतनी खराब हो जाती है कि लक्ष्य का पीछा करना आसान नहीं होता, इस लिहाज़ से वेस्टइंडीज़ के खिलाड़ियों के लिए भी भारत का मुक़ाबला करना मुश्किल था। टूटे हुए विकेट पर स्पिन गेंदबाज़ और ज़्यादा कहर बरपाते हैं। बहरहाल शुरुआत में तो वेस्टइंडीज़ की टीम अच्छा खेली लेकिन लंच के बाद धड़ाधड़ विकेट गिरने लगे, अभी भी वेस्टइंडीज़ को 250 रन बनाने थे और उसके

सात विकेट गिर चुके थे। हम सब मानकर बैठ गए थे कि वेस्टइंडीज़ हार जाएगा। भाटिया साहब ने टोना-टोटका शुरू कर दिया था, जिस सीट पर बैठे थे उससे उठने का नाम नहीं ले रहे थे। लगातार कोई मंत्र पढ़ रहे थे, प्रार्थना किये जा रहे थे। मगर उनकी सारी आशाओं पर आख़िर में स्मिथ ने पानी फेर दिया। दूसरी पारी में भी स्मिथ ने दोहरा शतक जमाया, जिसकी बदौलत वेस्टइंडीज़ ने लगभग हारा हुआ मैच भारत के हाथ से छीनकर जीत लिया। दोनों पारियों में स्मिथ का दोहरा शतक अपने आप में एक रिकार्ड था। मीडिया और क्रिकेट प्रेमियों ने उसे हाथोंहाथ लिया। इंग्लैंड दौरे के बाद अब वह भारतीय दौरे का भी हीरो बन गया था। भारतीय मीडिया का हुजूम उसके पीछे घूम रहा था। दुनियाभर के समाचार-पत्रों और खेल-पत्रिकाओं में वह पहले पन्ने पर नज़र आ रहा था। लंदन, आस्ट्रेलिया, दक्षिण-अफ़्रीका के अख़बार वेस्टइंडीज़ की जीत की ख़बर के साथ स्मिथ के बड़े-बड़े फ़ोटो छापकर उसे विश्व क्रिकेट का नया हीरो बता रहे थे। भारतीय मीडिया वैसे भी क्रिकेट और बॉलीवुड की ख़बरों को तरजीह देता है जिसका नतीजा यह हुआ कि हमारे होटल के बाहर मीडिया ने डेरा जमा लिया था और वे वानखेड़े स्टेडियम से बस में सवार खिलाड़ियों के लौटने का इंतज़ार कर रहे थे। सबसे पहले भारतीय खिलाड़ियों की बस होटल पहुँची, वे एक एक कर होटल में दाख़िल होने लगे, सबके चेहरे उतरे हुए थे। वे मुँह छिपाने जैसी मुद्रा में जल्दी-जल्दी अपने कमरों में चले गए। इस बीच भाटिया अंकल पूरे जोश में हमें लेकर होटल-लॉबी में जमा भीड़ में लेकर चले गए। वे किसी खिलाड़ी के साथ तस्वीर खिंचवाने के लिए उतावले हो रहे थे। मेरा मन भी स्मिथ को एक विजेता के रूप में देखने के लिए उतावला हो रहा था। वेस्टइंडीज़ के खिलाड़ियों की बस होटल में दाख़िल हो पाती उसके पहले ही मीडिया के हुजूम और भीड़ में हलचल शुरू हो गई थी। लोगों का हुजूम होटल के सुरक्षाकर्मियों के लिए उस दिन सचमुच चुनौती बन गया था। पिछले हफ़्ते भर से दोनों टीमों के खिलाड़ियों की सुरक्षा में उन्हें कोई परेशानी नहीं हुई लेकिन भारत को हराने के बाद वेस्टइंडीज़ टीम और ख़ासकर स्मिथ को सुरक्षा घेरे में रख पाना सुरक्षाकर्मियों के लिए मुश्किल हो रहा था। वे रस्से से घेरा बनाकर लोगों को पीछे धकेल रहे थे। भाटिया अंकल इस धक्का-मुक्की को धता बताकर, अब भी एक फ़ोटो की चाह

और खिलाड़ियों से हाथ मिलाने की आस में भीड़ को चीरते हुए अंदर घुसे जा रहे थे पर मुझसे ये सब सहन नहीं हो रहा था। मैं पीछे हटकर दूर अलग खड़ी हो गई। वेस्टइंडीज़ टीम के खिलाड़ी जैसे ही बस से उतरे, लोग उन्हें देखकर जोश में शोर मचाने लगे। स्मिथ जब होटल-लॉबी में आया तो लोगों का जोश देखने लायक था, हर कोई उसकी एक झलक पाने के लिए दीवानगी की हद तक जा रहा था। मेरे लिए यह नज़ारा किसी तोहफे से कम नहीं था। मीडिया के सैकड़ों कैमरे उस पर फ्लैश कर रहे थे। उसने पल भर के लिए ठहर कर मीडिया के कैमरों के सामने अच्छी तरह पोज़ देकर फ़ोटो खिंचवाए। टीवी चैनल्स भी इस मामले में पीछे नहीं थे। उनका कवरेज भी बेहद शानदार रहा। मैंने बाद में स्मिथ पर बनी एक डाक्यूमेंटरी फ़िल्म में उस होटल की लॉबी के शॉट सालों बाद देखे थे। वह वाक़ई कमाल का क्षण था। उधर भाटिया अंकल उस ऐतिहासिक पल में शामिल होने का मौक़ा नहीं गँवाना चाहते थे, वे रस्सी फाँदकर स्मिथ से हाथ मिलाने और उसे बधाई देने के लिए उतावले हुए जा रहे थे और सुरक्षाकर्मी थे कि उन्हें बार-बार दूध में से मक्खी की तरह फेंक रहे थे। इसी खींचतान में उनकी टी-शर्ट भी फट गई, मुझे यह देखकर बहुत बुरा लग रहा था। मैंने मन में सोचा, आज इनको स्मिथ से मिलवा ही देती हूँ पर समस्या वही थी कि उन्हें मेरे और स्मिथ की जान-पहचान का आभास न हो पाए। मैं कुछ कर पाती उससे पहली ही स्मिथ की नज़र मुझ पर पड़ गई। उस वक़्त वह सुरक्षाकर्मियों के घेरे में था। वे उसे सुरक्षित लिफ्ट की ओर ले जा रहे थे और मैं भीड़ से अलग लॉबी में एक सुरक्षित स्थान पर खड़ी थी। मुझे देखते ही अचानक वह उलटे पाँव लौटने लगा। मैं उसे अपनी ओर आता देखकर डर गई। मीडिया और लोगों का हुजूम वापस शोर मचाने लगा, उन्हें लगा स्मिथ उनसे बात करने वापस आ रहा है। लेकिन वह तो मेरी तरफ़ बढ़ रहा था। मैं शर्म से गड़ी जा रही थी। स्मिथ से ऐसी नादानी की उम्मीद मुझे नहीं थी। स्मिथ ऐसा कुछ करेगा जिससे मीडिया के आगे मेरे प्रेम का रहस्य खुल जाए, इसकी मैंने कभी कल्पना भी नहीं की थी। लेकिन वही हुआ। मैं उसके पास आने पर उसे बधाई दे पाती उससे पहले ही उसने मुझे भींच लिया और मेरे गाल पर एक तीव्र चुंबन अंकित कर दिया। यह हमारे एकांत में हुआ होता तो मेरे लिए आनंदित करने वाला

एक क्षण होता लेकिन यहाँ मीडिया और लोगों की भीड़ के सामने? मीडिया कैमरों ने अचानक माहौल में चकाचौंध मचा दी। मैं घबरा गई। उससे अलग होकर, मैंने आँख दिखाते हुए कहा, "व्हाट हैव यू डन स्मिथ!।" मैं डर के मारे काँप रही थी। अब सबको पता चल जाएगा। पापा को फिर भी किसी तरह समझा लूँगी, लेकिन मम्मी? उन्हें मैं कैसे फेस करूँगी? अब तो वे मुझे मेडिकल की पढ़ाई के लिए लंदन भी नहीं जाने देंगी। ये तुमने क्या कर दिया स्मिथ? सब बर्बाद हो गया। यह सब सोचते हुए मैं इधर स्तब्ध खड़ी थी और मेरे सामने खड़ा वह बेशर्मों की तरह मुस्कुरा रहा था। फिर वह वापस मुड़ा और लिफ्ट की तरफ़ चला गया। सुरक्षाकर्मी उसे लिफ्ट के बाहर तक छोड़ने गए फिर लिफ्ट बंद हो गई। इधर मैं अब भी पत्थर के बुत की तरह अपनी जगह पर खड़ी रह गई थी।

मीडिया का शोर सुनकर मुझे वापस होश आया। इस बीच मीडिया के कैमरे मेरी ओर तन चुके थे। रिपोर्टर मेरी तरफ़ अपना बूम-माइक ताने एक के बाद एक सवाल दाग रहे थे, "आप स्मिथ को कैसे जानती हैं? आपका नाम क्या है?" कोई पूछ रहा था, "आप कौन हो? स्मिथ आप को कैसे जानता है?" और फिर उन सवालों में सबसे डरावना यह एक सवाल भी था, "क्या आप स्मिथ की गर्लफ्रैन्ड हैं?" त्रिनिदाद में भी इस तरह के सवालों का सामना करने की बात सोचकर मैं डर जाती थी, यहाँ भारत में वह सब घटित हो जाएगा, इसकी मैंने सपने में भी कल्पना नहीं की थी। मैं बुरी तरह काँप रही थी। भाटिया अंकल भी अवाक् थे लेकिन उनकी दोनों बेटियों ने समझदारी दिखायी और हमें लोगों से बचाकर लिफ्ट की ओर ले गईं। वापस अपने कमरे में लौटकर मैं बिस्तर में घंटों तकिए में मुँह छिपाकर सुबकती रही। लग रहा था सब बर्बाद हो गया। जिस रिश्ते को अब तक सबकी नज़रों से बचाकर रखा था स्मिथ की एक ग़लती की वजह से उसी रिश्ते का एक बड़ा तमाशा बन गया। अब त्रिनिदाद की मीडिया भी ज़रूर हमारे रिश्ते की बात में नमक-मिर्च लगाकर सबके सामने पेश करेगी। यह सब कहीं पापा के लिए कोई नई मुसीबत न खड़ी कर दे? उस वक़्त स्मिथ पर मुझे इतना ग़ुस्सा आ रहा था कि बता नहीं सकती। इसी ग़ुस्से में उस शाम मैंने स्मिथ का फ़ोन नहीं लिया। वरना रोज़ की तरह उस शाम भी हम 32वें फ्लोर के क्लब में ज़रूर ही मिलते।

शायद मिलने की बेक़रारी में ही उसने कई बार फ़ोन किया, लेकिन फ़ोन की घंटी पर ध्यान न देकर मैं बिस्तर में ही पड़ी रही। रात में उठकर मैंने सिर्फ़ सूप पिया और नींद की गोली लेकर सो गई। क्योंकि मुझे पता था नींद की गोली के बिना मुश्किल से नींद आएगी, फिर न सोने की वजह से मेरी तबियत बिगड़ सकती है।

दूसरे दिन सुबह जब उठने में देर हुई तो भाटिया अंकल बहुत देर तक दरवाज़ा खटखटाते रहे, "सिल्विया, दस बज गए हैं, क्या हुआ तुमने अब तक नाश्ता भी नहीं किया?" उनकी आवाज़ से मेरी नींद खुली। मैंने उन्हें नाश्ते के लिए कॉफी शॉप पहुँचने के लिए कहा और जल्दी से उठकर तैयार हो गई। जब मैं नाश्ते के लिए वहाँ पहुँची, गेट के पास रखे तमाम अख़बार देखकर मेरा मन फिर ख़राब हो गया। स्मिथ के साथ मेरा चुम्बन वाला फ़ोटो सभी अख़बारों ने पहले पेज पर लगाया था। शाम तक त्रिनिदाद में भी सुबह होने वाली थी और वहाँ के अख़बारों में स्मिथ के साथ मेरे इस फ़ोटो की बात सोचकर ही मुझे फिर रोना आ रहा था। अब क्या बहाना खोजूँ जिससे मम्मी तक यह फ़ोटो पहुँचने से पहले, उन्हें इस पर सफ़ाई दे सकूँ। कोई और तरीक़ा नहीं सूझा तो मैंने भाटिया साहब से ही मदद माँगना ठीक समझा। मैंने अख़बार उठाया और उन्हें दिखाते हुए बोली, "अंकल, मैं सचमुच इस लड़के को इतनी अच्छी तरह से नहीं जानती। त्रिनिदाद में सिर्फ़ दो बार मिली थी। बाक़ी लड़कों की तरह ये मेरे घर के सामने वाले ग्राउंड में क्रिकेट खेलने आता था। बहुत ग़रीब था। इसके कहने पर मैंने पापा से इसकी सिफ़ारिश करवा दी। पापा की वजह से इसे एक ट्रायल मैच में खेलने का मौक़ा मिला और यह अपना हुनर दिखाकर आज इतना बड़ा क्रिकेटर बन गया। मैं उसकी इतनी क़रीबी दोस्त नहीं हूँ कि आकर मुझे चूम ले। देखिए न सब अख़बारों में कैसा फ़ोटो छपा है? मम्मी ने देख लिया तो मेरी जान ही ले लेंगी। आप ही कुछ करो न प्लीज़।"

अंकल मेरी बात सुनकर हँसते हुए बोले, "ओए पुत्तर जी! इसमें कौन सी बड़ी बात है? क्रिकेटर और फ़िल्म स्टार्स अपने चाहने वालों के साथ ऐसे ही पोज़ दे देते हैं। अपने फैन्स के साथ कोई दूरी बनाता है क्या? तुम बिल्कुल फ़िक्र मत करो। मैं तुम्हारी मम्मी से बात कर लूँगा कि ऐसी कोई

बात नहीं है। मैंने ही तुम्हें अपनी भतीजी बताकर स्मिथ से परिचय करवाया था। वह ख़ुशी में अपने सारे फैन्स को गले लगा-लगाकर चूम रहा था। मेरी बेटियों को चूमा और तुम्हें भी चूम लिया। बस मीडिया वालों ने बाक़ी फ़ोटो नहीं छापी, ये फ़ोटो छाप दी।" अंकल बड़े मस्त मूड में थे। वैसे भी वे पुत्तर कहकर तभी बुलाते थे जब उन्हें अपनी बेटियों पर बहुत प्यार आता था, वही संबोधन उन्होंने इस बार मुझे भी दिया था। ख़ैर अंकल की बात सुनकर मैंने राहत की साँस ली। अब मुझे विश्वास था कि अंकल अगर मम्मी से बात करेंगे तो सब ठीक हो जाएगा।

लेकिन अंकल ठहरे एक बिज़नेसमैन। अगर वे मेरी मदद कर रहे थे तो बदले में उन्हें भी कुछ चाहिए था। वे भोले बनकर मुझे पुचकारते हुए बोले, "पुत्तर जी, मैं सब सँभाल लूँगा लेकिन उसके पहले किसी तरह मुझे स्मिथ से मिलवा तो दो, तभी तो मैं कह पाऊँगा कि वह मुझे जानता है। सोचो, अगर कभी वह तुम्हारी मम्मी के सामने मुझसे टकरा गया और उसने मुझे नहीं पहचाना तो फिर वे समझेंगी हमने उनसे झूठ कहा था।" अपनी बात पूरी करके उन्होंने बत्तीसी दिखाकर मेरी तरफ़ टुकुर-टुकुर देखना शुरू कर दिया। मुझे समझते देर नहीं लगी कि अंकल स्मिथ से मिलकर अपना क्रिकेटिया शौक़ पूरा किए बिना मेरी मदद नहीं करने वाले।

कमरे में आकर मैंने इंटरकॉम से स्मिथ के रूम में फ़ोन लगाया। मेरी आवाज़ सुनते ही वह चिल्ला उठा, "सिल्विया, तुम मेरा फ़ोन क्यों नहीं उठा रही हो? पूरी रात कोशिश करता रहा। ऑपरेटर कह रहा था, डू नाट डिस्टर्ब का मैसेज लगा है। मोबाइल फ़ोन भी तुमने बंद कर रखा था, बताओ तुम्हें मुझे परेशान करने में मज़ा आता है क्या?" वह एकदम लड़ाई के मूड में था। मैंने भी उसी के अंदाज़ में बात करते हुए कहा, "और तुम तो जैसे मुझे कभी परेशान करते ही नहीं हो? तुम्हें अच्छी तरह पता है हमारी दोस्ती के बारे में मैं किसी को भी भनक नहीं लगने देना चाहती थी, तो फिर मीडिया के सामने खुलेआम चुंबन की क्या ज़रूरत थी? अब मैं अपने घर पर और त्रिनिदाद के लोगों को क्या जवाब दूँगी? अब देखना सब मेरा और पापा का मज़ाक़ बनाना शुरू कर देंगे। पापा के विरोधी तो बस मौक़े की तलाश में बैठे हैं। कामता प्रसाद जैसे हमारे ही रिश्तेदार हाथ धोकर पापा के पीछे पड़े हैं। पापा का राजनैतिक जीवन ख़त्म कर देना चाहते हैं। पापा ने एक

बार उससे समझौते की कोशिश भी की थी, उसे मंत्री भी अपनी सरकार में बना रहे थे, लेकिन वह राष्ट्रपति से नीचे किसी पद पर तैयार नहीं था। अब बताओ राष्ट्रपति और प्रधानमंत्री दोनों भारतीय कैसे हो सकते हैं। एक पद तो अश्वेत को देना होगा...ख़ैर मैं यह सब तुम्हें क्यों बता रही हूँ, तुम्हें अगर मेरी और पापा की ज़रा भी परवाह होती तो ऐसा हरगिज़ नहीं करते।"

मैं धड़ाधड़ बोले चले जा रही थी और स्मिथ चुपचाप सुन रहा था। जब मैं चुप नहीं हुई तो उसने मुझे बीच में ही रोककर कहना शुरू किया, "सिल्विया, सिल्विया..., मैं अपनी ग़लती मानता हूँ। शायद मुझे यह नहीं करना चाहिए था लेकिन तुम्हें देखकर मुझसे रहा नहीं गया। उस एक पल में पता नहीं क्या हुआ मैं किसी अदृश्य डोर से अनायास तुम्हारी ओर खिंचा चला गया। लेकिन उस चुंबन में कुछ भी अश्लील नहीं था। तुम बेवजह बात का बतंगड़ बना रही हो। वह सिर्फ़ एक "थैंक-यू किस" था। "थैंक यू" इसलिए कि आज मैं जो कुछ हूँ, सिर्फ़ तुम्हारी वजह से हूँ। यदि तुमने मेरे लिए कोशिश नहीं की होती, तो मैं आज भी लेवेन्टाइन की झोपड़पट्टी में सड़ रहा होता। अब तुम बताओ क्या वो लड़का जिसे इस ख़ूबसूरत लड़की ने एक नई ज़िंदगी दी, वो कृतज्ञ-भाव से उसे धन्यवाद कहकर एक 'थैंक यू किस' भी नहीं दे सकता? रही बात मीडिया की, तो तुम्हें क्या लगता है मीडिया मुझसे पूछेगी तो मैं तुम्हें अपनी गर्लफ्रेंड बताऊँगा? मैं उनसे सिर्फ़ इतना कहूँगा कि जिसने अपनी प्रतिभा दिखाने का मौक़ा दिया, उसे गले लगाकर थैंक यू किस करना भी क्या ग़लत बात है? सिल्विया, तुम अभी भी नहीं समझ रही हो, इससे तुम्हारे पापा के लिए अश्वेतों के बीच कितना अच्छा संदेश जाएगा। उन्हें लगेगा प्रधानमंत्री की बेटी ने एक ग़रीब अश्वेत लड़के की इतनी मदद की है कि वह आज विश्वप्रसिद्ध बल्लेबाज़ बन गया है। तुम्हारे और मेरे रिश्ते को लेकर पीएम पर कीचड़ उछालने वाले विरोधियों के कपड़े न उतार दिए मीडिया के सामने तो मेरा नाम स्मिथ नहीं...तुमने सपने में भी सोच कैसे लिया कि मैं तुम्हारे साथ ऐसा कुछ कर सकता हूँ जिससे तुम पर या तुम्हारे पापा पर किसी भी तरह की आँच आए?

स्मिथ का तर्क सुनकर मेरा ग़ुस्सा हवा हो चुका था। उसे मेरी कितनी परवाह है इसका अनुभव शायद पहली बार हुआ था। हमारा प्रेम और गाढ़ा करने के लिए इतना काफ़ी था। मैंने अपनी आवाज़ में नर्मी लाते हुए कहा,

"अच्छा अब ग़ुस्सा छोड़ो, आज लंच पर क्लब में मिलते हैं।" अब वह भरा बैठा था, मेरी बात ख़त्म होने से पहले ही बोला, "अच्छा ग़ुस्सा मैं कर रहा था या तुम, जाओ अब मुझे नहीं मिलना। आज फ़ोन मत करना, हमारी टीम की सेलिब्रेशन पार्टी है।" अब वह रूठने का नाटक कर रहा था, इतना तो मुझे भी समझ आ गया था। मैंने उसे थोड़ा और प्यार से कहा, "स्मिथ, मिल लो न। दरअसल तुम्हें अपने अंकल से मिलवाना है। क्रिकेट के ज़बरदस्त फैन हैं, उस पर बढ़िया बात यह कि उतने ही अच्छे आदमी भी हैं। लंदन के बड़े अरबपतियों में नाम गिना जाता है उनका। मुझे यक़ीन है एक ही मुलाक़ात में उनसे तुम्हारी अच्छी दोस्ती हो जाएगी। वे लंदन में हमेशा तुम्हारे काम आते रहेंगे।" वह भी थोड़ा नर्म पड़ चुका था, उसने मुझे कहा, "अगर मिलना ही है तो मैं सिर्फ़ तुमसे मिलूँगा, वो भी अच्छी तरह झगड़ा करने के लिए। बाक़ी मुझे किसी अरबपति या खरबपति से मिलने में कोई दिलचस्पी नहीं। तुम्हें पता है सिल्विया, किसी और के पैसों से मैं कोई लेना-देना नहीं रखता।" मैंने हँसते हुए कहा, "अच्छा बाबा, उनके पैसों से लेना-देना मत रखना लेकिन मेरी खातिर तुम्हें उनसे मिलना ही होगा।"

थोड़ी देर नख़रे दिखाने के बाद आख़िरकार वह मान गया। मैंने उसे कहा, "अंकल से बात करके अगले पाँच मिनट में लंच का प्लान बताती हूँ, तुम तब तक तैयार हो जाओ।" जब मैंने यह बात अंकल को बतायी तो वे ख़ुशी से उछल ही पड़े, कहने लगे, "अरे वाह, जल्दी से तैयार हो जाओ और हाँ, स्मिथ मेरे साथ मेरी गाड़ी में बैठकर बाहर जाएगा। वाह क्या बात है, कुलजिंदर, तू आज वर्ल्ड के टॉप बल्लेबाज़ के साथ लंच पर जा रहा है। मुबारक हो।" अंकल की यह अदा मुझे वाक़ई पसंद थी। कुल मिलाकर उनके लिए क्रिकेट ही भगवान है। बीच-बीच में जैसे कोई भक्त अपने भगवान से नाराज़ होकर उसे बुरा-भला कहने लगता है, ठीक वैसे ही वे भी बिफर जाते थे और थोड़ी देर बाद सब ठीक हो जाता था। यही स्मिथ के साथ हो रहा था, जिसे पता नहीं भाटिया साहब की कितनी ही गालियाँ नसीब हो चुकी थीं। ख़ैर भाटिया परिवार के साथ स्मिथ और मैं गेट-वे ऑफ़ इंडिया के होटल ताज के लिए निकले। वादे के मुताबिक़ स्मिथ अंकल के साथ बड़ी गाड़ी में और मैं आंटी और उनकी बेटियाँ दूसरी गाड़ी में निकले।

गेट-वे पर नाव, स्टीमर और दूर समुद्री जहाज़ खड़े थे। रेस्तराँ की खिड़की से सब कुछ साफ़ नज़र आ रहा था। रोज़ सैकड़ों-हज़ारों लोग उन स्टीमर्स में चढ़कर एलिफेंटा की गुफायें देखने और बंबई के सुदूर दक्षिण में अलीबाग़ में छुट्टियाँ मनाने जाते हैं। अलीबाग जहाँ गोवा के बीचों की याद दिलाने वाला एक पर्यटक स्थल है, वहीं एलिफेंटा की गुफ़ाएँ दरअसल हज़ारों साल पुरानी ऐतिहासिक धरोहर हैं। ख़ैर पूरे गेट-वे पर चारों ओर गजब की चहल पहल थी। सामने पत्थर से बना विराट गेट था, जिसे गेट वे ऑफ़ इंडिया कहा जाता है। पहले लोग जहाज़ से आकर यहीं से भारत में प्रवेश करते थे। भाटिया साहब ने बताया कि अंग्रेज़ों के ज़माने में वायसराय इसी रास्ते से इंडिया आते थे। उनके आने पर गेट-वे पर उनका भव्य स्वागत किया जाता था। होटल की इमारत भी कम भव्य नहीं थी। अंग्रेज़ों के ज़माने की यह भव्य इमारत 20वीं सदी की शुरुआत में बनकर तैयार हुई थी और देखने में इतनी ख़ूबसूरत और शानदार जैसे किसी राजा का महल रहा हो।

लंच पर हम सब बहुत देर तक गपबाज़ी करते रहे। लेकिन सबसे ज़्यादा बातें स्मिथ और भाटिया अंकल की बीच ही हो रही थीं। नरीमन प्वाइंट से ताज तक का रास्ता भाटिया साहब ने कार में अकेले ही स्मिथ के साथ तय किया था। इस बीस मिनट के सफ़र में उन्होंने स्मिथ पर न जाने क्या जादू किया, स्मिथ उनके नाम की माला जपने लग गया था। अंकल भी उसके हर एक शॉट की ऐसी तारीफ़ कर रहे थे कि पूछो मत। उसे गावस्कर और तेंदुलकर से महान बल्लेबाज बता रहे थे। एक दिन पहले वानखेड़े स्टेडियम में और लंदन में उनके मुँह से स्मिथ को पड़ चुकी गालियाँ याद करके, मुझे अंदर ही अंदर हँसी आ रही थी, जिसे मैंने बड़ी मुश्किल से छिपाया। लंच के बाद हम वापस अपने होटल लौट आए। जाने से पहले भाटिया साहब ने स्मिथ से उसका फ़ोन नम्बर भी ले लिया। साथ ही उसे लंदन आने और उनके घर पर रुकने का न्यौता भी दे डाला।

वापस कमरे में आने पर मुझे ध्यान आया, मैंने स्मिथ के लिए लंदन के हैरड्स शापिंग मॉल से जो ब्लेज़र और लाड्र्स के मैदान की शॉप से उसके नाम की जो टी-शर्ट ख़रीदी थी वह तो उसे देना मैं भूल ही गई। मैंने उसे तुरंत इंटरकॉम पर फ़ोन लगाकर कहा कि हाउसकीपिंग के हाथों

ब्लेज़र और टी-शर्ट भिजवा रही हूँ, लेकिन वह ज़िद करने लगा, "तोहफ़ा देना है तो ख़ुद ही आना पड़ेगा, ख़ैरात है तो और बात है..."

मैंने उसे बनावटी ग़ुस्सा दिखाते हुए कहा, उसके फ्लोर पर आने में अगर किसी ने देख लिया तो मुश्किल हो जाएगी। इस पर वह कहने लगा, "तो मैं ख़ुद ही आ जाता हूँ।" मैं उसे कुछ समझाती, उससे पहले ही फ़ोन कट हो गया और अगले कुछ मिनट में मेरे कमरे के दरवाज़े पर दस्तक होने लगी। मैं कई बार स्मिथ से अकेले में मिल चुकी थी पर न जाने उस दिन क्यों इतना डर लग रहा था। हालाँकि मुझे भाटिया अंकल का भी डर नहीं था। उनसे तो अब स्मिथ का मेल-मिलाप हो ही चुका था। वह डर शायद ख़ुद से ही था।

कमरे में दाख़िल होते ही स्मिथ की नज़र उस महँगे ब्लेज़र पर पड़ी और वह ख़ुशी से उछल गया, "अरे, तुमने मेरे लिए इतना महँगा ब्लेज़र क्यों लिया? बहुत पैसे लगे होंगे इसे ख़रीदने में।" मैंने उसे बताया दरअसल यह भाटिया अंकल ने पापा के लिए दिलवाया है, मैंने उन्हें कहा, पापा पर अच्छा लगेगा। मेरी बात सुनकर उसने कहा, "तब तो यह गिफ्ट मैं नहीं ले सकता। तुम इसे पापा को ही देना। वे भी मेरी तरह दुबले-पतले हैं। उन पर फिट आ जाएगा।" मैंने बहुत समझाया पर वह तो अपने उसूलों का पक्का था उसने ब्लेज़र लिया ही नहीं। सिर्फ़ अपने नाम की टी-शर्ट ली। वह टी-शर्ट देखकर वह बहुत ख़ुश हो रहा था, बोला, "मैंने जिन्दगी में कभी नहीं सोचा था कि मेरे नाम की टी-शर्ट लाड्‌र्स में बिकेगी और दुनिया उसे ख़रीदेगी। यह सब तुम्हारी वजह से हुआ है सिल्विया, थैंक यू सो मच।" यह कहते हुए उसने मुझे इतनी ज़ोर से भींच लिया कि मैं अपने आप को छुड़ा नहीं पा रही थी।

मैंने खिड़कियों के खुले हुए पर्दों की ओर इशारा किया, तो उसने बदले में खिड़कियों के शीशों के पार नज़र आ रहे समंदर की ओर देखकर कहा, "उस समंदर के सिवाय हमें यहाँ कोई नहीं देख रहा।" मैंने समंदर में दूर नज़र आ रही एक कश्ती की ओर देखकर उसे समझाया, "वो देखो, दूर वह एक कश्ती वाला हमें देख रहा होगा। बेचारा सोचेगा, मैं इधर मछली मारने की फिराक़ में जान की बाजी लगाए बैठा हूँ और उधर शीशे के उस पार कोई और एक मछली को अपने जाल में फँसाना चाहता है।"

थोड़े नाटकीय अंदाज़ में कही मेरी बात सुनकर वह हँसने लगा, "तुम्हारी कल्पना की उड़ान का जवाब नहीं सिल्विया। कश्ती तो मीलों दूर समंदर में हैं। वहाँ से कोई कैसे इस होटल की 25वीं मंज़िल की खिड़की के भीतर देख सकता है?"

मैं चिढ़ाने के मूड में थी, सो थोड़ा इतराकर कहा, "क्या पता दूरबीन लगा कर बैठा हो।"

उसने मेरी बात को अनसुना कर मुझे और सख़्ती से अपनी बाँहों में भींच लिया, "सिल्वी, तुमने एक बार कहा था कि किसी की बाँहों में पिघला भी जा सकता है। आज मैं चाहता हूँ कि तुम्हारा जिस्म मेरी बाँहों में पिघल जाए। वह फिर मुझे पागलों की तरह चूमने लगा।

मैंने उसे हल्के हाथों से परे धकेला और अलग हट गई।

फिर उसकी आँखों में झाँकते हुए नम आवाज़ में कहा, "स्मिथ, अभी यह मुमकिन नहीं। तुम और मैं जानते हैं, हमारे बीच बेइंतिहा प्यार है, बेपनाह मोहब्बत है। कुछ ऐसा है जो सचमुच इतना रूहानी है कि मैं उसे बयान नहीं कर सकती। हम एक-दूसरे से ऐसे जुड़ चुके हैं, जैसे दो शरीर एक जान हों। फिलहाल शरीर का कोई भी बंधन इस जुड़ाव के सामने बेमानी है। प्लीज़ मेरी बात समझो, मैं कुछ भी ऐसा नहीं करना चाहती कि हमारे रिश्ते में कोई भी दाग़ लगे। अभी तक मैंने अपने मम्मी-पापा से भी हमारे इस रिश्ते की बात छिपाई है। उन्हें बता दूँगी तो मेरे मन का बोझ ख़त्म हो जाएगा। मैं उन्हें किसी भी तरह का धोखा देकर कोई भी ऐसा काम नहीं करना चाहती जिससे हमारे प्यार की रूहानियत ख़त्म हो जाए। जिस दिन मैं अपने मम्मी-पापा को तुम्हारे बारे में बता कर मना पाऊँगी, और हम शादी कर पाएँगे तब तक मैं कुछ भी ऐसा नहीं करना चाहती जो मुझे गहरे अपराध-बोध से भर जाए...तुम समझ रहे हो न?"

मेरी बात सुनकर स्मिथ की आँखें नम थीं। उसने मेरे माथे पर अपने होंठों से एक चुंबन अंकित किया और हौले से कहा, "आई रिसपेक्ट योर डिसीजन, तुम्हारे हर निर्णय में तुम्हारे साथ हूँ।"

हम कुछ देर यूँ ही एक-दूसरे की बाँहों में भाव-विभोर खड़े रहे। बाहर की दुनिया हमारे लिए गुम हो गई थी। हम दोंनों एक-दूसरे को पूरी शिद्दत से महसूस कर रहे थे। तभी कॉल-बेल ने हमारी तंद्रा तोड़ दी। दरवाज़े पर

जाकर देखा तो होटल का स्टाफ़ सामने खड़ा था, "मैडम, मिस्टर स्मिथ के कमरे में आपको कुछ भिजवाना था? मैंने मुस्कुरा कर कहा, "नहीं, अब कुछ नहीं भिजवाना।" उसने शायद मेरे पीछे खड़े स्मिथ को देख लिया था। फिर वह कुटिलता के साथ मुस्कुराते हुए बोला, "ओके मैडम, अच्छा क्या मैं स्मिथ सर के साथ एक फ़ोटो खिंचवा लूँ?" मैंने हामी भर दी। स्मिथ ने कमरे से बाहर आकर गलियारे में फ़ोटो खिंचवाया और वहीं से बाय-बाय कर अपने कमरे में चला गया।

स्मिथ के जाने के बाद मम्मी का फ़ोन आ गया। मुझे समझते देर नहीं लगी, त्रिनिदाद में ज़रूर उन्होंने सुबह-सुबह अख़बार देख लिया था। वे ग़ुस्से में आग-बबूला हो रही थीं। उन्होंने मुझे जमकर फटकार लगाते हुए कहा, "तुम्हें किसी क्रिकेटर से मिलने की क्या ज़रूरत थी सिल्विया? पता है चारों तरफ़ हमारी कितनी बदनामी हो रही है। उसकी हिम्मत कैसे हुई तुम्हें 'किस' करने की, बोलो?" मेरे कुछ भी बोलने पर जाहिर है उनका ग़ुस्सा और भी भड़क जाता इसलिए मैं चुपचाप उनकी डाँट सुन रही थी। फिर मैं अपने कमरे से निकलकर भाटिया अंकल के कमरे में आ गई और उनसे मम्मी को समझाने की गुज़ारिश की।

भाटिया अंकल ने फ़ोन ले लिया और बहुत ही नरमी से मम्मी को समझाने लगे। उन्होंने सारी बात अपने ऊपर ले ली। वे बोले, मैंने ही सिल्विया को स्मिथ से मिलावाया था। उसने तो अपना फैन समझकर बारी-बारी तीनों लड़कियों को, मतलब उनकी दो बेटियों के साथ सिल्विया को भी 'किस' किया था। अब चूँकि सिल्विया त्रिनिदाद से है इसलिए अख़बार वालों ने उसका फ़ोटो छाप दिया। लगभग पन्द्रह मिनट की बहसबाजी के बाद मम्मी थोड़ी शांत हुईं, तब जाकर मेरी जान में जान आई।

कुछ देर बाद पापा ने मम्मी से फ़ोन लेकर मुझसे बात की और सिर्फ़ एक वाक्य कहा, "बेटी, अब तुम बड़ी हो गई हो पर यह मत भूलो कि तुम मेरी बेटी हो, एक प्रधानमंत्री पर सबकी नज़र होती है। इसलिए बेटा तुम्हें बहुत संभलकर रहना चाहिए।" मैंने कहा, "जी पापा। ऐसी ग़लती दुबारा कभी नहीं होगी।" वह पल भर को चुप हो गए फिर कहा, "मम्मी की बात पर ज़्यादा ध्यान मत देना। ग़ुस्से में मुझसे कह रही हैं, इस स्मिथ को गिरफ़्तार करवाओ। अब बताओ, भला ऐसा भी कहीं होता है?

ऐसी बेवकूफ़ियों से तो हम सबकी और ज़्यादा बदनामी हो जाएगी। तुम परेशान मत हो अब जल्दी ही वापस लौट आओ। अब तुम्हारे बिना मन नहीं लग रहा है।"

मैं जानती थी, पापा मुझे बेइंतिहा प्यार करते हैं। हर एक विपरीत परिस्थिति में वे पता नहीं कैसे हमेशा मुझे बचाने पहुँच जाया करते थे। इस स्थिति से भी उन्होंने मुझे बचा लिया था। हालाँकि पीछे से काफ़ी देर तक मम्मी के बड़बड़ाने की आवाज़ आती रही। वे कह रही थीं कि "आप हमेशा इसे बिगाड़ते रहते हो, आपकी वजह से ही वह आजकल मनमानी करने लगी है। उसके पंख निकल आए हैं। अब मेरी सुना करो उसकी नहीं।" इससे पहले कि मम्मी का दबाव पापा पर काम कर जाए मैंने तुरंत पापा को बाय कहकर फ़ोन कट किया और अपने कमरे में आ गई।

अगले दिन स्मिथ-प्रकरण लगभग शांत हो चुका था। लंदन वापस लौटने से पहले यह भाटिया अंकल के लिए पूरी तरह मुंबई घूमने का दिन था। सुबह नाश्ते के बाद ही वे हमें लेकर बंबई घूमने निकल गए। सबसे पहले उन्होंने हमें स्टीमर से समंदर की सैर करवाई। उसके बाद मुम्बा देवी और सिद्धि-विनायक मंदिरों के दर्शन के लिए लेकर गए। इस बीच आंटी ने मुझे फ़िल्म-जगत के कुछ सितारों से मिलवाया और जबरन उनके साथ मेरे भी फ़ोटो खिंचवाये। हैंगिंग गार्डेन पर ऊपर चढ़कर हमने पूरे बाम्बे का नजारा लिया। चारों तरफ़ गगनचुंबी इमारतें थीं। सामने समंदर और पूरा शहर किसी मायालोक की तरह लग रहा था। वैसे तो तब तक मैंने दुनिया के कई बड़े शहर देख लिए थे लेकिन विविधताओं से भरी ऐसी स्वप्न नगरी अपने जीवन में कभी नहीं देखी थी। त्रिनिदाद में हम इस तरह के महानगर की कल्पना भी नहीं कर सकते थे।

ख़ैर दिन जितना शानदार गुज़रा शाम मेरे लिए उतनी ही गमगीन थी, वजह स्मिथ हमसे विदा लेकर अगले मैच के लिए कोलकाता रवाना हो रहा था। मैं उसे हाथ हिलाकर 'बाय-बाय' तो नहीं कह सकी लेकिन उससे बिछोह सहा नहीं जा रहा था।

उसके अगले दिन, दोपहर की फ्लाइट से हम लंदन वापस आ गए। दो दिन भाटिया अंकल के घर पर रहने के बाद तीसरे दिन मैं गेटविक एयरपोर्ट से त्रिनिदाद की फ्लाइट लेकर वापस मम्मी-पापा के पास अपने घर आ गई।

पीएम हाऊस में अब तक सब कुछ नॉर्मल हो गया था। घर की फिज़ा में शांति महसूस की जा सकती थी। मम्मी का ग़ुस्सा ठंडा पड़ा चुका था और पापा तो हमेशा की तरह सामान्य थे। काफ़ी देर मुझे बिठाकर वह लंदन, बंबई और भाटिया साहब के किस्से सुनते रहे। एक बार भी उन्होंने स्मिथ का ज़िक्र नहीं किया। लेकिन मेरे लिए स्मिथ किसी ज़िक्र का मोहताज नहीं रह गया था। मैं उसके लिए क्या महसूस कर रही थी उसकी ख़बर अब भी मेरे किसी परिजन को नहीं थी।

12

मैं सिल्विया और स्मिथ की प्रेम कहानी में इस क़दर डूबा हुआ था कि वक़्त का पता ही नहीं चला। अचानक कलाई घड़ी पर नज़र गई तो देखा, रात के ग्यारह बज चुके थे। मुझे एहसास हुआ, दुनियाभर में प्रेम-कहानियाँ सबसे ज़्यादा क्यों पढ़ी और सुनी-सुनाई जाती हैं? दरअसल वह प्रेम ही है, जो हमें इस यांत्रिक जीवन में उदात्त आत्मयीता के क्षण देता है। फिर भले वह प्रेम कहानी सुखांत हो या दुखांत, इससे कोई फ़र्क़ नहीं पड़ता। हालाँकि सिल्विया और स्मिथ की प्रेम कहानी का अंत क्या हुआ होगा? यह बात जानने के लिए मुझे अभी भी इंतज़ार करना था। मुझे कुछ चिंता भी हो रही थी क्योंकि हमारी क्रूज़ की यह यात्रा लगभग ख़त्म होने के कग़ार पर पहुँच गई थी। क्रूज़ मंथर गति से अपने आख़िरी अगले पड़ाव रोम की ओर बढ़ रहा था। वहाँ दिनभर रुकने के बाद जहाज़ जब चलेगा तो फिर वहीं जाकर रुकेगा जहाँ से यह यात्रा शुरू हुई थी, यानी बार्सिलोना। परसों बार्सिलोना पहुँचकर हम सब यात्री क्रूज़ से उतरकर वापस अपनी दुनिया में चले जाएँगे और हमारी जगह लेकर फिर कुछ नए यात्री इस रोमांचक सफ़र पर चल पड़ेंगे। मैंने अनुभव किया यात्राएँ भी दरअसल जीवन का प्रतिरूप होती हैं।

ख़ैर, रात बहुत हो रही थी इसलिए मैंने सिल्विया की ओर देखकर घड़ी की तरफ़ इशारा करते हुए कहा, "अब हमें चलना चाहिए।" वह मानों किसी दूसरे लोक में थी। स्मिथ की स्मृतियाँ शायद उसे पूरी तरह जकड़ चुकी

थीं। उसने एक गहरी साँस लेते हुए कहा, "बिल्कुल, सच में रात बहुत हो गई। मुझे बातों में इसका पता ही नहीं चला।" मैंने मुस्कुराते हुए कहा, "हाँ, स्मिथ और तुम्हारी भारत की रोमांचक यात्रा ने बाँध रखा था, अफ़सोस रहेगा कि बात अधूरी रह गई..." उसने संयत रहने की सायास कोशिश के साथ कहा, "हाँ, कुछ बातें हमेशा अधूरी ही रह जाती हैं। उनकी क़िस्मत में पूरा होना दरअसल होता ही नहीं।" यह कहते हुए उसकी आवाज़ में कितना दर्द झलक आया था बताना मुश्किल है। फिर वह जाने के लिए अपनी जगह से उठ गई और मेरी नज़रों में झाँकते हुए कहने लगी, "लेकिन आपने तो अब तक अपने बारे में कुछ बताना शुरू किया ही नहीं। क्या सिर्फ़ मुझे ही सुनते रहेंगे? अपने बारे में कुछ भी नहीं बताएँगे? और बताएँगे भी तो कब, जब हम इस क्रूज़ से वापस अपने घर जा चुके होंगे?" मैं उसकी शिकायत पर पल भर मंद-मंद मुस्कुराते हुए उसे देखता भर रहा, फिर मैंने उसे कहा, "सिल्विया! तुम एक ऐसे परिवार से हो जिसकी सिर्फ़ एक पीढ़ी राजनीति में रही है। उसका दंश भी शायद तुम झेल रही हो। लेकिन मैं भारत के ऐसे सैकड़ों राजनैतिक परिवारों और नेताओं को बेहद नज़दीक से जानता हूँ जिनका राजनैतिक जीवन उतार-चढ़ाव से भरा रहा है। मेरी मदद से उन्होंने कई बार हारी हुई बाजी जीती है। तुम्हें लगता है, तुम एक बड़ी बाजी खेले बिना ही हार मानकर अलग बैठ गई हो इसलिए मैं तुम्हारी सब बातें सुनना चाहता हूँ। ख़ैर तुम्हें अभी यह समझ में नहीं आएगा। तुम पहले अपनी बात पूरी कर लो, फिर आख़िर में मुझे कुछ कहना ही है। तुमसे वह बात कहे बिना मुझे वैसे भी चैन नहीं मिलेगा।" वह मेरी बात पता नहीं सीरीयसली ले भी रही थी कि नहीं। उसने गुडनाइट कहने के लिए मेरी तरफ़ हाथ बढ़ाकर कहा, "ठीक है, मुझे भी इंतज़ार रहेगा।" इतना कहकर वह जाने के लिए मुड़ने लगी लेकिन मैंने उसे दोबारा टोकते हुए पूछा, "सिल्विया, मैं कल अपने परिवार के साथ रोम शहर घूमने जाऊँगा। अगर तुम्हें ठीक लगे तो तुम भी मेरे साथ आ सकती हो। यह बताने की ज़रूरत नहीं कि इस यात्रा में अगर रोम जैसा ख़ूबसूरत और ऐतिहासिक शहर घूमने से छूट गया तो तुम्हें अफ़सोस रहेगा। मैंने तो इसके लिए काफ़ी पहले से ही किराये पर एक टूरिस्ट वैन बुक कर दी थी, वह बहुत आरामदेह है और उसमें जगह की कोई कमी नहीं, तुम आराम से चल सकती हो। वैसे भी परसों तो हम

सब बिछुड़ ही जाएँगे।" वह मेरी बात सुनकर खिल उठी और बोली, "अरे वाह, यह तो बहुत बढ़िया रहेगा। वैसे भी इतने दिनों में आपके परिवार से कभी मिलना ही नहीं हो पाया। आपकी पत्नी से मिलूँगी तो उनसे माफ़ी भी माँग लूँगी। दरअसल मुझे यह बात थोड़ा अपराध-बोध भी देती है कि इस क्रूज़ पर जो वक़्त आप अपने परिवार के साथ बिताते, उसका काफ़ी सारा हिस्सा मैंने अपना दुखड़ा रोने में बर्बाद कर दिया।" यह कहते हुए वह हँसी और फिर मुझसे विदा लेकर चली गई।

अगली सुबह जहाज़ ने रोम के पास जिस बंदरगाह पर लंगर डाला, वह मुख्य शहर से क़रीब 60 किलोमीटर दूर था। मेरी बुक की हुई टूरिस्ट वैन पहले से वहाँ खड़ी हमारे पहुँचने का इंतज़ार कर रही थी। सिल्विया मेरे परिवार के साथ ही रोम घूमने के लिए निकली, फिर पूरा दिन हम उस ऐतिहासिक नगर में घूमते रहे। हम वेटिकन सिटी भी गए। वहाँ ईसाई धर्म के प्रमुख केन्द्र उस भव्य कैथोलिक चर्च को देखना अपने आप में एक अनूठा अनुभव था। चर्च इतना विशाल था कि उसे पूरी तरह देखने के लिए हमें बहुत चलना पड़ा। चर्च के इतने बड़े परिसर में भीतर से नज़र आने वाली वास्तुकला अप्रतिम और मंत्रमुग्ध कर देने वाली थी। सामने बहुत बड़ा मैदान था जिसमें हज़ारों लोग लाइन में लग कर चर्च के अंदर जा रहे थे। चर्च के उसी परिसर में ईसाइयों के सर्वोच्च धर्मगुरु पोप रहते हैं। दुनिया भर में ईसाई धर्मावलंबियों को इसी चर्च से पोप अपना संदेश देते हैं। लगभग 108 एकड़ में बसा वेटिकन सिटी एक अलग देश माना जाता है। एक तरह से वह इस पृथ्वी पर सबसे छोटा स्वतंत्र राज्य है। उस पर इटली सरकार के नियम भी नहीं चलते हैं। वहाँ के सारे क़ानून-क़ायदे उनके अपने हैं। सबसे दिलचस्प बात यह थी कि हमें यह नहीं सूझ रहा था कि फ़ोटो खींचने-खिंचवाने में हम कौन सी जगह छोड़ें और कौन सी न छोड़ें। वह पूरा का पूरा परिसर ही पत्थरों के बने शानदार निर्माण, वास्तुशिल्प और कलाकृतियों से भरा पड़ा था। जगह-जगह क्रॉस पर प्रभु यीशु की करुणामय भव्य मूर्तियाँ देख हम मंत्रमुग्ध रह गए थे।

वेटिकन सिटी घूमने के बाद हम एक पुराने खंडहर में गए जो संभवत: पहले किला रहा होगा। अब उसका तहख़ाने जैसा, सिर्फ़ निचला हिस्सा बचा रह गया था। रोम शहर के बीचोबीच में यह जगह है। गाईड ने हमें

बताया जूलियस-सीज़र और ब्रूट्स की कहानी इसी जगह की है। ब्रूट्स सीज़र का सबसे ख़ास दोस्त था। बाद में इसी जगह ब्रूट्स ने खंजर घोंप कर सीज़र की हत्या कर दी थी। ब्रूट्स ने जब सीज़र पर वह जानलेवा वार किया, उसके मुँह से सिर्फ़ इतना ही निकला—"यू टू ब्रूट्स!" मतलब ब्रूट्स! तुम भी!

इस कहानी में ब्रूट्स से सीज़र को मिला धोखा सिल्विया की पलकें भिगो गया। देखते ही देखते उसकी आँखों से आँसू टपकने लगे। पूछने पर कहने लगी, "पापा के साथ भी बिल्कुल ऐसा ही विश्वासघात हुआ था। हमारे रिश्तेदार कामता प्रसाद ने पापा की पीठ में छुरा भोंककर बिल्कुल ब्रूट्स जैसा धोखा दिया और अब वह हमारे देश का राष्ट्रपति बना बैठा है।" सिल्विया की बात सुनकर मैं चौंक गया। पिछले हफ़्ते भर से ज़्यादा दिनों की बातचीत में उसने यह सब मुझे नहीं बताया था। मैं आश्चर्य से उसकी ओर देख रहा था। हालाँकि इस बीच मेरी पत्नी सिल्विया से काफ़ी घुलमिल चुकी थी, उसने ही सिल्विया को सांत्वना देकर किसी तरह चुप कराया। मेरी पत्नी को बख़ूबी यह एहसास हो चुका था कि सिल्विया किसी बहुत बड़े घर की लड़की है जिसके साथ नियति ने बहुत अन्याय किया है।

इस बीच गाइड हमें उस बैरकनुमा कमरे तक लेकर गया जहाँ ब्रूट्स ने सीजर को मारा था। उस जगह को देखकर हम सब सिहर उठे थे। फिर वह गाइड काफ़ी देर तक अपने अंदाज़ में रोमन साम्राज्य की वही दास्तान दोहराता रहा जो पूरे विश्व में बच्चे-बच्चे की जुबान पर रहती आई है। माहौल ग़मगीन हो गया था इसलिए घूमना-घुमाना छोड़कर मैं सबको पास के एक ख़ूबसूरत भारतीय रेस्तराँ में ले गया। उसके मालिक सहगल साहब दिल्ली के थे, तीस साल पहले रोम आकर बस गए थे। वहाँ परोसे गए हर एक व्यंजन में भारतीयता का पूरा स्वाद मिल रहा था, फिर चाहे वह दाल-चावल हो या फिर सब्ज़ियाँ और बाक़ी चीज़ें। बेहतरीन खाना मिला। सुंदरता और साफ़-सफ़ाई के लिहाज से भी वह रेस्तराँ बस कमाल था। शायद इसीलिए उसे रोम का सबसे अच्छा भारतीय रेस्तराँ माना जाता है। रेस्तराँ की दीवारों पर, वहाँ आकर उस खाने का स्वाद ले चुके भारतीय फ़िल्म स्टार्स, क्रिकेटरों और तमाम राजनीतिज्ञों की बड़ी-बड़ी तस्वीरें लगी

थीं। हमारी तरह शायद वे भी अपनी रोम की यात्रा के दौरान वहाँ भारतीय स्वाद के लिए आए होंगे। सहगल साहब ने हर एक सेलीब्रेटी के साथ अपना फ़ोटो खिंचवाकर दीवार पर टाँग दिया था। रोम में अक्सर हॉलीवुड और बॉलीवुड की फ़िल्मों की शूटिंग चलती रहती है। बड़े-बड़े फ़िल्मकार और कलाकार वहाँ महीनों रुकते होंगे, इतने लंबे प्रवास में कोई भी अपने देश के खान-पान को मिस करने लगेगा, इसी बात ने वहाँ आने वालों के लिए सहगल साहब के रेस्तराँ की महत्ता बढ़ा दी थी। मैंने सहगल साहब से पूछा, "क्या बॉलीवुड के अलावा बाक़ी हॉलीवुड अभिनेता और अन्य विदेशी भी भारतीय खान-पान पसंद करते हैं?" वे छूटते ही बोले, "साहब, अब तो पूरे विश्व में इंडियन रेस्टोरेंट ग़ैर भारतीयों के दम पर ही चल रहे हैं। हमारे यहाँ रोजाना 80 प्रतिशत विदेशी और गोरे ही खाना खाने आते हैं। उन्हें भारतीय करी, दाल, बटर-चिकन, चिकन-टिक्का और मसाले वाला खाना बहुत अच्छा लगता है। पूरे योरोप में जगह-जगह इंडियन रेस्टोरेन्ट्स में गोरों की भरमार रहती है।" सहगल साहब की बात सुनकर मुझे बहुत ताज्जुब हुआ। फिर वे एक लंबी साँस भरकर वापस बोलने लगे, "वैसे आजकल इंडियन फूड के नाम पर एक गड़बड़ ख़ूब हो रही है। पाकिस्तानियों और बांग्लादेशियों ने भी इंडियन रेस्टोरेंट के नाम पर रेस्तराँ खोल रखे हैं। और तो और उनकी बदमाशी देखिए, गणेश भगवान और शंकर जी की फ़ोटो भी लगा कर रखते हैं। भारतीय राजा महाराजाओं की पेन्टिंग्स लगाकर ऐसा माहौल बना देते हैं कि देखने वाला अंदाज़ा भी नहीं लगा पाता कि यह कोई इंडियन रेस्तराँ नहीं है। फिर इंडियन फूड भी इधर ख़ूब लोकप्रिय हो गया है। कोई इस बात की परवाह नहीं करता कि इस रेस्तराँ का मालिक कौन है? उन्हें तो बस भारतीय ज़ायके से मतलब है। मुश्किल तब होती है जब लोग भारतीय रेस्तराँ समझकर वहाँ पहुँच तो जाते हैं पर खाने का स्वाद सही नहीं होता है। उससे हमारी भी बदनामी होती है।" सहगल साहब बिल्कुल भरे बैठे थे, जैसे कोई भारतीय मिले तो उसे अपना यह दुखड़ा सुनाऊँ। ख़ैर कुछ देर उनसे गपबाज़ी के बाद हम वहाँ से निकल कर कोलोसियम देखने आ गए।

कोलोसियम यानी रोमन साम्राज्य की स्टेडियमनुमा वह जगह जहाँ लोगों को सबके सामने फाँसी और अन्य तरह की सजाएँ दी जाती थीं। वे उनकी

आपस में लड़ाई करवाते थे और हज़ारों की तादात में वहाँ बैठी आम जनता क़ैदियों को दी जाने वाली सज़ा देखकर मज़ा लेती थी। कितने वीभत्स और क्रूर रहे होंगे वे दृश्य!

उसके बाद हम रोम का मशहूर ट्रेवी-फाउंटेन देखने पहुँचे। ट्रेवी-फाउंटेन की ख़ासियत उसका ऐतिहासिक होना तो है ही, ग़ौर करने वाली एक और बात यह है कि वहाँ पानी में सिक्का फेंककर लोग मुराद माँगते हैं। सिल्विया ने भी सिक्का फेंककर आँखें मूँद लीं। पता नहीं वह क्या माँग रही थी? वह पहले ही बेहद दुखी लग रही थी, वरना एक मन उससे उसकी मुराद पूछने का भी हुआ। लेकिन फिर सोचा मन की मुराद तभी बतानी चाहिए जब वह पूरी हो जाए। ख़ैर, वह अगर अपनी मुराद मुझे बताती तो उसे पूरी करने की कोशिश मेरे लिए कुछ आसान हो जाती। मैं ऐसा इसलिए सोच रहा था क्योंकि मैं वाक़ई उसके लिए कुछ करना चाहता था।

रोम के मुख्य बाज़ारों से गुज़रते हुए एक और ख़ास बात पर हम सबने ग़ौर किया। वहाँ एक कतार में सजी बड़े-बड़े फैशन ब्रांड्स की दुकानें हमें ललचा रही थीं। इटली वैसे भी फैशन के मामले में अव्वल रहा है। विश्व के ज़्यादातर बड़े फैशन ब्रान्ड इटली के ही हैं। अगर हमारे पास थोड़ा और वक़्त होता, तो शॉपिंग किए बग़ैर नहीं लौटते लेकिन छः बजे से पहले हमें हर हाल में क्रूज़ पर वापस लौटना था, इसलिए हम मन मारकर वापस आ गए।

उस यात्रा में क्रूज़ पर वह हमारी आख़िरी रात थी। सिल्विया से डिनर के बाद कॉफी कार्नर पर मिलना तय हुआ था। कैपिचिनो कॉफी के दो कप के साथ हम वहाँ एक टेबल पर बैठ गए। सिल्विया ने कॉफ़ी का पहला घूँट लेकर सीधे सवाल दाग दिया, "आप अब बता ही दीजिए कि आप मुझमें इतनी दिलचस्पी क्यों ले रहे हैं?" मैंने उसकी आँखों में झाँकते हुए कहा, "पहले यह बताओ कि तुमने मुझे अपने और अपने परिवार के संघर्षों की बातें क्यों सुनाई? स्मिथ और अपने बारे में तो तुमने वह सब बातें भी मुझे बता दीं जिन्हें तुम मीडिया और अपने घर वालों से भी छिपाती रही हो। क्यों सिल्विया? पहले इसका जवाब दो..." उसने मेरी आँखों में भीतर तक झाँकने की कोशिश करते हुए कहा, "नहीं पता, बस ऐसा लगा कि आपसे कह सकती हूँ..." मैंने उसके हाथ पर अपना हाथ रखकर कहा, "क्योंकि

यह विश्वास तुम्हें अपनी अंतर्आत्मा से मिला है सिल्विया। वरना कोई अपने दिल में सालों तक दफ़्न रहे राज़ यूँ ही किसी के सामने खोलकर नहीं रख देता। मैं यहीं हूँ सिल्विया। पहले तुम अपने मन की सारी बातें कहकर दिल का बोझ हल्का कर लो। वैसे भी मैं अपनी बात कहने में तुम्हारा ज़्यादा वक़्त नहीं लूँगा।" उसने फिर कॉफी शॉप के शीशों से बाहर हिलोरे मारते समंदर की ओर नज़रें गड़ाकर अपनी बात कहनी शुरू कर दी, "अब जो सुनाना बाक़ी रह गया है, वह मेरी ज़िन्दगी का सबसे दर्दनाक पहलू है। मैंने लंदन में चार साल मेडिकल की पढ़ाई की। उस दौरान में भाटिया परिवार के साथ ही रही, क्योंकि उन लोगों ने मुझे अलग रहने ही नहीं दिया। उन सबने मेरा बहुत ख़्याल रखा। उन दिनों स्मिथ भी साल में छः महीने लंदन में ही रहता था। वह नॉटिंघमशायर काउंटी क्रिकेट क्लब से खेल रहा था। दो घंटे की ड्राइव या डेढ़ घंटे का ट्रेन का सफ़र करके स्मिथ हर शनिवार की शाम लंदन आ जाता था और सोमवार की सुबह वापस चला जाता था। अक्सर भाटिया अंकल के यहाँ ही रुकता था। वैसे भी दोनों में बहुत जमती थी। बाद में उसने लाड्र्स ग्राउंड के पास सेंट जेम्सवुड इलाके में एक फ्लैट भी ख़रीद लिया था। कुल मिलाकर वे उसके हँसी-ख़ुशी और मस्ती भरे दिन थे और शायद मेरे भी। मैं भी उसके साथ ख़ूब घूमती थी। लंदन में कोई हमें पूछने वाला नहीं था। महानगरों में वैसे भी सब अपने-अपने में मस्त रहते हैं। हमने ख़ूब प्यार किया लेकिन अपने लिए तय की गई सीमा में रहकर, एक लक्ष्मण रेखा के अंदर। स्मिथ ने भी मुंबई के होटल की उस घटना के बाद कभी इस बात पर ज़ोर नहीं दिया। हमारा प्यार परियों वाला प्यार था, जज़्बात और रूहानियत से भरा हुआ। हम जब साथ होते तो पूरी दुनिया हमारे लिए ओझल हो जाती थी।

इधर पापा के प्रधानमंत्री का कार्यकाल पूरा हो रहा था। चुनाव की घोषणा के साथ पापा की पार्टी फिर से पूरे जोश के साथ चुनाव के मैदान में उतरने की तैयारी कर रही थी। पापा हमेशा सबको साथ लेकर चलना चाहते थे इसलिए उन्होंने अपने रिश्तेदार कामता प्रसाद की पार्टी की पिछली ग़लतियाँ माफ़ करके उसे माफ़ करने का मन बनाया। वे नहीं चाहते थे कि इस परदेश में भी हमारी बहुत सारी ऊर्जा पारिवारिक दुश्मनी में खर्च होती रहे। इसके अलावा उन्हें भारतीयों के वोट का बँटवारा भी गवारा नहीं

था। इसलिए उन्होंने कामता प्रसाद को बुलाकर उसे अपनी पार्टी के साथ गठबंधन में चुनाव लड़ने की पेशकश की। हालाँकि 90 प्रतिशत भारतीय पहले ही पापा के साथ थे लेकिन वह बाक़ी दस प्रतिशत भारतीय वोट भी नहीं गँवाना चाहते थे। इस गठबंधन में उन्होंने कामता प्रसाद को उप-प्रधानमंत्री का पद और चार मंत्री देने का वायदा किया। वह तैयार हो गया। उसे भी शायद अंदाज़ा था कि अगर उसकी पार्टी अलग से चुनाव लड़ेगी तो हो सकता है ख़ुद का जीतना भी मुश्किल हो जाए। विपक्ष में रही अश्वेतों की पार्टी भी कामता प्रसाद की हैसियत जानती थी इसलिए वे गठबंधन के लिए तैयार ही नहीं थे। बस उसे पापा की नेकदिली का फ़ायदा मिल गया और उसने गठबंधन के ज़रिए 30 प्रतिशत सीटें हथिया लीं। उस चुनाव में उसके उम्मीदवार पापा की पार्टी के पूरे समर्थन के साथ मैदान में उतारे। पिछले पाँच साल में पापा के किए हुए अच्छे काम का डंका पहले ही बज रहा था। उनके कार्यकाल में देश की प्रगति के लिए बहुत काम हुआ था। देश की अर्थव्यवस्था पहले से मज़बूत हुई थी। वेनेजुएला जैसे पड़ोसी देश भी हमारे देश की अर्थव्यवस्था के आगे टिक नहीं पा रहे थे। वहाँ के बहुत से लोग अवैध रूप से आकर हमारे देश में रहने लगे थे, क्योंकि यहाँ उन्हें नौकरियाँ मिल रही थीं। बड़ी संख्या में अमेरिकी और ब्रिटिश कंपनियाँ त्रिनिदाद में निवेश कर रही थीं। लोगों को रोजगार मिल रहे थे इसलिए गोरों और दूसरे देशों से आए 20 प्रतिशत लोग भी पापा के समर्थन में खड़े थे। आख़िरकार पापा की पार्टी और उनके गठबंधन को ही बहुमत मिला। लेकिन यह प्रचंड बहुमत नहीं था। पापा की पार्टी पिछले चुनाव के मुक़ाबले कम सीटें लेकर आई थी क्योंकि कामता प्रसाद की पार्टी के उम्मीदवारों ने भी अच्छी-खासी सीटें जीत ली थीं। दोनों को मिलाकर वे बहुमत में थे, पापा की पार्टी सिर्फ़ अपने दम पर सरकार नहीं बना सकती थी। चारों तरफ़ जश्न चल रहे थे। पापा का दोबारा प्रधानमंत्री बनना बिल्कुल तय था। हम सब बेहद ख़ुश थे। दो दिन बाद वे प्रधानमंत्री पद की शपथ लेने वाले थे। उस रात कामता प्रसाद पापा से मिलने आए। उन्होंने अपने वादे से पलटकर चार की जगह पाँच मंत्री पद की माँग पापा के सामने रख दी। इतना ही नहीं समर्थन जारी रखने के लिए ख़ुद को राष्ट्रपति बनाने की पेशकश भी कर दी। वे शायद इसी मौक़े की ताक में थे। उनकी पार्टी

को मिली सीटें भले कम थीं लेकिन उन्हें अच्छी तरह पता था कि सरकार बनाने की चाभी उनके पास है। लेकिन कामता प्रसाद को राष्ट्रपति बनाना किसी हाल में संभव नहीं था। पापा उन्हें बहुत समझाने की कोशिश करते रहे कि अगर भारतीय मूल का प्रधानमंत्री होगा तो राष्ट्रपति के लिए किसी अश्वेत को ही चुनना पड़ेगा, यही सही भी है। लेकिन वह अपनी बात पर अड़े रहे। वह हमेशा पापा से जलते थे। उन्होंने वैसे भी सदा हमारे परिवार को नुकसान पहुँचाया था। उनकी पार्टी के उम्मीदवारों के चुनाव के खर्च में पापा की पार्टी ने बहुत बड़ा योगदान दिया था लेकिन उन एहसानों का बदला कामता प्रसाद इस तरह कृतघ्न होकर दे रहा था। ख़ैर पापा ने जब उसे अपने सहयोग की बात याद दिलायी तो वह किसी तरह उप-प्रधानमंत्री और चार मंत्री पद की बात पर तैयार हो गया।

अब पापा के शपथग्रहण समारोह को सिर्फ़ एक दिन रह गया था, अगले दिन सुबह ग्यारह बजे होने वाले शपथग्रहण समारोह की सारी तैयारियाँ हो चुकी थीं। उस कार्यक्रम के लिए हम सबने नए कपड़े भी बनवाये थे। शाम को अचानक कामता प्रसाद ने प्रेस कांफ्रेंस की, जिसमें उसने गठबंधन से अलग होने का ऐलान कर दिया। अब वह विपक्षी दल यानी अश्वेतों की पार्टी को समर्थन देने की बात कह रहा था। कामता प्रसाद की पार्टी के समर्थन से विपक्षी दल आसानी से बहुमत का आंकड़ा पूरा कर रहा था। कामता प्रसाद से मिला यह धोखा हमारे लिए एक बुरी ख़बर की तरह आया। पापा के लिए तो यह विश्वासघात नहीं बल्कि एक तगड़ा आघात था। उनकी तबियत बिगड़ने लगी, डाक्टर बुलाया गया, ब्लड प्रेशर बहुत बढ़ा हुआ था। डाक्टर ने देर रात तक उन्हें दवाईयाँ और इंजेक्शन देकर स्थिति सँभालने की कोशिश की। सही वक़्त पर मिले इलाज़ से जैसे-तैसे पापा बच तो गए लेकिन उनकी हालत नाज़ुक बनी हुई थी। उस रात किसी तरह उन्हें दवा के सहारे नींद आ पाई।

अगले दिन जहाँ पापा का प्रधानमंत्री पद की शपथ लेना तय था, वहीं विपक्षी अश्वेत पार्टी के नेता ने पीएम के पद की शपथ ली। उन लोगों ने न सिर्फ़ कामता प्रसाद की पार्टी के छह लोगों को मंत्रीपद दिए बल्कि उसे राष्ट्रपति पद देने का ऐलान भी कर दिया। उसका तर्क भी वही था जो पापा कहते आए थे, देश के दोनों पदों पर अश्वेतों की नियुक्ति उचित

नहीं है, इसलिए भारतीय मूल के व्यक्ति को राष्ट्रपति चुना जा रहा है। कामता प्रसाद की उस बेईमानी की वजह से हमारे पूरे घर में उदासी छा गई थी। सत्ता तो छिन ही चुकी थी, उस पर पूरा परिवार ही पापा की तबियत की चिंता में डूबा हुआ था। बड़ी मुश्किल से तीसरे दिन पापा की तबियत सामान्य हो पाई। ठीक होते ही पापा 24 घंटे के अंदर सरकारी घर छोड़ने की ज़िद पकड़ कर बैठ गए। यहाँ तक कि उन्होंने विपक्ष के नेता को आवंटित किया जाने वाला बंगला भी नहीं लिया। फिर पीएम हाऊस छोड़कर हम अपने पैतृक निवास में आ गए। वे अपने सिद्धांतों से कोई समझौता नहीं करना चाहते थे। उनकी यही अच्छाई ही तो उनकी दुश्मन बन गई थी।"

एक गहरी साँस छोड़ते हुए सिल्विया अपनी बात कहकर रुक गई। उसे बीच में टोकने का मेरा मन नहीं था इसलिए मौक़ा पाकर मैंने उससे वह बात पूछ ही ली जिस पर मेरा दिमाग़ अटक गया था, "सिल्विया! तुम्हारे पापा ने कामता प्रसाद जैसे धोखेबाज़ पर भरोसा ही क्यों किया? ऐसा भी नहीं है कि उन्हें पता नहीं रहा हो, वह हमेशा उनके ख़िलाफ़ कितना बोलता रहा है। मैं दावे से कह सकता हूँ अगर तुम्हारे पापा 30 प्रतिशत सीटें देकर उसकी पार्टी से गठबंधन के चुनाव नहीं लड़ते तो उनकी पार्टी को स्पष्ट बहुमत आता और सरकार भी उनकी ही बनती।"

वह मेरे दावे पर थोड़ा चौंक गई, फिर कहने लगी, "बिल्कुल सही कह रहे हैं आप। कामता प्रसाद पर विश्वास करना उनकी ग़लती थी। पापा ऐसे ही सीधे-साधे थे। हर किसी का भला सोचते थे। उन्होंने शायद सोचा कामता प्रसाद पद के लिए पारिवारिक रंजिश पालकर बैठा है। उन्हें लगा उसे राजनैतिक फ़ायदा पहुँचाकर वे उसकी मदद कर देंगे और हमारा परिवार ज़्यादा मज़बूत हो जाएगा पर मम्मी उन्हें अक्सर चेतावनी देती थीं कि कामता प्रसाद ठीक आदमी नहीं है। लेकिन वे राजनीतिक विषयों और रिश्तेदारों के बारे में मम्मी की नहीं सुनते थे।" मैंने पूरे विश्वास से कहा, "उन्हें तुम्हारी मम्मी की बात ज़रूर सुननी चाहिए थी।" फिर मैं उँगलियों से जोड़ने की मुद्रा बनाते आगे बोल पड़ा, "सिल्विया, राजनीति का यह बिल्कुल आसान सा अंकगणित है। अगर 90 प्रतिशत भारतीयों के वोट तुम्हारे पापा के पास थे, मतलब कुल वोटों का लगभग 35 प्रतिशत और 20 प्रतिशत का समर्थन

उन्हें ग़ैर-भारतीय और ग़ैर अश्वेत लोगों से भी मिल रहा था जो कुल वोटों का पंद्रह प्रतिशत होता इस तरह 50 प्रतिशत वोट तो तुम्हारे पापा के पक्ष में थे ही। फिर तुम्हारे पापा ने अपनी पार्टी से कई अश्वेत उम्मीदवार भी खड़े किये होंगे। उन अश्वेतों को कुछ नहीं तो अतिरिक्त एक प्रतिशत वोट तो ज़रूर ही मिलता। इस हिसाब से अपने आप बहुमत आ जाता। फिर कामता प्रसाद की पार्टी अगर बिना गठबंधन चुनाव लड़ती तो वह भी अश्वेतों के कुछ वोट काटती। मतलब तुम्हारे पापा की पार्टी को गिरी से गिरी हालत में 55 प्रतिशत वोट का लाभ मिलता।"

सिल्विया मेरी बात सुनकर विस्मित भाव से मुझे देख रही थी। उसके चेहरे पर पसरे दुख को आगे ढकेलकर अचानक उत्साह उमड़ पड़ा, "अरे वाह। आपका आकलन तो एकदम कमाल है! चुनाव के बाद एक न्यूज़ चैनल ने भी किसी एजेन्सी के सर्वे को आधार बनाकर यही विश्लेषण दिया था—वर्तमान प्रधानमंत्री विश्वनाथ की पार्टी अगर कामता प्रसाद से गठबंधन के बग़ैर चुनाव में उतरती तो उसे स्पष्ट बहुमत मिल जाता।" उसी उत्साह में वह अपनी बात कहते हुए अचानक रुक गई। फिर मुझे पैनी नज़रों से देखते हुए बोली, "लेकिन मुझे यह ताज्जुब हो रहा है कि आपने इतना सारा गुणाभाग इतनी आसानी से कैसे कर लिया?"

मैंने मुस्कुराते हुए कहा, "क्योंकि यही मेरा काम है सिल्विया!" अब उसके आश्चर्य की कोई सीमा नहीं थी, उसकी आँखों में कौतूहल साफ़ नज़र आ रहा था। उसी जिज्ञासा में वह आगे बोल पड़ी, "यही काम है, मतलब मैं समझी नहीं?" मैंने उसे अपना उत्साह सँभालने का इशारा करते हुए कहा, "ज़रा दम भर लो पहले, मैं अपने बारे में सब बताता हूँ। तुम मेरे बारे में विस्तार से जानना चाहती थी न? हम नौ दिन से इस क्रूज़ पर रोज़ मिल रहे हैं लेकिन तुम्हें अपना नाम बताने के अलावा कुछ और बताने का मौक़ा ही नहीं मिला। दरअसल तुम्हारी कहानी से मैं न जाने क्यों इतना जुड़ गया था कि मैं तुम्हारी बात पूरी होने से पहले तुम्हें टोकना नहीं चाहता था...।"

"तो अब बता दीजिए, जल्दी बताइए, मुझे जानना है। आप ज़रूर कोई बड़ी हस्ती हैं जो राजनीति की गहरी समझ रखते हैं। दरअसल आपका व्यक्तित्व ऐसा है कि मुझे लगा कि आप किसी कॉर्पोरेट कंपनी

में बड़े पद पर होंगे, जो अपने परिवार के साथ इस क्रूज़ पर अच्छा वक़्त बिताने आया है। पर अब लग रहा है, आप वो तो हरगिज़ नहीं हैं जो नज़र आ रहे हैं।" उसने उतावलेपन से यह बात कही तो मुझे हँसी आ गई। शायद मेरी बातें उसे और भी बेसब्र करती जा रही थीं। मैंने उसे फिर शांत किया और आगे कहा, "हाँ, सही कहा तुमने सिल्विया मैं एक कॉर्पोरेट की तरह ही काम करता हूँ। मैं क्या करता हूँ? कौन हूँ? यह सब मैं भी तुम्हें बताना चाहता था। लेकिन शायद वह सब बताने का सही वक़्त अब आया है। दरअसल मेरा पूरा नाम प्रशांत वर्मा है। इंडिया में मेरी एक बड़ी कंपनी है जिसका काम ही चुनाव की तैयारी करवाना है। मैं कई बड़ी राजनैतिक पार्टियों के प्रतिनिधियों के लिए चुनाव लड़ने की रणनीति बनाता हूँ। इसमें पूरे चुनाव अभियान की रूपरेखा से लेकर प्रचार, चुनाव फंड, ओपनियन पोल्स वग़ैरह सभी चीज़ें शामिल होती हैं। एक तरह से पैकेज डील! जैसे आजकल वैडिंग प्लानर होते हैं। वे एक तय क़ीमत में शादी के सारे इंतज़ाम की ज़िम्मेदारी किसी को दे देते हैं फिर उन्हें किसी तरह के इंतज़ाम में सिर नहीं खपाना पड़ता। सिर्फ़ दूल्हा-दुल्हन को लेकर जाइए और शादी करके लौट आइए। खाना-पीना, स्वागत-सत्कार, बैंड-बाजा सभी चीज़ें इवेंट मैनेज करने वाले का सिर दर्द बन जाती हैं। ठीक वैसे ही मेरी कंपनी जिस पार्टी के लिए काम करती है, समझ लो उसका पूरा चुनाव मैं ही मैनेज करता हूँ। मेरी कंपनी में 500 लोगों की टीम काम करती है, सभी इस काम में विशेषज्ञ हैं। तुम कह सकती हो मैं एक सैफोलॉजिस्ट हूँ। मेरी चुनावी भविष्यवाणी पिछले कई चुनावों में सटीक रहती आई है। भारत के सारे टीवी चैनल मेरे सर्वे का इंतज़ार करते हैं कि मैं किस पार्टी को कितनी सीटें देने का अनुमान लगा रहा हूँ। चुनावों के दौरान टीवी न्यूज़ चैनलों पर मुझे बुलाने की होड़ मची रहती है। वे मुझे मुँह माँगी क़ीमत देकर अपना चुनाव-विश्लेषक बनाने के लिए पीछे पड़ जाते हैं। अख़बारों में भी मेरे बड़े-बड़े लेख छपते हैं। अब तक दो लोकसभा चुनावों सहित 9 विधानसभा चुनावों में उन सभी पार्टियों को जीत मिली है जिनके चुनाव प्रचार की कमान मैंने सँभाली थी। तुम चाहो तो इंडिया फ़ोन लगाकर किसी से भी पूछ सकती हो प्रशांत वर्मा कौन है? तुम्हें जवाब मिल जाएगा, क्योंकि

आमतौर पर मैं अपने बारे में नहीं बोलता, जो भी बोलता है, मेरा काम ख़ुद बोलता है।"

मेरी बात सुनकर सिल्विया की आँखें अचरज से फटी जा रही थीं, मेरी बात ख़त्म होने पर वह बोली, "अरे बाप रे, मैं इतनी बड़ी शख़्सियत से अब तक अपना दुखड़ा रोती आ रही थी। यह तो आपको मुझे पहले ही बताना चाहिए था।" उसने थोड़े शिकायती लहज़े में कहा। मैंने उसे समझाते हुए कहा, "फिर क्या तुम मुझसे एक अजनबी की तरह अपने दिल की बात बता पाती? बोलो सिल्विया? नहीं बताती। यही होता है। दरअसल हमारे दिल में कई बार ऐसी बातें बरसों बरस घुमड़ती रहती हैं जिन्हें हम किसी से कह नहीं पाते। क्रूज़ पर छुट्टियाँ बिताने के बाद कौन किसको मिलता है? ऐसी जगहों पर जो दोस्त बनते हैं, हमें कई बार पता होता है कि वे कभी दोबारा नहीं मिलेंगे। ऐसे दोस्तों से हम अपना सुख-दुख बेहिचक बाँट लेते हैं। तुमने भी मुझे अजनबी समझकर अपना दुख बाँट लिया। मुझे नहीं लगता इसमें कोई हर्ज है। हाँ अगर मैं तुम्हें बता देता कि मैं इंडिया का जाना-माना सैफोलॉजिस्ट हूँ, तब शायद तुम अपनी और स्मिथ की प्रेम कहानी और पता नहीं क्या-क्या मुझसे छिपा जाती।"

वह धीरे से बोली, "मैंने कई बार सोचा कि आपसे आप के बारे में तफसील से पूछूँगी लेकिन आप इतने सवाल कर देते थे कि मैं उन्हीं का जवाब देती रह जाती थी और हर बार अपनी तरफ़ से सवाल करना भूल जाती थी, वैसे याद कीजिए दो-एक बार मैंने आपको टोका है, लेकिन आप टाल गए। ख़ैर त्रिनिदाद में ऐसी कोई कंपनी या एजेन्सी नहीं है और न ही ऐसा चलन है कि कोई प्राइवेट कंपनी चुनाव लड़ने या चुनाव की रणनीति बनाने की ज़िम्मेदारी लेती हो, पूरे चुनाव अभियान को संचालित करने का काम तो दूर की बात है। यह काम राजनीतिक दल ख़ुद ही करते हैं।" उसके इस भोलेपन पर मैंने मुस्कुराते हुए कहा, "हाँ यह सब अभी अमेरिका, इंग्लैंड और भारत जैसे कुछ देशों में ही प्रचलित है, कई छोटे देशों में अभी इसका चलन नहीं है..."

मैं अपनी बात पूरी भी नहीं कर पाया था कि अचानक सिल्विया ने मुझे बीच में ही टोककर पूछा, "प्रशांत आपका यूँ अचानक क्रूज़ पर मिलना, मेरा सुख-दुख साझा करना, यह महज़ कोई संयोग नहीं हो सकता। ख़ासकर यह

जानने के बाद कि आप एक चुनाव विशेषज्ञ हैं, मुझे विश्वास नहीं हो रहा कि आप मुझे पहले से नहीं जानते थे। प्लीज़ मुझे सच–सच बताइए, आप मुझे जानते थे न?" उसके इस औचक सवाल से मैं हतप्रभ रह गया। मैंने सुना था महिलाओं के पास पुरुषों की नीयत जानने की एक अद्भुत क्षमता होती है। वे एक नज़र में सामने वाले का इरादा और मंसूबे जान जाती हैं। वह सब मैं आज ख़ुद भी देख रहा था और भीतर ही भीतर उसके विवेक से प्रभावित भी था। मैंने एक गहरी साँस ली और फिर सारा सच उगल दिया, "हाँ, सिल्विया। मैंने अख़बार में तुम्हारे पापा की आकस्मिक मृत्यु का समाचार पढ़ा था। तब से मैंने लगातार त्रिनिदाद की राजनीति पर नज़र बनाकर रखी। पता नहीं क्यों मैं ऐसा कर रहा था। शायद तुम्हारा राजनीति में नहीं आना, अचानक परिदृश्य से गायब हो जाना मुझे साल रहा था। मैं इस तरह एक बड़ी संभावना का अंत होते हुए नहीं देखना चाहता था। सच बताऊँ तो मैंने तुम्हारे बारे में काफ़ी खोजबीन भी की थी।

"लेकिन क्यों प्रशांत? आख़िर मुझमें इतनी दिलचस्पी क्यों ले रहे हैं आप?" सिल्विया की आँखें आश्चर्य से फिर चौड़ी हो गई थीं।

"क्योंकि मैंने तुम्हारे पापा के पूर्वजों के गाँव के पास के एक गाँव में जन्म लिया। तुम्हारे परदादा महाबीर का गाँव हमारे पड़ोस में है। तुम्हारे पिता जब भारत आए थे तब से तुम लोगों के बारे में अख़बार में छपी ख़बरें पढ़ता रहा हूँ। यह मेरे लिए गौरव की बात थी, कि मेरे इलाके का एक गिरमिटिया मज़दूर, जिसे ग़रीबी ने सात समंदर पार ढकेल दिया, उसके वंशज भारत की कीर्ति वहाँ जाकर भी फहरा रहे हैं। लेकिन तुम्हारे पापा की अचानक हुई मृत्यु और उसके बाद तुम लोगों का इस तरह गायब हो जाना मुझे बहुत खल रहा था। मैंने बड़ी-बड़ी राजनैतिक विरासतें बनते और बिगड़ते देखी हैं सिल्विया। किसी की वर्षों की अथक मेहनत और समर्पण को यूँ राख़ में मिलता देखना मैं बर्दाश्त नहीं कर सकता।"

मेरी पूरी बात सुनकर सिल्विया बेहद भावुक हो गई थी। उसने मेरे हाथ पकड़ लिए और बिलख-बिलख कर रोने लगी। शायद उसने भी उन भावनाओं का तार छू लिया था जिससे पिछले कुछ दिनों से मैं अकेला दो-चार हो रहा था। मैंने बड़ी मुश्किल से अपना एक हाथ खींचकर उसे टिशू पेपर थमा दिया। हमारी ओर घूर कर देख रहे आसपास बैठे लोगों की तरफ़

संकेत करके मैंने उसे चुप होने के लिए कहा। टिशू पेपर से आँसू पोंछकर उसने सामान्य होने की कोशिश की लेकिन वह अब भी सिसक रही थी। शायद उसे इस अकल्पनीय बात पर विश्वास नहीं हो पा रहा था कि दो अजनबी लोगों को इतनी दूरियों और कई देशों के फासले के बाद भी कोई चीज़ जोड़ सकती है। शायद वह इस बात से आह्लादित ही नहीं बल्कि भावातिरेक में पहुँच गई थी, कि क्या भारत देश की मिट्टी, दो परदेसियों को इस क़दर जोड़ भी सकती है...?

13

सिल्विया का रोना थम गया था पर वह अब भी सुबक रही थी। हमारे आसपास बैठे लोग बीच-बीच में हमारी तरफ़ देखकर खुसुर-फ़ुसुर कर रहे थे। हो सकता है उनमें से कोई सोच रहा हो—मैं और सिल्विया कोई प्रेमी-जोड़ा हैं, किसी बात पर हमारे बीच कहा-सुनी हो गई है, जिसकी वजह से सिल्विया रो रही है। वाक़ई सबका अपना-अपना सच होता है। किसी को अपना देखा हुआ सच लग सकता है तो किसी को अपना अनुभव किया हुआ। इसीलिए सच अक्सर जितना दिखता है सिर्फ़ उतना होता नहीं। उसके कहीं ज़्यादा गहरे में जाने पर वास्तविकता का पता चलता है। ख़ैर इस तरह की बातें सोचकर मैं और वक़्त बर्बाद नहीं करना चाहता था, अब मैंने सोच लिया था कि मुझे क्या करना है। मैंने बिना वक़्त गँवाए सिल्विया के सामने अपना एक आख़िरी संशय भी रख दिया, "सिल्विया, तुमने त्रिनिदाद छोड़कर कनाडा जाकर बसने का फ़ैसला क्यों किया? तुम्हारे महाबीर दादा मजबूर थे इसीलिए उन्हें भारत छोड़कर त्रिनिदाद आना पड़ा, तुम्हारी क्या मजबूरी थी जो अपनी जन्मभूमि यानी त्रिनिदाद छोड़कर तुम कनाडा चली गईं?"

मेरा सवाल सुनकर उसकी आँखें फिर आँसुओं से लबलबा उठीं, "आपको क्या लगता है, मेरे पापा की मृत्यु आकस्मिक थी? वह कोई दुर्घटना नहीं थी, उनकी सुनियोजित ढंग से हत्या करवाई गई थी..." उसकी बात सुनकर मैं अवाक़ रह गया। इस बात की संभावना मुझे भी लगी थी लेकिन अब जब ख़ुद सिल्विया यह बता रही थी तो मुझे अपना आकलन सही लग रहा था।

उधर वह एक बार फिर मानो दुख के किसी गहरे सागर में उतर गई थी। चेहरे की भंगिमा बता रही थी, उसके लिए अपनी भावनाओं को काबू कर पाना मुश्किल हो रहा था। मुझे लगा अगले ही पल वह फफक-फफक कर रो पड़ेगी, पर उसने ख़ुद पर क़ाबू कर लिया। टिशू पेपर से रगड़ खाकर उसकी नाक लाल हो चुकी थी। कुछ देर चुप रहने के बाद वह फिर बोलने लगी, "सत्ता से हटने के बाद सरकार पापा के पीछे ही पड़ गई। उन्होंने हमारे पूरे परिवार, समर्थकों, दोस्तों और रिश्तेदारों को तंग करना शुरू कर दिया। हमारी चीनी मिल और सारी संपत्ति हड़प ली। पापा ने जिन दोस्तों और रिश्तेदारों को मिलें, कारखाने खड़े करने में सहयोग किया था, उनकी व्यावसायिक संपत्तियों को भी अपने अधीन लेकर सरकार ने उन मिलों व कारखानों के राष्ट्रीयकरण की प्रक्रिया शुरू कर दी, यानी सरकार ने उस संपत्ति पर अधिकार करके उसे सरकारी घोषित कर दिया था। इसका सीधा मतलब यह था कि जिनसे पापा को मदद मिल सकती थी उन्हें भी बर्बाद कर दिया गया। हमारे घर पर आएदिन आयकर विभाग के छापे पड़ने लगे और पापा के ख़िलाफ़ फ़र्जी केस लगाकर दुनिया जहान के मुकदमे थोप दिए गए। एक महीने के अंदर झूठे आरोपों की झड़ी लगाकर उन्हें पूरी तरह फँसा दिया। कोर्ट ने भी पापा को ज़मानत जैसी कोई रियायत नहीं दी। हालात इतने बुरे बना दिए गए थे कि आरोप सिद्ध होने से पहले ही उन्हें जेल में डाल दिया गया। अब एक ही जगह से पापा को किसी तरह की मदद मिल सकती थी, और वे थे पापा के नाना यानी चोपड़ा साहब। लेकिन कामता प्रसाद ने बारबेडस की सरकार से बात करके उनकी मिलें भी बंद करवा दीं। हम सब पर परेशानियों का पहाड़ टूट पड़ा था। हमारे पास पापा के लिए क़ानूनी लड़ाई के लिए भी पैसे नहीं बचे थे। मम्मी रोज़ सुबह से लेकर शाम तक जेल और अदालतों के चक्कर लगाती थीं लेकिन कहीं से कोई राहत नहीं मिल रही थी। नतीजतन वे धीरे-धीरे गहरे अवसाद से घिरती गईं। डॉक्टरों के मुताबिक़ वे डिप्रेशन का शिकार हो गई थीं। दिन भर रोती रहती थीं, पापा पहले ही जेल में थे फिर मम्मी भी डिप्रेशन के लंबे इलाज की जद में चली गई थीं। दवाईयाँ खातीं तब ठीक रहतीं लेकिन गोलियाँ बंद करने पर उनका व्यवहार विचलित करने वाला हो जाता था।

जब मुसीबत आती है तो परछाईं भी साथ छोड़ देती है। हमारे साथ भी यही हो रहा था। सरकार के डर से रिश्तेदारों और दोस्तों ने आना तो दूर, फ़ोन करना भी बंद कर दिया था। मम्मी और मैं उनसे मदद की गुहार लगाकर हार गए पर हमारे क़रीबी से क़रीबी लोग फ़ोन पर बात करने से भी कतराने लगे। कभी कोई फ़ोन उठा भी लेता तो बहाना बनाकर बात टाल देता। कई दोस्त पापा की वजह से बड़े उद्योगपति और व्यापारी बन गए थे। उन्होंने मिलियन और बिलियन डॉलर कमाये थे। बदले में पापा ने कभी किसी से कुछ नहीं लिया था। लेकिन मदद माँगने पर वे सब भी सरकार के डर से कन्नी काट रहे थे। तब तक मैं पढ़ाई ख़त्म करके डाक्टर बन चुकी थी। घर के हालात सँभालने के लिए मैंने पोर्ट ऑफ़ स्पेन के एक सरकारी अस्पताल में नौकरी कर ली पर कामता प्रसाद को यह भी गवारा नहीं था। उसने अपने प्रभाव का इस्तेमाल करके मुझे नौकरी से ही निकलवा दिया।

पापा लंबे वक़्त से जेल में थे। उनकी सेहत लगातार बिगड़ती जा रही थी। छोटी अदालतों में मुकदमे अटके हुए थे, जज भी जानते थे पापा के ख़िलाफ़ सारे आरोप झूठे हैं लेकिन वे शायद सरकार से पंगा नहीं लेना चाहते थे। सरकार कोई सबूत नहीं दे पा रही थी लेकिन फिर भी उन्हें जमानत नहीं मिल पा रही थी। बाद में केस सुप्रीम कोर्ट गया। वहाँ के जज बहुत ईमानदार थे और सरकार से बिल्कुल भी नहीं डरते थे। दो सुनवाई के बाद उन्होंने न सिर्फ़ पापा को जमानत दे दी बल्कि सरकारी वकील को जमकर फटकार भी लगाई और सारे आरोपों को ख़ारिज़ कर दिया। सरकार के लिए यह बहुत बड़ा झटका था उन्हें समझ नहीं आ रहा था कि अब क्या करें? पापा एक साल बाद जेल से छूटकर आए थे। सुप्रीम कोर्ट के फ़ैसले के बाद सरकार के हाथ बँध गए थे। अब शायद वे किसी दूसरे तरीक़े से पापा को परेशान करने की ताक में थे। इधर पापा की तबियत और ख़राब हो गई थी। जेल में भी उन्हें बहुत परेशान किया गया था, इसके बावजूद उन्होंने न जेल में हिम्मत हारी और न ही रिहा होने के बाद। जल्द ही पापा ने दोबारा अपनी पार्टी में नई जान फूँकने की कोशिश शुरू कर दी। सबसे पहले उन्होंने अपनी पार्टी के नेताओं, समर्थकों और कार्यकर्ताओं के साथ बैठकर आगे की रणनीति बनाई, फिर जल्द ही मौजूदा सरकार की अत्याचारी नीतियों के ख़िलाफ़ जनसभाओं का सिलसिला शुरू कर दिया। शुरुआती

रैलियों की सफलता के बाद पोर्ट ऑफ़ स्पेन के रेसकोर्स में उनकी एक विराट जनसभा हुई। उनका जन-आंदोलन सफल होता जा रहा था। उनकी जनसभाओं में हज़ारों की तादाद में भारी भीड़ जुट रही थी, आम लोगों का समर्थन लगातार बढ़ता जा रहा था। सैन फरनान्डों में आयोजित दूसरी बड़ी सभा भी बेहद सफल रही। बाद में चेज रोड विलेज, फ्री पोर्ट, करोनी, कूवा की जन-सभाओं में भी पापा के समर्थन में अपार भीड़ उमड़ती गई। पापा को देश की जनता से मिल रहा भारी समर्थन बाक़ी देशवासियों के समक्ष यह माहौल बनाने और लोगों को यक़ीन दिलाने में कामयाब रहा कि मौजूदा सरकार उनके साथ ज़्यादती कर रही है। पूरे आत्मविश्वास के साथ रखी गई पापा की दलीलों ने लोगों में यह विश्वास पैदा कर दिया कि उनके ख़िलाफ़ सारे आरोप झूठे हैं।

देखते ही देखते पापा के इस प्रतिरोध ने एक बड़े जन-आंदोलन का रूप ले लिया। सरकार के मंत्री जहाँ जाते, लोग उन पर टमाटर, अंडे, जूते फेंक रहे थे। हंगामों के चलते संसद की कार्यवाही ठप्प पड़ गई थी। लोगों के भारी समर्थन के बाद अब मीडिया भी पापा के हक़ की बातें उठा रहा था। पापा पर अब तक होती आई सरकार की दमनकारी कार्रवाइयों के ख़िलाफ़ लोगों ने विश्व मानवाधिकार आयोग को भी लिखना शुरू कर दिया। अश्वेत प्रधानमंत्री रॉबिन और राष्ट्रपति कामता प्रसाद का घर से निकलना मुश्किल हो गया था। मेरे पापा के ख़िलाफ़ अब वे क्या षड्यंत्र करें यह अब ख़ुद सत्ता में बैठे लोगों की समझ में नहीं आ रहा था। हालात बेकाबू होते जा रहे थे। सड़कों पर आंदोलन शुरू हो गए थे। जनता का दबाव लगातार बढ़ता जा रहा था। प्रधानमंत्री से इस्तीफ़ा देने की माँग पूरा ज़ोर पकड़ती जा रही थी। यह सब पापा के लिए एक बड़ी सफलता थी। हमें लगने लगा था कि अब पापा को उनका खोया हुआ सम्मान जल्द ही मिल जाएगा। लेकिन जैसा हम चाहते हैं हमेशा वैसा कहाँ होता है...?"

यह कहते हुए सिल्विया का गला रुँध गया था। वह अपनी रौ में बोलती जा रही थी, जैसे मैं वहाँ हूँ ही नहीं। मानो वह ख़ुद से बात कर रही हो, "उनकी अगली विराट जनसभा टोबैगो में थी। एक अलग टापू होने की वजह से लोगों को दो घंटे की फेरी या स्टीमर में यात्रा करके वहाँ जाना पड़ता है। उस रैली की तैयारियाँ बड़े ज़ोरशोर से की गई थीं। यह माना

जा रहा था कि टोबैगो की सभा मौजूदा सरकार के मुँह पर करारा तमाचा साबित होगी। टोबैगो जाने से पहले पापा को दोपहर में ब्रेन्टवुड की एक जनसभा को संबोधित करना था। यह नया रहवासी इलाका था जहाँ कभी गन्ने के खेत हुआ करते थे। इस रैली के बाद वे 2 बजे तक टोबैगो रवाना होने वाले थे। दोनों रैलियाँ पहले ही तय हो चुकी थीं। पहली रैली ख़त्म होने के बाद, पंद्रह-बीस मिनट में टोबैगो पहुँचने का एक ही रास्ता था कि हेलीकाप्टर बुक किया जाए। इसीलिए टोबैगो जाने के लिए एक कंपनी से हेलीकाप्टर किराये पर लिया गया था। वह हेलीकाप्टर दोपहर में टोबैगो के लिए उड़ा लेकिन बीच रास्ते में ही उसमें आग लग गई। यह हादसा संमदर के ऊपर हुआ था इसलिए हेलीकाप्टर दुर्घटनाग्रस्त होकर जब नीचे गिरा तो गहरे पानी में समा गया। इस हादसे में हेलीकाप्टर में सवार पापा और उनकी पार्टी के तीन बड़े नेता मारे गए थे। नीचे समंदर में कुछ मछुआरों ने वह हादसा अपनी आँखों से देखा था। उनका कहना था कि हेलीकाप्टर में आग लगने से पहले इतना ज़ोरदार धमाका हुआ जैसे उसके अंदर बम फटा हो। लेकिन इस बात का कोई प्रमाण नहीं मिला। हेलीकाप्टर टुकड़े-टुकड़े होकर पानी के अंदर चला गया था। खोजबीन के बाद सिर्फ़ टुकड़े मिले, जिनसे कुछ भी अंदाज़ा नहीं लगाया जा सकता था।

मीडिया ने इस हादसे को एक सामान्य दुर्घटना नहीं मानते हुए, किसी बड़ी साजिश का इशारा करने वाली ख़बरें छापना शुरू कर दीं। ख़बरों के मुताबिक़ किसी ने पूरी तैयारी के साथ हेलीकाप्टर में बम रखवाकर उसे दुर्घटनाग्रस्त करवाया था। सरकार ने आनन-फानन में एक रिटायर्ड जज की अध्यक्षता में जाँच आयोग बना दिया। पूरे देश में ऐसा माहौल बनाया गया जैसे वे पापा के निधन से बहुत दुखी हैं। मगरमच्छ वाले आँसू बहाते हुए सरकार ने तीन दिन का राष्ट्रीय शोक भी घोषित किया। सारी सरकारी इमारतों पर झंडे झुका दिये गए। हमारे घर पर शोक व्यक्त करने के लिए राष्ट्रपति और प्रधानमंत्री भी स्वयं चलकर आ रहे थे। मम्मी का तो वैसे भी बुरा हाल था। पापा की मौत की ख़बर सुनकर वे दिनभर बेहोश रहीं। उन्हें फौरन अस्पताल ले जाना पड़ा था। मम्मी अस्पताल में थीं और मैं आम जनता, हज़ारों समर्थकों, नेताओं, अधिकारियों, दूसरे देशों के प्रधानमंत्री और राष्ट्रपति और राजदूतों से मिलकर उनकी शोक संवेदनाएँ ले रही थी। ऐसे

हालात में मेरे लिए सारी स्थिति सँभालते हुए खड़े रह पाना वाक़ई बहुत हिम्मत की बात थी। वह सब सँभालने का साहस मेरे भीतर कहाँ से आया मुझे नहीं पता पर मैंने अपना एक भी आँसू नहीं बहने दिया। सब्र का बाँध दो दिन बाद टूटा। मैं पूरी रात फूट-फूट कर रोई। कितना भी रो लेने के बाद मेरे मन पर रखा बोझ उतरने का नाम नहीं ले रहा था। मैं पापा की सिल्वी थी। मैंने महसूस किया मैं उनके बिना वाक़ई बहुत कमज़ोर हो गई हूँ। मुझे सबसे ज़्यादा प्यार करने वाला सदा-सदा के लिए चला गया था। मैं उनके बिना ख़ुद को दुनिया में सबसे कमज़ोर महसूस कर रही थी। जबकि वे बहुत मज़बूत थे। आख़िर तक वे वैसे ही रहे।

पापा के पूरे विश्व के नेताओं से बहुत अच्छे रिश्ते थे। संयुक्त राष्ट्र संघ की महासभा में हिस्सा लेने वे हर साल सितंबर में न्यूयार्क जाते थे। उनका भाषण सुनने के लिए पूरा हाल खचाखच भरा रहता था। कई देशों के प्रधानमंत्री और राष्ट्रपति उनके दोस्त बन गए थे। उन सभी देशों के राजदूत शोक-संदेश और फूल लेकर पापा को श्रद्धांजलि देने आ रहे थे। आसपास के पन्द्रह देशों के राष्ट्रपति और प्रधानमंत्री तो ख़ुद पापा के अंतिम संस्कार में शामिल होने आए थे। राष्ट्रपति पद पर होने के नाते कामता प्रसाद पापा के शव के पास ही खड़ा था। प्रोटोकॉल के हिसाब से वही महत्त्वपूर्ण लोगों की अगवानी कर रहा था। वह बेहद नाटकीय अंदाज़ में उनके गले लगकर रोने लगता था, उसका यह नाटक देखकर मैं उसके प्रति घृणा से भरती जा रही थी। पर वह सबके सामने ख़ुद को बेहद दुखी दिखाने का भरसक प्रयास करता जा रहा था, जिससे लोगों में यह संदेश जाए कि इस घटना में सरकार की ओर से कोई साजिश नहीं है।

मम्मी को वैसे भी वह फूटी आँख नहीं सुहाता था। वे उसकी नाटकीय हरकतें देखकर मुझसे भी ज़्यादा परेशान हो रही थीं। बिना किसी संकोच वे उसे अपनी नज़रों के सामने से हटाने के लिए कह रही थीं लेकिन मैंने उन्हें समझा-बुझाकर किसी तरह चुप किया। जब भारत के राष्ट्रपति और प्रधानमंत्री की ओर से श्रद्धासुमन अर्पित किए जाने की घोषणा हुई तो मैं और मम्मी फूट फूटकर रोने लगे। हमारे मन में भारत कहीं गहरे बसा हुआ था ही। भारत के प्रधानमंत्री और राष्ट्रपति की ओर से श्रद्धांजलि के तौर पर भेजे गए वे रजनीगंधा के फूल भारत के राजदूत ने पापा की निष्प्राण

देह पर चढ़ाए थे। वह दृश्य मेरी आँखों में क़ैद होकर रह गया। आज भी रजनीगंधा के वे फूल मेरी आँखों में ज्यों के त्यो अपनी पूरी ताजगी और महक के साथ बसे हुए हैं। कभी यही रजनीगंधा के फूल मुझे स्मिथ ने प्रेम के उपहार के तौर पर दिए थे, वही फूल उस दिन पापा के शव पर अर्पित किए गए थे।

पूरे राजकीय सम्मान के साथ पापा का दाह संस्कार किया गया। चूँकि उनका कोई बेटा नहीं था इसलिए स्वामी शिवदास मंदिर के पास बने शमशान स्थल में पापा की चिता को अग्नि देने की ज़िम्मेदारी भी मुझे ही निभानी थी। उन्हें अग्नि को सौंपने के बाद हम उस आँच से कैसे बच सकते थे? पापा के जाने के बाद हमारी सारी दुनिया ही उजड़ चुकी थी। मैं जानती थी कि आगे और भी कई मुसीबतों का पहाड़ हम पर टूटने वाला है। वैसे भी पब्लिक मेमोरी शॉर्ट होती है। कुछ दिनों तक शोक के माहौल के बाद लोग अपने-अपने काम में व्यस्त हो गए। हमारे घर लोगों का आना जाना कम हो गया। पापा की पार्टी के तीनों बड़े नेता भी उनके साथ दुर्घटना का शिकार हो गए थे इसलिए पार्टी में वैसे भी कोई सुयोग्य उत्तराधिकारी नहीं रह गया था, सो पार्टी भी कमज़ोर पड़ गई। जिसके चलते कामता प्रसाद और प्रधानमंत्री रॉबिन के ख़िलाफ़ छिड़ा आंदोलन भी शिथिल पड़ गया। एक तरह से पूरी तरह ख़त्म ही हो गया। सरकार के दवाब से मीडिया की बोलती भी बंद हो चुकी थी। उसके बाद पापा के हत्यारे निश्चिंत हो कर अपनी सरकार चला रहे हैं।"

"लेकिन सिल्विया, तुम्हारे पापा की मौत को लेकर बैठे जाँच आयोग की रिपोर्ट का क्या हुआ?" मैंने उसकी बात ख़त्म होने पर अपनी शंका सामने रखते हुए कहा। उसने नम आँखों से मेरी ओर देखते हुए वापस सवाल किया, "आप ही बताइए ऐसे जाँच आयोगों का क्या हश्र होता है? आप तो इतने बड़े राजनीतिक पंडित हैं, आपको तो पता ही होगा। जब किसी मुद्दे को ठंडे बस्ते में डालना हो तो न्यायिक जाँच आयोग बना दिया जाता है। सालों-साल उसकी जाँच चलती है। आयोग में बैठे लोग सरकारी खर्चे पर मज़े करते हैं। एक रिटायर जज को किसी आयोग का अगुआ बनाने का मतलब ही यही है, नौकरी जैसी सुविधाओं की बहाली। रिटायरमेंट के बाद भी नौकरी जैसा सुख पाने के लिए वैसे भी वे जाँच पूरी करने में देर

लगाते हैं। उस जाँच आयोग की रिपोर्ट आज तक तो आई नहीं है, अभी जाँच चल ही रही है।"

सिल्विया की पूरी बात सुनने के बाद मुझे उससे सहानुभूति भी हो रही थी लेकिन उसके इस उलझी हुई बिसात को आगे न खेलने और हौसला छोड़कर हार मान लेने पर ग़ुस्सा भी आ रहा था। उसी आवेश में मेरे मुँह से निकल गया, "तुम्हें पार्टी की कमान सँभालनी चाहिए थी सिल्विया। तुम अपने पापा के हत्यारों को ऐसे कैसे छोड़ सकती हो?"

वह हौले से मुस्कुराई, "आपको क्या लगता है यह इतना आसान था? अव्वल तो यह कि मुझे न तो राजनीति से कोई मतलब था और न ही मेरी सत्ता पाने में कोई ख़ास रुचि थी। मम्मी वैसे ही बहुत डरी हुई थीं। उन्हें लग रहा था, जो लोग मेरे पापा जैसे एक पूर्व-प्रधानमंत्री और प्रभावशाली नेता को मरवा सकते हैं उनके लिए मुझ जैसी एक लड़की को ठिकाने लगाना कोई बड़ी बात नहीं होगी। इसीलिए वे मेरे राजनीति में जाने के बिल्कुल ख़िलाफ़ थीं। सत्ता में बैठे कामता प्रसाद ने हमें छोटी-छोटी बातों पर भी तंग करना बंद नहीं किया था। उसे डर था, कहीं मैं राजनीति में न आ जाऊँ। मुझे याद है मेरे बचपन के दिनों में जब वह घर आता था तो कभी-कभी मज़ाक में पापा से कह देता था—विश्वनाथ जी आप तो बहुत भोले-भाले इंसान हैं पर आप की बेटी में असली नेता वाले लक्षण नज़र आते हैं। देख लीजिएगा अगर इसको कभी मौक़ा मिला, आप से सौ गुना आगे निकल जाएगी। मैं और पापा हँस कर उनकी बात टाल देते थे क्योंकि यह सब तो हमारी कल्पना से भी बाहर था, मुझे राजनीति वैसे भी कभी पसंद नहीं थी और अब तो राजनीति से चिढ़ हो गई है।

ख़ैर मेरे लिए दोबारा नौकरी ढूँढ़ने के अलावा कोई रास्ता नहीं बचा था। सिर्फ़ त्रिनिदाद में ही नहीं विदेशों में भी ई-मेल के ज़रिए आवेदन भेजे। फिर टोरंटो के एक सबसे बड़े अस्पताल में मुझे अच्छी-खासी तनख़्वाह पर नौकरी मिल गई और मैं और मम्मी कनाडा चले गए। पापा के जाने के बाद वैसे भी मम्मी का डिप्रेशन का लंबा इलाज चल रहा था। अब टोरंटो के अस्पताल में उन्हें इतनी सुविधाएँ मिल जाती हैं कि मुझे ज़्यादा चिंता नहीं रहती। जब कभी दिल डूबने लगता है तो मैं इसी तरह कुछ दिनों के लिए क्रूज़ पर आकर मन बहला लेती हूँ। यहाँ मिलने वाला एकांत मुझे

स्मृतियों में भटकाता और रुलाता भी है, पर रोने से दिल हल्का भी हो जाता है। त्रिनिदाद तो जैसे हमेशा के लिए छूट गया है। हाँ, फ़ोन पर कभी-कभार अपने रिश्तेदारों और दोस्तों से बात हो जाती है।"

मुझे अब सचमुच उस पर बहुत ग़ुस्सा आ रहा था। मैंने थोड़ी तल्ख़ी से कहा, "सिल्विया क्या तुम्हें अपने पापा और अपने मुल्क़ से, अपनी पुरखों की ज़मीन और उनके खून-पसीने से ज़रा भी प्यार नहीं है? अगर है तो तुम्हें कायरों की तरह कनाडा नहीं भागना चाहिए था। तुम अपनी मम्मी को भी किसी तरह समझा सकती थी।"

"देखिए प्रशांत, मुझे अपने पापा और देश से बहुत प्यार है। रात-दिन उसी के बारे में सोचती हूँ लेकिन मेरे हाथ में कुछ नहीं है, मैं अकेले कर भी क्या सकती हूँ?" मेरी बात से शायद वह चिढ़ रही थी। मुझे जल्द समझ आ गया कि उसमें चिढ़ पैदा कर मैं उसकी कोई मदद नहीं कर पाऊँगा इसलिए मैंने उसे समझाते हुए कहा, "बिल्कुल कर सकती हो, बल्कि मेरा विश्वास है तुम बहुत कुछ कर सकती हो। तुम्हारे परिवार का इतना नाम है। उन लोगों ने अपने देश के लिए बहुत कुछ किया है। तुम्हें बदला नहीं लेना तो मत लो, पर अपने देश की क़िस्मत तो बदल ही सकती हो। उन धोखेबाज़ लोगों को सत्ता का सुख भोगने दे रही हो। मत करो कुछ, वे दोबारा जीत कर आ जाएँगे क्योंकि उनके सामने मज़बूत विपक्ष है ही नहीं। उन्होंने बिल्कुल ठीक किया, वे तुम्हें भगाना चाहते थे और तुम भाग गईं। अब वे मज़े में हैं क्योंकि उनकी असली चुनौती ख़ुद ही वह देश छोड़कर भाग गई। तुम्हें वापस जाना होगा सिल्विया।" मेरी आवाज़ में दृढ़ता थी। वह चुपचाप मेरी बात सुन रही थी। मेरी बातों ने शायद उसे कुछ सोचने पर मजबूर कर दिया था। फिर मुझे अचानक स्मिथ और सिल्विया की प्रेम-कहानी का ध्यान हो आया।

"स्मिथ कहाँ है सिल्विया? उससे तुम्हारी शादी हुई या नहीं?"

सवाल सुनकर उसके मायूस चेहरे पर फिर शिकन उभरी, "उसे भी सरकार ने बहुत तंग किया। उस पर संपत्ति विवाद के झूठे मुकदमे हुए। देश का नाम रोशन करने पर मिला सरकारी आवास भी वापस छीन लिया गया। वेस्टइंडीज़ क्रिकेट बोर्ड पर दबाव डालकर उसे हाशिए पर धकेल दिया गया। इस सबसे तंग आकर उसने क्रिकेट से ही संन्यास ले लिया। वह

आजकल लंदन में अपने सेन्ट जेम्सबुड वाले फ्लैट में रहता है। दरअसल कामता प्रसाद को कहीं से भनक लग गई थी कि स्मिथ और मेरे बीच कुछ चल रहा है। वहीं स्मिथ की लोकप्रियता से वह और रॉबिन पहले ही बहुत परेशान थे क्योंकि कुछ अख़बारों ने स्मिथ के राजनीति में आने की ख़बरें छाप दी थीं। हालाँकि अपनी पार्टी बनाकर स्मिथ के राजनीति में उतरने की बातें कोरी अटकलें भर थीं। लेकिन उन ख़बरों से प्रधानमंत्री रॉबिन की नींद हराम हो गई थी। स्मिथ की लोकप्रियता देखकर उसका अंदाज़ा सही भी था, वह अगर राजनीति में आता तो अश्वेतों के सारे वोट स्मिथ को चले जाते। इसीलिए देश से पैसा ले जाकर लंदन में घर ख़रीदने का आरोप लगाकर उन्होंने स्मिथ पर फेरा का मुकदमा भी दर्ज करवा दिया था। वह मुकदमा अभी तक चल रहा है। खिलाड़ी तो वैसे भी सरकार से लड़ने में बहुत डरते हैं। उसके दिमाग़ में दूर-दूर तक राजनीति में आने का कोई विचार नहीं था। वह बहुत मस्त, मनमौजी आदमी है। लंदन में बड़े मज़े से रह रहा है। दिन भर गोल्फ खेलता है और रोज़ शाम मुझे फ़ोन करता है। हमारी मोहब्बत जस की तस चल रही है लेकिन शादी मैंने जान बूझकर नहीं की। एक तो पापा के जाने के बाद अपने लिए कोई ख़ास इच्छा ही नहीं रह गई थी और सच बताऊँ तो मैं नहीं चाहती थी कि स्मिथ को मेरी वजह से परेशान किया जाए या वे लोग उसे जेल भिजवा दें। इसीलिए मैंने उसके सामने मम्मी के राज़ी नहीं होने का बहाना बना दिया। मैंने कहा मम्मी मेरी शादी किसी अश्वेत के साथ करने के लिए तैयार नहीं हैं। हालाँकि मम्मी पूरी तरह तैयार थीं। वे मुझसे अक्सर कहती हैं, तू जिससे चाहे शादी कर ले, यहाँ कनाडा में कोई अच्छा डॉक्टर लड़का हो तो उससे कर ले, नहीं तो वह स्मिथ भी क्या बुरा है। तेरी शादी हो जाए तो कम से कम मरने से पहले नातियों को देख लूँ।

स्मिथ सचमुच बहुत अच्छा इंसान है। जब मैंने मम्मी के नाम पर बहाना बनाया तो वह उनके डिप्रेशन की बीमारी की बात सोचकर बहुत डर गया और बोला कोई बात नहीं, मैं यह शादी करके उन्हें दुख नहीं दूँगा। वे पहले ही डिप्रेशन में हैं पर वे मुझे तुमसे प्यार करने से नहीं रोक पाएँगी। उसने शादी की ज़िद छोड़ दी। स्मिथ का स्वभाव ही कुछ ऐसा है। उसे किसी से लड़ना-झगड़ना नहीं आता फिर वह सरकार से कैसे लड़ सकता

था? अश्वेत लड़कों के लिए जो यह धारणा बना दी गई है कि वे हमेशा लड़ते झगड़ते रहते हैं या मवाली होते हैं, स्मिथ उससे बहुत अलग था।" अपनी बात ख़त्म करके उसकी आँखों में एक अजीब सी चमक आ गई थी। प्यार सचमुच कितनी ताक़त देता है। स्मिथ का ज़िक्र आते ही सिल्विया का चेहरा कितना खिल जाता था। यह बात मैं पहले भी महसूस करता आया था और अब जब वह स्मिथ की अच्छाइयों का बखान कर रही थी, मैंने देखा उसका चेहरा ब्लश करते हुए सुर्ख़ हो गया था।

सही मौक़ा देखकर मैंने उसे स्मिथ के नाम पर फिर छेड़ दिया, "क्या पता लंदन में उसने कोई नई गर्लफ्रैंड बना ली हो? सुना है गोरी लड़कियाँ वैसे भी अश्वेत लड़कों को बहुत पसंद करती हैं। उन्हें ख़ुद ही पटा लेती हैं।"

"ऐसा हो ही नहीं सकता। स्मिथ ने मेरे अलावा कभी किसी से प्यार नहीं किया। वह दूसरी लड़कियों से बात तक नहीं करता।" उसने पूरे आत्मविश्वास के साथ कहा। मैंने हँसते हुए कहा, "तुम्हें तो स्मिथ पर इतना भरोसा है जितना शायद उसे ख़ुद पर भी नहीं होगा!"

वह भी हँसते हुए बोली, "हाँ, मैं उसे ख़ुद उससे भी ज़्यादा जानती हूँ।"

इस हँसी-मज़ाक से माहौल कुछ हल्का हो रहा था, सो मैंने वह बात थोड़ी और आगे बढ़ाते हुए कहा, "फिर तुम्हें यहाँ क्रूज़ पर अकेले नहीं आना चाहिए था। तुम्हारे एक इशारे पर वह दौड़ा चला आता। लंदन से एक-दो घंटे की फ्लाइट है बमुश्किल।" वह थोड़ी देर चुप रही, "मैंने बहुत सोचा लेकिन जान-बूझकर ऐसा नहीं किया। और अकेले कहाँ आई हूँ? मेरे साथ मेरे अस्पताल की दो और लेडी डाक्टर्स भी आई हैं। उन्हीं के साथ कभी-कभार बात कर लेती हूँ या साथ खाना-पीना हो जाता है। आपने क्रूज़ पर शायद ही मुझे किसी से ज़्यादा बातें करते हुए देखा होगा।"

उसकी बात सुनकर मैंने चेहरे पर आश्चर्य का भाव लाते हुए कहा, "पर सिल्विया, तुम मुझसे तो रोज़ ही घंटों बात कर रही हो।"

मेरी बात सुनकर वह ठहाका मार कर हँसते हुए बोली, "आप की बात अलग है। पता नहीं क्यों आप पर भरोसा करने का दिल हुआ और मैंने अपना दुख बाँट कर अपना मन हल्का कर लिया। शायद पहली बार मैंने किसी को अपने बारे में इतने विस्तार से बताया है। इतने कम दिनों में ही आप मेरे इतने गहरे दोस्त बन गए हैं कि अब आपसे कुछ छिपाने का

कोई मतलब नहीं। अच्छा, तो चलिए मैं आपको बिल्कुल सच-सच बताती हूँ कि मैंने स्मिथ को क्रूज़ पर क्यों नहीं बुलाया। दरअसल स्मिथ अगर हमारे साथ क्रूज़ पर होता तो मुझे लगता है, मैं अपने आप को रोक नहीं पाती। मेरा आत्मविश्वास चूर-चूर हो चुका है। ख़ुद पर मेरा कोई नियंत्रण नहीं रह गया है। वैसे भी शादी की उम्र धीरे-धीरे निकलती जा रही है। आज स्मिथ मेरे साथ होता तो शायद समुद्र की इन लहरों के अनियंत्रित बहाव के साथ मैं ख़ुद भी बह जाती। हो सकता है, मेरे भीतर कोई ज्वार भाटा उठता और मुझे अपने तेज़ प्रवाह में भटका जाता। तब शायद मैं कुछ ऐसा कर बैठती जिससे मम्मी-पापा को दिए मेरे वचन की लक्ष्मण रेखा पार हो जाती। मैं पापा की आत्मा को किसी तरह दुख नहीं देना चाहती हूँ। इसलिए जानबूझकर मैंने स्मिथ को बताया ही नहीं कि मैं उसके पड़ोस में क्रूज़ पर यूरोप घूम रही हूँ। उसके हिसाब से तो मैं अभी भी कनाडा में ही हूँ।"

बीच-बीच में मेरा हल्की-फुल्की बातें करना भी आख़िरकार बेअसर रहा क्योंकि सिल्विया अपनी बात ख़त्म करने तक वापस भावातिरेक में जा चुकी थी। स्मिथ की याद उसे विचलित कर रही थी इसलिए मैंने उससे और ज़्यादा कुछ पूछने की बजाय सिर्फ़ उसकी मदद करने का संकल्प लिया और अपने विचार पर अडिग हो गया था। जिस सिल्विया के बारे में मैंने कभी अख़बारों में पढ़ा था, आज वह मेरे लिए किसी क़रीबी दोस्त या सगे रिश्तेदार जैसी महत्त्वपूर्ण हो गई थी।

अंत में मैंने उसे सिर्फ़ यही कहा,"सिल्विया, अभी कुछ देर पहले तुमने कहा था, पता नहीं क्यों तुम्हें मुझ पर इतना भरोसा हो आया था कि तुम मुझसे अपनी ज़िन्दगी से सबसे गहरे राज़ भी बाँटती गई। अब तुमने मुझे अपना दोस्त, भाई या जो कुछ भी समझकर वह सब बताया हो, पर मेरा फर्ज़ बनता है कि मैं तुम्हें अपने आत्मसम्मान की लड़ाई लड़ने में मदद करूँ। सिल्विया, मैं वादा करता हूँ तुम्हें वापस उसी घर में पहुँचाऊँगा जहाँ से तुम्हारे परिवार को कामता प्रसाद और रॉबिन ने बेआबरू करके निकाला था। तुम्हें त्रिनिदाद की सत्ता तक पहुँचना ही होगा सिल्विया, तभी तुम्हारे पापा की आत्मा को शांति मिलेगी। मेरा दावा है, कि मैं ही तुम्हें त्रिनिदाद-टोबैगो के अगले प्रधानमंत्री पद तक पहुँचा सकता हूँ, बस तुम्हें वह सब करना है, जो मैं तुमसे कहूँ, मेरी बात में कोई संशय या ना-नाकुर मत करना।"

सिल्विया मुझे आँखें फाड़ कर देखे जा रही थी। उसके लिए यह सब अकल्पनीय था। उसके अधर कुछ कहने के लिए थिरक रहे थे पर कोई बोल नहीं फूट पा रहा था। इससे पहले कि वह कुछ बोलती मैंने दोबारा अपनी बात आगे बढ़ा दी,"तुम्हें अपने अंदर विश्वास, हिम्मत और हौसला पैदा करना है, बस। तुम कर सकती हो सिल्विया। मैंने तुम्हारे अंदर की सोयी हुई इच्छाशक्ति पहचान ली है। लोगों को आब्जर्ब करना, उनकी पहचान करना और उनके बारे में आकलन ही तो मेरा काम है। मैं आज पूरे यक़ीन के साथ कह सकता हूँ कि तुम्हारे अंदर लोगों का प्रतिनिधित्व करने की अद्‌भुत क्षमता है। तुम यह कर सकती हो। यस-यू कैन डू इट।" सिल्विया हतप्रभ सी टकटकी लगाये मेरी ओर ताके चली जा रही थी और मैं अपनी भावनाओं को नियंत्रित नहीं कर पा रहा था।

मैं अपने पूरे आवेश में लगातार बोले जा रहा था, "सिल्विया तुम्हें पता है, भारत में एक बहुत बड़े संन्यासी हुए थे—विवेकानन्द। उन्होंने अमेरिका जाकर शिकागो के धर्म सम्मेलन में सारी दुनिया का दिल जीत लिया था। वे संस्कृत भाषा में एक बात अक्सर दोहराते थे—"उत्तिष्ठ जाग्रत प्राप्यवरान्निबोधत" इसका मतलब है 'उठो, जागो और अपने लक्ष्य को प्राप्त करो।' तुम्हें भी अब यही करना होगा। मैं गारंटी लेता हूँ कि तुम जहाँ-जहाँ जाओगी त्रिनिदाद–टोबैगो की जनता तुम्हारे पीछे-पीछे आएगी। मैं ऐसी सटीक योजना तैयार करूँगा कि लोग दाँतों तले उँगली दबाकर रह जाएँगे। किसी को विश्वास नहीं होगा, यह कैसे हो गया? बस, तुम्हें मुझ पर विश्वास करना होगा। तुम समझ रही हो न?"

वह मेरी बातें सुनकर अवाक थी। उसकी कोई प्रतिक्रिया नहीं मिली तो मैंने उससे अगला सवाल किया, "तुम बार्सिलोना में क्रूज़ से उतरने के बाद कहाँ जाने वाली हो?"

उसने बताया दो दिन एम्सटर्डम में रहने के बाद, वह एक हफ़्ते लंदन में रहेगी, फिर वापस कनाडा चली जाएगी। लंदन का ज़िक्र निकलने पर वह फिर भावुक हो गई। मुझे लगा शायद स्मिथ की याद ने उसे भावुक कर दिया होगा लेकिन असली वजह कुछ और निकली। उसने बताया वह लंदन में भाटिया अंकल के घर रहेगी। बस भाटिया अंकल ही बुरे दिनों में एकमात्र ऐसे भले रिश्तेदार और हमारे परिवार के सच्चे दोस्त निकले, जो

अभी भी उनके साथ खड़े हैं। जबकि मेरे पापा ने उन्हें कभी कोई फ़ायदा नहीं करवाया। पापा ने जब-जब चुनाव लड़ने का फ़ैसला किया तब वे पैसों से उनकी मदद करने आए। जब वे सत्ता से हटे तब भी उन्होंने पापा का साथ नहीं छोड़ा और कई बार त्रिनिदाद मिलने आते रहे। पापा के जाने के बाद कानूनी लड़ाई में भी वे मम्मी की मदद करते रहे। दरअसल हमारे पास तो उतने पैसे नहीं थे। पापा जब जेल में थे तो वकीलों की पूरे एक साल की फीस भी उन्होंने ही दी थी। इसके अलावा ज़बरदस्ती घर खर्च के पैसे अभी तक भेजते रहते हैं। पापा की मौत की ख़बर सुनकर उनका पूरा परिवार लंदन से तुरंत पहुँच गया था। हमारे उस सबसे बुरे दौर में भाटिया अंकल और उनका पूरा परिवार पूरे दस दिन तक त्रिनिदाद में रहकर हमें हिम्मत देता रहा था। उनकी बेटियाँ भी बहुत अच्छी हैं, मुझे अपनी सगी बहन जैसा मानती हैं। अगर मैं एक हफ़्ते उनके साथ नहीं रही तो उन्हें बहुत बुरा लगेगा। उन्हें इस बात से कोई फ़र्क़ नहीं पड़ता कि मैं प्रधानमंत्री की बेटी हूँ या नहीं। उनका प्यार अब पहले से भी ज़्यादा बढ़ गया है।"

"फिर ठीक है, मैं भी चार दिन बाद लंदन आ रहा हूँ। आक्सफोर्ड स्ट्रीट के पास वाले चर्चिल होटल में ही मैं अक्सर रुकता हूँ। ज़्यादा लंबे प्रवास में जार्ज स्ट्रीट के पोर्टमैन टावर्स में अपार्टमेंट किराये पर ले लेता हूँ। इस बार मामला कट-टू-कट है इसलिए चर्चिल में ही ठहरूँगा, वह तुम्हारे लिए एकदम पास है। तो हम चार दिन बाद लंदन में मिलेंगे, तब तक मैं कम्प्यूटर पर पूरा प्लान तैयार कर लूँगा। तुम कहो तो मैं ख़ुद तुमसे मिलने भाटिया साहब के घर आ जाऊँगा। चर्चिल होटल से पार्क लेन मुश्किल से दस मिनट का रास्ता है। अच्छा एक बात और मैं चाहता हूँ, हमारी मीटिंग में स्मिथ भी मौजूद रहे। क्या तुम उसे भी बुला सकती हो?"

पहले तो वह असमंजस में मुझे देखती रही। मेरा प्लान उसके लिए अप्रत्याशित था पर स्मिथ का नाम आते ही उसका चेहरा खिल उठा, फिर वह हँसते हुए बोली, "हाँ, हाँ क्यों नहीं? स्मिथ तो लंदन पहुँचते ही मेरे आसपास मँडराने लगता है। वैसे भी भाटिया अंकल के साथ अक्सर शाम को वह ड्रिंक्स के लिए आ जाता है। दोनों पूरे वक़्त क्रिकेट की ही बातें करते रहते हैं। आजकल अंकल, गावस्कर और सचिन से ज़्यादा स्मिथ के फैन हो गए हैं। लंदन में उसे जगह-जगह पार्टियों में लेकर जाते हैं, लोगों से

मिलाते हैं। अपने बिज़नेस सर्कल की मदद से उसे कई ब्रिटिश और इंडियन कम्पनियों का "ब्रांड एम्बेसडर" भी बनवा दिया है। उसे ख़ूब विज्ञापन और प्रमोशन इवेंट दिलवाते रहते हैं। स्मिथ वैसे भी विश्व के लोकप्रिय क्रिकेट खिलाड़ियों में से एक है। कोई भी कंपनी अपने उत्पादों के प्रचार-अभियान में इतना लोकप्रिय चेहरा ज़रूर जोड़ना चाहेगी। इससे स्मिथ की आमदनी भी बहुत हो गई है। उसे क्रिकेट से कई गुना ज़्यादा पैसा टीवी विज्ञापनों से मिल रहा है। आप टीवी खोलकर देख लीजिए वह कहीं न कहीं कोक, पेप्सी, चिप्स और एनर्जी ड्रिंक्स जैसे उत्पादों का प्रचार करता नज़र आ जाएगा। यही कारण है त्रिनिदाद की जनता के बीच वह आज भी उतना ही पापुलर है जितना पहले था।"

मैं यह सुनकर उत्साहित हो गया और मुझे अपनी योजना साकार होते हुए दिख रही थी। अपनी योजना को लेकर मुझे अपने आत्मविश्वास में भी कोई कमी नहीं लग रही थी, थोड़ा-बहुत संशय अगर था तो वह सिल्विया को लेकर ही था। इसलिए मैंने एक बार फिर दृढ़ता के साथ सिल्विया से कहा, "लेकिन सिल्विया, मेरी चुनौती स्वीकार करने से पहले मैं तुम्हें सोचने का एक आख़िरी मौक़ा देना चाहता हूँ। सुबह क्रूज़ छोड़ने से पहले तुम्हें अपना फ़ैसला मुझे बताना होगा। मैं हर हाल में तुम्हारे साथ हूँ, तुम्हारी किसी भी लड़ाई में तुम्हें अकेला नहीं छोड़ूँगा लेकिन सबसे बड़ी और ज़रूरी शर्त यही है कि तुम्हें अपनी लड़ाई ख़ुद लड़नी होगी। तुम्हारी वह लड़ाई, तुम्हारे बदले कोई नहीं लड़ सकता। तुम समझ रही हो न? तुम्हारे पास रात भर सोचने का वक़्त है। तुम्हें यह निर्णय लेने से पहले अगर किसी से बात करनी है तो वह भी तुम बेहिचक कर सकती हो। लेकिन फ़ैसला लेने के लिए बस यही एक रात है। तुम शायद सुबह छह बजे शिप छोड़ रही हो। बार्सिलोना से तुम्हें सुबह 8 बजे एम्सटर्डम की फ्लाइट लेनी है, जबकि मेरी फ्लाइट दोपहर बाद है। मैं बारह बजे तक इसी क्रूज़ पर रहूँगा क्योंकि मेरी देर रात तक कम्प्यूटर पर काम करने और किताबें पढ़ने की आदत है। मैं बहुत देर तक सोता हूँ, सुबह आठ बजे से पहले कभी नहीं जागता।"

वह कुछ देर सोचती रही फिर बोली, "ठीक है, मेरा जो भी फ़ैसला होगा मैं निकलने से पहले एक पत्र के ज़रिए आपके कमरे के दरवाज़े पर छोड़

जाऊँगी। अगर आपको कोई स्लिप न मिले तो मुझे फ़ोन कर लेना क्योंकि कई बार क्रूज़ का स्टाफ साफ-सफ़ाई में काग़ज़ इधर-उधर कर देता है।"

मैंने उसे सहमति दे दी। हम दोनों ने एक-दूसरे को गुडनाइट कहा फिर कॉफी शॉप से विदा ले कर अपने-अपने रूम में आ गए।

उस रात मुझे नींद का कुछ ज़्यादा ही इंतज़ार करना पड़ा। पूरे वक़्त यही चिंता सता रही थी कि पता नहीं वह क्या फ़ैसला लेगी? हिम्मत जुटा पाएगी या नहीं, कहीं डर तो नहीं जाएगी? उसकी मम्मी कहीं उसे मना न कर दें। ऐसे कई सवाल दिमाग़ में कौंध रहे थे। मैंने अब से पहले अपने किसी भी अभियान को लेकर ऐसा भावनात्मक लगाव महसूस नहीं किया था। मैंने महसूस किया भावनाओं का एक समूचा समंदर मेरे अंदर उमड़-घुमड़ रहा है। मैं किसी क़ीमत पर सिल्विया की ओर से "न" सुनने के लिए तैयार नहीं था, शायद सिल्विया को प्रधानमंत्री पद तक पहुँचाने की बात को मैं ख़ुद के लिए एक चुनौती बना चुका था। यह वाक़ई मुझे मेरे कैरियर का सबसे चुनौती भरा काम लग रहा था। पहली बार भारत से हज़ारों मील दूर किसी देश में चुनाव की ज़िम्मेदारी लेना मेरे लिए रोमांचकारी अनुभव था। वह पूरी रात करवटें बदलते हुए गुज़री लेकिन सुबह झपकी लग गई। 9 बजे हड़बड़ा कर उठा। सबसे पहले दरवाज़े पर देखा। वहाँ दरवाज़े के नीचे की दरार से अंदर सरकाया हुआ एक लिफ़ाफ़ा नज़र आ गया। मैंने लपक कर वह चिट्ठी उठायी और खोलकर पढ़ने लगा। वह सिल्विया की ही चिठ्ठी थी। बड़े-बड़े अक्षरों में लिखा था—"आई नाट आनली कैन डू इट बट आई एम दि आनली वन हूकैन डू इट, बट विदाउट योर सपोर्ट इट्स नाट पासबिल।" मैं ख़ुशी से उछल पड़ा। मेरे जीवन का सबसे महत्वाकांक्षी अभियान अब शुरू हो सकता था। मैंने तुरंत अपनी पत्नी और बेटी से तैयार होने के लिए कहा। ठीक बारह बजे हम सामान पैक करके क्रूज़ से निकलने के लिए तैयार खड़े थे।

'रायल कैरिबियन' के इस विशालकाय जहाज़ पर दस दिन रहने के बाद मैं मुड़-मुड़कर क्रूज़ की तरफ़ देख रहा था। वह क्रूज़ अब ऐसा लग रहा था मानो पूरा का पूरा एक शहर एक सुदीर्घ जल-यात्रा के बाद विश्राम कर रहा हो। अगली यात्रा के लिए दुनिया भर के रंग-बिरंगे, सतरंगी यात्रियों का जमावड़ा शुरू हो गया था। उन्हें देखकर मैं सोच रहा था—कुछ लोग

सिर्फ़ मनोरंजन के उद्देश्य से यहाँ आए होंगे, कुछ अपने सीने में दुखों का पहाड़ लिए उन्हें भूलने की कोशिश में ख़ुद को नीले समंदर के आश्रय में छोड़ देंगे। यात्रा के अंत में हो सकता है इनमें से अधिकांश की ज़िंदगी हमेशा के लिए बदल जाये और वे एक नई यात्रा पर निकल पड़ें। जैसे आज के बाद मेरी एक नई यात्रा शुरू होने वाली थी। शायद मेरी और सिल्विया की ज़िंदगी हमेशा के लिए बदलने वाली थी, लेकिन वह बदलाव क्या है? यह सब कैसे संभव होगा? वो तमाम बातें फिलहाल भविष्य के गर्भ छिपी नज़र आ रही थीं...

14

लंदन, दुनिया के सबसे महानतम शहरों में से एक और मेरा सबसे पसंदीदा शहर। यहाँ आने पर मेरे पैर वैसे भी ज़मीन पर नहीं पड़ते। लंदन शहर अपनी पूरी ऐतिहासिक धरोहर और यूरोप का व्यवसायिक केंद्र होने के नाते मुझे हमेशा रोमांचित करता आया है। लंदन पहुँचकर मैंने सबसे पहले सिल्विया को फ़ोन किया। वह पहले ही मेरे पहुँचने का बेसब्री से इंतज़ार कर रही थी। उसने तुरंत भाटिया साहब के घर पर शाम 5 बजे की मीटिंग रख ली। स्मिथ को उसने पहले ही आज के दिन की व्यस्तता और महत्ता के बारे में बता दिया था। मैंने भी पिछले चार दिनों की कड़ी मेहनत के बाद मिशन-त्रिनिदाद का पूरा ख़ाका बना लिया था। कम्प्यूटर पर तैयार किया हुआ सारा प्रोजेक्ट लेकर ही मैं सिल्विया से मिलने पहुँच गया। मेरा पेशेवर अंदाज़ देखकर भाटिया साहब सबसे ज़्यादा उत्साहित थे। एक बिजनेसमैन होने के नाते किसी भी काम की शुरुआत से पहले अपनी योजना को लेकर इतनी पूर्व-तैयारी उन्हें बहुत ज़्यादा रोमांचित कर रही थी। लेकिन कुछ देर में वहाँ उनकी दोनों बेटियाँ भी आकर बैठ गईं जिन्हें बग़ैर किसी संकोच मैंने आधा घंटे बाद हमारे साथ आकर बैठने का अनुरोध किया। वे मेरी बात तुरंत मान गईं। आख़िर वे एक व्यावसायिक परिवार की समझदार लड़कियाँ थीं, जिन्हें शायद हमारी इस मुलाक़ात का मकसद पता नहीं था। मेरे निवेदन पर वे मुस्कान बिखेरती हुई वहाँ से चली गईं।

अब मैंने 'मिशन-त्रिनिदाद' की फाइल निकालकर सिल्विया, भाटिया साहब और स्मिथ के आगे रख दी। इस थोड़े से वक़्त में कड़ी मेहनत से

दिन-रात एक करके मैंने इसे तैयार किया था। फिर एक-एक पेज पलटते हुए प्याज की पर्तों की तरह अपने अभियान का सारा मास्टर प्लान उन लोगों के सामने खोलना शुरू किया, "त्रिनिदाद में अगले चुनाव के लिए अब क़रीब-क़रीब 10 महीने का वक़्त है। वक़्त थोड़ा है और काम बहुत ज़्यादा इसलिए हमें इस काम में रात-दिन लगना पड़ेगा। त्रिनिदाद की धरती पर क़दम रखने से पहले हमें कुछ बातों को लेकर पक्का होमवर्क करना है, वो मैं आपको बिंदुवार बताता हूँ—सबसे पहले सिल्विया को अपनी पार्टी को पुनर्जीवित करना होगा। पार्टी में जान डालने के लिए संगठन को दोबारा खड़ा करने का काम ख़ुद सिल्विया को करना है। सारे कार्यकर्ताओं और नेताओं के फ़ोन नम्बर इकट्ठे करके सभी से संपर्क स्थापित करना है। प्रमुख लोगों से सिल्विया को एक भावनात्मक संवाद बनाना होगा, जिससे वे संगठन को मज़बूत बनाने के लिए निचले स्तर पर कार्यकर्ताओं में जोश भर सकें। जब उन सबको त्रिनिदाद पहुँचने से पहले ही सिल्विया की ओर से संदेश भेजा जाएगा तो उनका उत्साह आसमान छूने लगेगा। इसका फ़ायदा सिल्विया को त्रिनिदाद की धरती पर क़दम रखते ही मिलेगा। मेरा अनुमान है सिल्विया के स्वागत के लिए एयरपोर्ट पर हज़ारों लोग जमा हो जाएँगे। एयरपोर्ट से सिल्विया एक शानदार रोड शो से अपना शक्ति प्रदर्शन करते हुए पोर्ट ऑफ़ स्पेन की सड़कों से गुज़रेगी और फिर सैन फरनान्डो के अपने घर तक जाएगी। इस क़ाफ़िले में कम से कम 200 कारें होनी चाहिए। सिल्विया एक खुली छत की बस में सवार होगी जिससे रोड के दोनों तरफ़ खड़े लोग उसे आसानी से देख सकें। पूरे रास्ते बैनर, होर्डिंग और झण्डे होंगे। मीडिया में 10 दिन पहले से बड़े-बड़े इश्तिहार दिए जाएँगे। बीच-बीच में कुछ जगह काफ़िला रोक कर हमारी पार्टी के कार्यकर्ता सिल्विया का स्वागत करेंगे। कुल मिलाकर जनता में यह संदेश भेजना होगा कि उनका मसीहा आ गया है। एक तरह से सिल्विया का त्रिनिदाद जाना एक बहुत बड़ा राजनीतिक धमाका साबित होना चाहिए। इसके लिए मीडिया चैनलों को पहले से ही मैनेज करना होगा। हमारे कार्यकर्ता और त्रिनिदाद का मीडिया जब दस दिन पहले से माहौल बनाना शुरू कर देगा तो आम जनता की भीड़ अपने आप उमड़ पड़ेगी। ऐसा हुआ तो प्रधानमंत्री और राष्ट्रपति की नींद हराम होना तय है। यह इसलिए भी ज़रूरी है कि त्रिनिदाद की जनता

के लिए यह 'फर्स्ट इंप्रेशन इज़ दी लास्ट इंप्रेशन' वाला मामला होगा। वैसे भी हीरो की इंट्री इसी तरह धमाकेदार होनी चाहिए।

सिल्विया की पहली प्रेस कांफ्रेंस भी पूरी तरह नाटकीयता से भरी होगी। उसमें सिल्विया की मम्मी भी उसके साथ होंगी। उन्होंने विश्वनाथ जी की असमय मौत के बाद जो दुख और तकलीफें झेली हैं, वह सब मीडिया के सामने वे बेहिचक कह सकती हैं। सिल्विया भी अपने एक सफल डॉक्टर वाले करियर की कुर्बानी देकर राजनीति चुनने की बात कहकर उस प्रेस-कांफ्रेंस में बड़ा धमाका करेगी। कुल मिलाकर सिल्विया को वहाँ अपने मन में रही सारी पीड़ा उड़ेलने का काम करना है, क्योंकि उसके बाद आगे की लड़ाई हम कोरी भावुकता से नहीं बल्कि पूरे तार्किक आधार पर लड़ेंगे। इसलिए भावुक होने के लिए वही पहला और आख़िरी मौक़ा होगा, यह बात याद रखनी होगी। त्रिनिदाद की मीडिया में उस प्रेस-कांफ्रेंस को भावुकता के साथ पेश करने की ज़िम्मेदारी मैं ले रहा हूँ। तो मेरी योजना है, इसके बाद जो रोड शो और प्रचार अभियान शुरू होगा वह देखने लायक होगा।" मेरी बातों से सिल्विया के चेहरे पर हमेशा छायी रहने वाली दुख की परछाई हट चुकी थी। स्मिथ भी बहुत ग़ौर से मेरी बातें सुन रहा था और सहमत भी लग रहा था पर सबसे ज़्यादा जोश में भाटिया साहब ही थे। वे बीच-बीच में ऐसे उछल रहे थे जैसे उनके किसी पसंदीदा क्रिकेट खिलाड़ी ने ज़ोरदार छक्का जड़ दिया हो।

अपने प्लान का पहला हिस्सा खोलने के बाद मैंने उनके सामने त्रिनिदाद में सिल्विया की रैलियों और उसके इंतज़ाम की एक पूरी की पूरी योजना रख दी। इसमें रैली के क़ाफ़िले में कारों, बसों की संख्या से लेकर मीडिया में विज्ञापनों, प्रचार के अन्य संसाधनों के इस्तेमाल की योजना और खर्चों का ब्योरा था। सारी बातें विस्तार से बताने के बाद मैंने उन्हें अपनी योजना का दूसरा चरण समझाया, "लेकिन यह सब सिर्फ़ सिल्विया के करने और चाहने से नहीं होगा। उसके त्रिनिदाद पहुँचने से पहले सिल्विया के नाम की ज़बरदस्त लहर तैयार करना सबसे बड़ा और ज़रूरी काम होगा। यह काम ख़ुद मैं देखूँगा। मेरी टीम के लोग दस दिन पहले से ही मीडिया में सिल्विया की वापसी और राजनीति में आने की ख़बरें प्लांट करना शुरू कर देंगे। दरअसल यह सारी तैयारी, पहले स्तर पर सुनाई गई योजना के

सफल होने की सीढ़ी का काम करेगी। वह सब कैसे मैनेज करना है यह सब आप मुझ पर छोड़ दीजिए। हमें तमाम ग़ैर-राजनैतिक लोगों, लेखकों, पत्रकारों, बुद्धिजीवियों, सामाजिक कार्यकर्ताओं को अपने साथ जोड़कर, सरकार के ख़िलाफ़ बयान दिलवाने होंगे। फ़िल्मी सितारों, क्रिकेट, फुटबाल के खिलाड़ियों को भी इस अभियान में लाना होगा। एक तरह से हमारा लक्ष्य सभी प्रभावशाली लोगों को रॉबिन सरकार के ख़िलाफ़ खड़ा कर देना है। किसी को यह मुश्किल लग सकता है पर यह बहुत आसान है। दरअसल यही मेरी कंपनी और पूरी टीम का असली काम है। हमारी टीम सिल्विया के त्रिनिदाद पहुँचने के 10 दिन पहले ही वहाँ पहुँच जाएगी और अपने काम में जुट जाएगी। उन्हें अपने काम में पार्टी के लोगों का सहयोग मिलना चाहिए बस, बाक़ी जो कुछ भी करना है वे स्वयं पूरी तत्परता से करेंगे। यह टीम ही स्टेज बनाएगी, जगह-जगह खुली छत की बस का इंतज़ाम करेगी, झण्डे, बैनर, पोस्टर लगाएगी, मीडिया को मैनेज करेगी, पार्टी के नेताओं की प्रेस कांफ्रेंस करवाना, बुद्धिजीवियों और बाक़ी नामचीन लोगों से संपर्क उन्हीं के ज़िम्मे होगा। अब चूँकि यह चुनाव का साल है, इसलिए सरकार चाह कर भी उन्हें तंग नहीं कर पाएगी। त्रिनिदाद में पहुँचने के दस दिन बाद, हमें कुवा सुगरकेन एरिया में एक बहुत बड़ी रैली का इंतज़ाम करना होगा। यही वह इलाका है जहाँ सिल्विया के पुरखे बरसों पहले गन्नें के खेतों में काम करने आए थे। बाद में इसी इलाके में गैसपारिलों की सुगर मिल भी बनी जहाँ हज़ारों मज़दूर काम करते आए हैं। रैलियों में भीड़ जुटाने के लिए 500 बसों का इंतज़ाम किया जाएगा जो पूरे त्रिनिदाद और टोबैगो से लोगों को कार्यक्रम स्थल पर लेकर आएँगी। टोबैगो से दर्जनों स्पेशल फेरी, स्टीमर चलाये जाएँगे जो लोगों को लेकर हयात होटल के पास वाली जेटी पर आएँगी। वहाँ से उन्हें बसों से रैली में ले जाया जाएगा। यह सारा काम भी हमारी टीम ही आप की पार्टी के कार्यकर्ताओं के साथ मिल कर करेगी। हमारी टीम में सभी पेशेवर लोग हैं जिन्हें इस तरह के काम कुशलता से करने में महारत हासिल है, बस उन्हें अनजान जगह पर अपना काम करने में पार्टी से पूरा सहयोग मिलना चाहिए।"

अब आते हैं तीसरे और सबसे ज़रूरी काम पर। हमें यह पता होना चाहिए कि हमारी लड़ाई किससे है? मौजूदा पीएम और राष्ट्रपति ने विश्वनाथ जी

पर जितना भी अन्याय और अत्याचार किया है, उस मुद्दे पर पूरे 10 महीने प्रचार अभियान चला पाना संभव नहीं और वह कार्ड पहले भी खेला जा चुका है। हेलीकाप्टर दुर्घटना में विश्वनाथ जी की मौत से पहले पार्टी इसी लाइन पर प्रचार कर रही थी कि उन्हें झूठे मुकदमों में फँसाकर प्रताड़ित किया गया। इसलिए अब हमें एक बिल्कुल नया मुद्दा उठाना होगा जो हमारे एजेंडा में मुख्य मुद्दा बनकर उभरेगा। आप लोग बताएँ, वह मुद्दा क्या हो सकता है?"

सिल्विया चुप थी। स्मिथ अचानक बोल पड़ा, "वह मुद्दा भ्रष्टाचार ही हो सकता है। मैंने अपने ऊपर लगाए गए मुकदमों की दौड़भाग के दौरान पाया है कि त्रिनिदाद में ऐसे हज़ारों लोग हैं जिन्हें सरकार की दमनकारी नीतियों का शिकार होना पड़ा है। वे सिर्फ़ अपने विश्वसनीय लोगों को ही प्रगति के अवसर उपलब्ध करवा रहे हैं। फिर भले वह उद्योग स्थापित करने की बात हो या फिर नौकरियाँ और सामाजिक विकास और सहभागिता के दूसरे मौक़े। अवसर सिर्फ़ उनके लिए ही उपलब्ध हैं जिनकी सरकार से मिलीभगत है या फिर जो अपने मुनाफ़े का एक बड़ा हिस्सा उनकी पार्टी को दे रहे हैं।"

मैं स्मिथ से पूरी तरह सहमत था, "बिल्कुल ठीक कहा स्मिथ। मैंने भी अपनी रिसर्च में यही पाया है कि त्रिनिदाद की मौजूदा सरकार कई तरह के भ्रष्टाचार में लिप्त है। इसलिए मैंने कैरिबियाई देशों के लिए काम करने वाली एक ग़ैर-सरकारी संस्था से बात करके त्रिनिदाद के विभिन्न सरकारी उपक्रमों में हुए घोटालों की सूची बनाई है। हमें इस सूची को और बड़ा करना है। अपने दोस्तों से बात करके इस लिस्ट को बड़ा करने के काम में लगना पड़ेगा। यह सूची जितनी बड़ी होगी, हमें फ़ायदा भी उतना ही ज़्यादा मिलेगा। दरअसल एक-एक घोटाले से हज़ारों लोगों का सरोकार जुड़ जाता है। इसके लिए पूरे सबूत जुटाने की ज़रूरत भी नहीं है। हमें सिर्फ़ संदेहास्पद कार्यप्रणाली वाले क्षेत्रों की ओर इशारा करना है। उन क्षेत्रों में घोटाले हुए भी हैं या नहीं यह सफ़ाई देना मौजूदा सरकार का काम है। सरकार भले सफ़ाई देती रहे पर लोगों के दिमाग़ में कुछ हद तक यह बात बैठ चुकी होगी कि सरकार गड़बड़ कर रही है। इन दस महीनों में अगर हम भ्रष्टाचार की बात लगातार दोहराते रहे तो ज़्यादातर लोग मौजूदा

सरकार को भ्रष्ट ज़रूर मान लेंगे। फिर सरकार के सफ़ाई देने का भी लोगों पर उल्टा असर पड़ेगा।"

मेरी बात सुनकर भाटिया साहब उछल पड़े,"अरे ऐसे दस घोटाले तो मैं बता सकता हूँ। बारबेडस में चोपड़ा साहब के पास भी ऐसे पच्चीस से तीस मामले पहले से हैं। यह वाक़ई बहुत कारगर योजना है। आप बिल्कुल फ़िक्र मत करिए मैं जल्द ही अपने व्यावसायिक संबंधों के इस्तेमाल से कम से कम ऐसे 100 मामलों की सूची आपको सौंप दूँगा जिनमें सरकार ने टेंडर और उद्योगों के लिए ज़मीन के आवंटन में घूस लेकर काम किया है।"

"बहुत बढ़िया भाटिया साहब। अब आते हैं चौथे सबसे ज़रूरी काम पर। सिल्विया राजनीति में पहला क़दम रखेगी इसलिए त्रिनिदाद के 40 प्रतिशत भारतीय मूल के लोग उस पर विश्वनाथ जी जैसा ही विश्वास करें यह बिल्कुल ज़रूरी नहीं, ऐसे में अश्वेतों के समर्थन की बात तो भूल ही जाओ। इसलिए इस अभियान में हमें स्मिथ के साथ की ज़रूरत है, स्मिथ की लोकप्रियता भी हमें इस चुनाव में भुनानी है, वह अगर साथ रहेगा तो हमें मिलने वाले वोट किसी भी हाल में 50 प्रतिशत से नीचे नहीं जाएँगे।" मैंने अपनी बात रखने के बाद स्मिथ और सिल्विया की ओर देखा फिर भाटिया साहब की ओर। फिर मेरी नज़रें वापस जाकर स्मिथ पर ठहर गईं। स्मिथ मुझे वाक़ई थोड़ा संकोची स्वभाव का लगा था लेकिन थोड़ी देर सोचने के बाद वह पूरे आत्मविश्वास के साथ खड़ा हो गया और कहने लगा, "मिस्टर वर्मा, सिल्विया के लिए मैं कुछ भी करूँगा। हालाँकि राजनीति में जाने की मेरी कभी कोई योजना नहीं रही लेकिन मैं सिल्विया के लिए राजनीति में उतरने के लिए भी तैयार हूँ। आप बताइए मुझे क्या करना है?"

"तुम्हें सिर्फ़ सिल्विया की परछाई बनकर रहना होगा स्मिथ।" मैंने मुस्कुराते हुए कहा। स्मिथ ने आगे बढ़कर सिल्विया का हाथ थाम लिया और कहा, "सिल्विया, मैं वादा करता हूँ, तुम्हें नई मंज़िल तक पहुँचाने तक मैं हमेशा तुम्हारी परछाई बनकर रहूँगा।" सिल्विया की आँखें डबडबा गई थीं। मैं उनके बीच घटित हो रहे इस क्षण को पूरी शिद्दत से महसूस कर रहा था।

क्रूज़ पर सिल्विया ने स्मिथ के साथ अपनी जो अधूरी प्रेम कहानी सुनाई थी वह अब मुझे एक नया दिलचस्प मोड़ लेती दिख रही थी। हालाँकि भाटिया साहब सिल्विया और स्मिथ के हाथ मिलाने को महज एक राजनैतिक

साझेदारी मान कर ख़ुश हो रहे थे। वे तुरंत जश्न के मूड में आ गए और घड़ी देखकर मुझसे पूछने लगे, "मिस्टर वर्मा, अब तो सेलिब्रेशन बनता है, बताइए क्या लेंगे आप?"

भाटिया साहब पीने-पिलाने के शौक़ीन हैं यह बात सिल्विया मुझे पहले ही बता चुकी थी, इसलिए मैंने उनकी इच्छा का आदर करते हुए अपने लिए एक पैग सिंगल माल्ट विहस्की का आग्रह किया। वे तुरंत अपना और मेरा गिलास बना लाए। स्मिथ रम का शौक़ीन था, उसने अपने लिए बारबेडस की ख़ास "माउंट गे" रम माँगी। भाटिया साहब के पास दुनिया भर की मशहूर शराब का पूरा का पूरा ज़खीरा भरा पड़ा था। मानो इस काम में उन्होंने पीएचडी ही कर रखी थी। उन्होंने तुरंत जाकर स्मिथ के लिए भी एक पैग बनाया और उसे लाकर थमा दिया। इस बीच सिल्विया अपने लिए रेड वाइन ले आई थी।

अपने जाम टकराकर 'चीयर्स' करने के बाद हमने आगे के प्लान पर चर्चा शुरू की। भाटिया साहब और स्मिथ पूरे उत्साह से भरे हुए थे, बस सिल्विया अब कुछ उदास नज़र आ रही थी। मैंने उससे पूछा, "क्या हुआ सिल्विया? लगता है तुम्हें मेरे प्लान पर भरोसा नहीं हो रहा है।" उसने एक पल सोचने के बाद कहा, "नहीं, ऐसी कोई बात नहीं है, मैं सिर्फ़ यह सोच रही हूँ कि इस योजना में बहुत सारे पैसे लगेंगे। इतने सारे पैसों का इंतज़ाम कहाँ से होगा?"

"खर्च वाली बात पर ही आ रहा था मैं भी। इन दस महीनों में चुनाव तक काफ़ी पैसा खर्च होगा। हालाँकि मैं और मेरी कंपनी फीस के तौर पर कोई रक़म नहीं लेंगे सिल्विया, क्योंकि तुमसे आत्मीय लगाव की वजह से यह काम मेरे जीवन का सबसे बड़ा मिशन बन गया है। पर हाँ, मेरे अनुमान के मुताबिक़ चुनाव की तैयारियों पर पचास मिलियन डॉलर खर्च होंगे और यह रक़म हमें कैसे भी जुटानी ही है।"

मेरी बात सुनकर सिल्विया का मुँह खुला रह गया। अब तक जो ख़ुशी उसके चेहरे पर नज़र आ रही थी वह मुझे ओझल होते दिखी। वह ख़ुद को रोक नहीं पाई और बोल पड़ी, "लेकिन यह तो बहुत बड़ी रक़म है। मैं इतने पैसे का इंतज़ाम कैसे कर पाऊँगी? पापा की सभी संपत्तियाँ सरकार पहले ही जब्त कर चुकी है। राजनैतिक जीवन की शुरुआत में ही चंदा माँगने के

लिए जनता के आगे जाकर हाथ पसारना ठीक नहीं रहेगा। हालाँकि मुझे यक़ीन है लोग हमारी पार्टी को दिल खोलकर पैसा देंगे।"

मैंने उसे आश्वस्त करने वाली नज़रों से देखते हुए कहा, "चिंता मत करो सिल्विया, कुछ न कुछ इंतज़ाम हो जाएगा। कुछ पैसा मैं अपनी जान-पहचान के लोगों से ले आऊँगा लेकिन वह काफ़ी नहीं होगा।" इस पर स्मिथ बोला, "मैं अपना लंदन का फ्लैट बेच दूँगा" मैंने और सिल्विया ने उसे समझाया कि इस तरह से कोई ख़ास मदद नहीं हो पाएगी।

इस बीच भाटिया साहब उठकर अपना तीसरा पैग लेकर आ गए। इस बार पैग पटियाला नज़र आ रहा था। उन्होंने गिलास उठाया तो एक बार में पूरा गटक कर ही वापस नीचे रखा। टेबल पर गिलास रखने से हुई आवाज़ से हमारा ध्यान उनकी ओर गया। वे कुछ देर बारी-बारी हमारे चेहरों की उड़ी हुई रंगत देखते रहे फिर ठसक से साथ बोले, "50 मिलियन डॉलर मैं दूँगा।" सिल्विया उनकी बात सुनकर उछल पड़ी, "आप इस चुनाव का पूरा खर्च ख़ुद देंगे? क्या सचमुच?" शायद उसे विश्वास नहीं हो रहा था। भाटिया साहब ने ख़ुद के पूरे होशो हवास में होने का दावा करते हुए अपना गिलास उठाया और वापस अपने बार कैबिनेट की तरफ़ जाते हुए कहा, "हाँ भाई मैं ऐसा किसी तैश में आकर नहीं कह रहा। मैं पूरे होश में कह रहा हूँ। किसी के आगे हाथ फैलाने की ज़रूरत नहीं, पूरे पचास मिलियन डॉलर मैं तुम्हें दूँगा।"

यह सुनते ही सारा माहौल ख़ुशी में बदल गया। सिल्विया और स्मिथ उछल पड़े थे। शोर सुनकर मिसेज भाटिया दौड़ी चली आईं, उनके पीछे-पीछे उनकी दोनों बेटियाँ भी आ गईं। मिसेज भाटिया को देखकर सिल्विया के माथे पर आई शिकन साफ़ दिख रही थी। शायद उसने सोचा हो, भाटिया आंटी ठहरीं एक नंबर की कंजूस, हो सकता है अंकल को पैसे देने से मना ही कर दें। लेकिन वहाँ माजरा उल्टा था। रंजना भाटिया ख़ुश होकर बोलीं, "50 मिलियन क्यों? चुनाव पर जितना खर्च आएगा वह सारा हम लोग देंगे। फिर भले ही सारा खर्चा 100 मीलियन डॉलर के पार चला जाए। मेरी बेटी लोगों के आगे हाथ फैलाकर चंदा माँगते क्यों घूमेगी भला?"

यह कहते हुए मिसेज भाटिया ने आगे बढ़कर सिल्विया को गले लगा लिया। फिर देखते ही देखते यह मौक़ा एक बड़े फैमिली सेलिब्रेशन में

बदल गया। भाटिया साहब की दोनों बेटियाँ भी सिल्वी से लिपट कर उसे बधाइयाँ देने लगीं। इस बीच भाटिया आंटी भागकर किचन में गईं और मिठाई लेकर आ गईं, "लीजिए आप सब मुँह मीठा कीजिए, देख लेना मेरी बेटी प्रधानमंत्री ज़रूर बनेगी।"

सिल्विया भाटिया परिवार से इतना प्यार पाकर बहुत भावुक हो रही थी। फिर उसने ख़ुद को संयत किया और कहने लगी, "आप सब का यह प्यार देखकर मुझे लग रहा है कहीं मैं ख़ुशी से मर न जाऊँ। सचमुच आप लोगों ने हमेशा बिना माँगे बहुत मदद की है। आप लोग ही मेरा सच्चा परिवार हैं। अच्छा, मैं अभी मम्मी को भी यह सब नहीं बताना चाहती। पता नहीं, वह क्या समझेंगी, कहीं राजनीति में जाने की बात सुनते ही बिगड़ न जाएँ। वैसे भी बीमार रहती हैं। कनाडा जाकर मैं उन्हें सब कुछ अच्छी तरह समझाकर राज़ी कर लूँगी। तब तक इस कमरे में बैठे सारे लोगों को क़सम है, यहाँ हुई एक भी बात बाहर नहीं जाने पाए। किसी रिश्तेदार को भी कानों-कान ख़बर नहीं होनी चाहिए।"

इस पर मिसेज भाटिया ने अपने पति पर तंज करते हुए कहा, "सिल्वी बेटा मुझे बात पेट में रखने की आदत है, उन्हें समझाओ जिनके पेट में कोई बात पचती ही नहीं। दिन भर फ़ोन पर बकर-बकर लगे रहते हैं। क्या पता कल लार्ड्स मैदान में ही जाकर ढिंढोरा पीट दें कि स्मिथ राजनीति में जाने वाला है।" उनकी बात सुनकर भाटिया साहब भड़क उठे, "बकवास बंद करो रंजना। मैं ऐसा काम न करता हूँ और न ही करूँगा। तुम बारबडोस वाली मौसी को मत बता देना। वह बी.बी.सी. रेडियो हैं।"

भाटिया साहब और मिसेज भाटिया की यह तू-तू,मैं-मैं माहौल और भी हल्का कर गई। ख़ैर उनकी तू-तड़ाक भी पल भर की थी। थोड़ी देर बाद दोनों ने ऐसी ख़ातिरदारी की जिसे देखकर मैं दंग रह गया। भाटिया साहब वाक़ई बड़े दिलदार थे। डिनर पर भी वे मेरे प्लान के बारे में कई बातें पूछते रहे। सिल्विया कह रही थी, भाटिया अंकल को उसने पहली बार क्रिकेट के अलावा कोई बात इतने सीरियस होकर करते देखा है। इस पर उन्होंने यह कहकर माहौल और हल्का कर दिया कि वे बिज़नेस की बातें घर पर नहीं लाते। ऑफ़िस की बातें और टेंशन ऑफ़िस में छोड़कर घर चले आते हैं।

ख़ैर 'मिशन-त्रिनिदाद' का मसौदा भाटिया साहब को ही सबसे ज़्यादा पसंद आया था। सिल्विया और स्मिथ को भी यह पूरा प्लान बहुत अच्छा लगा था। सबकी जिज्ञासाओं भरे सवालों का जवाब मैंने पूरे संयम से दिया और आख़िरकार अपने प्लान पर उन सबकी मंज़ूरी लेकर भारत वापस आ गया। कमाल की बात यह थी कि मेरे भारत आने के दूसरे दिन ही भाटिया साहब ने मेरी कंपनी के खाते में 10 मीलियन डॉलर की रक़म जमा करवा दी। यह राशि काम शुरू करने के लिए काफ़ी थी। मैं तुरंत अपनी टीम तैयार करने में जुट गया। सबसे तेजतर्रार सहकर्मियों में से बीस लोगों की टीम चुनकर त्रिनिदाद रवाना कर दी। इस बीच सिल्विया भी कनाडा पहुँच गई थी। उसने फ़ोन पर बताया, हमारी यह योजना सुनकर मम्मी उससे भी ज़्यादा उत्साहित हैं और जिद्द पर अड़ी हुई हैं कि वे भी चुनाव प्रचार में उतरेंगी। मैंने उससे कहा कि यह तो और भी अच्छी बात है। इससे हमारे चुनाव प्रचार में सहानुभूति की लहर भी पैदा होगी। उनके पास सिर्फ़ दो प्रचारक होंगे, राबिन और कामता प्रसाद जबकि हमारे पास तीन—तुम, स्मिथ और श्रीमती विश्वनाथ। हमारा काम ज़्यादा आसान हो जाएगा।

तैयारियाँ पूरी करने को लेकर मैं कोई जोखिम नहीं लेना चाहता था इसलिए मैंने सिल्विया को दस दिन बाद त्रिनिदाद भेजने की बजाय उसे पंद्रह दिन बाद की तारीख बताई। उसने भी अपनी सहमति जताते हुए इस दौरान पार्टी के नेताओं को इस नई चुनौती के लिए एकजुट करने का प्लान बना लिया। कुछ दिनों बाद सिल्विया से बात हुई तो वह ख़ुशी में झूमते हुए बता रही थी कि पापा की पार्टी के सभी विश्वासपात्र नेता उसके राजनीति में आने की बात सुनकर बहुत उत्साहित हैं। उन्होंने कल्पना भी नहीं की थी कि विश्वनाथ जी की बेटी भी मैदान में आ सकती है। उन्हें अपने ख़ुद के राजनीतिक करियर के लिए भी सिल्विया आशा की नई किरण की तरह नज़र आने लगी है।

उधर मेरी कंपनी के लोग त्रिनिदाद में पार्टी नेताओं और कार्यकर्ताओं से मिल रहे ज़बर्दस्त सहयोग से बहुत उत्साहित थे। उन्होंने मीडिया में सिल्विया के राजनीति में आने की अटकलों वाली ख़बरें प्लांट करना शुरू कर दिया था। पूरे देश में सिल्विया को लेकर धीरे-धीरे माहौल बनना शुरू हो गया था। 21 अप्रैल को सिल्विया को मियामी से फ्लाइट लेकर त्रिनिदाद

उतरना था। वह कनाडा से मियामी एक दिन पहले आ गई और वहाँ उसने पापा के कुछ पुराने दोस्तों से संपर्क कर चुनाव में मदद की माँग की। वे भी तैयार हो गए लेकिन उन्हें सिल्विया की काबिलियत पर शायद भरोसा नहीं हो रहा था। उन सबके कारोबार त्रिनिदाद में अच्छी तरह फैले हुए थे इसलिए भी वे सरकार से कोई पंगा नहीं लेना चाहते थे। उन्होंने चंदा के तौर पर बेहद मामूली रक़म देने का वादा करते हुए सिल्विया से यह भी कहा कि चंदा देने की बात वह किसी को न बताए। जब उसने यह बात मुझे फ़ोन पर बताई तो मैं महसूस कर पा रहा था कि सिल्विया का मनोबल इस बात से हिल गया है। लिहाजा मैंने उसे समझाया कि अभी वे विश्वास नहीं कर रहे हैं तो न करें। सिल्विया तुम फ़िक्र मत करो, मेरा दावा है यही लोग छह महीने के भीतर मोटा चंदा लेकर तुम्हारे आगे-पीछे घूमेंगे। तब तुम चाहो तो इन लोगों का मनोबल गिरा देना, जिन्होंने चंदे में भीख जैसी रक़म देने की पेशकश की है।

ख़ैर मैंने उसे आश्वस्त किया कि वह भाटिया साहब के रहते चुनाव में खर्च होने वाले पैसों की ज़रा भी फ़िक्र न करे, क्योंकि मेरा दावा है। जल्द ही तुम्हारी पार्टी के पास इतना राजनैतिक चंदा आएगा कि भाटिया साहब से पूरे 50 मिलियन डॉलर नहीं लेने पड़ेंगे। मेरी बात सुनकर सिल्विया ने राहत महसूस की थी पर अब मैं पहले से भी ज़्यादा दबाव महसूस कर रहा था। आख़िर मेरे कहने पर सिल्विया और भाटिया साहब इतना बड़ा दाँव लगा रहे थे। अब मेरे पास अपना मिशन कामयाब करने के सिवाय कोई दूसरा रास्ता नहीं बचा था।

15

जब हमें मंज़िल की फ़िक्र नहीं होती, हम जब अपनी यात्रा के प्रत्येक क्षण का आनंद ले रहे होते हैं तब यात्राएँ कितनी जल्दी बीत जाती हैं, लेकिन अपने कठिन लक्ष्य की ओर बढ़ने वाले सफ़र का एक-एक पल कितनी बेचैनी से गुज़रता है? मेरी त्रिनिदाद यात्रा भी मुझे इसी बात का जीवंत प्रमाण लग रही थी। सिल्विया ने मियामी से त्रिनिदाद की फ्लाइट ली थी। 21 अप्रैल की सुबह 11 बजे वह त्रिनिदाद उतरने वाली थी जबकि मैं सिल्विया से दो दिन पहले 19 अप्रैल को ही वाया लंदन त्रिनिदाद पहुँच गया था।

21 तारीख की उस सुबह के इंतज़ार में मेरी सारी रात जागते हुए कटी थी। अपनी टीम को दिशा-निर्देश देते हुए मैं नींद की प्रतीक्षा करता रहा, वह तो नहीं आई पर सिल्विया आ रही थी। मुझसे रहा नहीं गया, मैं 9 बजे ही तैयारियों का जायज़ा लेने चुपचाप एयरपोर्ट जा पहुँचा, इस बारे में मैंने अपनी टीम में भी किसी को नहीं बताया था। अक्सर ऐसे मौक़ों पर मैं इसी तरह औचक निरीक्षण करता था और आम आदमी की तरह भीड़ में शामिल होकर लोगों का उत्साह समझने की कोशिश करता आया था। मेरी टीम ने सचमुच तैयारियों में कोई कसर नहीं छोड़ी थी। सिल्विया के स्वागत के लिए कार्यकर्ताओं और बाक़ी लोगों को एयरपोर्ट पर जुटाने के लिए 100 बसों का इंतज़ाम किया गया था। सभी पर सिल्विया की पार्टी—टीटीसी यानी "त्रिनिदाद–टोबैगो कांग्रेस" के झंडे लगे हुए थे। पूरा रास्ता होर्डिंग, बैनर्स, झण्डों से सजा हुआ था। जगह-जगह तक़रीबन एक किलोमीटर के फ़ासले पर स्वागत द्वार बनाए गए थे, जहाँ कार्यकर्ताओं की

भीड़ स्वागत के लिए तैयार खड़ी थी। इस रोड शो में सिल्विया के लिए लोगों का समर्थन साबित करने के लिए इतना काफ़ी था। जब मैं एयरपोर्ट पर पहुँचा, वहाँ भी लोगों का जमावड़ा शुरू हो गया था। दस बजे तक वहाँ हज़ारों की भीड़ इकट्ठा हो गई थी। मीडिया का हुजूम अपने कैमरा और ओबी वैन के साथ मौजूद था।

सिल्विया जब एयरपोर्ट से बाहर आई तो "होप ऑफ़ त्रिनिदाद—सिल्विया विश्वनाथ" के नारों से पूरा आसमान गूँज उठा। हज़ारों की भीड़ एक स्वर में चिल्ला रही थी—"होप ऑफ़ त्रिनिदाद—सिल्विया विश्वनाथ।" यह नारा दरअसल हमारी टीम ने ही उन्हें गढ़ कर दिया था। त्रिनिदाद में मालाओं का रिवाज़ नहीं है, स्वागत और सम्मान के प्रदर्शन में गुलदस्ते और बुके भेंट करने का चलन है। मेरी टीम ने सिल्विया के स्वागत के लिए इतने बुके और गुलदस्ते मँगा लिये थे कि वे दो ट्रकों में भरकर जगह-जगह पहुँचाए गए। फूलों की सबसे बड़ी खेप एयरपोर्ट भी पहुँच गई थी। सिल्विया और उसकी माँ गुलदस्तों और बुके से घिर गई थीं। सिल्विया को भी इतने भव्य स्वागत की उम्मीद नहीं थी। चारों तरफ़ ज़बरदस्त धक्का-मुक्की अफरा-तफरी थी। पुलिस को सिल्विया की सुरक्षा में बहुत मुश्किल आ रही थी। किसी तरह उन्हें खुली छत वाली बस तक पहुँचाया गया। सिल्विया और उसकी मम्मी ने जब बस पर खड़े होकर हज़ारों की भीड़ का हाथ जोड़कर अभिवादन किया तो एयरपोर्ट एक बार फिर "होप ऑफ़ त्रिनिदाद—सिल्विया विश्वनाथ" के नारों और जयकारों से गूँज उठा। मीडिया ने इससे पहले कभी किसी नेता का ऐसा स्वागत देखा भी नहीं था। इसलिए ज़ोरदार कवरेज चल रहा था। सारे चैनलों पर लाइव कवरेज हो रहा था। एयरपोर्ट की धक्का-मुक्की और भीड़ में मीडिया वाले भी नहीं बच पाये थे। इसलिए वे भी इस स्वागत से आश्चर्य में थे। अब तय कार्यक्रम के मुताबिक़ सिल्विया का रोड शो शुरू हो गया था।

मैंने इस रोड शो में 200 कारों के क़ाफ़िले की योजना बनाई थी लेकिन सिल्विया के लिए अप्रत्याशित भीड़ उमड़ पड़ी थी। लोग अपनी कारों के साथ आकर क़ाफ़िले में शामिल हो गए थे जिससे सिल्विया के क़ाफ़िले में कारों की संख्या बढ़कर 500 हो गई थी। लोगों का उत्साह देखते ही बन रहा था। देखते ही देखते यह प्रायोजित रोड शो एक स्वत: स्फूर्त जनांदोलन

जैसा लगने लगा, हर तरफ़ ट्रैफिक जाम हो गया। बंदोबस्त में तैनात पुलिस भी परेशान नज़र आ रही थी। प्रशासन को भी शायद लोगों का ऐसा हुजूम उमड़ने का अंदाज़ा नहीं था। ख़ैर इसके लिए भी ख़ुद प्रशासन ही ज़िम्मेदार था क्योंकि हमारी टीम ने ट्रैफिक बंदोबस्त बढ़ाने का पत्र पुलिस कमिश्नर को पहले ही दे दिया था। उस आवेदन पर स्वीकृति में हस्ताक्षर करते हुए ख़ुद कमिश्नर ने भी यह कहकर मज़ाक़ बनाया था कि इस लड़की को लेने कौन आने वाला है? अगर सौ लोग आ गए तो बहुत है।

वहीं कमिश्नर ऑफ़िस में टेलीविज़न पर ट्रैफिक-जाम का नज़ारा देखकर घबरा गया था। वह तुरंत भागा-भागा आया और अब ख़ुद रोड शो के आगे ट्रैफिक व्यवस्था के लिए परेशान घूम रहा था। शहर की लगभग सभी प्रमुख सड़कों पर जाम लग गया था। पूरा पोर्ट ऑफ़ स्पेन का सड़क-परिवहन एक तरह से ठप्प पड़ गया था। सिल्विया जहाँ से भी गुजर रही थी, लोग घरों से निकल कर उसे गुलदस्ते दे रहे थे, उस पर फूल बरसाए जा रहे थे। टीवी पर कवरेज देखकर लोग अपने-अपने घरों के बाहर निकल आए थे। घरों के बाहर खड़ी महिलाएँ और बच्चे भी हाथ हिला कर सिल्विया का स्वागत कर रहे थे।

काफ़िला जब पीएम हाउस के सामने वाले रोड से रेसकोर्स की ओर बढ़ रहा था तो लोग सरकारी दफ़्तरों से भी निकल कर सड़कों पर आ गए थे। रेसकोर्स के विशालकाय मैदन में खेल का अभ्यास करने वाले सैकड़ों युवा भी स्वागत के लिए रोड पर जमा हो गए थे। काफ़िला जब पीएम हाउस के ठीक सामने से गुज़रा, मैंने महसूस किया सिल्विया और उसकी माँ अपने पूर्व निवास की ओर देखते हुए बहुत भावुक हो गए थे। कभी उन्हें इसी पीएम हाउस से बेआबरू होकर निकलना पड़ा था। फिर पीएम-हाउस की इमारत की ओर देखकर सिल्विया की आँखों में नज़र आई चमक मुझे भीतर तक आत्मविश्वास से भर गई। उसकी नज़रें शायद यही कह रही थीं कि जल्द ही यह उसका और उसकी माँ का आशियाना होगा।

रेसकोर्स रोड से गुज़रने के अलावा सिल्विया की पार्टी का रोड शो पोर्ट ऑफ़ स्पेन के कई प्रमुख इलाकों से होकर गुज़रा। हज़ारों की भीड़, चौपहिया और दुपहिया वाहनों की लंबी कतारों के साथ काफ़िला मारावल, क्यूबेन रोड, गावा रोड से होते हुए सबाना क्वीन्स पार्क ग्राउंड के पास से

गुज़रकर साउथ त्रिनिदाद की ओर बढ़ गया। बीच में सिर्फ़ करोनी पहुँचने पर रोड शो कुछ देर के लिए रुका। यहाँ रुकने की एक ख़ास वजह थी। दरअसल यही वो जगह थी जहाँ पहली बार भारतीय मज़दूर काम करने आए थे। उन्हें श्रद्धांजलि देने के बाद सिल्विया अपने क़ाफ़िले के साथ आगे रवाना हो गई। बारातरिया, लेवेन्टाइल, चेज रोड विलेज, गैस पारिलो विलेज, सगुवानाज, रिफार्म विलेज, कोरिन्थ विलेज और पाल्मीज होते हुए सैनफरनान्डो इलाके में स्थित सिल्विया के पैतृक घर पहुँचने में क़ाफ़िले को पूरे दस घंटे लगे। हमने सिर्फ़ दस जगहें चुनी थीं जहाँ पार्टी कार्यकर्ता सिल्विया का स्वागत करते लेकिन कवरेज ने आम लोगों में इतना उत्साह भर दिया था कि जगह-जगह सिल्विया के स्वागत के लिए लोग इकट्ठे हो गए थे और उसे फूल भेंट कर रहे थे।

बहरहाल जब घर पहुँचे तब रात हो चुकी थी। सिल्विया ने सबको धन्यवाद देकर विदा किया। फिर दिन भर की थकान उतारने के लिए वह नहाने चली गई। तैयार होकर उसने सबसे पहले मुझे फ़ोन किया। मैं भी उसके फ़ोन का इंतज़ार कर रहा था। एयरपोर्ट से लेकर सिल्विया के घर तक उस शानदार और भव्य रोड शो का नज़ारा मैंने ख़ुद चुपचाप अपनी आँखों से देखा था। कार्यक्रम की सफलता देखकर मुझे सचमुच राहत मिली थी, जिसके बाद मैं भी वापस होटल आ गया था। सिल्विया के बुलावे पर मैं तुरंत उससे मिलने अपने होटल से निकल गया।

मेरे पहुँचते ही वह किसी छोटी बच्ची की तरह मुझसे आकर लिपट गई। उसने काफ़ी देर मुझे कसके गले लगाए रखा। वह उत्साह में चीखे जा रही थी। मैं उसका चेहरा नहीं देख पाया पर उसकी आवाज़ से यह समझ नहीं आ रहा था कि वह ख़ुशी में हँस रही है या फिर रो रही है। बहुत देर बाद वह मुझसे अलग हुई और बोली, "प्रशांत आपने कमाल कर दिखाया। यह सब मैंने सपने में भी नहीं सोचा था। पापा वर्षों तक राजनीति में रहे लेकिन उनके लिए भी कभी ऐसा जनसैलाब नहीं उमड़ा। मम्मी तो इस रोड शो की सफलता को लेकर आश्चर्य में हैं, उन्हें लग रहा है उन्होंने कोई सपना देखा है। रास्ते भर आपसे मिलने की बात कहती रहीं, घर आने पर भी बस आपका ही गुणगान किए जा रही हैं। उनके लिए आप भगवान के भेजे हुए किसी देवदूत से कम नहीं। अभी-अभी सोने गई हैं लेकिन कहकर गई हैं

कि प्रशांत जी के आने पर मैं उन्हें जगा दूँ। आप प्लीज़ मिल लीजिए न उनसे।" मैंने हँसते हुए कहा, "सिल्विया उन्हें सोने दो, बहुत रात हो चुकी है। उनसे मैं कल मिल लूँगा। जहाँ तक बात आज के रोड शो की है तो यह रोड शो कुछ भी नहीं है। असल शो दस दिन बाद होगा, जब टीसीसी की विशालकाय रैली होगी और स्मिथ पहली बार जनता के सामने तुम्हारे साथ स्टेज पर नज़र आएगा। पूरा देश चमत्कृत हो जाएगा। उस दिन सरकार न हिल जाए तब कहना।"

सिल्विया से आगे की योजना पर कुछ देर बात करके मैं वापस होटल आकर सो गया। हमेशा की तरह सुबह देर से उठा, अपना मोबाइल देखकर मैं हैरान रह गया, सिल्विया के दर्जनों मिस्डकॉल नज़र आ रहे थे। मुझे मेरी टीम ने भी कई फ़ोन किए थे लेकिन अलार्म बंद करने के चक्कर में पता नहीं कैसे मोबाइल साइलेंट मोड पर चला गया था। इतने सारे मिस्ड कॉल देखकर मुझे अंदेशा हुआ कि कहीं कुछ गड़बड़ तो नहीं हो गई? इसी बीच मेरा ध्यान सिल्विया के एक मैसेज पर गया, जिसमें लिखा था, "टीवी पर उन लोगों ने मेरा कैरेक्टर एसेशिनेशन शुरू कर दिया है।"

टीवी पर न्यूज़ चैनल लगाया तो पहला ही दृश्य देखकर मेरा दिल धक करके रह गया। सालों पहले सिल्विया को चूमते हुए स्मिथ की तस्वीरें तैर रही थीं। ख़बरों में कहा जा रहा था कि सिल्विया के स्मिथ से कई सालों तक प्रेम-संबंध रहे हैं। दोनों लंदन में भी मिलते रहे हैं। मैंने त्रिनिदाद के दूसरे न्यूज़ चैनलों का रुख किया, वहाँ भी वही हाल था। रोड शो के दृश्यों के साथ सिल्विया के लंदन में स्मिथ के साथ घूमते-फिरते हुए चुपचाप खींची गई कुछ तस्वीरें तैर रही थीं। इतना ही नहीं कुछ चैनल तो सिल्विया का चरित्र-हनन करने में इतने आगे निकल गए थे कि उन्होंने मेडिकल की पढ़ाई के दौरान, एक क्लब में हुई सिल्विया और उसके दोस्तों की बर्थडे पार्टी की तस्वीरों को भी किसी रेव-पार्टी के नाम से परोस दिया। उस न्यूज़ चैनल की रिपोर्ट सिल्विया को एक बड़े बाप की बिगड़ी बेटी की तरह प्रस्तुत कर रहा था। कुल मिलाकर सिल्विया की छवि धूमिल करने में चैनल वाले कोई कसर नहीं छोड़ रहे थे। ख़ैर ये सब कयास थे, सूत्रों के हवाले से जैसी बातें जोड़कर ख़बर को तोड़-मरोड़कर पेश किया जा रहा था। असल में मुंबई में स्मिथ के चुंबन की तस्वीर के अलावा बाक़ी चीज़ों की सत्यता

का कोई प्रमाण नहीं था। लेकिन शायद किसी की शह पर वे यह सब कर रहे थे इसका मुझे तुरंत आभास हो गया था। यह सब उन्होंने इसलिए किया था जिससे सिल्विया के लिए जो जनसैलाब उमड़ा है वह अपने नए उभरते नायक के प्रति विश्वास खो दे। इतने सालों तक सिल्विया के त्रिनिदाद से ग़ायब रहने की बातों पर भी मीडिया सवाल उठा रहा था, कि सिल्विया को अगर अपने देश से इतना ही प्यार था तो इतने सालों तक वे क्या कर रही थीं? उन्हें इससे पहले अपने देश की जनता की याद क्यों नहीं आई? क्या वे त्रिनिदाद में होने वाले चुनावों का इंतज़ार कर रही थी? ऐसे कई सवाल थे जिनके जवाब मेरे पास भी नहीं थे।

मुझे तुरंत अपनी ग़लती का एहसास हुआ। मैं अपनी तैयारी के जोश में दुश्मन की ताक़त का अंदाज़ा लगाने में चूक गया था। मैं वाक़ई ग़लत था। अपनी बाजी चलने के जोश में हम अक्सर यह भूल जाते हैं कि अगर बिसात बिछी है, तो चाल सिर्फ़ आप नहीं चलते, सामने वाला भी अपनी चाल चलता है। उस वक़्त अपनी अगली चाल से ज़्यादा सामने वाला क्या दाँव चलेगा इसका ख़्याल रखना ज़रूरी हो जाता है। मेरा अंदाज़ा था यह ज़रूर कामता प्रसाद का खेला हुआ कोई नया दाँव है। कल के धमाकेदार रोड शो से वह ज़रूर बौखला गया होगा और फिर यह बात कैसे भूली जा सकती है कि अब सत्ता में बैठे लोग ही मीडिया को मैनेज करने लगे हैं। जो मीडिया संस्थान सत्ता के ख़िलाफ़ बात करते हैं उनकी आवाज़ दबाने की कोशिश की जाती है। सिल्विया और स्मिथ के एक पुराने फ़ोटो को लेकर नया बवाल खड़ा करने का मकसद भी शायद यही रहा होगा। हो सकता है प्रधानमंत्री कार्यालय से ही मीडिया को निर्देश भेज दिए गए हों कि सिल्विया से जुड़ा कोई विवाद ढूँढ़कर लाओ और जनता के आगे परोस दो।

बहरहाल मैंने तुरंत सिल्विया को फ़ोन लगाया और उसे धीरज रखने के लिए कहा। वह बार-बार पूछ रही थी कि अब हम क्या करेंगे? मैंने उसे सिर्फ़ यही कहा, फिलहाल हम चुपचाप अपने तय कार्यक्रम के हिसाब से तैयारियों में लगे रहेंगे। वह मुझे थोड़ी चिंतित लग रही थी। लेकिन मैं कहीं से भी आशंकित नहीं था। मैंने सिल्विया को दोबारा स्मिथ की सालों पहले मुंबई में कही बात दोबारा याद दिलायी। स्मिथ को लेकर वह पहले की ही तरह आश्वस्त होकर बोली, "आप चिंता मत कीजिए स्मिथ अपनी बात से

डिगेगा नहीं। आप जैसा चाह रहे हैं वह वैसा कह देगा लेकिन उसके बाद भी सत्ता में बैठा कामता प्रसाद अगर कोई नई चाल चलेगा तब हम क्या करेंगे? देखिए वह मुझे फिर बदनाम करने की कोशिश करेगा?" मैंने उससे पूरे आत्मविश्वास से कहा, "देखो सिल्विया दुश्मन के एक दाँव से डरकर हमें अपनी रणनीति बदलने की कोई ज़रूरत नहीं है। हम आगे भी अपनी तय रणनीति के हिसाब से ही बढ़ते रहेंगे। अभी दस महीने का वक़्त है, एक-एक कार्ड हमें धीरे-धीरे खोलना होगा। कोई भी जल्दबाज़ी हमें बहुत नुक़सान पहुँचा सकती है।" सिल्विया ने मेरी बात पर सहमति जताकर बात ख़त्म कर दी। हमारे बीच एक अच्छे तालमेल का ही यह संकेत था कि हम एक-दूसरे से बेकार की बहस नहीं करते थे। वह अपनी राय रखती थी और मैं अपनी। मेरे अनुभव का सम्मान करते हुए वह कई बातें मुझ पर ही छोड़ देती थी। लेकिन स्मिथ के मामले को लेकर वह थोड़ी असहज लग रही थी। बहरहाल मैंने उसे संयम रखने को कहकर बात वहीं ख़त्म कर दी और अपने अगले हर एक क़दम पर दुश्मन की प्रतिक्रिया के बारे में सोचकर अपनी योजना का पुनर्मूल्यांकन कर रहा था, मैं नहीं चाहता था कि हम कोई भी ऐसा निर्णय लें जो बनी-बनाई बात बिगाड़ दे।

कुछ देर बाद ग़ौर से सोचने पर मुझे कामता प्रसाद की अकल पर थोड़ा तरस आया। एक तरह से उसने हमारा काम और भी आसान कर दिया था। वह ऐसा न करता तो शायद सिल्विया के त्रिनिदाद लौटने की ख़बरें एक दो दिन सुर्ख़ियाँ बटोरने के बाद शांत हो जातीं, लेकिन अब सिल्विया रोज़ किसी न किसी बहाने ख़बरों में थी। यह भले ही नेगेटिव पब्लिसिटी थी पर सुर्ख़ियाँ तो उसे मिल ही रही थीं। दूसरी तरफ़ स्मिथ पहले ही कह चुका था कि वह कभी मीडिया के सामने पूर्व-प्रधानमंत्री विश्वनाथ और सिल्विया के एहसान गिनाने से नहीं चूकेगा। मेरा अंदाज़ा था कि सिल्विया के इस चरित्र हनन की काट ख़ुद स्मिथ ही बन सकता है। अगर वह ख़ुद आकर मीडिया के सामने मुंबई में सिल्विया से कही हुई अपनी बात दोहरा दे तो पूरी बाजी एक बार फिर पलट जाएगी।

बस मैंने अपनी पूर्व-नियोजित योजना में कोई परिवर्तन नहीं किया। हाँ, स्मिथ के त्रिनिदाद आने की तारीख 10 दिन बाद की जगह थोड़ा पहले खिसका दी। अब स्मिथ दस दिन बाद 1 मई की जगह 29 अप्रैल को ही

त्रिनिदाद आ रहा था क्योंकि मैंने 1 मई को विश्व मज़दूर दिवस के मौक़े पर सिल्विया और स्मिथ की एक विशाल जनसभा की योजना बना ली थी। उस जनसभा को लेकर मेरी कुछ बहुत गोपनीय तैयारियाँ थीं, जिन्हें मैं अभी सिल्विया और स्मिथ के सामने खोलना नहीं चाहता था। मेरी योजना का सम्मान करते हुए उन दोनों ने भी मुझसे ज़्यादा कुछ नहीं पूछा। मीडिया को बिना बताये स्मिथ 29 अप्रैल को ही लंदन से ब्रिटिश एयरवेज की फ्लाइट लेकर त्रिनिदाद पहुँच गया था। इस बीच रैलियों के कुछ मौक़ों में सिल्विया को लगातार जन-समर्थन मिलता जा रहा रहा था, लेकिन उसकी लोकप्रियता का ग्रॉफ ठहरा हुआ सा लग रहा था। सिल्विया लगातार ख़बरों में थी लेकिन सत्ता पोषित मीडिया हाउस उस पर कीचड़ भी उछाल रहे थे। अब हमारी उम्मीद स्मिथ पर ही टिकी थी। हमने पूरी तैयारी रखी और स्मिथ के त्रिनिदाद पहुँचने की ख़बर कहीं से भी लीक नहीं होने दी। एयरपोर्ट से वह सबसे पहले गावारोड स्थित अपने घर गया और फिर अगले दिन की सुबह वहाँ से चुपचाप सिल्विया के घर आ गया।

30 अप्रैल को सिल्विया के घर पर रखी गई प्रेस कांफ्रेस का इनवाइट मैंने पहले ही सभी मीडिया संस्थानों को भिजवा दिया था। प्रेस से बात करने के लिए सिल्विया के पैतृक घर के लॉन में व्यवस्था की गई थी। स्मिथ को मेरी टीम ने घर के अंदर एक कमरे में बिठा दिया था, वह थोड़ा हैरान था कि उसे इस तरह क्यों छिपाया जा रहा है? बाहर सुबह से ही मीडिया की भीड़ जमा होने लगी थी। त्रिनिदाद की प्रिंट और इलेक्ट्रॉनिक मीडिया ही नहीं जमैका, सेन्ट लूसिया, बारबेडस सहित कई अमेरिकी, ब्रिटिश और विदेशी पत्रकार वहाँ पहुँच गए थे। दरअसल यह मेरी रणनीति का हिस्सा था, जिसका फ़ायदा यह हुआ कि पिछले कुछ दिनों से सिल्विया के प्रति कुछ उदासीनता बरत रहा देश का मीडिया, विदेशी पत्रकारों को देखकर फिर जोश में आ गया। वहीं सिल्विया शुरुआत में मुझे कुछ नर्वस लग रही थी, आख़िर उसके जीवन की यह पहली प्रेस कांफ्रेंस थी। किसी रोड शो में मुस्कुराते हुए हाथ जोड़कर खुली बस पर खड़ा होना और बात थी, यहाँ उसे मीडिया के पेचीदा और तीखे सवालों का सामना करना था।

ठीक दस बजे सिल्विया अपनी माँ के साथ बाहर लॉन में आई। घर के द्वार से लेकर लॉन के बीच बमुश्किल वह 50 क़दम ही चली होगी लेकिन

उसकी चाल और आँखों में नज़र आ रहा आत्मविश्वास मुझे दंग करने के लिए काफ़ी था। मैं सोच रहा था कि क्या यह वही सिल्विया है जो अभी कुछ देर पहले मेरा लिखकर दिया हुआ बयान पढ़ते हुए इस बात पर डर रही थी कि मैं यह सब मीडिया के सामने कैसे बोल पाऊँगी? वही सिल्विया अपने हर क़दम के साथ पत्रकारों की आँखों में आँखें डालकर बात करने के लिए तैयार दिख रही थी। पत्रकारों के पीछे दूर एक कोने में बैठा मैं उसकी चाल-ढाल देखकर ताज्जुब कर रहा था। उसने मीडिया के सामने आकर पहले अपनी मम्मी को ठीक से बिठाया फिर माइक थाम लिया।

"आपने त्रिनिदाद में ऐसे बड़े मेडिकल और इंजीनियरिंग कॉलेज खड़े नहीं किए जहाँ त्रिनिदाद के ग़रीब बच्चे विश्व स्तर की शिक्षा ले सकें, पर जब वे यूरोप और अमेरिका की यूनिवर्सिटी में पढ़ने बाहर जाते हैं तो आप कहते हैं, वे बाहर जाकर अय्याशी करते हैं। आपने पहले इस देश के लोगों से रोजगार छीन लिया, एक के बाद एक नौकरियाँ ख़त्म कर दीं लेकिन जब कोई मजबूर होकर विदेशों में नौकरी करने जाता है और फिर वापस लौटने की कोशिश करता है तो आप कहते हैं, देख लो इन्हें अब अपने देश की याद आई है। मैं आपसे पूछती हूँ कि अपने देश की याद कब आनी चाहिए? जब वह बर्बाद हो जाए तब?"

मैं हैरान था, सिल्विया यह सब क्या बोल रही है? ऐसा बयान तो मैंने उसे लिखकर नहीं दिया था! पल-भर में उसकी बोलने की कला पर मैं मुग्ध हो गया था। फिर आगे उसने बड़े भावुक ढंग से मौज़ूदा सरकार से उसके परिवार को मिली सारी प्रताड़नाएँ गिनाना शुरू कर दीं। सत्ता में आते ही कैसे हरएक हथकंडा आजमाकर उन्हें तंग किया गया। पिछली तीन पीढ़ियों की कड़ी मेहनत और ईमानदारी की कमाई और संपत्ति सरकार ने एक झटके में जब्त कर ली। इतना ही नहीं उनसे इस देश में आत्मसम्मान के साथ रहने का अधिकार भी छीन लिया जिसकी वजह से मजबूरन उसे नौकरी करने अमेरिका जाना पड़ा। एक वरिष्ठ और अनुभवी नेता की तरह सिल्विया उस पर झूठे आरोप लगाने वालों को करारा जवाब दे रही थी।

अपने पिता के प्रधानमंत्री-कार्यकाल में रही देश की ख़ुशहाली गिना रही थी, तब की जीडीपी और अब के विदेशी क़र्ज़ के ब्यौरे बता रही थी। मुझे

थोड़ी राहत मिली कि चलो सिल्विया ने मेरे लिखित बयान में से ये ज़रूरी आँकड़े तो सबके सामने रखे। वरना मुझे लग रहा था शायद उसमें अपने पिता की ही आत्मा अवतरित हो गई है, जो उसे अचानक ऐसा प्रखर वक्ता बनाकर प्रस्तुत कर रही है, जिसे किसी लिखित बयान या भाषण की कोई ज़रूरत नहीं। उसका मीडिया के सामने बोलना बिल्कुल स्वत:स्फूर्त था। किसी ऐसे एक्टर की तरह जो आपके साथ खाली वक़्त में गप्पें मारकर बिल्कुल आम इंसान लग सकता है लेकिन कैमरे के सामने आते ही वह अपने किरदार में घुस जाता है। फिर उसे पहचानना भी मुश्किल हो जाता है। ठीक वैसे ही मैं आज बिल्कुल एक नई सिल्विया को देख-सुन रहा था। वह गर्व के साथ अपने पिता के कार्यकाल की उपलब्धियाँ गिनाकर मौजूदा सरकार के ऊपर उन सभी अच्छे कामों पर पानी फेरने का इल्ज़ाम लगा रही थी। बीच में उसने एक जुमला भी उछाल दिया, अंधेर नगरी चौपट राजा, टके सेर भाजी टके सेर खाजा। देश की चौपट होती अर्थव्यवस्था, युवाओं के लिए नौकरी का संकट सहित देश के तेल, मिनरल्स और गैस जैसी प्राकृतिक संपदा का फ़ायदा उठाने वाली बाहर की कंपनियों की लूट पर निशाना साधकर सिल्विया ने सबका दिल लूट लिया।

बाक़ी की कसर बगल में बैठकर रोए जा रही सिल्विया की माँ ने पूरी कर दी। उन्होंने अपने पति की मौत और उस हेलिकाप्टर दुर्घटना से जानबूझकर पर्दा नहीं हटाने का आरोप लगाकर सरकार को कटघरे में खड़ा कर दिया। पूरा माहौल ग़मगीन सा हो गया था। मेरा इशारा पाकर मेरी टीम के लोगों ने प्लान के मुताबिक़ सिल्विया के बगल में एक और कुर्सी लाकर रख दी। आगे क्या करना है इसका अंदाज़ा लगाकर सिल्विया ने वापस अपनी माँ से माइक ले लिया और बोली, "गाज़ सिर्फ़ हमारे ऊपर नहीं गिरी है। सरकार ने हमारे क़रीबियों को भी इस लड़ाई में रौंद डाला। इस देश के एक होनहार खिलाड़ी और दुनिया में मशहूर स्मिथ जैसे क्रिकेट स्टार का खेल-करियर भी इन लोगों ने चौपट कर दिया। न सिर्फ़ उसे तंग किया गया बल्कि उसका घर छीन लिया, उसके ख़िलाफ़ झूठी जाँच बिठा दी गई। मजबूर होकर उसे क्रिकेट से ही संन्यास लेना पड़ा और उसे भी लंदन में जाकर रहना पड़ा। अपनी बात कहने के लिए युवा दिलों की धड़कन स्मिथ ख़ुद हमारे बीच मौजूद है..."

सिल्विया की बात सुनकर मीडिया में खलबली मच गई। उन्हें स्मिथ के त्रिनिदाद में होने की कोई सूचना नहीं थी। अचानक प्रेस-कांफ्रेंस में गहमागहमी के हालात बन गए। इस बीच जैसे ही स्मिथ घर से निकलकर मीडिया के सामने रखी तीसरी खाली कुर्सी पर आकर बैठा देखते ही देखते माहौल में करंट दौड़ गया। पत्रकार उसे खड़े होकर देखने लग गए थे। उन्हें अपनी आँखों पर विश्वास नहीं हो पा रहा था। कैमरे के फ्लैश अचानक तेज़ी से चमकने लगे। इसके पहले अपने शर्मीले स्वभाव की वजह से स्मिथ वैसे भी मीडिया से बचता रहा था। मीडिया वाले एक फ़ोटो और इंटरव्यू के लिए उसके आगे-पीछे भागते नज़र आते थे पर वही स्मिथ ख़ुद उनके सामने आकर बैठ गया था।

स्मिथ मीडिया और त्रिनिदाद के लोगों को धन्यवाद कहने के बाद सीधे सिल्विया की उदारता पर आ गया। सिल्विया के साथ उसके चुंबन की तस्वीर को उसने आभार और कृतज्ञता दर्शाने का ज़रिया बताया और कहा अब उसी तस्वीर का सहारा लेकर सिल्विया की छवि बिगाड़ने की कोशिश की जा रही है, जबकि सच्चाई यह है कि वह मेरे लिए भगवान से कम नहीं। यही वह मासूम लड़की है जो किसी बड़े बाप की बिगड़ी हुई लड़की नहीं बल्कि ग़रीबों और ज़रूरतमंदों की मदद करने वाली एक संवेदनशील लड़की है। एक ग़रीब बस्ती से उठकर अंतरराष्ट्रीय स्तर का क्रिकेट स्टार बनने तक की अपनी तमाम उपलब्धियों का श्रेय वह एक बार फिर सीधे तौर पर सिल्विया को दे रहा था। वहीं जैसे ही उसने अपनी तमाम नाकामियों और अवसान की ज़िम्मेदारी मौजूदा सरकार पर डाली और यह बताया कि कैसे उसे अपमानित करके, उसके ख़िलाफ़ साजिश करके वेस्टइंडीज़ क्रिकेट टीम से निकलवा दिया गया, मीडिया में हलचल शुरू हो गई। वह अपनी रौ में कहे जा रहा था कि उसके क्रिकेट से संन्यास लेने के बाद से वेस्टइंडीज़ क्रिकेट का स्तर गिरता जा रहा है। प्रेस कांफ्रेंस में स्मिथ का विवादास्पद बयान मीडिया के लिए उस वक़्त की सबसे बड़ी ख़बर थी। मीडिया हमेशा ऐसी चटखारेदार बड़ी ख़बरों की ताक में रहता है इसीलिए उनके लिए यह मुँहमाँगी मुराद पूरी हो जाने जैसा था। इतने बड़े खुलासे पर त्रिनिदाद ही नहीं दूसरे देशों के चैनलों ने भी प्रेस कांफ्रेंस का सीधा प्रसारण शुरू कर दिया। वह प्रेस मीट सिल्विया से शुरू होकर अब आख़िर एक इंटरनेशनल

स्टार की प्रेस कांफ्रेंस में तब्दील हो गई थी। सी.एन.एन., बी.बी.सी., फॉक्स न्यूज़ सभी पर स्मिथ की प्रेस कांफ्रेंस का सीधा प्रसारण शुरू हो गया था। अपनी बात का रंग जमता देख स्मिथ ने मीडिया के सामने एक ऐसी घोषणा कर दी जिससे मीडिया हिल गया। उसने कहा, त्रिनिदाद-टोबैगो के हित में अब वह राजनीति में आने की घोषणा कर रहा है। वह न सिर्फ़ सिल्विया के समर्थन में खड़ा हो गया है बल्कि वह उसकी पार्टी की स्थायी सदस्यता ले रहा है। आज से ही वह सिल्विया के लिए चुनाव प्रचार में उतर रहा है। वह देश के कोने-कोने में जाकर मौजूदा सरकार के ख़िलाफ़ जनांदोलन करेगा। मीडिया के लिए यह सबसे बड़ी ख़बर थी। हर चैनल ब्रेकिंग न्यूज़ फ्लैश कर रहा था, "स्मिथ टेक्स प्लन्ज इन टू पाल्टिक्स" सुप्रसिद्ध क्रिकेट खिलाड़ी स्मिथ ने किया राजनीति में आने का ऐलान।

मीडिया में हड़कंप मच गया था। मेरी टीम के लोग इस सफलता से बेहद उत्साहित थे। हम सबने इस प्रेस कांफ्रेंस से कुछ ऐसे ही कमाल की अपेक्षाएँ की थीं इसीलिए सबकी ख़ुशी का कोई ठिकाना नहीं था। लेकिन यह क्या, स्मिथ की बात को प्रेस कांफ्रेंस का शानदार समापन मानकर जब मीडिया के लोग उठने लगे तभी सिल्विया ने वापस माइक सँभाल लिया। मुझे लगा शायद वह सबका आभार व्यक्त करेगी लेकिन उसके मुँह से निकले शब्द सुनकर मैं चौंक गया, वह बोली, "अब मैं एक और महत्त्वपूर्ण घोषणा करने जा रही हूँ। आज मैं दुनिया को बताना चाहती हूँ कि मैं स्मिथ से प्यार करती हूँ।"

सिल्विया की बात सुनकर मेरे होश उड़ गए। मीडिया के लिए भी यह चौंकाने वाली बात थी। सबके कैमरे फिर वापस हवा में लहराने लगे। इस बीच सिल्विया खड़ी हो गई थी और स्मिथ भी उसकी बगल में खड़ा था। सिल्विया ने एक हाथ से माइक थामा हुआ था फिर उसने पूरे आत्मविश्वास के साथ अपने दूसरे हाथ से स्मिथ का हाथ थाम लिया और आगे कहने लगी, "कल वर्ल्ड लेबर डे के दिन हम दोनों ने जीवनसाथी बनने का फ़ैसला किया है, यह दिन हमने इसलिए चुना क्योंकि हम चाहते हैं कि हमारी शादी की सालगिरह हमें ग़रीबों और मज़दूरों को समर्पित इस ख़ास दिन की याद हमेशा दिलाती रहे। तो आपसे कल फिर मुलाक़ात होगी, सुबह दस बजे हम कोर्ट जाकर शादी कर रहे हैं।"

यह ख़बर सुनकर मीडिया के होश उड़ गए। प्रेस कांफ्रेंस में अफरातफरी मच गई थी। त्रिनिदाद की मीडिया के लिए एक के बाद एक कई धमाकेदार ऐलान वाली, यह एक यादगार प्रेस कांफ्रेंस थी। अब चैनलों पर दूसरी ब्रेकिंग न्यूज़ नज़र आ रही थी। क्रिकेट के सुपरस्टार ने पूर्व प्रधानमंत्री की बेटी से शादी का फ़ैसला किया। इससे पहले वहाँ सिर्फ़ राजनीति के विशेषज्ञ पत्रकार थे लेकिन टीवी कवरेज देखकर लॉन में खेल पत्रकारों का भी ताँता लगने लगा था। वे भी स्मिथ से अपनी बात दोहराने का आग्रह कर रहे थे लेकिन सिल्विया ने उन सभी को कल होने वाली रैली में आने के लिए कह दिया। उसने कहा स्मिथ के साथ मिलकर वह अपनी आगे की रणनीति के बारे में कल होने वाली रैली में ही जनता और मीडिया को संबोधित करेगी। इस तरह 1 मई की रैली अपने आयोजन से पहले ही मीडिया की तीसरी बड़ी ख़बर बनकर सुर्खियों में आ गई थी। इसके बाद सिल्विया ने प्रेस के सवालों का जवाब देने से मना कर दिया और वे तीनों प्रेस कांफ्रेंस से उठ कर अंदर चले गए।

जाते-जाते सिल्विया ने अनौपचारिक रूप से मीडिया को बताया कि पन्द्रह दिन बाद एक और प्रेस कांफ्रेंस रखी जाएगी, जिसमें एक व्हाइट पेपर (श्वेत पत्र) जारी करके मौजूदा सरकार की कई अनियमितताओं और घोटालों का ख़ुलासा किया जाएगा। उन तीनों के अंदर जाने के बाद भी संवाददाता तक़रीबन एक घंटे तक लॉन में ही डटे रहे। वे ओबी वैन के ज़रिए अपने-अपने चैनलों को इस प्रेस कांफ्रेंस की रिपोर्टिंग कर रहे थे। दरअसल सिल्विया के घर पर इतने पत्रकारों का जमावड़ा हो गया था कि लॉन छोटा पड़ गया था। लोग एक-दूसरे पर गिरे पड़ रहे थे। सिल्विया के घर पर हुई इस प्रेस कांफ्रेंस की अफरातफरी के बाद मैंने यह फ़ैसला किया था कि अगली प्रेस कांफ्रेंस सिल्विया के घर की जगह पोर्ट ऑफ़ स्पेन के हयात होटल में रखी जाएगी।

मैं चुपचाप लॉन के कोने से उठा और घर के अंदर चला गया। सिल्विया की नज़रें मानों मुझे ही ढूँढ़ रही थीं। मैंने भीतर जाते ही उत्साह से कहा, “वेल डन सिल्विया, वेल डन स्मिथ।” दोनों उठकर मेरे गले लग गए। सिल्विया बोली, “यह सब तो आपका ही कमाल है, जो आप बताते जा रहे हैं हम तो बस वही कर देते हैं।” मैंने सिल्विया का कंधा थपकाते हुए

कहा, "नहीं सिल्विया, तुम ख़ुद काबिल हो, तुम्हें बस अपना आत्मविश्वास जुटाने की ज़रूरत थी। और स्मिथ के साथ शादी का ऐलान करके तो तुमने पूरी बाजी ही पलट दी। मैं सचमुच बहुत ख़ुश हूँ, तुमने आज जो ऐलान किया है अब वह हमें 50 प्रतिशत नहीं बल्कि त्रिनिदाद के पूरे 80 प्रतिशत वोट जुटाने में मदद करेगा। तुम दोनों को मेरी ओर से ढेरों शुभकामनाएँ।"

यह बात मैंने यूँ ही नहीं कही थी मैं सचमुच सिल्विया की प्रतिभा से बहुत प्रभावित हो गया था, मुझे अपने निर्णय पर गर्व हो रहा था कि मैंने सचमुच सिल्विया के भीतर छिपे बैठे एक बड़े लीडर को वक़्त रहते पहचान लिया था और इस बात की आश्वस्ति मुझे मिल रही थी कि हम सही दिशा में आगे बढ़ रहे हैं।

इस बीच मेरी आवाज़ सुनकर दूसरे कमरे से सिल्विया की मम्मी दौड़ी चली आई, "तो यही हैं वर्मा साहब! जिनसे मिलने के लिए मेरी आँखें तड़प रही थीं, मैं आपको बता नहीं सकती, आपसे मिलने के लिए मेरा दिल कितना बेचैन था।" मैं पलटा और झुककर उनके पाँव छुए। उन्होंने भी अपने बेटे की तरह मुझे अपनी बाँहों में भर लिया। मेरे सिर पर हाथ फेरा और लम्बी साँस छोड़कर बोलीं, "आख़िर मेरे पुरखों के देश के लोग ही बुरे वक़्त में काम आए, आज मुझे लग रहा था जैसे पूरा भारत मेरे साथ इस लड़ाई में खड़ा है।"

हम चारों बहुत देर तक बातें करते रहे। बाहर पार्टी के नेताओं का जमावड़ा शुरू हो गया था। टीवी पर न्यूज़ देखने के बाद सब भागे चले आ रहे थे। सिल्विया और स्मिथ को बधाई देने वालों का ताँता लगा हुआ था। सिल्विया और स्मिथ सबसे गुलदस्ते बटोर कर एक तरफ़ रखते जा रहे थे। वहाँ घर के लॉन में एक कोने पर गुलदस्तों का बड़ा सा ढेर लग गया था। सिल्विया और स्मिथ के राजनीति में आने की ख़बर से भारतीय ही नहीं अश्वेत भी काफ़ी उत्साहित थे और बड़ी तादाद में घर के बाहर अश्वेत युवा भी जुटते जा रहे थे।

दूसरे दिन तय समय के मुताबिक़ सिल्विया और स्मिथ कोर्ट गए, जहाँ उनकी शादी रजिस्टर्ड की गई। अदालत के बाहर भी मीडिया और हज़ारों लोगों की भीड़ जमा हो गई थी। पुलिस के लिए उन दोनों को सुरक्षित कार तक ला पाना भी मुसीबत बन गया था। उससे पहले कोर्ट के अंदर

तक काफ़ी भीड़ जमा हो गई थी जिससे तंग आकर मजिस्ट्रेट दो बार अंदर चला गया था, मजबूरन सिल्विया और स्मिथ को अपनी शादी के दस्तावेज़ों पर दस्तख़त करने मजिस्ट्रेट के चेम्बर में ही जाना पड़ा, जबकि मेरी टीम इस कोशिश में थी कि दोनों के दस्तख़त मीडिया और लोगों के सामने हों। ख़ैर स्मिथ और सिल्विया की शादी के बाद पार्टी कार्यकर्ताओं का जोश देखने लायक था क्योंकि अब उनकी भीड़ में अश्वेत युवा भी बढ़-चढ़कर जोश दिखा रहे थे।

कोर्ट से निकलकर दोनों हनुमान मंदिर करैपीचाइमा गए। यह बड़ा ख़ूबसूरत मंदिर था। 40 फिट ऊँची विशालकाय हनुमान जी की प्रतिमा इस मंदिर के लंबे-चौड़े परिसर में विराजमान थी। आसपास खेतों की हरियाली थी और मंदिर से ही सटे कुछ ख़ूबसूरत बंगले बने हुए थे। वैसे यहाँ हनुमान के अलावा भगवान राम, कृष्ण, शिव, दुर्गा माँ की भव्य मूर्तियाँ भी थीं। मंदिर परिसर में भी मीडिया पहले से मौजूद था। पूरे त्रिनिदाद में सिल्विया और स्मिथ की शादी उस दिन की सबसे बड़ी ख़बर बन गई थी। हर एक चैनल उन दोनों की शादी और उसके बाद मंदिर में पूजा-अर्चना की ताज़ा तस्वीरें दिखा रहा था। दोनों ने मंदिर में एक साथ पूजा की और आरती में शामिल हुए, उसके बाद पुजारियों ने नए जोड़े को तिलक लगाकर आशीर्वाद दिया। स्मिथ के लिए यह सब कुछ एकदम नया अनुभव था और वह विस्मित नज़र आ रहा था। मंदिर के बाद दोनों सगुवानाज चर्च गए, जहाँ पादरी ने क्रास के सामने दोनों को शपथ दिलाई और दोनों के हाथों मोमबत्ती जलवाकर उनसे प्रार्थना करवाई। हर एक चैनल पर इन दोनों जगहों का लाइव कवरेज ही चल रहा था, बाक़ी सभी ख़बरें गायब हो गई थीं, मानो यह शादी ही उस वक़्त ब्रह्मांड की सबसे बड़ी और ज़रूरी घटना हो। ख़ैर मैं और मेरी टीम तो यही चाहते थे। हमारा काम ही इस तरह की ब्रैंडिंग करना है जिसे देखकर लोग दंग रह जाएँ।

हालाँकि एक दिन पहले प्रेस कांफ्रेंस में नज़र आया सिल्विया का नया रूप देखकर मैं ख़ुद ही दंग रह गया था, अब दोनों की शादी हो चुकी थी लेकिन मैं अभी भी उसके इस निर्णय को लेकर विस्मित था। कहाँ एक वक़्त सिल्विया मीडिया और बाक़ी दुनिया के सामने स्मिथ का नाम लेने से भी डरती थी और अब उसी सिल्विया ने बिना किसी परिणाम की चिंता

किए स्मिथ और अपने रिश्ते को न सिर्फ़ डंके की चोट पर मीडिया के सामने स्वीकार किया था बल्कि स्मिथ के साथ शादी के अटूट बंधन में बँधकर अपनी पार्टी टीटीसी को एक बड़ा जनाधार देने की दिशा में आगे बढ़ रही थी। यह सब ख़ुद अपनी आँखों से देख पाना मुझे बेहद रोमांचित कर रहा था। एक बीज का अंकुर फूटना, उसका ज़मीन फोड़कर बाहर झाँकना और अब धीरे-धीरे विकसित होकर हरा-भरा होता हुआ पौधा देखना मुझे सचमुच पुलकित कर रहा था। कुछ ही समय बाद वह एक पौधे से बढ़कर छायादार वृक्ष बनने की प्रक्रिया में आने वाली थी। सिर्फ़ फल लगने की प्रतीक्षा बाक़ी थी और मुझे विश्वास था कि सिल्विया की मेहनत और साहस का फल उसे ज़रूर मिलेगा।

16

सिल्विया और स्मिथ की शादी के कवरेज के लिए न्यूज़ चैनलों में मची होड़ ने हमारा काम आसान कर दिया था। उस शानदार कवरेज के बाद 1 मई की दोपहर ब्रेन्टवुड में होने वाली रैली को लेकर गज़ब का माहौल बन गया था। मैं जब भीड़ का अंदाज़ा लेने मंच पर गया, हज़ारों लोगों का हुजूम देखकर मेरी आँखें चौड़ी हो गईं। जहाँ तक नज़र जा रही थी, सिर्फ़ लोगों के सिर ही नज़र आ रहे थे। मेरी टीम की कड़ी मेहनत और तैयारी के बाद हम मानकर चल रहे थे क़रीब 10 हज़ार लोगों की भीड़ जुटना तो तय है लेकिन अनुमान से कहीं ज़्यादा लगभग 50 हज़ार लोगों का जमावड़ा सिल्विया और स्मिथ के वहाँ पहुँचने से पहले ही हो चुका था। सब कुछ स्वत:स्फूर्त हो रहा था। टीवी कवरेज देखने के बाद लोग ख़ुद इस रैली में सिल्विया और स्मिथ को देखने दौड़े चले आ रहे थे।

शादी की रस्मों के बाद जब सिल्विया और स्मिथ का काफ़िला ब्रेन्टवुड की रैली में पहुँचा तो उनके पीछे चला आ रहा हज़ारों का काफ़िला भी रैली की ऐतिहासिक भीड़ में खो गया। ऐसी रैली त्रिनिदाद के इतिहास में कभी नहीं हुई थी। सिल्विया और स्मिथ के लिए मानो पूरा त्रिनिदाद उमड़ पड़ा था। भारतीयों से ज़्यादा वहाँ अश्वेत जुट गए थे, यह बात इस कार्यक्रम की शुरुआत से पहले ही रैली की सफलता साबित कर रही थी।

सिल्विया ने हाथ जोड़कर और स्मिथ ने हाथ हिलाकर जैसे ही वहाँ मौजूद लोगों का अभिवादन किया जनता उनके नाम का जयघोष करने लगी।

मैंने मंच से नीचे जाना ठीक समझा लेकिन जाने से पहले मैं सिल्विया के पास गया और उसके कान में फुसफुसाकर कहा, “सिल्विया तुमने कमाल कर दिया। मेरा दावा है अब तुम्हारे नाम की आँधी चलेगी। हमारी जीत पक्की है। इसी तरह अपना हौसला आसमान छूने देना।” बदले में उसने मुस्कुराकर मुझे मेरे ही अंदाज़ में जवाब दिया, “आप, स्मिथ साथ हैं तो सब मुमकिन है, मेरे अकेले यह सब नहीं हो पाता।” मैंने उसे नीचे जाने का इशारा किया और पलटकर मंच से नीचे उतरने की सीढ़ियों की ओर बढ़ गया। नीचे उतरते हुए मेरी नज़र दूर पुलिसवालों से घिरे एक शख़्स पर पड़ी, शायद वह मंच तक जाने की कोशिश कर रहा था लेकिन उसे वीआईपी सर्कल में आने नहीं दिया जा रहा था। पास जाकर देखने पर पता चला भाटिया साहब पुलिस वालों से उलझ रहे थे। वे बिना ख़बर दिए लंदन से त्रिनिदाद आ गए थे और ख़ुद को सिल्विया का रिश्तेदार बताकर मंच तक पहुँचने की कोशिश कर रहे थे। कहीं उनकी पिटाई न हो जाए, यह सोचकर मैं तुरंत उनकी ओर भागा लेकिन फिर ख़्याल आया पुलिसवाले शायद मेरी भी न सुनें हालाँकि मेरे पास वीआईपी कार्ड था। मैं वापस लौटकर मंच पर गया, सिल्विया और स्मिथ को पूरी बात बतायी। सिल्विया भाटिया साहब की आने की बात सुनकर चौंक गई और तुरंत ख़ुद उन्हें लेने नीचे पहुँच गई। भाटिया साहब को पूरे सम्मान के साथ मंच पर लाया गया। सिल्विया और स्मिथ की बगल में ही उनके लिए एक कुर्सी लगवायी गई। भाटिया अंकल वहाँ क्रिकेट मैच के दर्शक की तरह चहक रहे थे, उन्होंने सिल्विया के सिर पर हाथ फेरते हुए कहा, “कल बीबीसी पर तुम्हारी और स्मिथ की प्रेस कांफ्रेंस देखने के बाद मुझसे रहा नहीं गया। तुरंत फ्लाइट का टिकट करवाया और तुम दोनों को शादी की बधाई और आशीर्वाद देने चला आया।” सिल्विया बोली, “लेकिन हमें सरप्राइज़ करने की जगह अगर आप बता देते तो आपको ख़ुद एयरपोर्ट लेने आ जाते हम दोनों।”

इस पर भाटिया साहब ठहाका मार कर हँसते हुए बोले, “ओए पुत्तर, अपनी शादी के दिन भी जोड़ा अगर मेहमानों की ख़ातिरदारी में लगा रहेगा फिर तो हो गई शादी।” वे दोनों के सिर पर हाथ रखकर उन्हें ख़ूब दुआएँ दे रहे थे। फिर स्मिथ ने उन्हें गले लगा लिया पर भाटिया अंकल यह मौक़ा हाथ से कैसे जाने देते, जो उन्हें लपक कर गले लगा रहा था वह तो उनका

दोस्त स्मिथ था, जबकि वे यहाँ अपने दामाद से मिलने आए थे। उन्होंने स्मिथ की पीठ थपथपाते हुए कहा, "बेटा, पाँव छूकर आशीर्वाद लो, अब तो तुम मेरे दामाद हो।" स्मिथ शायद उनकी बात समझ नहीं पाया, जब मैंने भाटिया साहब की बात का अंग्रेज़ी में अनुवाद करके बताया, तब वह समझा और उनके पैर छूने के लिए झुकने लगा। इस पर भाटिया साहब ने उसके कंधे पकड़कर रोक दिया और फिर गले लगा लिया। वे इसी बात पर फूले नहीं समा रहे थे कि दुनिया के सबसे धमाकेदार बल्लेबाज़ों में से एक स्मिथ उनके पैरों में झुक रहा है।

रैली में भाषणों का सिलसिला सिल्विया और स्मिथ के वहाँ पहुँचने से पहले ही शुरू हो चुका था। पार्टी के नेता समा बाँधकर इस रैली की भूमिका तैयार कर चुके थे। कुछ देर बाद एक वरिष्ठ नेता ने आकर सिल्विया के कान में रैली को संबोधित करने का आग्रह किया। सिल्विया ने रैली में जुटी भीड़ पर नज़र दौड़ाई, भारतीयों से ज़्यादा अश्वेतों की उपस्थिति का सम्मान करते हुए उसने पहले स्मिथ को माइक थमा दिया। स्मिथ की झिझक साफ़ नज़र आ रही थी। लंबे-लंबे छक्के मारने वाले स्मिथ के हाथ माइक पकड़ते हुए ऐसे काँप रहे थे जैसे उसने कभी इतना बड़ा जनसैलाब न देखा हो, लेकिन उसकी झिझक बेकार का डर साबित हुई। उसे माइक लेकर आगे बढ़ते देख भीड़ उत्साह में शोर मचाने लगी। यह ठीक वैसा ही शोर था जैसा शोर अक्सर उसके फैन्स खेल के मैदान में करते रहे थे। अश्वेत ही नहीं गोरे और भारतीय युवा भी उछल-उछल कर चिल्ला रहे थे। अब यह अतिरिक्त नाम वाला नारा आकाश को भेदने लगा था। रैली स्थल "होप ऑफ़ त्रिनिदाद—स्मिथ सिल्विया विश्वनाथ" के नारे से गूँज उठा। स्मिथ के नौसिखिया अंदाज़ में दिए गए भाषण पर भी उसके फैन्स जमकर तालियाँ बजा रहे थे और नारे लगाकर चिल्ला रहे थे। देखते ही देखते पता नहीं कहाँ से स्मिथ में गज़ब का आत्मविश्वास आ गया और उसने जनता से अपील कर डाली, "देश के पूर्व प्रधानमंत्री विश्वनाथ इतने ईमानदार थे कि उन्होंने वेस्टइंडीज़ टीम में शामिल करने के लिए मेरी कोई सिफ़ारिश नहीं की। उन्होंने चयन की वैधानिक प्रक्रिया का सम्मान करते हुए मुझे सिर्फ़ ट्रायल मैच में खेलने का मौक़ा दिलवाया। जबकि वे चाहते तो मुझे सीधे वेस्टइंडीज़ टीम में पहुँचा सकते थे। यही होना भी चाहिए, प्रतिभा के आधार

पर लोगों को विकास के अवसर मिलने चाहिए न कि अपनी राजनैतिक पहुँच और सत्ता के बल पर। इसके बावजूद मुझे अपनी प्रतिभा का ज़रा भी अहंकार नहीं है। मैं अब भी यही मानता हूँ कि अगर विश्वनाथ जी ने मदद करके उस ट्रायल मैच में खेलने का मौक़ा नहीं दिलवाया होता तो शायद मैं क्रिकेट की दुनिया में अपनी पहचान नहीं बना पाता। मुझे विश्वनाथ जी के परिवार की ईमानदारी पर पूरा भरोसा है, सिल्विया ने विश्वनाथ जी के अधूरे सपने पूरे करने का कठिन फ़ैसला किया है। मैं पूरी तरह सिल्विया के साथ हूँ। अब आपको तय करना है कि आप किसके साथ हैं? उनके साथ हैं जिन्होंने त्रिनिदाद को 10 साल पीछे ढकेल दिया या सिल्विया के साथ हैं जो त्रिनिदाद की जनता को दुनिया के बड़े देशों जैसी ख़ुशहाली देना चाहती है।" स्मिथ ने अपनी बात ख़त्म की तो सिल्विया के समर्थन के नारों से आसमान एक बार फिर गूँज उठा।

सिल्विया का अंदाज़ा सही था, उसने स्मिथ को पहले माइक थमाकर जन-सभा में उत्साह भर दिया था। जब वह बोलने के लिए आगे बढ़ी तो रैली का उत्साह अपने पूरे उफान पर आ गया। त्रिनिदाद की जनता का अभिवादन करने के बाद उसने सबसे पहले कहा, "ज़रा सोचिए, जो दमनकारी सरकार एक पूर्व प्रधानमंत्री और उसके परिवार को त्रस्त कर सकती है, उसके चंगुल से आम इंसान कैसे बच पाएगा? न्याय और समानता का हक़ सभी को वैसे ही मिलना चाहिए जैसे प्रकृति हवा और पानी सबको देती है।" सिल्विया की कही हर एक बात पर तालियाँ बज रही थीं, लोगों का उत्साह देखते ही बन रहा था। अपने भाषण में एक तरह से उसने मौजूदा सरकार की धज्जियाँ उड़ा दी थीं।

मैं सिल्विया को धाराप्रवाह बोलते हुए अपलक देख रहा था और विस्मित था कि सिर्फ़ दस दिन में उसकी नेतृत्व क्षमता इस क़दर परिपक्व होकर कैसे उभर सकती है। शायद उसकी प्रतिभा किसी डर के प्रभाव में दुबककर बैठ गई थी वरना मछली के बच्चे को भी कभी तैरना सिखाया जाता है? उसने बचपन से ही अपने घर में राजनीति का माहौल देखा था। पिता का गहरा असर उसके व्यक्तित्व पर नज़र आ रहा था। सिल्विया के व्यक्तित्व में जैसे मैंने नेतृत्व की क्षमता देख ली थी, ठीक वैसे ही कामता प्रसाद ने भी बचपन में ही सिल्विया की यह प्रतिभा पहचान ली होगी, तभी

वह उसके पापा से सिल्विया की राजनीतिक सूझबूझ की तारीफ़ करता था।

उस रैली की ऐसी ज़बरदस्त सफलता मिली कि प्रधानमंत्री राबिन और राष्ट्रपति कामता प्रसाद दोनों बौखला गए। सिल्विया की ललकार से सरकार हिल गई। शाम तक दो मंत्रियों ने इस्तीफ़ा देकर सिल्विया की पार्टी में शामिल होने का ऐलान कर दिया। राबिन को अंदेशा था अभी कई और लोग इस्तीफ़ा देंगे। वैसे भी जब कश्ती डूबने लगती है तो चूहे पहले कूद कर बाहर आ जाते हैं। सिल्विया को मिला जनसमर्थन और रैली की अपार सफलता के बाद राष्ट्रपति-प्रधानमंत्री की दो घंटे तक गुप्त वार्ता हुई। जिसके बाद राबिन सरकार ने आनन-फानन में मंत्रिमंडल की बैठक बुलाकर एक बौखलाहट भरा फ़ैसला ले लिया। उन्होंने चुनाव के दौरान सिल्विया और स्मिथ को दी जा रही पुलिस-सुरक्षा हटा दी। मंत्रिमंडल के इस फ़ैसले पर जब पत्रकारों ने सवाल उठाए तो जवाब में बाहर आकर प्रधानमंत्री ने आपा खोकर उल्टे पत्रकारों को ही फटकार लगा दी। उसका कहना था स्मिथ का चुनाव लड़ना ग़ैर-संवैधानिक है। चुनाव आयोग के नियमों के मुताबिक़ स्मिथ चुनाव लड़ ही नहीं सकता, उसके ख़िलाफ़ विदेशी मुद्रा उल्लंघन के अंतर्गत फेरा का केस दर्ज है। दरअसल प्रधानमंत्री राबिन इस बात से ज़्यादा परेशान था कि इस्तीफ़ा देने वाले मंत्रियों में से एक टोबैगो का सबसे बड़ा अश्वेत लीडर था। उनकी सरकार की चूलें हिल चुकी थीं। वही घबराहट और बौखलाहट प्रेस से बातचीत में भी साफ़ नज़र आ रही थी।

सरकारी-सुरक्षा हटाए जाने की बात से सिल्विया को खिन्न देखकर मैंने उसे समझाया कि यह तो और भी अच्छा हुआ। इससे दो फ़ायदे होंगे, पहली बात उसके और स्मिथ के प्रति जनता में सहानुभूति की लहर पैदा होगी और दूसरी सबसे ज़रूरी बात, अब कोई उसकी जासूसी नहीं कर पाएगा। क्योंकि अक्सर विपक्षी नेताओं की सरकारी सुरक्षा का मतलब उनकी गतिविधियों की ख़बर पाने का ज़रिया होता है। मैंने तुरंत न्यूयार्क की एक सिक्यूरिटी एजेंसी से बात करके 50 बाउंसर की टीम त्रिनिदाद बुला ली। वे सभी बाउंसर लम्बे-चौड़े कद्दावर क़िस्म के गोरे और अश्वेत थे। फुर्तीले तो थे ही, हमेशा काले सूट में आँखों पर काला चश्मा चढ़ाए वे ऐसे टशन में दिखते थे कि पूछिए ही मत। कान में ट्रांसमीटर जैसा उपकरण लगाकर रखते थे। कुल मिलाकर बेहतरीन सुरक्षा उपकरण उनके पास थे और हमेशा

मुस्तैद रहते थे। पुलिस के स्थानीय सुरक्षा जवान उनके सामने बौने और ढीले-ढाले नज़र आते थे। उन्हें देखकर लगता था, अगर सुरक्षा गार्ड हों तो ऐसे हों, वरना अपनी सुरक्षा आप भली। अब वही बाउंसर हर वक़्त सिल्विया, स्मिथ और उनकी माँ की सुरक्षा में तैनात हो गए थे।

टोबैगो में हुई अगली रैली भी बेहद असरदार रही थी। वहाँ सिल्विया को मिला जनसमर्थन चुनावों में उसकी सफलता का इशारा कर रहा था। क्योंकि यह साफ़ हो गया था कि त्रिनिदाद ही नहीं बल्कि टोबैगो के लोग भी सिल्विया के समर्थन में खड़े हैं। दरअसल त्रिनिदाद की सत्ता पाने के लिए उसे दोनों द्वीपों में बराबर समर्थन की ज़रूरत थी। टोबैगो की रैली का सबसे बड़ा धमाका यह था कि राबिन सरकार से इस्तीफ़ा देने वाला अश्वेत मूल का मंत्री इस रैली में सिल्विया के साथ एक मंच पर आ गया था। इतना ही नहीं उसने सिल्विया की पार्टी त्रिनिदाद-टोबैगो कांग्रेस को अपने समर्थन की घोषणा कर दी। यह मीडिया के लिए उस दिन की सबसे बड़ी ख़बर रही।

उधर राबिन की पीपुल्स पार्टी और कामता प्रसाद की नेशनल यूनाइटेड पार्टी से इस्तीफ़ों का सिलसिला थमने का नाम नहीं ले रहा था। पार्टी छोड़कर भाग रहे मंत्रियों को भी शायद यह लगने लग गया था कि अब सिल्विया का जीतना तय है। मैं और मेरी टीम ने तय किया कि सिर्फ़ बड़ी रैलियों पर निर्भर रहना ठीक नहीं, धुआँधार प्रचार के लिए हमने नुक्कड़ सभाओं की योजना भी बनाई और छोटे स्तर के आयोजनों का सिलसिला शुरू कर दिया था। जिसका लक्ष्य केवल किसी एक मुहल्ले में रहने वालों को आकर्षित करना था। एक तरह से यह जन-सुनवाई के कार्यक्रम थे, जिसमें सिल्विया, उसकी माँ और स्मिथ अलग-अलग जाकर जनसंपर्क कर रहे थे। लोगों की समस्याएँ सुन रहे थे और उन्हें सूचीबद्ध करके सत्ता में आते ही उन समस्याओं के निराकरण का आश्वासन दे रहे थे। इसी वजह से उनकी नुक्कड़ सभाएँ भी बेहद लोकप्रिय होती जा रही थीं। उन छोटी-छोटी सभाओं में भी इतनी भीड़ जमा हो रही थी कि वे भी रैली का रूप लेती जा रही थीं।

अब बारी थी सिल्विया और स्मिथ की पार्टी के मास्टर-स्ट्रोक की। पहले से तय कार्यक्रम के अनुसार इस प्रेस कांफ्रेंस का आयोजन हयात होटल

में रखा गया। यहाँ व्हाईट पेपर जारी करके सिल्विया ने मौजूदा सरकार पर आरोपों की झड़ी लगा दी। इस श्वेत-पत्र में सरकार पर 26 घोटालों के आरोप लगाये गए थे। मैंने पहले ही उन सभी आरोपों को एक दस्तावेज़ की शक्ल में बुकलेट छपवा दी थी। प्रेस-कांफ्रेंस में मीडिया के सामने रखे गए इन आरोपों ने एक बार फिर धमाका किया। राबिन सरकार तिलमिला कर रह गई। उम्मीद से ज़्यादा असर होता देख मैंने इस बुकलेट की हज़ारों प्रतियाँ छपवाकर एक नए कार्यक्रम की रूपरेखा बना डाली। यह कार्यक्रम था—डोर टू डोर कैम्पेन। अब सिल्विया, उसकी माँ और स्मिथ घर-घर जाकर वह बुकलेट पहुँचा रहे थे। इस बुकलेट में हमारा एजेंडा भी शामिल किया गया था, जिसमें स्पष्ट लिखा था कि अगर हमारी सरकार आई तो वह जनता के हित में कौन-कौन से फ़ैसले लेने जा रही है। हालाँकि त्रिनिदाद और टोबैगो के प्रत्येक घर में बुकलेट पहुँचाने का काम आसान नहीं था। सिल्विया ही नहीं उसकी पार्टी के कार्यकर्ता भी हरएक मोहल्ले और रिहाइशी इलाक़ों में इसकी प्रतियाँ पहुँचा रहे थे। घोटालों की पोल खुलने की बात पर जनता सबसे ज़्यादा उत्सुक नज़र आ रही थी। लोग कार्यकर्ताओं से वह बुकलेट माँग-माँगकर पढ़ रहे थे और अपने दोस्तों, रिश्तेदारों के साथ उन घोटालों पर चर्चा कर रहे थे। सरकार के दबाव के बावजूद मीडिया में वे ख़बरें भी सुर्खियाँ बनने लगीं। भ्रष्टाचार को लेकर सरकार के ख़िलाफ़ पूरे देश में माहौल ज़ोर पकड़ गया। लाख सफ़ाई के बावजूद सरकार की कोई नहीं सुन रहा था। जो आरोप बग़ैर किसी सबूत के लगाए गए थे लोग उन पर पर भी आँख मूँद कर भरोसा कर रहे थे। यही अक्सर होता भी है, एक बार विरोध का माहौल बन जाए तो कोई सही ग़लत नहीं सुनता, त्रिनिदाद की जनता भी सरकार पर अविश्वास की उसी राह पर चल पड़ी थी और वैसे भी सरकार की कई बड़ी अनियमितताओं की ओर इस बुकलेट ने सीधे निशाना लगा दिया था।

एक तरह से जनता के मन में दबे बैठे ग़ुस्से के बारूद को चिंगारी मिल गई थी। जनता ने मंत्रियों और सांसदों का घेराव शुरू कर दिया। सत्ताधारी जहाँ जाते उनका विरोध-प्रदर्शन शुरू हो जाता था। उनके ऊपर सड़े अंडे, टमाटर, यहाँ तक कि चप्पल-जूते भी फेंके जाने लगे। असल में होता यह था कि मेरी टीम ही कुछ लोगों को सरकारी मंत्रियों की सभाओं में अंडे-

टमाटर के साथ भेजती थी। जो अंडे, टमाटर से शुरुआत कर देते थे बाद में जनता के हाथ में जो कुछ भी आता, वह उसी से नेताओं की फजीहत करने पर उतर जाती थी। जूते-चप्पल फेंकने में अश्वेत सबसे आगे थे। वे वैसे भी ज़्यादा गुस्सैल और जोशीले होते हैं, आमतौर पर वे विवाद से बचते हैं लेकिन जब भड़क जाते हैं तब उन्हें काबू में करना मुश्किल हो जाता है। ख़ैर मेरी टीम को एक-दो बार अंडा, टमाटर फिंकवाने के बाद आगे कभी ऐसा करने की ज़रूरत ही नहीं पड़ी और जूते-चप्पल चलवाने की तो हमारी योजना वैसे भी नहीं थी। दरअसल सरकार के इस विरोध को सिर्फ़ दिशा देने की ही ज़रूरत थी। त्रिनिदाद के सीधे-साधे और सहनशील लोग भीतर ही भीतर सुलग रहे थे। जिसे सिल्विया के नाम की लहर ने हवा दे दी। जिसके बाद सांसदों के चेहरों पर कालिख पोती जाने लगी। अगर वे बाजार जाते तो लोग उन पर स्याही छिड़ककर भाग जाते। बड़े तो छोड़िए बच्चे तक उन्हें हूट करने लगे। मीडिया में ऐसी ख़बरें नज़र आ रही थीं और तंग आकर सत्तारूढ़ नेताओं ने डर के मारे अपने घरों से ही निकलना बंद कर दिया था।

माहौल इतना ज़्यादा बिगड़ने लगा था कि चालाक कामता प्रसाद ने अपना एक और पैंतरा चल दिया। उसने सबसे पहले अपने एक ख़ास रिश्तेदार के ज़रिए सिल्विया तक मिलने का संदेश भेजा और कहलवाया कि कामता प्रसाद राबिन का साथ छोड़कर उसकी पार्टी के साथ गठबंधन करना चाहता है। यह सुनकर सिल्विया की माँ का ग़ुस्सा सातवें आसमान पर था। उन्होंने सख़्ती के साथ अपना फ़ैसला सुना दिया, "मिलना तो दूर की बात है मैं उस घटिया इंसान का मुँह भी नहीं देखना चाहती।"

सिल्विया और स्मिथ का भी यही कहना था कि कामता प्रसाद से मिलने का कोई सवाल ही नहीं उठता। लेकिन मुझे कामता प्रसाद की इस पेशकश में एक बड़ी संभावना नज़र आ रही थी। मैंने संयत लहज़े में तीनों को समझाया, "देखिए आपने जब इस चुनाव की पूरी ज़िम्मेदारी मुझ पर सौंपी है तो इस पर आपको मेरी राय भी सुन लेनी चाहिए। देखिए यह राजनीति है और राजनीति में निजी राग-द्वेष की कोई जगह नहीं होती। मेरा मानना है आप लोगों को कामता प्रसाद से ज़रूर मिलना चाहिए।" तीनों कुछ देर मेरी बात सुनकर चुप रहे फिर सिल्विया ने कहा, "आप कह रहे

हैं इसलिए मिल लेते हैं लेकिन अगर उसने कोई ऐसी-वैसी हरकत की तो उसकी ज़िम्मेदारी कौन लेगा? वह पहले ही बहुत बड़ा विश्वासघात कर चुका है हमारे साथ। हो सकता है पापा की हत्या के षड्यंत्र में उसका ही हाथ हो..." मैंने सिल्विया को समझाते हुए कहा, "मैं कब कह रहा हूँ कि वह निर्दोष है सिल्विया! वह जो भी रहा हो, इस वक़्त राष्ट्रपति है और तुम जिस मैदान में उतरी हो वह राजनीति का मैदान है। मैं फिर कह रहा हूँ, अगर तुम्हें मुझ पर ज़रा भी भरोसा है तो उससे ज़रूर मिलो, बाक़ी सब मुझ पर छोड़ दो।"

सबकी सहमति के बाद कामता प्रसाद को अगले दिन मिलने का न्योता भिजवा दिया गया। सिल्विया की माँ की ज़िद की वजह से हमने उसे गावा रोड स्थित स्मिथ के घर पर बुलवाया था। कामता प्रसाद जैसा चालाक भेड़िया क्या सोचकर ख़ुद मिलने आ रहा है, यह बात हम सभी को रात भर परेशान करती रही। वह भी कम होशियार नहीं था, राष्ट्रपति होते हुए भी वह सिर्फ़ एक सुरक्षा गार्ड के साथ देर रात वहाँ चुपके से आया। शायद वह ख़ुद यह बात मीडिया और बाक़ी लोगों से छिपाकर रखना चाहता था। स्मिथ के घर पर मैं और सिल्विया पहले से मौजूद थे। सिल्विया की मम्मी को कामता प्रसाद से मिलने में रत्ती भर भी रुचि नहीं थी इसलिए हमने उन पर चलने के लिए बिल्कुल ज़ोर नहीं दिया।

वह कामता प्रसाद से मेरी पहली मुलाक़ात थी हालाँकि मैं उससे बहुत बाद में मिला। सिल्विया ने मेरा परिचय अपने नाना की तरफ़ का रिश्तेदार बताकर करवाया था, साथ ही उसने यह भी बताया कि मैं चुनाव का कामकाज देखने के लिए खासतौर पर त्रिनिदाद आया हूँ। सिल्विया और स्मिथ का हालचाल लेने के बाद कामता प्रसाद सीधे राबिन की ख़िलाफ़त पर उतर आया। कहने लगा, राबिन ने ही उसे विश्वनाथ जी के ख़िलाफ़ इस्तेमाल किया था। वैसे भी राष्ट्रपति की कौन सुनता है? जो कुछ चलती है वह प्रधानमंत्री की ही चलती है। सरकार के फैसलों में राष्ट्रपति का कोई दख़ल नहीं होता इसलिए उसके लाख मना करने पर भी राबिन ने विश्वनाथ जी और उनके परिवार के साथ वे सारी ज़्यादतियाँ कीं। विश्वनाथ जी का नज़दीकी रिश्तेदार और उनके बचपन का दोस्त होने के नाम पर वह भरोसे की भीख माँग रहा था। आँसू बहाते हुए कामता प्रसाद सफ़ाई पर सफ़ाई दे

रहा था कि वह उनके परिवार के साथ कभी कुछ बुरा नहीं कर सकता। जो कुछ हुआ है उसमें उसका कोई हाथ नहीं है। सिल्विया और स्मिथ को ही नहीं मुझे भी उसके आँसू मगरमच्छ के आँसू लग रहे थे पर वह किसी मँजे हुए राजनेता की तरह इमोशनल कार्ड फेंकता जा रहा था। कुछ देर बाद उसने रोना बंद किया और कहने लगा, "मैंने सैकड़ों बार भाभी के हाथ का बना खाना खाया है। क़सम खाकर कहता हूँ मैं नमकहराम नहीं हूँ। मेरा यक़ीन मानिए राबिन ही विश्वनाथ जी की मौत की जाँच रिपोर्ट पूरी नहीं होने दे रहा।"

हम सब पर अपना रोना-धोना बेअसर होता देख उसने अपने बैग से गीता और बाइबिल निकाल कर सामने रख दीं, और दोनों पर अपने हाथ रखकर कहने लगा, "मैं क़सम खाकर कहता हूँ, आप लोगों के साथ कभी कोई धोखा नहीं होगा। मैं वापस आपके साथ आना चाहता हूँ। सिल्विया आप मेरे साथ गठबंधन कर लीजिए वरना राजनीति में मेरा करियर ख़त्म हो जाएगा। राष्ट्रपति पद पर आने के बाद वैसे भी मैं संसदीय चुनाव नहीं लड़ सकता, अब मेरा बेटा ही मेरी पार्टी का अध्यक्ष है। थोड़ी दया करके आप उसे मंत्री बना देना बस। देखिए, आपके पिता विश्वनाथ जी ने मुझे तीस प्रतिशत सीटें देकर गठबंधन किया था, मैं उसी गठबंधन को निभाकर प्रायश्चित करना चाहता हूँ। सिल्विया बेटा, बस एक बार हाँ कह दो, उसके बाद मेरा दावा है एक भी भारतीय का वोट नहीं बँटेगा।"

कामता प्रसाद ने एक बार में अपनी पूरी बात कह दी, जैसे उसे पता था कि दोबारा बोलने का मौक़ा शायद न मिले।

उसका प्रस्ताव सुनकर लग रहा था, स्मिथ और सिल्विया उसे साफ़ तौर पर मना करने वाले हैं लेकिन इससे पहले वे कुछ कह पाते, मैंने थोड़े कठोर लहज़े में कहा, "ठीक है, मैं आप की बात पर यक़ीन करने के लिए तैयार हूँ लेकिन एक बार धोखा खाने के बाद हमें विश्वास कैसे हो? हाँ, अगर आपकी पार्टी पहले राबिन सरकार से समर्थन वापस ले, तब सोचा जा सकता है। फिर सोचना भी क्या है, सरकार अपने आप अल्पमत में आ जाएगी और अल्पमत वाली सरकार को राष्ट्रपति बर्ख़ास्त कर सकता है। आप संसद भंग करके चुनाव की घोषणा करवा दीजिए। हम लोग उसके बदले में आपकी पार्टी से गठबंधन कर लेंगे। आपको तीस प्रतिशत सीट भी

दे देंगे और मंत्री क्यों? मैं वादा करता हूँ आपके बेटे को उप-प्रधानमंत्री के पद पर नियुक्त किया जाएगा।"

अपना प्रस्ताव रखने से पहले मैंने सिल्विया और स्मिथ को चुप रहने का इशारा कर दिया था। वे मेरी योजना समझ तो नहीं सके लेकिन उन्होंने मेरी बात मानकर एक शब्द भी नहीं बोला। मैं नहीं चाहता था कि उनकी तरफ़ से ऐसा कोई वचन दिया जाये जो आगे जाकर पूरा न हो। वे देश के भावी नेता थे जबकि मैं सिर्फ़ एक ग़ैर-राजनैतिक व्यक्ति था, जो त्रिनिदाद का नागरिक भी नहीं था। बाद में अगर कामता प्रसाद कभी सिल्विया और स्मिथ पर अपने वादे से मुकरने का आरोप लगाता तब भी कोई हर्ज़ नहीं था।

मेरा प्रस्ताव सुनकर कामता प्रसाद उछल गया। बेटे को उप-प्रधानमंत्री पद मिलने की बात सुनते ही उसके मुँह से लार टपकने लगी थी। वह इस बात पर भी ख़ुश था कि अब नई सरकार उसे तंग नहीं करेगी क्योंकि वह सत्तारूढ़ दल का एक हिस्सा होगा, साथ ही राजनीति में उसके बेटे का करियर भी चल पड़ेगा। वह ख़ुद को बेहद सुरक्षित महसूस कर रहा था। लेकिन स्मिथ और सिल्विया मुझे ग़ुस्से से घूरे जा रहे थे। मौक़ा देखकर मैंने दोबारा चुपचाप मुँह पर उँगली रखते हुए उन्हें चुप रहने का इशारा किया। कामता प्रसाद के जाने के बाद सिल्विया और स्मिथ मुझ पर टूट पड़े, सिल्विया ने टेबल पर हाथ पटकते हुए कहा, "ओह प्रशांत जी आपने यह क्या वादा कर दिया? उस धोखेबाज के जाल में आप कैसे फँस गए?"

मैंने शांत स्वर में कहा, "सिल्विया, चुपचाप मेरा खेल देखते जाओ, मैं फिर कह रहा हूँ, यह राजनीति है। यहाँ दाएँ हाथ से ऐसे खेल होते हैं कि बाएँ हाथ को भी पता न चले। अगर मुझ पर भरोसा है तो ज़्यादा मत पूछो, क्योंकि अपने पत्ते मैं अभी किसी के सामने नहीं खोलूँगा। बस इतना समझ लो कि भेड़िये को उसके पिंजरे में ला रहा हूँ।"

इतना कहकर मैंने टेबल के नीचे हाथ डालकर वह टेप रिकॉर्डर निकालकर उन दोनों के सामने रख दिया। उसे देखते ही दोनों अचरज में पड़ गए, स्मिथ कहने लगा, "क्या आपने मीटिंग में हुई हमारी बातें रिकॉर्ड की हैं? लेकिन क्यों?"

"क्योंकि हमें कामता प्रसाद को फिर से ब्रूट्स बनाना ही होगा लेकिन अबकी बार वह किसी और के साथ विश्वासघात करेगा।"

सिल्विया मेरी बात सुनकर चौंक गई, "आप क्या कह रहे हैं मेरी कुछ भी समझ में नहीं आ रहा। साफ़-साफ़ बताइए कि यह सब हो क्या रहा है।" मैंने उसे आश्वस्त करते हुए कहा, "कल सुबह का अख़बार देख लेना सब समझ आ जाएगा, अच्छा एक बात सुनो, कल तुम्हें कामता प्रसाद के बेटे से भी मिलना है, उसे कहाँ बुलाना है वो मैं तुम्हें बता दूँगा, अच्छा अब मैं चलता हूँ। मुझे बहुत ज़रूरी काम है।"

इतना कहकर मैं स्मिथ के घर से निकल आया। स्मिथ और सिल्विया मुझे रोकने और टेप रिकॉर्डर का माजरा क्या है यह जानने की बहुत कोशिश करते रहे लेकिन मैंने अपनी योजना उन्हें नहीं बताई। होटल आकर सबसे पहले अपनी टीम के बहुत ख़ास लोगों को काम पर लगा दिया। उन्होंने बड़ी सफ़ाई से त्रिनिदाद के सबसे बड़े अख़बार तक वह ख़बर पहुँचा दी, जो मैं अगले दिन के अख़बार में पहले पन्ने पर देखना चाहता था।

सुबह अख़बार देखते ही पूरे त्रिनिदाद में हड़कंप मच गया। अख़बार की पहली हेडलाइन थी, "प्रधानमंत्री राबिन की छुट्टी, राष्ट्रपति दोहराएँगे कार्यकाल।" ख़बर में सूत्रों के हवाले से दावा किया गया था कि राष्ट्रपति कामता प्रसाद देर रात सिल्विया से मिलने हयात होटल पहुँचे। होटल के रूम नम्बर 101 में विश्वनाथ जी की पत्नी और सिल्विया से मिलकर उन्होंने एक गुप्त समझौता किया है जिसके बाद वे सिल्विया की पार्टी के चुनाव जीतने पर भी राष्ट्रपति बने रहेंगे। इस ख़बर का आधार राष्ट्रपति के किसी सुरक्षा अधिकारी को बताया गया था। ख़बर लिखने वाले ने दावा किया था कि उसने राष्ट्रपति को सिर्फ़ एक सुरक्षाकर्मी के साथ कहीं जाते देखा, एहतियातन राष्ट्रपति पद के प्रोटोकॉल के तहत उनकी सुरक्षा के लिए बाक़ी टीम मुस्तैद हो गई और आगे यह पता चला कि राष्ट्रपति होटल हयात गए थे। वहीं होटल के सूत्रों का कहना है कि वहाँ 101 नंबर का कमरा सिल्विया विश्वनाथ के नाम से बुक था और कल उन्हें उस होटल में भी देखा गया था।

मेरा तीर ठीक निशाने पर जा बैठा था। ख़बर पढ़ते ही राबिन के हाथ के तोते उड़ गए। उसने तुरंत गुप्तचर विभाग को इस ख़बर की सच्चाई पता करने के काम में लगा दिया। शाम तक गुप्तचर विभाग की रिपोर्ट भी आ गई। उन्होंने बताया कामता प्रसाद और सिल्विया की मीटिंग ज़रूर हुई

थी लेकिन होटल में नहीं बल्कि गावा रोड के एक बंगले में। राबिन यह सुनकर आग-बबूला हो उठा। उसने तीन बार राष्ट्रपति को फ़ोन लगाया लेकिन राष्ट्रपति कामता प्रसाद लाइन पर नहीं आ रहा था। इससे राबिन का शक और गहरा गया।

इधर मैंने जानबूझ कर सिल्विया और कामता प्रसाद के बेटे वरुण प्रसाद की मीटिंग सैन फरनांडों के एक इंडियन रेस्तराँ 'पालकी' में रखवाई थी। मुझे अंदाज़ा था कि इस बीच राबिन अपने गुप्तचर विभाग को सिल्विया के पीछे ज़रूर लगा चुका होगा। बस फिर क्या था, राष्ट्रपति और सिल्विया की मीटिंग की सच्चाई का पता लगाने निकली गुप्तचर विभाग की टीम ने लगे हाथ सिल्विया और कामता प्रसाद के बेटे के लंच की ख़बर भी प्रधानमंत्री को सुना दी।

अब राबिन के पास शक न करने का कोई कारण नहीं बचा था। वह ग़ुस्से में पागल हो चुका था। रात नौ बज चुके थे, उसके सामने रखी रम की बोतल आधी खाली हो चुकी थी। उस पर कामता प्रसाद राबिन का फ़ोन नहीं उठा रहा था इसलिए उसने अपने स्टाफ के एक कर्मचारी का फ़ोन लेकर राष्ट्रपति को दोबारा फ़ोन लगा दिया। इस बार कामता प्रसाद ने फ़ोन उठा लिया। कामता प्रसाद की आवाज़ सुनते ही राबिन भड़क उठा, "यह मैं क्या सुन रहा हूँ! तुम सिल्विया से मिलने गए थे!"

कामता प्रसाद बात बनाने की कोशिश करता गया। उसने कहा यह सब बकवास है। उसकी सिल्विया से कोई मीटिंग नहीं हुई। मीडिया ऐसे ही कयास लगा कर ग़लत ख़बर फैला रहा है पर कामता प्रसाद की सफ़ाई ने उलटे आग में घी का काम कर दिया। राबिन का ग़ुस्सा बेकाबू हो गया। वह चिल्ला-चिल्ला कर राष्ट्रपति को गालियाँ सुनाए जा रहा था, "मुझे सब पता चल गया है। अब मैं तुमसे निपट लूँगा। देखता हूँ, तुम कैसे राष्ट्रपति बने रहते हो! पुलिस, आर्मी सब मेरे हाथ में है। सरकार में प्रधानमंत्री की चलती है, राष्ट्रद्रोह का केस दर्ज करवाकर शाम तक जेल के अंदर डाल दूँगा, फिर देखता हूँ तुम क्या करते हो।" इतना कह कर उसने फ़ोन काट दिया।

कामता प्रसाद बेहद घबरा गया। उसने पलट कर प्रधानमंत्री को कई बार फ़ोन लगाया लेकिन राबिन ने अपने स्टाफ को राष्ट्रपति का फ़ोन उठाने या बात करने से मना कर दिया था इसलिए बहुत कोशिश करने पर भी

उसकी बात नहीं हुई। कामता प्रसाद को सिल्विया से हुई मुलाक़ात गले की फाँस की तरह लगने लगी। लेकिन वह कर भी क्या सकता था? उस पर सबसे ख़ास बात यह थी कि मेरी सटीक योजना की वजह से उसे सिल्विया पर ज़रा भी शक नहीं हुआ। राबिन का ग़ुस्सा देखकर उसे लगा अब कुछ करना होगा वरना राबिन जैसा सनकी आदमी सचमुच कुछ भी कर सकता है। ऐसा हुआ तो बाजी उसके हाथ से निकल जाएगी। उसने रात में ही बेटे को बुलाकर पार्टी अध्यक्ष होने के नाते उससे सरकार से समर्थन वापस लेने का पत्र लिखवा लिया।

उसके बाद जो हुआ वह अगले दिन की सबसे बड़ी ख़बर थी। सुबह से ही टीवी चैनल चीख-चीखकर कह रहे थे कि वरुण प्रसाद के समर्थन वापस लेते ही मौजूदा सरकार अल्पमत में आ गई है। रात में ज़्यादा पीने की वजह से इन सारी बातों से बेख़बर राबिन सुबह नौ बजे तक सोता रहा। उसके जागने तक समर्थन वापस होने की ख़बरों ने पूरे त्रिनिदाद को हिला कर रख दिया था। उसने अफ़सरों को बुलाकर पूछा कि राष्ट्रपति के ख़िलाफ़ क्या कोई कार्यवाही हो सकती है? उस मीटिंग में मौजूद आर्मी-चीफ ने तुरंत साफ़ कर दिया कि कल रात तक प्रधानमंत्री कुछ भी कर सकते थे लेकिन सरकार के अल्पमत में आने के बाद प्रधानमंत्री के हाथ में अब कुछ नहीं बचा। संविधान के हिसाब से सारी बाजी और सत्ता की चाबी अब राष्ट्रपति के हाथ में है। कैबिनेट सेक्रेटरी ने भी साफ़ मना कर दिया कि अब वे राष्ट्रपति के ख़िलाफ़ कोई कार्रवाई नहीं कर सकते, उनके हाथ बँधे हैं।

राबिन यह सच्चाई बर्दाश्त नहीं कर पा रहा था। वह अपने ग़ुस्से, तिलमिलाहट में पागलपन की सारी हदें पार करता जा रहा था। वह ग़ुस्से में बेकाबू होकर चिल्ला उठा, "मैं तुम्हें हुक्म देता हूँ कि उसे राजद्रोह के आरोप में गिरफ़्तार करो, उसके काले चिट्ठे मेरे पास हैं, विश्वनाथ को उसी ने मरवाया था उसकी साजिश के सारे सबूत मेरे पास हैं। मैंने जानबूझकर उसके ख़िलाफ़ न जाने कितने दस्तावेज़ सहेजकर रखे हुए थे, क्योंकि मुझे पता था एक दिन यह धोखेबाज़ मुझे भी डसने की ज़रूर कोशिश करेगा। मैं अभी भी देश का प्रधानमंत्री तो हूँ ही। इसलिए मेरे पास सारे अधिकार हैं, तुम लोग बस उसे तुरंत गिरफ़्तार करो बाक़ी सब मैं देख लूँगा।" राबिन जब चीख-चीख कर हुक्म दे रहा था, उसी बीच एक सेक्रेटरी ने आकर कैबिनेट

सेक्रेटरी के हाथ में एक स्लिप पकड़ा दी। उसे पढ़कर कैबिनेट सेक्रेटरी ने प्रधानमंत्री से कहा, "सर, अब आप प्रधानमंत्री नहीं रहे। संविधान की धारा 112 के मुताबिक़ राष्ट्रपति ने आप को बर्खास्त कर दिया है। संसद भंग कर दी गई है। राष्ट्रपति ने चुनाव आयोग को नए चुनाव कराने का आदेश जारी कर दिया है। यही नहीं, आप के तीन और मंत्री राष्ट्रपति को इस्तीफ़ा दे आए हैं जो आप की पार्टी के ही थे। इसलिए अब पूरी तरह से सरकार बहुमत खो चुकी है। यह सुनकर राबिन को गश आ गया। वह कुछ देर सिर पकड़कर अपनी कुर्सी पर बैठा रहा फिर मीटिंग छोड़कर घर के अंदर चला गया। पीएम हाऊस से सभी अफ़सरों को वापस जाने के लिए कह दिया गया। मीडिया चैनलों की भीड़ भी पीएम हाउस की तरफ़ उमड़ गई थी। टीवी रिपोर्टर भीतर से मिल रही एक-एक जानकारी बता रहे थे। देश में हाहाकर सा मच गया था।

सिल्विया के घर पर बैठे हम सब टीवी पर चल रही यही ख़बरें देखते हुए अपनी आधी जीत सेलिब्रेट कर रहे थे। सिल्विया ने मुझे गले लगाते हुए कहा, "प्रशांत जी, आपने वाक़ई कमाल कर दिया। इस बार सचमुच बाएँ हाथ को भी पता नहीं चला कि दाएँ हाथ ने क्या कर दिया।" मैंने हँसते हुए कहा, "कोई बात नहीं अब बता देते हैं।" उसके बाद मैंने उन्हें कल रात से लेकर अभी तक की योजना सिलसिलेवार ढंग से बताई और समझाया कि ब्रूट्स ने इस बार भी सीजर पर वार किया है लेकिन उसे नहीं पता कि वार दरअसल उसने नहीं किया बल्कि उससे करवाया गया है। टेप वाले मामले में रहस्य खोलते हुए मैंने उन्हें उनके चुप रहने का मतलब भी समझाया। उन्हें बताया कि कामता प्रसाद से उसके बेटे को उप-प्रधानमंत्री बनाने का वादा अगर मैंने किया है तब वह वादा पूरा न होने पर वह सिल्विया और स्मिथ पर कीचड़ नहीं उछाल पाएगा, क्योंकि उस टेप में वादा मैंने किया है न कि उन दोनों ने। और दूसरी सबसे ज़रूरी बात भी वे आसानी से समझ गए। त्रिनिदाद में उनके नाम की जो लहर बन गई है वह पूरे दस महीने बाद चुनाव होने तक बनी रहे इसकी कोई गारंटी नहीं है। दस महीने लंबा चुनाव अभियान चला पाना हमारे बस की बात नहीं थी, इतना लंबा चुनाव प्रचार बहुत ज़्यादा खर्चे की माँग करता है। भाटिया साहब के सिर पर वह पूरा चुनावी खर्च डालते जाने में कोई समझदारी नहीं

थी। ले दे कर हमारे पास कामता प्रसाद को इस्तेमाल करने के अलावा कोई और रास्ता नहीं था जिससे हम चुनाव जल्दी करवा सकें। इस मामले में भी हम भाग्यशाली रहे कि हमें उस तक नहीं जाना पड़ा और वह ख़ुद ही हमारे जाल में फँसने चला आया।

मेरी बात सुनकर सिल्विया और स्मिथ की ख़ुशी का कोई ठिकाना नहीं था। इस बीच टीवी पर चुनाव आयोग की ओर से त्रिनिदाद में अगले महीने चुनाव की घोषणा की ख़बर भी चलने लग गई थी, जिससे जश्न का जोश दोगुना हो गया। अब सिर्फ़ एक ही चिंता रह गई थी कि इतने जल्दी होने वाले चुनाव के लिए भाटिया साहब पैसों का इंतज़ाम करवा दें।

17

ब्रूट्स एक बार फिर अपनी ख़ून से लथपथ तलवार हवा में लहरा रहा था। भस्मासुर बने कामता प्रसाद ने उसी राबिन को सत्ता के सिंहासन से गिरा दिया था, जिसने कभी उसे राष्ट्रपति पद पर बैठाया था। उसकी मौक़ापरस्ती फिर बेनक़ाब हो रही थी। सच भी है, राज-सिंहासन की राजनीति में मौजूदा राजा से बड़ा रुतबा भावी सम्राट का होता है। तख़्तापलट के बाद सिल्विया का त्रिनिदाद की सत्ता के शीर्ष पर पहुँचना लगभग तय हो गया था और उधर ब्रूट्स अपने नए शिकार की तलाश में घात लगाकर बैठ गया था।

थोड़ी देर बाद सिल्विया के पास ख़ुद कामता प्रसाद का फ़ोन आ गया। सिल्विया और स्मिथ को मैंने पहले ही बग़ैर मेरी मध्यस्थता के बात करने से मना कर दिया था। सिल्विया ने चुपचाप मोबाइल मेरी ओर बढ़ा दिया। मैंने पहले उसे थोड़ा चढ़ाया, "कामता प्रसाद जी बहुत-बहुत धन्यवाद। आपने अपना काम कर दिया। मान गए आपको, जो वादा किया था वो निभाया भी।" उसने शैतानी हँसी के साथ जवाब दिया, "मैं तो वचन का पक्का हूँ, जो कहता हूँ सो करता हूँ। अब गठबंधन को लेकर आप भी अपना वादा निभा दें तो हमारा मिशन पूरा हो।" मुझे उसकी आतुरता समझ आ रही थी। उसका बस चलता तो वह तुरंत ही आ जाता लेकिन मैंने उसे समझाया कि मामला अभी बहुत गरम है, इसीलिए हमें सब्र से काम लेना चाहिए। जब उसे अगली रात स्मिथ के घर आने के लिए कहा तो वह मुझे थोड़ा निराश लगा। फ़ोन स्पीकर पर डालकर मैंने उसे फिर चढ़ा

दिया, "कल आएँगे तो छिप कर नहीं आना पड़ेगा कामता प्रसाद जी। अब प्रधानमंत्री का डर ख़त्म हो चुका है इसलिए सीना तान कर आइएगा।" वह थोड़ा झिझकते हुए बोला, "मुझे न सही, मेरे बेटे को बुलाकर गठबंधन का अपना वादा निभा दीजिए। अब आपकी बारी है वादा निभाने की, मैंने अपना वचन निभा दिया है।"

उसकी बात सुनकर मुझे हँसी और सिल्विया को ग़ुस्सा आ रहा था। एक रीढ़विहीन राजनेता जिसने कभी सिल्विया के पिता विश्वनाथ जी को धोखा देकर अपना वचन तोड़ा था, वही आज ख़ुद को अपने वचन का पक्का बता रहा था।

ख़ैर अगली रात कामता प्रसाद से हमारी दूसरी मीटिंग हुई। मुझे यह अच्छी तरह पता था कि अब कामता प्रसाद के हाथ से सत्ता की चाबी निकल चुकी है। इसलिए मैं अपनी अगली चाल को लेकर बेहद आश्वस्त था। अबकी बार मैंने उसे चढ़ाने की बजाय ज़मीन पर लाना ठीक समझा और पूरे आत्मविश्वास के साथ कहा, "कामता प्रसाद जी, आप निश्चिंत रहिए हम अपने वायदे पर क़ायम हैं लेकिन माफ़ कीजिए, इस बार आपसे कोई गठबंधन नहीं होगा बल्कि सिल्विया की पार्टी में आपको अपनी पार्टी का विलय करना होगा। दरअसल हम देश को स्थायी सरकार देना चाहते हैं गठबंधन की सरकार नहीं।"

मेरी बात सुनकर वह सन्न रह गया। वह मेरी शह से इस क़दर स्तब्ध था जैसे राजनीति के खेल में उसकी मात हो गई हो। ग़ुस्से से उसकी भँवें तन गई थीं लेकिन उसने अपना ग़ुस्सा पी लिया। मुझे उसकी हालत ऐसे शातिर चोर की तरह लग रही थी, जो ख़ुद आकर पुलिस के चंगुल में फँस गया। हालाँकि मेरे हिसाब से विलय की बात उसके लिए सिर्फ़ शह भर थी, मात अभी बाक़ी थी लेकिन कामता प्रसाद इतना मायूस नज़र आ रहा था मानो उसकी दुनिया लुट गई हो। ख़ैर मेरी बात मानने के अलावा उसके पास कोई चारा नहीं था। वह जानता था कि अकेले चुनाव लड़ने में उसके उम्मीदवारों की बुरी तरह हार होगी। एक भी सीट नहीं मिलेगी उस पर नई सरकार किसी की भी बने, उसकी कारस्तानियों का भंडा फूटना तय है। वैसे दोपहर में राबिन ने एक प्रेस कांफ्रेंस करके इसकी शुरुआत कर दी थी। उसने मीडिया के सामने कामता प्रसाद के ख़िलाफ़ सभी दस्तावेज

रख दिए। कामता प्रसाद के घोटालों के सबूत तो उसमें थे ही, सबसे बड़ी बात यह थी कि उसने पूर्व-प्रधानमंत्री विश्वनाथ की हत्या की साजिश का खुलासा करने वाला एक टेप भी जारी कर दिया था। टेप में कामता प्रसाद की ही आवाज़ थी। राबिन ने वह टेप जानबूझकर जारी किया था जिससे सिल्विया कामता प्रसाद से अपना समझौता तोड़ दे। लिहाज़ा उस टेप की सच्चाई का किसी को पता नहीं था लेकिन इतना तय था कि उसके घोटालों का कच्चाचिट्ठा और वह टेप कामता प्रसाद का गला मरोड़ने के लिए काफ़ी था।

कामता प्रसाद शायद दोपहर से ही उस प्रेस-कांफ्रेंस के सदमे में था इसलिए वह ज़्यादा बात नहीं कर रहा था। उस मीटिंग में उसका बेटा भी आया था। अपने पिता के स्वभाव के विपरीत वह मुझे बहुत संयत, भला और बुद्धिमान लग रहा था। अपने पिता को विचलित अवस्था में देख उसने शांत स्वर में कहा, “हम विलय की बात पर सहमत हैं। आप जितनी भी सीटें देंगे, हमें स्वीकार है। हमारी ओर से कोई शर्त भी नहीं है। आप मुझे मंत्री पद न देना चाहें तब भी मैं तैयार हूँ।” उसने तुरंत चुनाव आयोग के नाम अपनी पार्टी के विलय के संदर्भ में अपनी सहमति लिखकर हमें दे दी और उस आवेदन की एक प्रति चुनाव आयोग को प्रेषित कर दी गई।

जब वे लोग मीटिंग के बाद उठकर जाने लगे, कामता प्रसाद ने मेरी तरफ़ देखकर सिल्विया से कहा, “आप बहुत ख़ुशक़िस्मत हैं कि आपका प्रशांत वर्मा जैसा रिश्तेदार है। भगवान ऐसा रिश्तेदार सबको दे।” अब बात सिल्विया की बर्दाश्त से बाहर हो गई थी। उसने कामता प्रसाद की आँखों में आँखें डालकर कहा, “वह तो हमारे बहुत दूर के रिश्तेदार हैं कामता प्रसाद जी। रिश्तेदार सभी अच्छे होते हैं बशर्ते वे रिश्तेदार होने का मान रखें। मुझे उम्मीद है आप भी हमेशा इस बात का मान रखेंगे।”

उसके जाने के बाद हम सभी को उसकी हालत पर ख़ूब हँसी आ रही थी। मैंने सिल्विया से कहा, “उसका नाम कामता प्रसाद नहीं कौवा प्रसाद होना चाहिए था। वैसे भी कहावत है कि आख़िर में हर चालाक कौवा मुँह की खाता है।”

राबिन हाथ धोकर कामता प्रसाद के पीछे पड़ गया था। अगले दिन वह कामता प्रसाद के ख़िलाफ़ मामला दर्ज करवाने सीधे पुलिस मुख़्यालय पहुँच

गया। वह ग़ुस्से में राष्ट्रपति के ख़िलाफ़ भ्रष्टाचार के सबूत पेश कर रहा था। मीडिया को नया खिलौना मिल गया था। पूरे दिन वही मामला टीवी की ख़बरों में छाया रहा। अड़चन यह थी कि राष्ट्रपति के ख़िलाफ़ इस तरह की किसी भी शिकायत को दर्ज करने का प्रावधान पुलिस की समझ में नहीं आ रहा था। लेकिन वह भी अपनी ज़िद पर अड़ा रहा। मीडिया के दबाव में विश्वनाथ की हत्या की साजिश के सारे टेप न्यायिक जाँच आयोग के पास भेज दिए गए। यह सब देख-सुनकर कामता प्रसाद का दिल बैठा जा रहा था। वह न सिर्फ़ ख़ुद को बहुत कमज़ोर महसूस कर रहा था बल्कि बहुत डरा हुआ भी था।

चुनाव की सरगर्मियाँ पूरे जोर-शोर से शुरू हो गई थीं। मैंने अपनी टीम से एक-एक सीट का सर्वे करवाया और उपयुक्त अच्छे उम्मीदवारों की सूची बनवा ली। इनकी जनता के बीच अच्छी छवि थी। भारतीय, अश्वेत व अन्य नागरिकों को शामिल करते हुए हमने इतनी संतुलित सूची तैयार की, जिसके बाद किसी वर्ग के पास उपेक्षा की शिकायत करने की संभावना नहीं रह गई थी। बस मामला कामता प्रसाद को दी गईं 30 प्रतिशत सीटों पर जाकर अटक रहा था। सिल्विया का मानना था कि वादा किया है तो उसे पूरा करना ही होगा। मैंने उससे कहा, "ठीक है हम 30 प्रतिशत सीट उन्हें दे देंगे लेकिन सिर्फ़ उन्हीं लोगों को उम्मीदवार बनाएँगे जिनकी छवि अच्छी होगी। पिछले दो महीनों में उनकी पार्टी छोड़कर पहले ही हमारे साथ आ चुके लोगों को हमने चिन्हित कर लिया है।" सिल्विया को मनाने के बाद अब इस बात के लिए कामता प्रसाद के बेटे को मनाना था। मैंने उसे स्पष्ट कहा, "आप की पार्टी के लोगों को वादे के मुताबिक़ हम 30 प्रतिशत सीटों पर उम्मीदवार बनाएँगे लेकिन उनका नाम तय करने की स्वतंत्रता हमारी रहेगी।" थोड़ी ना-नुकर के बाद वह तैयार हो गया लेकिन दो नामों पर मामला फिर अटक गया। वह जिन दो नामों पर अड़ गया था वे उसके पापा के बहुत ख़ास शागिर्द थे। उस पर उन दोनों की छवि ठीक नहीं थी। हमारे बीच कोई सहमति नहीं बन पा रही थी फिर मुझे ही अपनी हठ छोड़नी पड़ी। मन मारकर उन दो लोगों के अलावा एक टिकट कामता प्रसाद के बेटे को भी दिया। इस तरह तीन उम्मीदवार छोड़कर बाक़ी सभी हमारे चुने हुए थे। वे सब हमारी पार्टी के चुनाव चिन्ह पर लड़ रहे थे

इसलिए राहत की बात यह थी कि वे कोई बड़ी बदमाशी नहीं कर सकते थे। जीत के बाद भागने पर भी वे दल-बदल कानून की चपेट में आ जाते। इस तरह अब हमारी सीधी टक्कर सिर्फ़ राबिन की पार्टी से थी।

जैसे ही चुनाव प्रचार ने ज़ोर पकड़ा, हमने धुआँधार रैलियाँ शुरू कर दीं। स्मिथ, सिल्विया और उनकी माँ एक दिन में बीस-बीस मीटिंग कर रहे थे। उन्हें जनता का भरपूर समर्थन मिल रहा था पर कामता प्रसाद के बेटे वरुण की जनसभाएँ फ्लॉप होती जा रही थीं। वह जब अपने क्षेत्र में चुनाव प्रचार के लिए जाता लोग उसके पिता पर लगे भ्रष्टाचार के आरोपों पर सवाल पूछने लगते। पूर्व प्रधानमंत्री विश्वनाथ की हत्या में उसके पिता की भूमिका को लेकर उसकी ख़ूब फ़ज़ीहत हो रही थी। वह बहुत हताश नज़र आने लगा था। एक रात वह मुँह लटकाए आया और उदासी भरे स्वर में कहने लगा, "अगर आप लोगों ने मेरी मदद नहीं की तो मैं पक्का चुनाव हार जाऊँगा। मुझे अपने चुनाव प्रचार में सिल्विया, स्मिथ और सिल्विया की माँ का समर्थन चाहिए। जब तक वे मेरे समर्थन में नहीं उतरेंगे, लोग मुझे भी विश्वनाथ जी का हत्यारा समझते रहेंगे।"

मैंने स्मिथ को मनाकर उसकी अगली रैली में भेज दिया। उससे अश्वेत मूल के लोगों में वरुण के लिए समर्थन की लहर तो पैदा हुई पर भारतीय अब भी उसे अविश्वास भरी नज़रों से देख रहे थे। राष्ट्रपति पद पर होने की वजह से कामता प्रसाद ख़ुद अपने बेटे के लिए प्रचार नहीं कर सकता था, वह बार-बार श्रीमती विश्वनाथ को फ़ोन करके अपने बेटे के लिए गिड़गिड़ा रहा था लेकिन वे किसी हाल में वरुण की किसी रैली में जाने के लिए तैयार नहीं थीं। सिल्विया के समझाने का भी उन पर कोई असर नहीं हो रहा था। उन्होंने साफ़ कह दिया, "मर जाऊँगी लेकिन कामता प्रसाद को क्लीन चिट देने के लिए नहीं जाऊँगी।" हार कर मुझे सिल्विया को ही इस काम के लिए मनाना पड़ा। उसका भी मन नहीं था फिर भी वह बेमन से वरुण की रैली में शामिल होने गई। किसी का नाम लिए बग़ैर वहाँ उसने सिर्फ़ इतना ही कहा, "आप से कहना चाहती हूँ कि अगर आप मेरे साथ हैं तो मेरी पार्टी के हर एक उम्मीदवार को जिताइए, हमने अपना हर एक प्रत्याशी बहुत सोच-समझकर मैदान में उतारा है।" उस रैली के बाद वरुण प्रसाद ने अपनी सभी जनसभाओं के पोस्टर में सिल्विया, उसकी माँ और स्मिथ के

फ़ोटो लगाकर ज़ोर-शोर से प्रचार शुरू कर दिया। वक़्त की नज़ाकत को समझकर वह भाषण में अपने पिता का ज़िक्र तक नहीं करता था।

चुनाव प्रचार अपने चरम पर पहुँचने लगा था। भाटिया परिवार त्रिनिदाद में डटकर हमारा साथ दे रहा था। भाटिया साहब ने 50 मिलियन डॉलर मेरी कंपनी के खाते में पहले ही भेज दिये थे लेकिन मुझे नहीं लग रहा था कि अब हमें उनके पैसे खर्च करने की ज़रूरत पड़ेगी। दरअसल जैसे ही सिल्विया त्रिनिदाद की सत्ता की सबसे बड़ी दावेदार बनकर उभरी उद्योगपतियों, व्यापारियों की चंदा देने के लिए लाइन लग गई। जनता जगह-जगह हमें चंदा देने के लिए उमड़ रही थी। मियामी के वे व्यापारी जो शुरुआत में सिल्विया को मामूली चंदे की पेशकश कर रहे थे, वे सब मोटी रक़म की अटैचियाँ लिए त्रिनिदाद आ धमके थे। न्यूज़-चैनलों के चुनाव सर्वे सिल्विया की पार्टी को प्रचंड बहुमत की भविष्यवाणी कर रहे थे, जबकि सबसे बड़े ओपिनयन पोल ने सिल्विया को तीन-चौथाई बहुमत की बात कही थी, जो स्पष्ट बहुमत से कहीं ज़्यादा बड़ी जीत थी। दूसरी तरफ़ राबिन प्रचार में अकेला पड़ गया था। वह पूरी तरह हताश, निराश था। उसकी बड़ी से बड़ी सभाओं में भी बमुश्किल हज़ार-पाँच सौ लोग नज़र आते थे, वे भी सिर्फ़ अश्वेत। राबिन के हाथों सरकारी मशीनरी के दुरुपयोग की आशंका के चलते राष्ट्रपति कामता प्रसाद ने पहले ही अफ़सरों को निष्पक्ष चुनाव के सख़्त निर्देश दे दिये थे। उसने राबिन की पार्टी की मदद करने वाले अधिकारियों पर कड़ी कार्रवाई की बात कही थी।

फिर मतदान का दिन भी आ गया। मतदान के पहले चरण से ही हमने बड़ी संख्या में लोगों को वोट देने घर से निकलने के लिए प्रेरित किया था। सारा ध्यान इसी बात पर था कि लोग अपने घरों से निकलकर वोट देने ज़रूर जाएँ। जगह-जगह कैंप लगाकर हमारे कार्यकर्ता मौजूद थे। त्रिनिदाद में चप्पे-चप्पे पर सिर्फ़ सिल्विया की पार्टी के कार्यकर्ता और सहायता बूथ नज़र आ रहे थे। मैंने अपनी कंपनी के 50 और लोगों की टीम भारत से बुलवा ली थी जो हर चुनाव क्षेत्र की मॉनिटरिंग कर रही थी। आख़िरकार मतदान का अंतिम चरण पूरा हुआ। पिछले कई चुनावों के मुक़ाबले इस बार 70 प्रतिशत से ज़्यादा वोट पड़े थे। मतदान के बाद हम सबकी क़िस्मत डिब्बों में बंद हो गई थी।

तीसरे दिन मतगणना थी। हम सुबह पहले हनुमान मंदिर गए। सिल्विया, उसकी माँ और मैंने वहाँ हमारी सफलता के लिए प्रार्थना की, स्मिथ भी हमारे साथ गया था। फिर वह अलग से पोर्ट आफ स्पेन के चर्च में भी प्रार्थना करने गया। हमारे सारे कार्यकर्ता मुस्तैदी से काउंटिंग एजेन्ट बनकर एक-एक वोट की गिनती करवा रहे थे। हालाँकि इस बीच हवा का रुख भाँपकर अफ़सरों के रंग बदल गए थे। पिछले पन्द्रह दिन से तमाम आला अफ़सर रात के अँधेरे में सिल्विया के घर का चक्कर लगा जाते थे। सिल्विया को मैंने ही इन अफ़सरों से मिलने की सलाह दी थी क्योंकि डर अब राबिन से नहीं बल्कि कामता प्रसाद से था। वैसे भी राजनीति में ऐसे किसी व्यक्ति पर भरोसा करने की मनाही होती है जो एक बार दगा दे चुका हो। हालाँकि जनता से मिल रहे घनघोर समर्थन की आँधी के आगे किसी का ज़ोर नहीं चलता है, यह बात मुझे अच्छे से पता थी, फिर भी कामता प्रसाद जैसे इंसान के साथ एहतियात ज़रूरी थी।

चुनाव परिणाम वाले दिन हम सब नतीजा देखने के लिए सिल्विया के घर पर जुटे। टीवी के सामने सिल्विया, उसकी माँ, स्मिथ और मेरे अलावा भाटिया साहब अपने परिवार के साथ डटे हुए थे। सबकी धड़कनें रुकी हुई थीं। भाटिया साहब तो इतने नर्वस थे कि उन्होंने वहीं बैठे-बैठे हनुमान चालीसा का जाप शुरू कर दिया था। ख़ैर जब शुरुआती रुझान आने लगे तो हमने राहत की साँस ली। शुरुआत से ही हमारी बढ़त बनी हुई थी। हमारे उम्मीदवारों की लीड बढ़ती जा रही थी। रात नौ बजे तक आख़िरी नतीजा भी आ गया और पार्लियामेंट की तस्वीर साफ़ हो गई। सिर्फ़ तीन सीटें छोड़कर सिल्विया की पार्टी ने सभी सीटों पर कब्ज़ा जमा लिया था। हम प्रचंड बहुत से जीते। चारों तरफ़ आतिशबाजी चल रही थी, लोग सड़कों पर नाच रहे थे। राबिन ख़ुद बुरी तरह हार चुका था। उसकी पार्टी के सिर्फ़ तीन उम्मीदवार ही जीते थे। वे भी नहीं जीत पाते अगर कामता प्रसाद के बेटे ने अपने पिता के दो वफ़ादारों को टिकट न दिलवाया होता।

काँटा ख़ुद ही निकल गया था। बस गड़बड़ यहाँ हुई कि गेहूँ के साथ घुन भी पिस गया। कामता प्रसाद का बेटा वरुण दो हज़ार वोट से हार गया था। कामता प्रसाद माथा पकड़ कर बैठा था। बेटे को उप-प्रधानमंत्री

बनवाने का उसका सपना चकनाचूर हो गया था। हारने की वजह से उसके शागिर्द भी मंत्री पद के हकदार नहीं रह गए थे।

सिल्विया की इस ऐतिहासिक जीत के बाद पार्टी की बैठक में सिल्विया विश्वनाथ को सर्वसम्मति से संसदीय दल का नेता चुन लिया गया। जिसके बाद बहुमत हासिल करने वाली पार्टी के नेता के तौर पर सिल्विया सरकार बनाने का दावा पेश करने राष्ट्रपति भवन पहुँची। कामता प्रसाद ने सिल्विया को तुरंत नई सरकार बनाने का न्यौता देकर अगले दिन शाम चार बजे शपथग्रहण की योजना को मंजूरी दे दी। जब हम उठकर वापस आने लगे तो वह सिल्विया से लगभग गिड़गिड़ाते हुए बोला, "सिल्विया बेटा, मैं तुमसे राष्ट्रपति नहीं बल्कि तुम्हारे रिश्तेदार के तौर पर अकेले में बात करना चाहता हूँ।" सिल्विया ने स्पष्ट कह दिया कि मेरी ग़ैर-मौजूदगी में वह उनसे कोई बात नहीं करेगी। वह मेरे सामने ही बात करने के लिए तैयार हो गया।

उसने बेहद दुखी स्वर में कहा, "ज़िन्दगी भर मैंने ग़लत काम किया है, ईश्वर मुझे इसी बात की सज़ा दे रहा है। आप लोगों के परिवार को ही नहीं बहुतों को सताया है, विश्वनाथ जी को धोखा दिया, उनके परिवार को परेशान करने के लिए हर तीन तिकड़म किया। सचमुच सत्ता और तरक़्क़ी के लालच में अंधा हो चुका था। मुझे लगा, मैं ईश्वर से भी महान हो गया हूँ, रावण की तरह अजेय हूँ। लेकिन देखो बेटी, आज तुम्हारे सामने मैं ज़मीन पर आ गया हूँ। हो सके तो मुझे माफ़ कर देना। यह सब मैं किसी लालच में नहीं कह रहा हूँ। यह मेरी अंतरात्मा की आवाज़ है।"

यह कहते हुए वह पश्चाताप में डूबा नज़र आ रहा था। उसकी आँखों में मोटे-मोटे आँसू थे। मुझे एक घड़ी डर लगा कि कहीं यह उसका नया नाटक तो नहीं। तभी उसने एक ऐसी बात कह दी कि मेरा सारा वहम छू हो गया। उसने कहा, "सिल्विया बेटा, कल तुम्हारे शपथग्रहण के बाद मैं राष्ट्रपति पद से इस्तीफ़ा दे रहा हूँ। नया राष्ट्रपति आप सब तय कर लें, तब तक मैं कार्यवाहक राष्ट्रपति रहूँगा। त्रिनिदाद की अपनी सारी नामी-बेनामी संपत्ति मैं राष्ट्र को दान कर रहा हूँ। मैं ख़ुद भी राजनीति से संन्यास ले रहा हूँ। न्यूयार्क में स्वामी शिवानंद के आश्रम में ज़िन्दगी के बचे दिन काट लूँगा। बस एक बाप होने के नाते तुम्हारे सामने हाथ फैलाकर अपने

बेटे के लिए भीख माँग रहा हूँ। मेरे अनैतिक कामों में उसका ज़रा भी हाथ नहीं है। वह हमेशा मुझे रोकता रहा, लेकिन मेरी आँखों पर माया की पट्टी चढ़ी थी। पर अब मुझे अच्छी तरह समझ आ गया है कि मैं ग़लत था। मेरे बेटे वरुण को माफ़ कर दो, अब उसका जीवन तुम्हारे हाथों में है।" इतना कहकर वह फफक-फफक कर रोने लगा। सिल्विया और मैं उसे चुपचाप खड़े देख रहे थे और वह अपने दोनों हाथ जोड़कर रोते हुए अपने घुटनों पर आ गया।

***

राष्ट्रपति भवन से लौटने के बाद हम अगले दिन होने जा रहे शपथ-ग्रहण समारोह की रूपरेखा बनाने में जुट गए। देर रात तक हमने मंत्रिमंडल की योजना पर माथापच्ची करके अच्छी और साफ़-सुथरी छवि वाले भारतीय-अश्वेत व अन्य वर्ग के मंत्रियों के नाम तय कर लिए। जब हम सोने के लिए जाने लगे सिल्विया ने संयत स्वर में कहा, "प्रशांत जी, सभी मंत्री पदों पर हम सबने बहुत विचार-विमर्श के बाद नाम तय किए हैं पर एक मंत्री पद की जगह आपको आख़िर तक खाली छोड़नी होगी। उस पद पर किसे नियुक्त करना है? वह मैं बाद में बताऊँगी।"

मैं थोड़ा ताज्जुब में था। सोच रहा था कहीं वह अपने पति या माँ को मंत्रिमंडल में शामिल करने की इच्छुक तो नहीं है? हालाँकि स्मिथ और सिल्विया की माँ ने चुनाव नहीं लड़ा था लेकिन उन्हें मंत्री बनाया जा सकता है और छह महीने में वे उच्च सदन सीनेट के सदस्य बन सकते हैं। उसमें सीधे चुनाव नहीं होता है। ख़ैर रात बहुत हो चुकी थी और दिनभर की दौड़भाग के बाद मुझे भी थकान सता रही थी इसलिए मैंने ज़्यादा बहस करना ठीक नहीं समझा। सिल्विया से जाते-जाते मैंने बस इतना कहा, "लेकिन प्रधानमंत्री को शपथ ग्रहण समारोह के तय समय से एक घंटे पहले राष्ट्रपति को अपने मंत्रिमंडल की पूरी सूची सौंपनी होगी, इसलिए हम एक पद का स्थान रिक्त नहीं रख सकते, वह नाम भी पहले तय करना ही होगा।" उसने दृढ़ता से कहा, "आप उसकी चिंता मत करिए प्रशांत जी, इस बार मैं अकेले राष्ट्रपति से मिलने जाऊँगी।"

सिल्विया का जवाब मुझे कुछ अटपटा सा लगा। सोच रहा था कहीं जीतने के बाद उस पर भी सत्ता का नशा तो नहीं चढ़ गया। राजनीति में ऐसा अक्सर होते देखा था। नेताओं की तासीर से मैं अच्छी तरह वाकिफ़ था। सिल्विया भी अगर पहले से कोई राजनेता होती तो शायद ही मैं उसकी मदद के लिए ख़ुद को यूँ झोंक पाता। अंदेशा हुआ कि कहीं सत्ता के शीर्ष पर पहुँचकर वह बदल न रही हो। हो सकता है काम निकल जाने पर अब मुझे जानबूझकर दूर झटकना चाहती हो। बहरहाल मैं चुपचाप वापस होटल आ गया। उस रात मुझे बहुत देर तक सिल्विया के बदले हुए व्यवहार की वजह से नींद नहीं आई।

शपथ-ग्रहण के दिन सुबह से सारा सरकारी अमला, सैन्य और वरिष्ठ पुलिस अधिकारियों का जमावड़ा मनोनीत प्रधानमंत्री के घर पर मौजूद था। सिल्विया सुबह से दोपहर तक मेरे साथ सामान्य बर्ताव करती रही। सुबह की मीटिंग में हमारे साथ बैठकर उसने रात में बनायी गई मंत्रिमंडल की सूची को फाइनल भी किया। लेकिन लंच के बाद वह किसी मंत्रिपद पर एक अतिरिक्त नाम वाली अंतिम सूची मुझे दिखाए बिना ही राष्ट्रपति भवन के लिए रवाना हो गई। चलते समय उसने अपनी मम्मी से कहा, "आप स्मिथ और वर्मा जी को लेकर पौने चार बजे ही पहुँच जाना। हमारे लोगों के वहाँ प्रोटोकॉल के हिसाब से बैठने की व्यवस्था के लिए भी एक लिस्ट देनी है, और भी काम हैं, आप लोग आराम से आइए।" मैं सिल्विया के क़ाफ़िले में लाल, नीली बत्तियों वाली साइरन बजाती सरकारी गाड़ियों को जाते हुए देख रहा था। सच पूछिए तो उस वक़्त तक मैं सचमुच भीतर से निराश हो चुका था। मेरा संदेह पक्का होता जा रहा था कि सिल्विया सचमुच सत्ता में आने के बाद बदल गई है।

सिल्विया की माँ और स्मिथ के साथ शपथ-ग्रहण से क़रीब आधा घंटा पहले मैं कुछ परेशान और बेमन सा पोर्ट आफ स्पेन के लिए रवाना हुआ। हमारे साथ भी सुरक्षा गाड़ियाँ थीं। जाते समय मेरे मन में यही विचार तैर रहे थे कि पता नहीं शपथ ग्रहण समारोह में प्रोटोकॉल के हिसाब से सिल्विया मुझे कहाँ बैठने की जगह दिलवाएगी। मैंने अपनी कोरी भावुकता के चक्कर में कहीं सिल्विया के लिए ख़ुद को किसी दोस्त या रिश्तेदार से भी ज़्यादा नज़दीकी तो नहीं मान लिया था? हो सकता है मैं शायद उसकी

नज़र में सिर्फ़ एक प्रोफेशनल इंसान भर था, जिसका काम अब पूरा हो गया था, जबकि मैं उससे कुछ ज़्यादा ही उम्मीदें लगा रहा था। पूरे वक़्त पता नहीं कैसे-कैसे विचार आ रहे थे। सच बताऊँ तो उसका बदला हुआ रूप मुझे कुछ-कुछ डरा रहा था।

यही सब बेमतलब की बातें सोचते हुए कब हम राष्ट्रपति भवन पहुँच गए, इस बात का पता भी नहीं चला। वहाँ हमें शानदार स्वागत के साथ सीधे अंदर ले जाया गया। राष्ट्रपति के बगल में भावी प्रधानमंत्री की कुर्सी लगी थी। उसके एक तरफ़ शपथ ग्रहण करने वाले नए मंत्रियों की कुर्सियाँ लगी थीं। राष्ट्रपति, प्रधानमंत्री के ठीक सामने ऊँची सी चार कुर्सियाँ लगाई गई थीं जो एकदम अलग नज़र आ रही थीं। बाक़ी पीछे सैकड़ों कुर्सियाँ थीं जिनमें पार्टी नेता, पूर्व मंत्री, अफ़सर आदि बैठे थे। राष्ट्रपति भवन के सामने रेसकोर्स मैदान में जनता की अपार भीड़ ख़ुशियाँ मना रही थी, लोग सिल्विया की जीत और प्रधानमंत्री बनने की ख़ुशी में नाच-गा रहे थे। वे सभी आसानी से शपथ ग्रहण समारोह देख पाएँ इसके लिए मेरी टीम ने वहाँ बड़ी-बड़ी स्क्रीन लगावा दी थीं। सेना के अफ़सर हमें सीधे उन चार कुर्सियों के पास ले गए। पहले पर लिखा था देश के प्रथम नागरिक बिल स्मिथ, यानि प्रधानमंत्री के पति, दूसरी कुर्सी पर श्रीमती कान्ता विश्वनाथ, तीसरी कुर्सी पर प्रशांत वर्मा और चौथी कुर्सी पर कुलजिन्दर भाटिया।

सिल्विया ने प्रोटोकॉल के हिसाब से मेरे लिए अपनी माँ और पति के बिल्कुल बराबर जगह मुकर्रर करवायी थी। यह देखकर मेरी आँखें भर आईं। मैंने सिल्विया को ग़लत समझा यह सोचकर मेरी आँखों से आँसू बह निकले। मुझे ख़ुद पर शर्म आई, मैं पता नहीं कितना कुछ ग़लत सोच बैठा था उसके बारे में, जबकि उसने मुझे अपने परिवार के सदस्य की तरह सम्मान दिया था। पति और माँ के बाद उसके जीवन के सबसे अहम सदस्य का दर्जा दिया था और तो और वह भाटिया साहब का अहसान भी नहीं भूली थी। उसके पीछे की पंक्ति में सिल्विया के तमाम रिश्तेदार, व्यापारी, उद्योगपति बैठे थे। बारबेडस वाले चोपड़ा नाना को ख़ास तौर पर निजी विमान से त्रिनिदाद बुलाया गया था। अस्वस्थ होने के चलते वे व्हील चेयर के सहारे कार्यक्रम स्थल तक पहुँचे थे।

शपथ-ग्रहण समारोह अपने तय वक़्त पर शुरू हो गया था। सबसे पहले प्रधानमंत्री पद की शपथ के लिए सिल्विया विश्वनाथ के नाम की घोषणा हुई। तालियों की गड़गड़ाहट के बीच सिल्विया संयत भाव से मंच पर पहुँची। उसे प्रधानमंत्री पद की शपथ दिलवायी गई। सिल्विया के शपथ-ग्रहण के बाद राष्ट्रपति भवन का प्रांगण तीन मिनट तक तालियों की गड़गड़ाहट से गूँजता रहा। सिल्विया के लिए तालियाँ बजाते हुए मैं अब भी इसी उधेड़बुन में था कि मंत्रिमंडल में वह एक मंत्री-पद सिल्विया ने किसके लिए छोड़ रखा था? भावी मंत्रियों की कुर्सियों पर वही लोग बैठे थे जिनके नाम हमने पहले ही तय कर लिए थे, वह एक नाम मुझे बार-बार सोचने पर मजबूर कर रहा था। प्रधानमंत्री पद के बाद अचानक उप-प्रधानमंत्री पद के लिए शपथ-ग्रहण की घोषणा सुनकर मैं हैरान रह गया। इस पद के लिए किसी नाम पर कल रात से लेकर आज सुबह तक कोई विचार-विमर्श नहीं हुआ था। शपथ-ग्रहण के लिए जैसे ही वरुण कामता प्रसाद को शपथ लेने के लिए आमंत्रित किया गया, मैं और सिल्विया की माँ भौचक्के रह गए। स्मिथ भी हैरान था कि यह क्या हुआ? वरुण पीछे की कुर्सियों पर कहीं बैठा था। वह दूर से उठकर आता हुआ दिखाई दिया। वह भी इस घोषणा से आश्चर्यचकित लग रहा था। शायद मेरी तरह वह भी इस निर्णय से अनजान रहा होगा। यह बात सिर्फ़ राष्ट्रपति और प्रधानमंत्री को पता थी। अब मुझे समझ आया सिल्विया शपथ-ग्रहण से पहले अकेले राष्ट्रपति भवन जाने के लिए क्यों कह रही थी? निश्चय ही उसने मंत्रिमंडल की सूची राष्ट्रपति को सौंपने से पहले वरुण का नाम भी जोड़ दिया था। कामता प्रसाद शर्म और आत्मग्लानि से पानी-पानी हुए जा रहे थे। उन्होंने शायद यह सोचा था कि सिल्विया वरुण को सरकार में किसी छोटे-मोटे पद पर नियुक्त कर देगी। वैसे भी वरुण चुनाव हार गया था। कामता प्रसाद ने यह कल्पना भी नहीं की होगी कि सिल्विया चुनाव हारने के बावजूद वरुण को नम्बर दो का पद देकर अपना वादा निभाएगी।

मंच से उतरने से पहले सिल्विया कामता प्रसाद के पास पल भर के लिए रुकी। वहाँ उसने कामता प्रसाद से जो कहा वो उसने मुझे बाद में बताया था। उसने कामता प्रसाद से धीरे से कहा, "आपने भले हमारे साथ विश्वासघात किया था, लेकिन मैं अपनी माँ और पति की मर्ज़ी के ख़िलाफ़

जाकर आपके बेटे को उप-प्रधानमंत्री बनाने का वचन इसलिए पूरा कर रही हूँ कि इतिहास में विश्वनाथ परिवार को कभी झूठा न कहा जाए। आज से त्रिनिदाद की धरती पर सत्य और सकारात्मकता की राजनीति होगी, तीन तिकड़म, झूठ, फरेब और बदले की राजनीति नहीं।" सिल्विया की बात सुनकर कामता प्रसाद की आँखें नम हो गई थीं। उसे देखकर लग रहा था मानो वहीं फूटफूट कर रो पड़ेगा। उसने जेब से रूमाल निकालकर अपनी आँखें पोंछी और वरुण को उसके पद और गोपनीयता की शपथ दिलवाने आगे बढ़ गया।

शपथ ग्रहण के बाद बहुत देर तक बधाइयों का सिलसिला चलता रहा। नई प्रधानमंत्री को देश-विदेश से बधाई संदेश आ रहे थे। देश का मीडिया ही नहीं दुनियाभर के कई देशों के बड़े-बड़े पत्रकार त्रिनिदाद की पहली महिला प्रधानमंत्री के शपथ-ग्रहण के लिए पलक-पाँवड़े बिछाए खड़े थे। सिल्विया ने भी प्रधानमंत्री के पद पर आसीन होते ही अपना बड़ा दिल दिखाना शुरू कर दिया। राष्ट्रपति भवन से निकलकर वह सबसे पहले पूर्व-प्रधानमंत्री राबिन से मिलने पहुँची। इस शिष्टाचार भेंट में उसने राबिन से कहा, जनता के हित में अगर कोई काम उसकी नज़र से छूट जाए तो वे उससे सीधा संवाद करके कभी भी करवा सकते हैं। घर लौटते समय वह चेज रोड मंदिर, हनुमान मंदिर और चर्च में जाकर प्रार्थना करना नहीं भूली।

रात हम सब का साथ बैठकर किया हुआ डिनर मुझे आज भी याद है। सिल्विया के पूरे परिवार के साथ भाटिया साहब का परिवार और मैं ख़ुद उस डिनर में शामिल था। चुनाव की तैयारियों से लेकर शपथ-ग्रहण तक की भाग-दौड़ में हमें याद नहीं कि कभी हमने इतने सुकून से खाना खाया हो। उस पर सिल्विया और उसकी माँ ने पहले ही कह दिया था कि यह भोज खासतौर पर वर्मा जी के लिए है, यानी मेरे लिए। मैं भी माहौल हल्का करने का कोई मौक़ा नहीं छोड़ रहा था। खाने की मेज़ पर मैंने सिल्विया को इस एक बात के लिए बार-बार छेड़ा, "सिल्विया मुझे सिर्फ़ इतना जानना है कि तुमने मुझसे आख़िर तक वरुण का नाम क्यों छिपाया?"

उसने हँसते हुए कहा, "मैंने कहाँ छिपाया कुछ भी। सब तो आपके कहे मुताबिक़ हो रहा था।" मैंने भी हँसते हुए जवाब दिया, "ओह! मैं

तो नाराज़ था कि हमें बताए बिना तुम न जाने किसका नाम डाल रही हो। वैसे तुमने तो कामता प्रसाद से उसके बेटे को उप-प्रधानमंत्री बनाने का वादा भी नहीं किया था, उसे इतना बड़ा पद नहीं देती तब भी कोई हर्ज़ नहीं था।"

बदले में उसने स्मित मुस्कान के साथ कहा, "कैसे कोई हर्ज़ नहीं था? ऐसा नहीं करती तो आपकी कही बात झूठी साबित हो जाती। मैं हरगिज़ ऐसा नहीं होने देना चाहती थी। उस झूठे वादे के लिए भविष्य में भी कोई आपके नाम पर कीचड़ उछालेगा तो मैं बर्दाश्त नहीं कर पाऊँगी। बस, इसीलिए आपके साथ यह बात टॉप सीक्रेट रखी। आपको बताने पर हो सकता है आप मुझ पर उसे सिर्फ़ मंत्री बनाने या किसी और पद पर नियुक्त करने का दबाव डालते। ऐसी स्थिति में मेरे लिए अपने मन की यह इच्छा पूरी करना मुश्किल होता। फिर मैं आपकी बात कैसे टाल सकती थी। मम्मी और स्मिथ तो वैसे भी इस बात के ख़िलाफ़ थे। इसलिए मैंने चुपचाप यह काम किया। ज़रा सोचकर देखिए कामता प्रसाद ने ही तो अपने बेटे का जीवन मेरे हाथ में सौंपा है। उन्होंने राष्ट्रपति पद से इस्तीफ़ा भी दे दिया है, उनका कहना है अब मैं अपनी इच्छानुसार किसी अश्वेत को राष्ट्रपति पद पर ला सकती हूँ। टोबैगो के एक अश्वेत नेता का नाम सोचा है मैंने और वो बात हम मिल-बैठकर तय कर लेंगे लेकिन वरुण की इस सब में क्या ग़लती है? कामता प्रसाद ने सरकार को पत्र लिखकर अपना घर, व्यापार, फार्म हाऊस, होटल सभी कुछ राष्ट्र को समर्पित कर दिया है। अगले हफ़्ते वह हमेशा के लिए त्रिनिदाद छोड़कर न्यूयार्क जा रहा है।"

सिल्विया की बात सुनकर मेरी आँखें डबडबा गई थीं। चुनावी राजनीति के दाँव-पेंच में मेरे दिए हुए एक वचन को भी सिल्विया ने मेरा मान रखने के लिए निभाया था, यह बात मुझे बहुत भावुक कर रही थी। उसकी मम्मी अब भी सिल्विया के फ़ैसले से नाराज़ थीं। उन्होंने ढंग से खाना भी नहीं खाया और जाकर सो गईं। सिल्विया ने मुझे दिलासा दिया कि वह उन्हें समझा लेगी।

अगले रोज़ सिल्विया ने एक प्रेस-कांफ्रेंस रखी। उसने मीडिया के सामने बदले की राजनीति नहीं करने की घोषणा करते हुए कहा कि वह किसी के ख़िलाफ़ बेवजह कोई केस, मुकदमा नहीं करेगी। सत्ता से बाहर गए लोगों

को बदला लेने के लिए तंग नहीं किया जाएगा। उसके लिए सब समान हैं चाहे वे समर्थक हों या विरोधी। सबको सिर्फ़ देश की तरक़्क़ी के लिए मिलकर काम करना है।

इसी प्रेस कांफ्रेंस में उसने यह घोषणा करके सबको चौंका दिया कि वह अपने पापा की मौत की जाँच के लिए बना कमीशन ख़त्म कर रही है। रुँधे गले से उसने कहा, "मुझे और मेरी माँ को अब यह जानने में कोई दिलचस्पी नहीं है कि पापा की हत्या का षड्यंत्र किसने रचा था? ऐसा करने से मेरे पापा वापस तो नहीं आ जाएँगे उल्टे हम दोनों का मन ही ख़राब होगा। हमने सबको माफ़ करने का फ़ैसला किया है।" पूरा देश एक बेटी का त्याग देखकर भावुक हो आया था, वहीं कुछ मीडिया का एक धड़ा विश्वनाथ जी के हत्यारों का पता लगाकर उन्हें कड़ी से कड़ी सजा दिलाने की मुहिम शुरू कर चुका था लेकिन सिल्विया पुरानी बातों को भूलकर आगे बढ़ती जा रही थी।

मेरा और मेरी टीम का मिशन-त्रिनिदाद पूरा हो चुका था। मेरी कंपनी के आधे लोग शपथ-ग्रहण वाले रोज़ ही भारत लौट चुके थे लेकिन कोर टीम के लोग अभी भी मेरे साथ त्रिनिदाद में थे। उन सबको ज़्यादा दिन रोककर मैं सिल्विया पर कोई अतिरिक्त बोझ नहीं डालना चाहता था और वैसे भी उन सबके और मेरे रुके रहने की कोई वजह भी नहीं थी इसलिए मैं अगले दिन सिल्विया से विदा लेने पहुँच गया।

मेरी बात सुनने के बाद उसने कहा, "आज आपकी टीम के सम्मान में हमने प्रधानमंत्री आवास में एक ख़ास रात्रिभोज रखा है। उसके पहले आपका जाना ठीक नहीं होगा।" मैं अपनी सहमति देकर चला आया। रात में शाही भोज हुआ। सिल्विया ने मेरी टीम के सभी लोगों से ख़ुद एक-एक कर बात की। वे सभी इतना सम्मान मिलने पर बहुत ख़ुश थे। उसी बीच कैबिनेट सेक्रेटरी ने माइक थामकर हम सभी का ध्यान अपनी ओर खींचा। वह कोई बेहद ज़रूरी घोषणा की बात कह रहे थे। उन्होंने कहा, "नई सरकार ने भारतीय नागरिक प्रशांत वर्मा को त्रिनिदाद-टोबैगो का सर्वोच्च सम्मान देने का निर्णय लिया है। इतना ही नहीं उन्हें सरकार का स्थायी सलाहकार भी नियुक्त किया जा रहा है।"

मैं अवाक् था। मेरी आँखों में आँसू झलक आए थे। मैंने सिल्विया की हथेली अपने हाथों में भर ली लेकिन शुक्रिया कहते मेरी आवाज़ काँप गई। मैं आगे कुछ कह पाता उससे पहले ही लोग मुझे बधाई देने टूट पड़े।

वह मेरी कंपनी और पूरी टीम के लिए सबसे रोमांचक चुनाव अभियान था, जो एक सुखद मोड़ के साथ समाप्त हो रहा था। सिल्विया और उसके परिवार का प्यार और अपनापन मेरी सबसे बड़ी पूँजी बन गया था जो मैंने उसकी हारी हुई बाजी को पलटने में मदद करके हासिल की थी। त्रिनिदाद से मिला वह प्यार और उसकी सुनहरी यादें लिए मैं और मेरी टीम भारत के लिए वापस रवाना हो रहे थे। उस विदा की बेला में सिल्विया बतौर प्रधानमंत्री अपना प्रोटोकॉल तोड़कर हमें एयरपोर्ट छोड़ने आई। आख़िरकार हाथ हिलाती हुई सिल्विया और त्रिनिदाद की वह ज़मीन पीछे छूट रही थी। ठीक वैसे ही जैसे हमें ज़िन्दगी में लगातार आगे बढ़ते रहना होता है। किसी भी दुखद या सुखद पल को पालना इस जीवन में एक जगह रुक जाना है। मैंने ऐसे ही दुखद पलों से सिल्विया को निकलने में मदद की थी और अब ख़ुद उससे दूर होते हुए मुझे गहरा दुख हो रहा था।

लौटने के महीने भर बाद मुझे अचानक पता चला कि त्रिनिदाद के प्रधानमंत्री की पहली विदेश यात्रा भारत की है। उसकी तैयारियाँ चल रही हैं। मैं उत्सुक था। भारत आने के दो दिन पहले सिल्विया का फ़ोन आया कि भारत यात्रा के दौरान मुझे आधिकारिक प्रतिनिधिमंडल में शामिल किया गया है। एयरपोर्ट से ही साथ रहना होगा। त्रिनिदाद के हाई कमिश्नर मुझे लेने ख़ुद घर आ गए। एयरपोर्ट पर सिल्विया का भव्य स्वागत हुआ। भारत सरकार के कई मंत्री उसके स्वागत के लिए एयरपोर्ट पहुँचे थे। स्वागत के लिए खड़े अधिकारियों और नेताओं के बीच मैं भी उसके स्वागत में रजनीगंधा के फूलों का गुलदस्ता लिए खड़ा था। मुझे पता था रजनीगंधा के फूल सिल्विया को सबसे ज़्यादा पसंद हैं। उन्हें देखकर वह ज़रूर ख़ुश होगी। वहाँ मौजूद मंत्रियों और अधिकारियों से हाथ मिलाते हुए वह सबसे मिलती जा रही थी। मुझे देखते ही सिल्विया ने सारी औपचारिकता छोड़ मुझे गले लगा लिया। उसके बाद सिल्विया ने मुझे हाई कमिश्नर की गाड़ी की बजाय अपने साथ ही बिठा लिया। एयरपोर्ट से हम सीधे राष्ट्रपति भवन पहुँचे। भारत के राष्ट्रपति और प्रधानमंत्री ने स्वयं उसका स्वागत किया।